楼 | 适 | 夷 | 译 | 文 | 集

LOUSHIYI YIWENJI

楼适夷译文集

面包房里

〔苏〕高尔基——著
楼适夷——译

中国文史出版社

序　言

——适夷先生与鲁迅

在上世纪九十年代中期，适夷先生九十岁的时候，人民文学出版社出版了他几十年写下的散文集，又获得了中国作家协会中外文学交流委员会颁发的文学翻译领域含金量极高的“彩虹翻译奖”。这是对他一生为中国新文学运动做出的杰出贡献给予的表彰和肯定。当老夫人拿来奖牌给我看时，适夷先生挥挥手，不以为然地说：“算了算了，都是浮名。”

我觉得适夷先生是当之无愧的。

上世纪二十年代中期，适夷先生还不满二十岁，便投身于中国新文学运动，从他发表第一篇小说到发表最后一篇散文，笔耕不辍七十余年。仅凭这一点就足以令人钦佩了。

五四运动之后，中国社会面貌激变的伟大革命的年代，以鲁迅为代表的一批受过西方先进文化影响的青年作家们，以诗歌、小说等文艺作品，掀起批判封建主义儒家文化传统和道德观念，讴歌自由、平等、民主思想的狂飙运动。适夷先生在上海结识了郭沫若、成仿吾、郁达夫等创造社浪漫派先驱，开始了诗歌创作。在五卅运动中，他接受了马克思主义，参加了共青团、共产党，一面从事地下革命活动，一面办刊物，写下了大量小说、剧本、评论，还从世界语翻译外国文学作品，成为左翼文学团体“太阳社”的重要成员。

由于革命活动暴露身份，招致国民党特务的追捕。1929年秋，他不得已逃亡日本留学。在那里他一面学习苏俄文学，一面学习日语，还写了许多报告文学在国内发表。1931年回国即参加了“左联”，同鲁迅先生接触也多起来，在左联会议上、在鲁迅先生家中、在内山书店，领受先生亲炙。他利用各种条件创办报纸、杂志，以散文、小说的形式揭露国民党反动派的白色恐怖，号召人们起来抗争，同时他又大量翻译了外国文艺作品和马列主义文艺理论。苏联是世界上第一个无产阶级取得政权的国家，那是国内理想主义革命者们无上向往的国度。他们怀着极大的热情讴歌苏维埃人民政权，介绍苏俄的文学艺术。但当时国内俄语力量薄弱，鲁迅提倡转译，即从日、英文版本翻译。适夷先生的翻译作品大都是从日文翻译的，如阿·托尔斯泰的《但顿之死》《彼得大帝》，柯罗连科的《童年的伴侣》《叶赛宁诗抄》，列夫·托尔斯泰的《高加索的俘虏》《恶魔的诱惑》，赫尔岑的《谁之罪》。他翻译最多的是高尔基的作品，如《强果尔河畔》、《老板》、《华莲加·奥莱淑华》、《面包房里》以及《契诃夫高尔基通信抄》、《高尔基文艺书简》等。此外，他还翻译了许多别的国家的作家作品，如奥地利作家茨威格的《黄金乡的发现》《玛丽安白的悲歌》，英国作家维代尔女士的《穷儿苦狗记》，以及日本作家林房雄、志贺直哉、小林多喜二等人的作品。一次，和我聊天，他说解放前，他光翻译小说就出版过四十多本。鲁迅先生赞赏适夷先生的翻译文笔，说他的翻译作品没有翻译腔。适夷先生曾说翻译文学作品，最好要有写小说的基础，至少也要学习优秀作家的语言，像写中国小说一样翻译外国文学作品，才能打动读者。

其实，适夷先生的翻译工作只是他利用零敲碎打的工夫完成的，他的主要精力都投在革命事业上，因此，老早就被国民党特务盯上了。1933年秋，他在完成地下党交给的任务，筹备世界反帝国主义战争委员会远东反战大会期间，因叛徒指认，遭到国民党特务绑架，被捕后押解到南京监狱。他在狱中坚贞不屈，拒绝“自新”“自首”，被反动派视作冥顽不化，判了两个无期徒刑。由于他是在内山书店附近被捕的，鲁迅先生很快就得到消息，又经过内线得知没有变节屈服的实情，便把消息传给友人，信中一口一个“适兄”地称他：“适兄忽患大病……”“适兄尚存……”“经过拷问，不屈，已判无期徒刑”，对适夷先生极为关切。同时还动员社会上的名士柳亚子、蔡元培和英国的马莱爵士向国民党政府抗议，施展营救。那时正有一位美国友人伊罗生，要编选当代中国作家的短篇小说集《草鞋脚》,请鲁迅推荐,提出一个作家只选一篇,而鲁迅先生独为适夷先生选了两篇(《盐场》和《死》),可见对他尤为关怀和爱护。

适夷先生为了利用狱中漫长的岁月,学习马列主义文艺理论,通过堂弟同鲁迅先生取得联系,列了一个很长的书单,向鲁迅先生索要,有普列汉诺夫的《艺术论》《艺术与社会生活》,梅林的《文学评论》,还有《苏俄文艺政策》等中日译本,很快就得到了满足。他根本没有去想鲁迅先生那么忙,为他找书要花费多大精力,甚至还需向国外订购。适夷先生当时是二十八九岁的青年,而鲁迅先生已是五十开外的年纪了。后来,他每当想到这一点,心中便充满感激,又为自己的冒失感到内疚。

有了鲁迅先生的关怀,先生在狱中可说是因祸得福了,以前从事隐蔽的地下工作,时刻警惕特务追踪、抓捕,四处躲藏,居无定所,很难安心学习、写作,如今有了时间,又有鲁迅先生送来的这么多书,竟有了"富翁"的感觉。鲁迅先生说,写不出,就翻译。身陷囹圄,自然没法写作,他就此踏实下来翻译了好几本书,高尔基的《在人间》《文学的修养》,法国斐烈普的中篇小说《蒙派乃思的葡萄》,日本作家志贺直哉的短篇小说集《篝火》等,都是在狱中翻译,后又通过秘密渠道将译稿送到上海,交给鲁迅和友人联络出版的。

那时,适夷先生心中还有着一团忧虑。本来他年迈的母亲和一家人是靠他养活的,入狱后断了收入,家中原本就不稳定的生活,会更加艰难,虽有亲戚友人接济,但养家之事他责无旁贷。能有出版收入,可使家人糊口,也尽人子之责。当时翻译家黄源正在翻译高尔基的《在人间》,可当他在鲁迅的案头上看见适夷先生的《在人间》译稿时,便毅然撤下自己在《中学生》杂志上发表了一半的稿件,换上了适夷先生的译稿。那时《译文》杂志被查封,鲁迅先生正为出版为难。而在此之前,黄源与适夷先生并无深交。后来适夷先生一直念念不忘,谈到狱中的日子,总是感慨地说:鲁迅先生待我恩重如山,黄源活我全家!

新中国成立后,国家培养了大批外语人才,已无须转译,适夷先生便专注翻译日本文学作品,他翻译了日本著名作家志贺直哉、井上靖的作品,为中日文化交流做出了贡献。

同时他担任文学出版社负责人，也以鲁迅精神关怀爱护作者。当年羸弱书生朱生豪，在抗战时期不愿为敌伪政权服务，回到浙江老家，贫病交加中发奋翻译《莎士比亚戏剧全集》，呕心沥血，却在即将全部完成时，困顿病殁。适夷先生在新中国成立之初，就出版了他的（当时也是中国第一部）《莎士比亚戏剧全集》，当一笔厚重的稿酬交到朱生豪妻子手中时，她竟感动得号啕大哭。

五十年代，适夷先生邀请当时身在边陲云南的阿拉伯语翻译家纳训来北京，翻译了《一千零一夜》，这部为国内读者打开了阿拉伯世界的名著，至今仍为人们爱读。

六十年代，他邀请上海的丰子恺翻译了世界上第一部长篇小说《源氏物语》；发挥了旧文人周作人、钱稻孙的特长，翻译了当时年轻翻译家们无法承担的日本古典杰作《浮世澡堂》和《近松门左卫门选集》等，丰富了我国的外国文学宝库。

八十年代初，他年事已高，虽然离开了工作岗位，仍然向读者介绍好书。他得知"文革"中含冤弃世的好友傅雷留下大量与海外儿子的通信，便鼓励傅聪、傅敏整理后，亲自向出版社推荐，并写下序言。这本带着先生序言的《傅雷家书》一版再版，长年畅销不衰，尤其在青年人中影响巨大。他说就是要让人们"看看傅雷是怎么教育孩子的！"这样的事情太多了。

改革开放后，各种思潮涌现，八九十年代，社会上流行一股攻击鲁迅的风潮，我不免心怀杞人之忧，就跟适夷先生说了，他却淡然地答道："这不稀奇，很正常的。鲁迅从发表文章那天起，就受人攻击，一直到他死都骂声不断。这些，他根本不介意。鲁迅的真正的价值，时间越久会越加显著。"

这真是一句名言，一下使我心头豁然开朗了。

在适夷先生这套译文集即将出版之际，再次感谢中国文史出版社付出的极大热情和辛勤劳动。我们相信通过"楼适夷译文集"的出版，读者不但能感受到先贤译者的精神境界，还能欣赏到风格与现今略有不同、蕴藉深厚的语言的魅力。

董学昌

2020 年春

目录

面包房里

〔苏〕高尔基

人物表

我——作者（话篓子）

华西里·赛门诺维基·赛门诺夫——老板

雅可夫·亚杜火夫（爱称：雅夏、雅什卡，绰号：响铃儿）——童工

派卫尔·铁根（爱称：派什卡）——工头兼烘工

库金——老工人

沙西加——掌柜

格拉西加——掌柜

华诺克·乌拉诺夫——工人

奥西普·夏杜诺夫——工人

亚庭（爱称：亚杜西加）——童工，雅可夫的哥哥

米罗夫——当大兵出身的工人

爱果尔——哥萨克人，老板的心腹

尼基泰——蒸工

铎诺夫——别家面包工场主，老板的朋友

科西诺夫——别家面包工场主，老板的朋友

莱萧夫——工人

尼刚铎——工人

拉普推夫——工人

库罗契金娜——老板的情妇

娜蒂加——老板的情妇

沙菲雅·勃拉兴娜（绰号：猫头鹰）——老板的情妇

老板娘

……疾风向地面吹刮，卷起淡灰色的干雪，散了捆的干草和菩提树的薄皮在院子里满地乱飞。院子当中站着个圆胖大汉，穿一件盖脚面的鞑靼人穿的粗布罩袍，赤脚套着一双高筒的橡胶套鞋，两手叠在大肚子上，两只大拇指骨碌碌地转动着。突然，他睖起一对右边绿色左边灰色的小眼睛向我望来，大声说：

“回去，回去！没有活儿，深冬腊月还有什么活儿干？”

他绷着虚胖的、没有胡须的脸，显出一副看不起人的神气。上唇有几根白花花的稀胡髭抖动着，下唇望下直沉，露出细密的牙齿。尖利的十一月的风向他袭来，吹动着他那秃头上仅有的几根头毛。罩袍下截被风吹起，露出两条粗粗的、像酒瓶那样光滑的腿，一直到膝盖上，腿上长满了黄色的细毛。他没有穿衬裤。他那不体面的模样和一只绿眼中流露出来的不快的神色，引起了我强烈的好奇心，我反正闲着，就想同他搭讪搭讪。

“你是这里的用人吗？”

“叫你回去，多问什么！”

“不穿裤子，会着凉的呢……”

他眉毛上的一块红斑向上抽搐，眼睛奇怪地转动着，身子向前一晃，仿佛就要跌倒似的，他说：

“你还要多讲吗？”

“着了凉会送命的。”

“还有吗？”

“完了。”

“什么，完了?”他轻轻说道，停止了拇指的转动，把手掌摊开，郑重地抚摩着他那肥胖的腰部，向我生起气来：

“你说这话，什么意思?”

“没有什么意思……你带我去见见华西里老板好吗?”

他吁了一口气，把绿眼向我直盯着说：

“老板就是我……”

我绝望了。风刮得更紧，这家伙也显得更为粗暴：

“怎么!”他冷笑着，喊道，“你还说是用人呢!”

现在，当他紧靠着我站着的时候，我才知道他喝醉了酒。他眼睛上面应该长眉毛的发红的地方却生着一撮不易使人觉察的黄黄的细毛。他整个的样子，使人想起一只大大的、没长好的鸡雏。

“回去吧。”他喷出一股酒味，把短胳膊一摔，神气和软一点儿了。那只捏紧拳头的手也使人想到一只口上塞着塞子的香槟酒瓶。

我扭转身子慢吞吞朝大门走去。

“喂，一个月三个卢布干不干?”

我是一个体格结实、年方十七、会读会写的青年，难道为了一天十七个戈贝就替这个胖酒鬼干活儿吗？但冬天可不是玩儿的，没办法，只好忍着气说：

“就这样吧。”

“有身份证没有?”

我把手探进怀里，老板厌恶地把手一挥说道：

“得得，交给工头去，就在那边……去问沙西加就得……”

我走进了一扇开着的、斜挂在一个铰链上的门，到了一所满是裂缝的小屋里，这所小屋紧靠着二层楼房的油灰剥落的黄色墙壁。我穿过面粉包，走到一个狭窄的角落里，角落里送出一阵酸溜溜、香喷喷的热气。忽然，院子里发出一种怪声，不知是什么东西，发出啪嗒啪嗒的声响，在喘气。我把脸凑在门缝上向外瞧，这一下可使我惊奇得发呆了：老板把手肘紧贴在腰上，踩着碎步在院子里奔跑着，仿佛有人用一条瞧不见的绳子，像赶马儿似的牵着他。他那裸着的腿肚和又粗又肥的膝盖闪动着，肚子跟松弛的两颊颤动着；同时，像鱼儿似的圆着嘴，尖着唇直喘气。

“呼……呼……”

院子很窄，到处搭着一些给伙计们住的耳房。每间房子门上挂着一把狗头似的大锁。一棵雨打日晒的树上，露出整几十个木节，好像死人的眼睛。院子的一角，糖桶堆得跟屋檐一般高，每只圆桶口里突出一些草藁——说是院子，倒实在像一个堆破烂垃圾的洞穴。

稻草屑和树皮片乱飞，刨花屑滚滚乱转，在这个乱糟堆里，一个肥猪似的怪家伙好像跟垃圾玩儿似的，笨手笨脚地跳来跳去，套鞋底踏着沙土，发出啪嗒啪嗒的声响，他摇着肥胖的身子，大声喘着气：

“呼……呼……”

不知从哪个角落里，一群猪送来一阵怒冲冲的刺耳的叫声，跟他的喘声应和着。另外的那个角落里，马儿哼着鼻子踢蹄。从楼上的小窗里，送出一阵女子的凄凉的歌声：

> 我的未婚夫，无忧无虑的淘气鬼，
> 你为什么不高兴？

风钻进桶口边，把稻草搅得直响，木爿发出连续不断的嘚嘚声。在仓顶的栋椽上，一只灰鸽子哆哆嗦嗦地蹲着，咕咕地叫。

这儿呈现出一种奇怪的、混乱的生活现象，而在这一切的中心，一个我所看不见的怪人抹着汗，喘着气，在奔跑着。

“我可钻进一个怪地方来啦！”我觉得有点儿害怕起来。

在地下室里，每扇窗子外边都张上密密的铁丝网。圆屋顶下笼罩着一股蒙蒙的蒸汽，中间混杂着一种劣等烟草的烟雾。室内是半明半暗的。窗玻璃上粘着生面团，外边溅上了泥污。在各个角落里挂着破了的蛛网，像破布似的，沾上了许多粉屑。甚至在黑黑的、四方形的圣像上也蒙上了灰色的尘土。

一只低的大烘炉里，霍霍地耀着金黄色的火光。在烘炉面前，像鬼似的蠕动着烤面包工人派什卡·铁根，这工场里的头儿，他使着一把长柄火铲，搞得火铲发出沙沙的声响。他是矮个子，黑头发，胡子分作两绺，牙齿白得耀眼，穿一件红色斜纹布短褂，不束带子，袒着胸脯，胸间的卷毛长成美丽的图案，使人想起菜馆里的瘦小活泼的跳舞人。在他那匀称的脚上，套着一双沉重的、好似铁铸的靴子，使人看了很难受。他不时地发出一种尖锐的叫声，响彻在屋子里。

“好好儿干呀!”他叫着，同时用手掌拭着披着黑发的额上的汗，接着便骂出一些不堪入耳的话来。

墙边的窗子下，放着一张长桌子。一排儿坐着十八个工人，每个人做着同样的动作，做着一磅十六只的B字形小面包卷。桌子对面有两个工人，把一条长长的有弹性的面条很快地用熟练的手势掐成每个大小一律的团块，在桌板上滚着，送到工人们的手边——快得几乎眼睛来不及瞧清楚。工人们把面块搓长，结成B字形，用手掌一拍。满工场不断地发出轻轻的拍打声。

我站在桌子的另一边，把做好的面包卷排在菩提树皮编成的托盘上，学徒们再把这个托盘拿到煮的地方去。煮的工人把尚未烘过的面包卷放在沸锅里，经过一分钟，再用铜勺子掏出，放在镀锡的长槽里，然后再把这些滑腻烫手的面包卷放在托盘上。烘工又把它们放在炉台上烘干，接着摆在铲子上，很轻巧地放进烘炉里。从烘炉里拿出来，皮色已发了红，于是面包做成了!

假如我不把送到手边的面团排列得恰好，它们就立刻倒塌，粘在一块儿，走了原样。因此，桌子对面的工人就骂我，把碎面团丢到我的脸上。

大家对我都怀着敌意，不信任，好像谁都希望我做坏工作似的。

十八只鼻子在桌子上面昏昏沉沉、懒洋洋地摇晃着，十八个人的脸好像没有一点儿区别，现出气愤而疲乏的神气。调面器的铁杠杆发着轰隆隆的声音，是跟我轮班的人在调面粉，这是很吃重的工作，必须把七普特的面粉揉得跟橡皮一样，有黏性，有弹力，其中更不许有一粒面疙瘩。而面粉必须调得快，最多不过三十分钟。

烘炉里，木柴爆裂着，锅子里，水沸沸地滚，工人们的手在桌子上发出沙沙的摩擦声和轻拍声。这些声音形成一种连续的单调的音响。有时，工人们发出怒冲冲的喊声，但这些喊声也不能使气氛活跃起来。只有从那些坐在地板上用绳子串面包圈的学徒之间，发出一种尖细、活泼的声音，这是十二岁的鼻孔朝天、嗓子柔和的孩子雅夏·亚杜火夫的声音。他一会儿皱眉，一会儿睁大眼笑着，不住地讲故事。所谓故事，是讲一个和尚的老婆，跟女儿吃醋。女儿当新娘了，她把火油浇到女儿身上。或是讲捉住偷马贼殴打的故事，和一些关于家神鬼、巫师、妖女、精怪之类的胡说。因为他那张嘴总是不肯休息，人家便给他“响铃儿”的绰号。

据说，华西里·赛门诺夫老板，不久以前——那是六年前的话——也是一个面包工人，跟自己老板的老婆有了关系，教女的用砒霜把喝醉的丈夫毒死了，就把老板的家财都抢到自己手里，然后把女的打着，打着，直把她打怕了，因此，只要不看到他，她愿意跟老鼠一样躲在地板底下过日子。大家把这件事看得很平常，当作一件极普通的事讲给我听。而且在大家的口气里，我甚至察觉不出对于成功者的嫉妒。

“他跑到外边去，为什么不穿裤子呢？”

独眼老人库金板着阴暗的不高兴的脸，对我说明了：

“喝醉了，老板前天晚上刚刚大醉过呢。”

“他像有点儿傻头傻脑。”

几对眼睛带着嘲笑和怒气一齐望着我。铁根满有把握地大声说：

“瞧着，他就会给你颜色看的！”

从六十岁的库金，直到从圣母守护节到复活节之间只挣两个卢布、用树皮纤维串面包圈的雅夏，大家谈到主人的时候，几乎都露出一种近于夸耀的感情，好像说：华西里·赛门诺夫就是这样一个了不起的角色，再没有比他更得意的家伙了。他很放荡，有三个情妇，其中两个受着他的虐待，另外的一个却反过头来要打他的。他很吝啬，没有好东西给工人吃，只在每个休息日给一盘菜汤和咸肉，平常总是给一些肠子、肝脏之类。星期二、五是青豆和加菜油的黍米粥。可是工作呢，每天要做完七袋面粉。和成湿面，就是四十九普特，做一袋约花二个钟头。

“大家讲起他来，神气真怪。”我说。

在烘工的机灵的眼睛里，眼白闪动着，他说道：

“什么怪呀？”

“好像非常得意似的……”

“这是值得得意的！你要明白，老板过去虽是一个平常的工人，现在连警察所长见了他都脱帽呢！他不会写，不会读，只会算账。可是他却管着这么个场面，手下用四十来个工人呢，都靠了会算计！”

库金像教徒似的吁了一口气，肯定地说：

“耶稣基督给了老板不少智慧啦。”

接着，派什卡热烈地叫道：

“面包卷作坊，面包作坊，面包铺，点心铺——你不用账簿可管得了！光是面包卷，一个冬天贩到乡下卖给莫尔多瓦人、鞑靼人，数目就有五千普特以上。再加城里七个伙计每天每个人得卖两普特的面包卷和上等点心，明白吗?”

瞧了烘工的神气，我很不痛快，有点儿生气。我已经有充分的理由对老板有不同的看法和说法。

但那位年老的库金，把贼里贼气的独眼隐在白色的长眉底下，瞧我什么都不懂似的说：

“那人呀，老弟，可不是平常人物呢!”

“不错，自然不是平常人物，大家不是说，他毒死了自己的老板……”

烘工把黑眉毛一蹙，强辩地说：

“这件事也没有证据。人心不古，瞧着眼热，就说人谋杀人啦，下毒啦，霸占啦，故意中伤。咱们的弟兄，走了运，多少就得被人家怨恨……”

“他是你的什么弟兄啊?”

铁根没有回答。库金对着屋子角落骂起学徒们来：

“小鬼，把圣像上的龌龊拭掉！呆虫，不懂事的……”

别的人都把嘴闭住，仿佛他们在地球上已经不存在了。

挨到我排列面包的时候，我站在桌子边，对那些孩子，把自己所知道的事和我以为他们也应该知道的事一股脑儿都讲出来。为了要压倒工场中杂乱的音响，不得不讲得大声一点儿。又因大家听得出神，我讲得更加起劲了。正当这样“忘形”的时候，老板到工场来巡视，因此，我就得了一个绰号并受了一顿责罚。

他不声不响地出现在我背后一道隔开工场与面包房的石头拱门里。面包房的地板比我们工场的高三级。老板两手叠在肚子上，手指头骨碌碌地转动着，站在门口像嵌在框子中一样。他照例穿一件长罩袍，领口的带子缚住了肥胖的颈项，像一只沉重的面粉袋，现出一副笨拙的模样。

他站着，从高处用一对色彩不同的眼望着我们。其中一只圆圆的绿眼睛转动着，活像一只猫眼。灰色的椭圆形的一只，却跟死人的眼睛一样，茫然地凝视着。

在我留意到工场里的各种声音沉静下来、各人手里的工作增加速度以前，还在很起劲地谈讲，等到我注意到的时候，耳朵里就听到身后嘲笑的声音。

“有那么多说的吗，话篓子？”

我回头一看，吓得噤住了。他用绿眼珠的锐利的视线仔细地打量着我，他走过我身边，向烘工问道：

“怎么，这家伙的活儿？”

派卫尔称赞了：

“很不错……”

老板悠然地斜穿过工场，像一个大皮球似的滚去。当他踏上阶梯，向一扇通厅堂的门走去的时间，他懒洋洋地低声对铁根说：

“叫他和一礼拜面，不准换班……”

接着，他走出门外去了，同时把白蒙蒙的寒气放进工场里来。

“颜色放出来了！”华诺克·乌拉诺夫拉长着声调说。他是一个瘦小的瘸腿青年，脸色很呆板，言语动作粗野惊人。

谁嘲弄地吹着口哨。于是烘工向工人们气愤地扫了一眼：

“动手呀！”接着就骂些不堪入耳的话。

从学徒们坐着的方向，发出雅什卡的气冲冲的、斥责的声音：

“不作兴的，坐在桌子对面的人瞧见老板来了，干吗不马上通知……”

“对啦。”他的哥哥，今年十六岁的亚庭，头发蓬乱，像一只刚斗过的雄鸡，拉长着声音说：“简直开玩笑，和一礼拜面粉，不准换班，这可叫人够受的！”

桌子对面是库金老人和害梅毒的很和气的当大兵出身的米罗夫。库金把独眼半闭着不作声，大兵解嘲地说：

“我可没有留意到呢……”

烘工把嘴角直拉到耳朵边，笑着说：

“好，从此以后，你的绰号就叫话篓子！”

只有三个人无聊地笑了笑，其余的都开始闷着不作声，大家不向我望。

“雅夏到底见事真切些。”突然，奥西普·夏杜诺夫以有力的低音喊道。他的身子长得有点儿歪，脸像加尔梅克人，一对眼睛很小。“在这个世界上，雅什卡是活不久的。”

“去你的！”那少年高兴地大声叫道。

“这孩子舌头应该割掉。”库金出声了。亚庭生气地呵斥他：

“像你这种专门讨好的老头子，舌头才该从根割掉呢！”

“轻点儿！”烘炉边有人叫了。

亚庭站起来，悠然地向门口走去。他那老弟严厉地说：

“你往哪儿走，穿上鞋子去，着了凉会死呢。”

这种警告大家是听惯了的，因此，都不则声。亚庭回过头来向老弟善意地望了一眼就表示服从，穿起鞋子来了。

我悲哀了。不能和这些人亲近的孤独之感像一个沉重的块似的压住了我的胸膛。暴风雪吹打着污秽的窗子，街上很冷。在过去，像这里这种人，我是接触过的，多少对他们有点儿理解。我觉得差不多每个人的心灵都在感受着痛苦和不可避免的转变：它们原来都是在那乡村中和平成长的，而现在，都会却好像挥着几百柄小锤子，把这些柔和顺从的心随意锤炼着。

当那些没知识的人唱起自己乡村里的歌来，把自己的疑虑和痛苦灌注在歌词与音调中的时候，特别令人感到都市中的劳动的残酷性。

不——幸的姑——娘。

突然，乌拉诺夫用女声唱起歌来，马上，有人漫不经意地接上来：

夜半三更走到田野上……

那唱得很慢的“田野”这两个字，又刺激了另外几个人，他们略略弯一弯身子，垂着脑袋想起来：

但见明月照遍野，
但见和风微微吹……

他们还没有唱完，乌拉诺夫便用尖叫的声音继续唱下去：

不幸的姑——娘……

现在，大家合起声来大声地唱：

对着风儿轻轻说，
风呀，和风呀，知心的朋友，
把我的心吹走吧！

这样一唱，工场中好似飘起了田野的微风，人们好像在想着一件美好的事物，使人心柔和而美丽。于是便有人好像被柔和的语调的哀愁弄得很难为情似的，喃喃地说道：

"于是，这娘儿便哭起来了……"

乌拉诺夫的脸紧张得发了红，他开始用更大声、更感伤的调子唱了：

不幸的姑——娘……

许多热诚的声音唱出了无限哀伤的调子：

对着风儿哀哀求情，
请把我的心吹走，
吹到那幽暗的林丛之中！……

"这么一来，那娘儿可是……"歌声被这粗野的言语打断了。在田野的清香中，好像又吹进了幽暗的地下室和狭窄的院子的腐臭气。

“唉，我的妈呀！”有人叹息着。

华诺克和嗓子较好的人唱得越来越起劲了，仿佛要想消灭那腐臭的蓝色火焰和秽亵的言语似的，但人们对这哀情的故事却愈来愈感到羞愧。他们在都市里，只知爱情是十个戈贝可以出卖的，而且早就买过，因此害过病而且生着疮。他们对于爱情，早已抱了不同的态度。

不幸的姑娘！
唉，没有人爱我……

“不用担心，要十个二十个都有呢……”

把我的心埋葬吧，
在秋叶下，在树根下。

“这些娘儿，只消嫁了男人，掩着男人的脖子不肯放呢……”

“那是当然的……”

乌拉诺夫把眼睛一闭，又唱起甜蜜的歌来。在这个时候，他的猥亵、憔悴、苍老的脸上，自然地现出一种可爱的小皱纹，甚至现出害羞似的笑意。

可是，对这支歌的讥讽的叫骂声愈来愈猛烈了，好像街上的泥泞溅到节日的服装上一样，华诺克终于感到自己失败了。于是他便张开浑浊的双眼，放荡的笑容扭歪了他的憔悴的脸颊，薄薄的嘴唇上，仿佛颤动着某种恶毒的意念。他一心想保持好歌手的名誉，正是由于这个名誉，他，这个被同伴们厌弃的懒鬼，才能待在工场里。

他昂了昂长着棕色短发的有棱角的脑袋，尖着嗓子唱：

在普洛洛木的大街上，
躺着一个胖大的学生……

怀着一种特别痛快的讥讽的心情，好像因为改唱了下流歌感到一种复仇似的快感，全个工场里的人大声唱着，中间夹杂着口哨声：

躺着，哈哈哈地笑……

这情景好像一群猪冲进了美丽的花园，捣乱了花草似的。乌拉诺夫变得狡悍、凶狠，周身兴奋得发狂似的燃烧起来。灰色的脸上现出红红的斑点，身子做出肉麻的姿势，忸怩着。而且，他奇异地发着高声，在这种声音中，包含着一种惊人的力量，在人们的心头，激起了强烈的苦闷。

来呀，小姐们，太太们！

他展开双臂继续唱着，所有的人也同样兴奋地叫吼。

这里呀，来哟，来哟！
这里呀！
这里……

黏湿油腻的污泥沸腾着，在这中间，煎熬着人们的心。人们的心发出号哭似的呻吟声。看到这种狂态使人难受得要命，真想捧着脑袋往墙头撞，可是我没有这样做，却相反地闭上自己的眼睛，也唱起下流的歌来，而且比谁都不弱地大声地唱。我非常可怜这些人，感到自己比别人高一着，并不一定使人愉快。

有时候，老板突然无声无息地出现了，或是棕色鬈发的掌柜沙西加跳了进来。

“好有趣呀?”老板声音柔和地带着恶意问。但如果是沙西加，便劈头大骂：

“静点儿，浑蛋!”

于是一切声音都消失了。可是，这些人愈是那么快地服从威力的压抑，在心里，也愈是感到阴暗和苦闷。

有一次，我问：

“弟兄们，你们为什么糟蹋好好的歌子？”

乌拉诺夫惊讶地瞧着我。

“你说后来唱得不好吗？”

而奥西普·夏杜诺夫却用低低的、永远沉着的声音说：

“歌子，歌子是随便怎样也不能糟蹋的，歌好像人的灵魂，我们都得死，但歌却活着……永远活着。”

奥西普这么说着，像修道院募捐的尼姑似的低下了眼皮，当他沉默的时候，他的加尔梅克人似的宽阔的颊骨，几乎总是不歇地在动，好像这个结实的家伙在那里慢吞吞地嚼着什么东西。

我拾了一些木片，做了个读书架。当我干完了和面工，恢复做排工，站在桌边的时候，我就把这小读书架放在自己的面前，上面放了书看。我的两手忙得没有一点儿闲空，翻书页的工作就由米罗夫担任。他很郑重地履行这任务，每次贯注着精神到不自然的程度，把唾液吐在手指上，当老板从自己屋子里到面包房来的时候，他还得用脚踢我，引起我的注意。

但是，这位当大兵出身的人也笨得可以。有一天，我正在读托尔斯泰的《三兄弟》，我觉察到背后的赛门诺夫的像马一样的喘息声，突然，他那只短而粗的手，伸过来抓住书本，我还来不及看清，他早挥着那书本走到炉子旁边去，一边走一边说：

“想得真妙，好聪明……”

我追上去，抓住了他的手：

“不要把书烧掉。”

“为什么？”

“不为什么，不许烧。”

工场里鸦雀无声，我瞥见烘工阴沉的脸和露出的牙齿，我想他马上会嚷：

“打啊。”

我的眼睛冒火，腿发着抖。所有的人似乎想马上结束一件工作来动手做别的事情似的，用最快的速度干着活儿。

“不许烧？”老板沉着地反问道，他没有望我，歪着头，仿佛在倾听什么似的。

“还我!”

“好，还你!”

我拿回了团皱的书，回到自己的座位。老板依然歪着头，照常默不作声地走到院子里去了。工场里静默了好一会儿，烘工拭了一把额上的暴汗，把脚一顿说：

“嗬！我吓得心都发冷了，我当两个人要打起来了……”

“我也这么想。”米罗夫高兴地附和了。

“当然，差不多要打架了!”铁根遗憾地吁了一口气，“好，话篓子，当心点儿，还有颜色来呢……”

库金摇摇长着白发的脑袋，喃喃地说：

“喂，小伙子，你这种人不该到这里来的呀！我们不想多是非，你一个人惹了老板，听埋怨的却是我们大家。”

亚杜西加低声骂当大兵出身的：

“你简直浑蛋，你没瞧见吗?”

“真的，我没瞧见。”

“我们不是跟你讲过，要你小心一点儿吗?”

“我没留意到……”

大多数的人听着这位怒气冲冲的不平者的怨言，依然满不在乎地沉默着。我不知道这班人究竟对我抱什么态度，心里想：我也许还是离开这里的好。铁根好像明白了我的意思，气冲冲地说了：

“喂，话篓子！不要再干下去了，反正你在这儿再不会有好日子过了！要是老板挑唆爱果尔来对付你，那就糟啦。”

可是这时候，像裁缝似的坐在草席上的雅夏，从地板上站起来，挺出肚子，歪着两只害佝偻病的腿，晃动着身子，怕人地瞪着两只乳蓝色的眼睛，举起小拳头喊道：

“干吗走？先来教训他一顿！要是打架，我帮忙。”

沉默了一刹那，接着，大家都笑开了，犹如夏天的骤雨，从人的心里洗去污秽、肮脏的东西，显露了善良而光明的心地，同时使人们结合成一个怀着同样感情的紧密的集体，仿佛成为一个人。

大家停下工作，捧着肚子，晃着身体，喊的喊，叫的叫，笑得气呼呼，流出眼泪来。雅夏也得意扬扬地笑着，敞开了褂子：

“不对吗，真的呢……我拿个三磅重的秤锤子，要不然，就是一条棍子……”

最先停了笑声的，是夏杜诺夫，他用手掌望脸上一抹，眼睛对谁也不瞧地说了：

“瞧不出雅夏是个小孩子，他说的倒是真话！大家只是胡乱恐吓，一个会讲故事的，怎叫他出去……”

“应该预先警告他！”派什卡住了笑，说，“我们决不当狗！”

于是大家一齐开始谈到怎样使我防备爱果尔的问题。

“那家伙，杀个把人，伤个把人，是满不放在心上的呀。”

谈得最起劲的是亚杜西加。他立刻想出种种荒谬的攻守计划来。可是库金却把独眼望着屋子角落，气冲冲地嘟囔着：

“这班小鬼真没办法，不知吩咐过多少遍啦，叫你们把圣像打扫干净……”

铁根把铁铲子弄得发响，自言自语地说了：

“对什么坏事都应该预先防备……在我们这儿，胡闹根本不算一回事……”

窗外院子里走过谁的沉重的脚声。什么都留心到的雅夏，兴奋地说道：

“爱果尔在关门——赶猪了……”

有人喃喃地说道：

“躺在医院里，倒没有死……”

大家不作声，而且觉得忧闷起来了。过一会儿，烘工对我说：

“你要不要瞧瞧赛门诺夫的阅兵礼？”

我站在大门内，从门缝向院子望：老板赤着两脚，坐在院子中间一口木箱上。短褂子里兜着二十来个白面包。四只育克西种肥猪哼着鼻子，在他身边转来转去，把鼻和嘴插进他的两个膝盖中间。他有时把白面包塞进猪的红嘴巴里，有时拍拍猪的桃红色的大肚子。他悄声悄气地、像慈父一样抚慰着说：

“畜生，畜生，只知道吃。连畜生也喜欢白面包吗？好。吃吧，吃吧……”

他的胖脸上，浮现着瞌睡惺忪的微笑，一只灰色眼睛活跃起来，和善地望着，浑身像变了一个新人。一个阔肩膀、痘疤脸的汉子站在他身后。这人长着一蓬大口髭，两腭却剃得发青，左耳挂着银耳环。他把帽子覆在后脑壳，一对圆纽扣似的、好像锡制的眼睛望着老板和猪的动作，望着猪怎样围攻老板，同时，他把两手插在衣袋里，轻轻地摆动着褂子的下裾。

“可以卖掉了。”麻脸汉子声音嘶哑地说道，他那斧头背一般扁平的脸一动不动。

“得了吧!”老板不高兴地大声答应，“这样的猪再也买不到了。”

一头阉猪把鼻和嘴向他的腰上一拱，赛门诺夫在木箱上把身子摇晃了一下，很开心地哈哈笑着，晃动着肥胖的身子。他的脸皱了起来，使他那颜色不同的两只眼完全淹没在肥厚的肉缝里了。

“调皮的隐士!”他一边笑，一边尖声叫着，“一天到晚……待在暗的地方，瞧它们——哧，哧！瞧它们——啊！我的小隐士，我的小圣灵啊……”

几只猪长得一模一样，简直就像一只猪故意作弄人似的化成了四只猪，在院子里乱窜着，叫人看了讨厌。它们长着小小的脑袋，短腿，没有毛的肚子快要拖到地面。它们向着人扑过来，气鼓鼓地闪动着没有用处的小眼睛上的睫毛，我瞧着瞧着，简直疑心自己是在做噩梦。

阉猪尖声叫着，呼噜呼噜地哼着，同时发出咀嚼的声音，把扁平的贪馋的嘴脸拱进老板的膝间，身子在老板的腿上腰上挨擦。于是他也尖声叫着，一只手把它们推开，另一只手拿着面包一会儿送到它们口边，一会儿又拿开，作弄它们。他和蔼地笑着，身子颤动着，他的模样几乎完全跟猪一样，而且比猪显得更可厌和可笑。

爱果尔懒洋洋地抬起脑袋，凝视着冬天的寒冷的、跟他的眼睛一样漠然的天空。银耳环在他的肩膀上微微晃动。

“是医院里的女看护，”突然，他大声说了，“偷偷和我讲的，她说：不会有世界的末日了……”

赛门诺夫一边想去捉住阉猪的耳朵，一边反问道：

“不会有?”

“哎。”

“胡说八道……”

“说不定是胡说。”

老板依然爱抚那些淘气、干净、光滑的猪，只是手慢慢松懈下来，有点儿倦意了。

“那是一个胸脯高耸、眼睛混沌的女子。”爱果尔吁了一口气，回想了。

“女看护吗？”

“哎，那女看护说：我们不用等待世界的末日，可是太阳一到储备月，就会完全黑暗……”

赛门诺夫又怀疑地反问道：

“什么？完全？”

“嗯，完全。不过时间很短，只有影子经过罢了。”

“影子从哪儿来的？”

“不知道，是从上帝那儿来的吧，一定……”

老板站起来，严正决绝地说：

“傻子！影子是扛不住阳光的，阳光能射过一切影子，这是一；而且上帝是光，光哪里有影，这是二；还有，天空中到处都是空空洞洞的，空的地方怎么会有影？这是三。她真是个大傻瓜……”

“娘儿们总是这样的……”

“对啦……把这群猪赶回栏里去……”

“我去叫一个小伙子来。”

“去叫，快去叫，只是不许他们打畜生，有人打，你代我打他……”

“知道了。”

老板走出院子，一群阉猪追上了他，像一群小猪缠住母猪似的。

第二天一清早，老板把工场大门打开，怀着恶毒的心意，柔声说道：

“话篓子，把面扛起来，从院子里背到门厅里……”

寒气像一阵白烟吹进门内来，绕住了蒸工尼基泰。尼基泰回过头来，向老板说：

“华西里先生，对不起，把门关严些，吹得厉害呀……”

“什么？吹了你吗？”赛门诺夫尖声叫道，把捏紧的拳头向他脑后轻轻一击，门依然开着，而他却跑走了。

尼基泰已经三十岁左右，但是看来还像个孩子：个子小小的，很胆怯，有着一张黄黄的脸和蓬乱的没有光泽的头发，眼睛永远张得大大的，其中显露出无穷的痛苦和恐怖的神色。整整六年以来，每天从早上五点到晚上八点，他站在锅子旁边一直把两手浸在沸汤里。他的右边是火炉，背后是通到院子里去的门，每天总得着几百次凉。指头害着风湿病，歪了，胸部、肺部有病，小腿上绷满静脉的青筋。

我头上顶着空袋到院子里去，走过尼基泰身边，他低声责备我道：

“这都是你的缘故，畜生……”

从他的大眼睛里流出汗水一般浑浊的泪。

我走到院子里，心里也有点儿伤感：

“一定得离开这里……”

老板披着一件狐皮女大衣，站在面粉袋旁边。面粉约莫一百五十袋，在大门的狭窄的门厅里，连三分之一也放不下。我把这意思告诉他，他作弄地笑着说：

“要是装不下，你再扛回来……不打紧，你有的是气力……”

我把袋子从头上丢下，向赛门诺夫说，我不是给人家作弄的人，快算账给我，让我滚蛋。

“叫你扛你就得扛！”他重又冷笑着说，“这么冷的天你上哪儿去？会饿死的……”

“把账算给我！”

他的一只灰眼发了红，绿眼睛恶毒地转来转去，忽然，他捏紧拳头向空中一抡，用嘶哑的声音问道：

“嗯，你想挨打吗？”

我发火了，把他的手摊开，立刻扭住了他的耳朵，闷声不响地拉起来。他把左手朝我的胸口一推，接着，吃惊地低声说：

“且慢！你怎么？惹起老板来了？放开，小鬼……”

过了一会儿，他时而把挨打的右手放在左手上，时而摸摸扭红了的耳朵，他那两只睁得圆圆的可笑的眼盯视我的脸，叽咕起来：

“你，你对老板，胆敢，胆敢，送你到警察局去！你，你……”

突然间，他不高兴地尖起嘴唇，拖长声音没劲儿地吹了一声口哨，接着，眨眨右边的眼睛，就跑开了。

我的怒火跟稻柴一样似的烧完了。瞧见他逃到僻静的角落去，短褂子下肥肥的臀部，好像受了侮辱似的颤动着，又不禁好笑起来了。

外边冷得很，因为不愿回工场，我就决定把面粉扛进门廊里，暖一暖身子。当我把第一袋扛进门里去的时候，我看到夏杜诺夫：他像一只猫头鹰似的蹲在壁角里。他那平直的头发上，缠着一条菩提树皮做成的带子，带子的两端挂在额角上，跟眉毛一起动着。

“我瞧着呢，终究吃瘪了。”他吃力地动着像马一样的腭骨，悄悄地说。

“怎么样呢?”

他张大着蒙古人似的小眼睛，带着不懂的神情注视着我，倒把我弄得惶惑起来了。

“喂!”他站起身来，走到我身旁说，“这件事我绝不对人说，你也不许告诉别人去。”

“我不想告诉谁。”

“这就对啦！无论如何，总是老板！是不是?”

“这话是什么意思?”

“别人的话总得听，要不然，大家都得吵架!”

他动人地说着，声音低得跟耳语一般。

“尊敬是不能没有的。”

我不明白他的意思，有点儿生气了：

“去你的……”

夏杜诺夫抓住我的手，用优雅的低声温和地说：

“你不用害怕爱果尔！你懂不懂消除恐夜病的咒语？爱果尔害恐夜病，顶怕死；一定心里有很大的内疚……有一天晚上我走过猪栏边，那家伙跪着在哭：‘啊啊，圣母华尔华拉，请不要让我暴死……’你懂不懂?”

“我一点儿也不懂!”

“你用这东西就可以收拾他！”

“什么东西？”

“恐怖呀，你要用气力和他拼是拼不过的，他抵得住五个人……”

我感到这人是真心帮我忙，就伸过手去向他致谢。他不马上伸出自己的手，但当我拉住他的硬手的时候，他就怜悯地在手上接了吻，垂下眼睑，嘴里又呜噜呜噜地说些什么。

“你说什么？”

“没有什么。”说着，就离开了我，走进工场里去了。我定了一定神，又重新扛面粉。

关于俄罗斯人民，他们的团结性、社会性以及他们的温顺、宽博、善良的心，我在书上多少读过一点儿，但因为我从十岁起就不受家庭和学校的庇护，过着独立的生活，所以我对人民的理解大半是直接从生活中获得的。大体上说，我个人的印象，和书上所读过的是一致的，那就是：人们都爱善，尊善，向往着善，而且总是在期待着善，希望它在什么地方出现，抚爱和照亮这痛苦黑暗的人生。

但是进一步想下去，就觉得一切人爱善，只是像孩子爱童话一样，惊讶它的美和珍奇，只是跟等待节日一样等待着罢了，可并不深信这善的力量，只有很少数的人才立心行善。大家的心灵都好像未经耕耘的土地：其中丛生着蓬蓬的乱草，偶然有一颗麦种被风吹来，它的幼芽也会枯死。

夏杜诺夫是很有趣的汉子，他叫人觉得是一个非凡的人物。

老板约莫一个星期没到工场里来，也没算账给我。我这边也没去催逼——我没有地方去，而且这里的生活一天比一天有趣起来了。

夏杜诺夫表面上和我疏远，我没有机会和他“开诚”深谈。有时我问他话，他腭骨动着，垂下眼睛，含糊地答道：

“当然，能知道真理该多好！但各人有各人自己的心……”

在他的内心中，有一种深不可测的东西，他不多嘴，肮脏的闲言杂语是不讲的，就是临睡或起身的时候，也不做祷告，只有在吃午饭或晚饭以前，默默地在宽大的胸口画一个十字。他一闲下来，便避开人眼，躲在角落里，缝自己的衣服，或是脱下短褂捉虱子，而且常常用低低的声音偷偷地唱着叫人听不大见的歌。

今天不知是什么原因，
我心头感到忧愁和苦闷……

有人开玩笑地问他：

“只是今天，昨天心里很痛快吗？”

他不搭腔，也不抬头，接着唱下去：

家酿酒喝喝也不错，
可是总觉不对劲……

“你横竖没有家酿酒……”

他像个聋子，眉毛也不动一动，仍然没劲地唱下去：

去望望那位可爱的娘儿吧，
脚步儿却不肯向那边动。
脚步儿真不肯动一动，
而且心儿呢也不动……

派什卡·铁根不喜欢忧伤的歌。

“喂！豺狼！”他露出牙齿气冲冲地叫着，“你还要叫吗？”

但是暗角里还是发出念佛样的声音。

我的心有点儿痛，
啊，有点儿痛——叫我夜里睡不着……

“喂，华诺克！”烘工命令着说，“别让他再唱下去啦，受不了，咱们来唱‘山羊’歌吧！”

别的人唱起下流的跳舞歌来。于是夏杜诺夫也巧妙地，而且坦然地唱起有力的感伤的歌来。他唱得很合拍，跟那些乱叫乱跳的歌调，一个字一个音节都配合。有时，大伙儿的歌声隐没在夏杜诺夫一个人的声音里，好似一股激流隐没在黑暗的泥塘的死水中一样。

烘工和亚杜西加对我的态度显著地好起来了。这种新态度，不能用言语表示，可是我却很清楚地感觉到。响铃儿雅什卡，在我和老板吵架那晚上，捧着草荐到我睡的地方来说：

“我跟你一块儿睡。”

“好的。”

“咱们大家好些!”

“好吧。”

他马上把身子滚到我的腰边，轻声地说：

“老鼠吃不吃油蟑螂?”

“不吃。你问这干吗?”

“我也是这样想。”

于是他依然轻声地而且很急促地转动他那条厚舌头，开始讲了。和善的眼睛时不时地眨着：

“我嘛，我见过老鼠跟油蟑螂谈话，真的，我亲眼看见的。半夜里醒过来，屋子里有月光，看得见东西，离我的床不远，一只老鼠正捧住一个面包卷，拼命在咬嚼。我躺着不作声，一会儿爬来了一只油蟑螂，接着又来了两只。老鼠就停下来，它的白须微微地动着，油蟑螂也微微地动了动它们的触须，好像哑巴做手势一样，这么通着话……我真想知道它们讲什么话。你说有趣不有趣？你睡着了吗?”

“没睡着！你讲下去……”

“老鼠好像对油蟑螂说：‘你们从哪儿来?’于是油蟑螂好像回答：‘我们是从乡下出来的。’……原来油蟑螂遇到火灾，就从乡下搬进城里……它们在失火以前，就搬出房子，知道什么时候会失火。大概是家神对它们说的，叫它们逃，它们就逃了。你见过家神没有?”

“没有，没有见过……”

“我见过呀……”

不料这时候，他的喉头忽然塞住，打起鼾来了。于是这响铃儿直到天明都没作声。

老板又照常每天到工场里来了，每次总是在我正讲故事或看书的时候，好像故意选定这时间似的。他不声不响地进来，坐在我左边窗下一只放铜码的箱子上。我一发觉他，把话停止，他就带着阴沉沉的、嘲弄人的样子说：

“讲呀，讲呀，先生，没有关系，讲下去！”

接着，他便久久地坐着，默默地用力鼓起两腮，弄得他那隐藏在稀疏的头发下面、紧贴着脑壳、小得几乎看不见的耳朵也颤动起来。有时候，他用蛤蟆一样的声音问道：

“什么，什么？”

有一天，我讲了宇宙的发生，他便尖着嗓子叫：

“慢来慢来，照你说，上帝在哪儿呢？”

“就在这儿……”

“别开玩笑，到底在哪儿？”

“《圣经》上写的有。”

“不要装傻，在哪儿？”

“‘地是空虚混沌，渊面黑暗，神的灵运行在水面上……’”

“是水呀！”他得意地叫喊，“你不是说有火的吗？好，真是这样写的吗？我去问问神父看……”

他站起来，一边走，一边做出难看的脸色补充着说：

“话篓子，你见识真不小，你瞧着，这对你没有好处……”

派什卡摇着头，担心地说：

“老头子会给你当上的！”

过了两天，沙西加跑进工场里来，严厉地说：

“老板叫你！”

响铃儿抬起他那长着狮子鼻的雀斑脸，认真地忠告我：

“你带个三磅重的秤锤去呀！”

我在全工场人的窃笑声中跑出去了。

在一间狭窄的半地下室里，一张放茶炊的桌子边，除了老板之外，还坐着两个客人。两个都是开面包卷工场的，一个叫铎诺夫，另一个叫科西诺夫。我走到门口，老板又客气又恶毒地说：

“好，话篓子，你来讲讲星和太阳是怎样形成的。”

他红着脸，一只灰眼睛眯得很细，另一只绿眼睛高兴地发着宝石似的光彩。和他一起坐着的两个人的光滑的脸都微笑着。一张脸是紫红色的，长满火红色的毛，另一张脸黑黑的，好像发了霉一般。茶炊懒洋洋地喷着蒸汽，冒到那几个怪人的头上。靠壁放着一张双人床，上面坐着一个蝙蝠似的、脸色发灰的老婆子，那是老板娘。她两手撑在皱乱的被单上，耷拉着下唇，不住地晃着身子，同时大声地打着嗝。屋子角里，一只长明灯发出淡红色的火头，它怕冷似的颤动着。两窗之间的墙上，挂着一张五彩石印画，是一个半身赤裸到腰际的妇人，抱着一只跟她一般肥胖的猫儿。屋子里弥漫着伏特加酒、腌香蕈、熏鱼之类的浓浓的气息。窗外边，街上行人的脚像一把大剪子剪什么东西似的走过。

我走进去，老板从桌子上拿起食叉，站起身来，用食叉在桌边上敲敲，对我说：

“好，你站在这边……站着讲。讲完了，请你吃东西……”

我也决定款待他一番，我就讲了。

“地上的生活并不快活，因此我非常爱天。夏天的晚上，常常跑到野外去，仰天躺在地面上。于是觉得每颗星都发出金色的光，照到我的身上，照到我的心里。每颗星、每条光线都和整个天空连接着，我就好像跟大地一起飘浮在群星之中，宛若在一个大竖琴的琴弦之间徜徉，而地上夜生活的低低的声响，为我唱出了伟大的生之幸福的歌曲。在心灵和世界这样奇妙地融为一体的幸福的时刻，日常生活里的可怕的印象就从我的胸头被洗除得干干净净。”

这时候，在这间肮脏的屋子里，在三位工场老板和莫名其妙地把失神的眼向我呆望的喝醉的妇人面前，我也一样觉得飘飘然，而且忘记了侮辱地包围着我的一切。我看见两张脸嘲讽地微笑着，也看见我们的老板尖起嘴唇吹口哨，他那绿眼睛转来转去，特别锐利地打量着我的脸。我还听到铎诺夫发出沙哑无力的声音说：

“尽扯淡，小鬼！”

科西诺夫气冲冲地叫道：

“他害了热病还是怎的？”

可是我全不管，我只要使他们听我的话就满足了。而且我觉得他们已经被我的话征服了。

突然间，老板呆然不动，从鼻子里发出轻轻的声音，慢吞吞地说：

"够了够了，话篓子！谢谢你，诸位，这是很好的故事呀。现在，把每颗星都一一放回原处。出去，喂猪吧，去喂我的可爱的猪……"

现在回想起来是好笑的，但在当时，我心头很不快。我不记得怎样克服了我的狂怒的心情。

记得的，只是我跑进工场里，夏杜诺夫和亚杜西加抓住了我，带我到门厅里，给我喝水。还有那响铃儿雅什卡令人信服地说道：

"怎么样？你没有照我说的做吧。"

铁根紧皱着眉头，拍拍我的背脊，气鼓鼓地嘟哝着说：

"别跟他打交道……他一发起脾气来，连主教都不放在心上的……"

喂猪这件事，是被看作没面子的重罚的。育克西种的白猪，关在一间黑暗狭窄的小猪栏里。人拿了盛猪食的铅桶进去，猪的嘴脸就向人的脚上攻过来，几乎没有一个人受得住这种粗鲁的殷勤而不跌倒在猪栏的脏地上的。

到猪栏去，一进门，必须马上把背脊靠在墙上，举起脚来把畜生踢开，很快地把食料在水槽中一倒，连忙拔脚就跑。因为猪被踢，就发怒咬人。但是更倒霉的场合，是爱果尔打开工场的门用阴沉沉的声音喊道：

"喂，伙计，去把猪赶赶！"

这就是说：那些猪在院子里玩得忘了神，不肯进猪栏了。五六个工人喘着气，咒骂着，跑到院子去。这时候，开始了老板最喜欢的一种狩猎娱乐。开头，工人们拼命地赶，还带着取乐的心情，不一会儿，人也倦了，火也冒了，呼呼直喘气。倔强的猪像木桶一般在院子里乱滚乱窜，老把人撞倒。老板在旁边望着，兴奋得像个猎人，跳蹦着，跺着脚，吹着口哨，尖着嗓子大声叫唤：

"好猪儿！别认输！撞倒他们！"

有人在地上跌倒，老板更兴高采烈地叫，两手拼命拍着自己那个女人一样胖大的屁股，笑得喘不过气来。

看起来，也实在是有趣的。院子中奔窜着像桃红色肉团似的肥猪，在它们后面，奔跑着衣衫褴褛、光脚穿着破靴子、满身扑着花粉似的面屑、瘦骨嶙嶙的两条腿的动物，他们扬着两手，追着，呵斥着，爬起，又跌倒，有时候，他们抓住阉猪的腿，在院子里拖着。

有一天，一头猪逃到街上，我们六个小伙子在街头追，足足追了两个钟头。幸而一个鞑靼人走过来，把一条棍子打在猪的前腿上，我们把猪放在席子上拖回家来。这引起了居民极大的兴趣。鞑靼人摇摇头，轻蔑地吐着口水，俄罗斯人却立刻在我们周围拥集起来。一个黑皮肤的灵活的学生脱下帽子，眼睛瞧着号叫着的猪，很同情地大声向亚庭问道：

“这是你妈妈，还是你姊姊？”

“老板呀！”精疲力尽的亚庭这样回答了。

我们恨死那些猪。它们过得比我们舒服，除了老板以外，它们使我们受了很大的屈辱，我们不得不去照料它们的健康、饥饱，干那些肮脏的工作。

我奉命须得整整一礼拜看管猪，工人们知道这件事以后，有几个人便怀着俄罗斯人所特有的同情心来可怜我，这种同情像焦油似的粘在我的心上，使我的心失去了力量，大多数的人，则漠然不问。库金带着教训的神气，用鼻音说道：

“不打紧呀！老板叫做什么，就拼着命去做……你吃谁的面包呀！”

亚杜西加喊道：

“老鬼！搬弄是非的独只眼……”

“对啦，还有呢？”老头子问了。

“走狗，快告诉老板去……”

库金打断他的话，满不在乎地说：

“我会去讲的！什么话都要讲！我做人是理直气壮的。”

这时候，铁根嘟哝了几句，板起脸，不作声了。这种情形在他是很少有的。

晚上，我睡在屋角里，冷得发抖，听着那些工作疲乏后的人们的鼾声，同时反复思索着那些模糊的字眼：生活、人们、真理、灵魂。当我的心灵这样沉重的时刻，烘工悄悄地爬到我身边躺下，说道：

“你醒着吗？”

“嗯。”

“老弟，你很不快活吧……”

他卷起烟草，燃了火，红红的火光映照着他那像丝线一般的胡须和鼻子尖。铁根吹掉烟灰，低声说道：

“你瞧怎样，咱们把猪毒死吧？这个很便当，只消在开水里放上一把盐，猪喝了喉头就会发胀而死的……”

“为什么要毒死呢？”

“第一，可以使我们大家轻松一下，而且，这对老板是最大的打击！你反正走就是了！你的身份证我托沙西加从老板那里偷给你——这一定可靠，由我担保。你干不干？”

“不。”

“你不愿意也是无益的。反正你不能长久忍受下去，老头儿一心一意在收拾你呢……”他双手抱着膝，蒙蒙眬眬地摇着身子，而且用着仅仅听得见的低声，慢吞吞地说下去：

“我是为你想呀，真心真意的！到底还是走路的好……自从你来了，什么都搅坏了。你老是得罪老板，老板就找大家出气。你得小心，大家都在恨你，几时都想揍你一顿呢……”

“那么你呢？”

“你说什么？”

“你也恨我吗？”

他不作声，眼睛盯着香烟的苍白的光，接着，他便没神没气地说：

“我觉得豌豆不该种在泥塘里。”

“难道我平常说话有什么不对吗？”

“对是对的，可是这有什么用处呢？老鼠不能把山咬掉。你说不说都是一个样。你太相信人，老弟，相信人是危险的！”

“我相信你也危险吗？”

“也危险。我算什么呢？难道我可靠吗？我今天是这样的人，明天又变了另外一个人……什么人都如此……”

很冷，发酵的面酸气冲进鼻管里。四边睡满了人，像一堆灰色的小山。有的喘息着，有的叹息着，有的在说梦话：

“啊哟，娜泰霞……娜泰……”

不知谁好像在梦里被人揍了，伤心地哭了。肮脏的墙上，三扇黑幢幢的窗子惺松地盯着人，好像通到什么黑暗世界去的深洞。窗台上滴着水。面包工场那边，传来了轻轻拍打和吱吱的声响，这是烘工的下手，又哑又聋的尼刚铎在和面粉。

铁根深思地低声说：

“你到乡下去当教员，这个顶好！生活快乐，又清高！正当职业，心满意足。我要识字读书，我马上去当教员！我顶喜欢孩子，顶喜欢女人。不过女人总叫我倒霉！遇到一个稍微漂亮点儿的就完蛋了：我就会死乞白赖地盯着她，就像她用绳子牵着我似的。如果我不是这脾气，如果我当一个庄稼汉，我就娶一个好看的媳妇……至少养出十个孩子来，真的。可是在这儿，只消是女人，不管好看难看，都可以弄到手……你说什么道理？简直像摘香蕈一样。贪心不足，摘了满满一篮子，还要弯下腰去……”

他伸了背脊，张开两手像要抱人，忽然，他严厉而认真地向我问道：

“那么，猪的事到底怎样？”

“这个办不到。”

“完全不行？无论如何都不干吗？”

“不。”

铁根躬起身子，像偷儿似的，溜回自己铺上去了，那边有暖炕。

四周很静寂，在桌下面库金睡的地方，好像他的一只阴谋家的独眼，在朦胧地发光。

幻想像吃惊的蝙蝠，在肮脏的地上，在熟睡的人们中间跑来跑去，撞在潮湿的黑墙上和龌龊的天花板上，于是慢慢地精疲力尽，慢慢死去了。

“喂！”有人在说梦话，“拿过来……把斧头拿过来……”

猪中毒了。

是第三天的早晨，我走进猪栏去，跟平常不同，猪儿们并不向我的脚边冲过来，它们团在角落里，对着我发出低哑的叫声。我用手提灯的光上前一照，畜生们的眼睛，一夜之中变得又圆又大，凸出在白色的眼毛底下，同时痛苦而悲凄地望着我，好像在埋怨人似的。沉重的喘息仿佛使恶气冲天的黑暗空气颤动起来，黑暗中飘浮着像人一样的呻吟声。

“干出来啦?!”我想，心难过地跳着。

我跑到工场里，把铁根叫到门厅里，他脸上微笑着，一边抚着胡须，一边走出来。

“猪中毒了，是你干的吗?”

他交替地踏着双足，好奇地问道：

“死啦？走吧，去瞧瞧。”

走到院子里，他讥笑地问：

“你要告诉老板吗?”

他捻了捻胡须，抱歉地说：

“是雅夏，是那小鬼。小鬼那晚上听到咱们的话，昨天他说：‘伯伯，这件事我来干，放盐!’我说：‘干不得……’”

他站在猪栏口，眯着眼向暗中张望，一听到畜生沙哑的叫声，他搔搔下巴，病态地皱紧了眉头，不高兴地说：

“多么糟糕的事！我是喜欢胡说八道的，这是我的脾气，当然不能真去干，当然不能……”

回来的时候，他怕冷似的缩着身子，喉咙里嘎嘎地响着，盯着我的眼，拖长声音说道：

“闯了祸啦，真见鬼，老板会发疯的，雅什卡的脖子会给扭下来的……”

“为什么扭雅什卡的……”

“那是不消说的。”铁根眨了眨眼睛，告诉我道，“伙计队里，总是小的替大的受过……”

但他立刻又皱紧了眉头，向我投了尖锐的一瞥，然后跑进门厅，嘴里嘟哝着：

“你去报告呀……”

我跑到老板那里，他刚刚起床。灰色的胖脸上现出皱纹，湿头发紧贴在脑袋上，他坐在桌旁，叉开两条腿。玫瑰红的长褂子盖到膝头边，膝上躺着一只长毛猫，像躺在摇篮里似的。

老板娘在桌上整理茶具，衣裾轻轻地发着沙沙声，像是一只瞧不见的手，抓了一大把破布，在地板上拖来拖去。

“干吗?”他略含笑意地问。

"猪儿害病啦。"

他把猫向我脚边一抛，捏紧拳头，牛似的向我扑来。他的右眼冒火，左眼发了红，含满了泪水。

"谁干的？谁？"他气喘喘地连问了几声。

"快去叫兽医……"

他走到我的身边，可笑地用手掌把自己两只耳朵狠命地打了一下，立刻，他的脸好像发青，肿了起来，同时，他粗野而凄苦地叫道：

"恶鬼，我心里明白……"

老板娘也在场，我第一次听见她出声，是颤动的害感冒似的声音：

"老板，报告警察去，快点儿……"

她那瘦弱皱瘪的脸发着颤，大嘴吃惊地张开着，露出不整齐的黑牙齿。老板气冲冲把她推开，从墙上摘下一件衣服，揉成一团，挟在腋下就向门外跑去。

但当他从院子里向猪栏的暗处看了一眼，听到畜生痛苦的喘息以后，他就镇定下来，说：

"叫三个人来！"

马上，从工场里来了夏杜诺夫、亚杜西加和大兵。老板眼睛没有朝我们望，喊道：

"扛出来！"

我们把四头肮脏的肥猪扛出来放在院子里，天有点儿亮了。放在地上的手提灯照着轻轻下着的雪花，和张开大口的猪儿们的沉重的脑袋。其中一头，好像一条鱼被人一手捏住，弹出了眼珠。

老板把狐裘大衣披在肩上，低着头，默默地，一动不动，站在渐渐死去的猪的身边。

"去干活儿去……叫爱果尔来！"他低声说。

"发愣啦！"当我们挤到两边堆满面粉袋的狭窄的门厅时，亚杜西加这样嘟哝了一句，"急坏了，连发怒也发不出……"

"等着瞧吧！"夏杜诺夫吁了一口气说，"湿柴不能一下子就发火……"

我留在门厅里，拣隙绕儿向院子张望。在破晓的阴暗中，手提灯的火微微照耀着，模糊地映出四只灰色的口袋，这些口袋喘着气，发出啸声，一会儿膨胀，一会儿又瘪下来。老板光着脑袋，俯身在口袋上，头发披到脸上。他照这样子一动不动地站了很久，身上披着大衣，好像一口钟……在这以后，我听到鼻息声，接着，听到有人低语的声音：

“怎样啦，亲爱的？难受吗……嗯？难受吧……”

畜生不知怎的喘得更厉害了。

老板抬起头来，向四周看了一眼，我清楚地看到，他的脸上流满了泪水。忽然，他像小孩似的提起手背揩眼泪了，接着，他移开身子，从木桶里抽出一束稻草。又回来，蹲下身子，用稻草揩起肮脏的猪脸来。可是立刻又把草丢了，站起身来，开始在猪肉四周踱步。

一圈、两圈地踱着，踱着，脚步渐渐加速，忽然变成了跑步。两手捏成拳，向空中晃动着，连奔带跳，在地上跑着圈了，大衣的下裾缠住了他的腿，有时，差不多要摔跤了，他就停下来，摇摇头，低声咕哝着。最后，他好像扭坏了脚胫，忽然蹲下来，像鞑靼人做祷告一样，开始用两只手掌擦脸：

“怎么回事，怎么回事……嗯？怎么回事？”

从暗角落里，爱果尔衔着烟斗，慢吞吞地走来。烟斗的火时不时地发光，照见他阴沉的脸。这是一张好像用一块碎裂多节的木头胡乱雕出的脸。又厚又红的耳朵下，闪着银制的耳环。

“爱果尔。”老板低低叫了一声。

“啊？”

“有人下了毒啦，给可爱的猪……”

“是他干的？”

“不。”

“那么是谁？”

“是派什卡跟亚杜西加。库金告诉我的。”

“我去揍？”

老板站起来，发出衰弱的声音：

“哎，慢着。”

“这些人都是浑蛋。”爱果尔轻声说。

“不错。可是，畜生有什么罪过？”

爱果尔吐了一口口水，吐在自己的靴子上，他提起脚，在大衣边上擦了一擦。

灰暗、寒冷的天空，沉重地掩盖着窄小的院子，曚昽的冬天的太阳，慢慢地透出光来。

爱果尔走到临死的畜生的身边。

“把它们宰掉得啦。”

“干吗？”老板摇了摇头，“让它们活到死吧……”

“宰了，好卖给香肠店。死了没用了。”

“香肠店不会要。”说着，赛门诺夫又蹲下身子，用手摸摸鼓胀的猪脖子。

“不会不要的，我只说您发了火，宰了，一定靠得住……”

老板没作声。

“那么，怎么办呢？”爱果尔固执地追问。

“怎么办？”

老板站起来，又在猪儿周围踱起步来，一边低声说道：

“我的小隐士，小无赖……”

老板止住步，向爱果尔瞧了一眼，气冲冲地说道：

“宰吧！”

人们等待着风波，准备滚蛋，以为至少得受罚，多做一袋面。铁根明明不大高兴，却装着没事，摆出一副精神抖擞的样子来，叫道：

“使点儿劲儿干活儿呀！”

全工场的人阴沉地静默了。许多憎恨的眼光朝我望着，库金嘟哝着说：

“老板不管好人、坏人，都要罚的……”

空气渐渐地沉闷、紧张起来，差不多动一动就会吵起来。终于到了大家吃午饭的时候。当大兵的米罗夫嘴角扯到耳朵边，哈哈地傻笑着，咚的一声，用汤匙在库金的额角上打了一下。

老头“啊”的一声叫，掩住脑门，过于受了惊，突出了恶狠狠的独只眼，大声叫痛了：

“老弟，这是怎么回事啊？”

哄然的叫骂声闹成一片。有三个人向当大兵的凶暴地拔出老拳。他背靠着墙头，纵情地笑着，说道：

“打他还不该吗，这是个坏蛋呀！爱果尔说，老板知道谁下的毒……”

铁根脸色发了青，古怪地挺直身子，迅速地从暖炕那儿跳开，一把抓住了库金的衣领。

“又是你吗？你这个毒虫！你不是为了口舌坏早就吃过苦头，你还吃得不够吗？”

“可是，事实总是事实！”库金双手掩着打皱的脸，用老年人的带哭的声调叫道，“不是你第一个想出来的吗？我听见你嗾使话篓子……”

铁根咳了一声，拔出了拳头。亚杜西加拉住他的手臂：

“不许揍，派什卡，等一等……”

骚动开场了——派卫尔被夏杜诺夫和亚庭拉住了手，咆哮着挣扎：

“放开……我要收拾这家伙……”

可是忠诚的老人，让铁根的手抓住他肮脏的褂子，溅着口沫大声地喊叫：

“没有事，自然不说。可是有什么不好的事，我是要说的！你们要挖掉我的心，我还是要说，你们这班无赖！”

说着，他突然跳起来，扑到雅什卡身上，揍雅什卡的脑袋，把他打倒在地板上，两条腿子还帮着蹴踢，在他身上跳跃着，看那轻快敏捷的样子，简直是个年轻人。

“你这死坯，都是你干出来的，你放了盐！”

亚庭纵身一跳，一头攻到老头子的胸口上，老头“啊”的一声，倒在地上，就呻吟起来：

“嗯……嗯……”

雅什卡像只野兽，骂着，哭着，积极地进攻，像恶狗一样，扯破了褂子，抡着拳揍。我尽力想把他拉开。四周响起大大小小的脚声，地板上腾起灰尘，几张兽样的嘴叫吼着，铁根发出歇斯底里的叫喊。大伙儿乱打起来了。在我的身后，已有了打耳光和碰牙齿的声音。斜视眼的阴森森的莱萧夫，拉着我的肩头挑战了：

“来来，一个对一个！来吧，动手啊！”

不洁的恶血，为腐败的食物、污浊的空气所毒害，充满了怨恨的毒素，涌到了人们的头脑里，人们的脸发青、发紫，耳朵变得通红，血红的眼睛呆呆地望着，嘴巴紧闭着，这一切使所有人的脸变成了狗的相貌。

亚庭跑过来，向声势汹汹的莱萧夫叫唤：

“老板！”

大家好像给风吹散了一样，各人连忙跳到自己的位置上。一时鸦雀无声，只听到疲劳的喘息声，人们的拿汤匙的手颤动着。

烘房门口站着两个工人。一个是烘白面包的耶科夫·维西纽夫斯基，这是一个漂亮的朋友，爱清洁。另一个，是烘普通面包的白西根，这是一个害气喘病的胖子，紫脸，有一对像猫头鹰的眼睛。

“打架打不成了吗？”胖子失望而忧闷地问道。

维西纽夫斯基用满是火伤疤的小手，捻捻口须，用羊叫一样的声音说：

“呸！懒惰的面虫……”

人们的郁愤都向这两人发泄，全个工场里的人开始了叫骂。这两个是大家讨厌的家伙，他们工作比我们轻，可是工钱比我们多，他们以叫骂来回答叫骂，第二次打架差不多快发生了。这时候，蓬着头、哭丧着脸的雅什卡突然从工作台边站起来，摇摇晃晃不知要往哪里走去，两手掩住胸口，忽然砰的一声仆倒在地板上。

我抱了他到烘房里，让他躺在旧木箱上。这儿比较清静，空气也充足些。他脸发了黄，骷髅似的躺着，像死人一样一动不动。一切的狂暴都停止了，空气中飘着不祥的预感。大家小声地骂起库金来。

“独只眼，这都是你搞出来的！”

“你这种东西，应该关在牢里……”

老头气冲冲地辩解：

“这跟我有什么相干？他有病，要不然也是偶然晕倒罢了……”

亚庭和我把这孩子弄醒了，他慢慢扬起他的快活、聪明的眼睛上的长睫毛，没劲地问：

“到了吗……”

“到哪里？”他的哥哥悲伤地叹息着，“你什么事都要来一手，瞧我揍你一顿……你怎么会跌倒的？”

“在哪里?”他莫名其妙地动了动眉毛问了，“我跌倒了吗……我不知道……我做了梦，划着一只小船……同你两人，去捉虾……带了网，还有一瓶烧酒……”

说着，像疲倦了，闭了眼，沉默了一会儿，又开始没劲地喃喃说道：

“啊，我记起来了，我胸口打伤了……是库金打的！我恨他。我透不过气来……老鬼！我知道他……把妻子打死了……跟媳妇胡搞。我们是同乡，我都知道……”

“啊，别说话!”亚庭怒了，“静静儿躺着。”

“我们的地方，是厄格里台也伏村……啊啊，难受，开不开口，要不，我说……”

他昏昏沉沉地说着呓语，不断地伸出舌子舔着干黑的嘴唇。

有人跑过烘房，高兴地喊：

“啊啊，休息。老板出去喝酒了!”

工场里的人开始喧闹了，吹着口哨。大家互相用和善满意的眼光相望。眼前，老板不会为了猪儿的事而报复了，尤其是老板一醉酒，活儿可以少做了。

在危险场所不出场的、狡猾的华诺克·乌拉诺夫，跳到工场的中心喊道：

“大家玩玩呀!”

铁根闭住眼睛，突出喉核，用最响亮的男高音唱起来：

> 瞧呀瞧呀，羊儿走过街呀……

二十个人用手拍着桌子接上来：

> 小羊儿走在宽宽的街上!
> 它的胡子飘动……

铁根脚踏拍子大声唤叫，唱歌的唱到后来都唱出肮脏的歌词来：

……摇呀摇的！

在肮脏的地板上，灰尘飞扬起来，一个身体柔软而瘦小的人忸忸怩怩地做出猥亵的动作，像一条烧伤的软体虫。

“再来一个，再来一个！”人们向他叫喊着，突然爆发的欢乐，和刚才狂怒的发作，同样都令人难受。

到了晚上，响铃儿的神色更加坏了，发烧，又喘气。胸头吸进了很多带着酸味和酒精味的空气，他尖起嘴来嘘气，好像是想吹口哨而没有气力吹的样子。他常常讨水喝，但是只喝了一口，就摇摇头不要，他那茫然的眼色里含着笑意，他喃喃地说道：

“我弄错了，不要……”

我用烧酒和醋擦他的身子。他那满是粗屑的脸现着神秘的微笑，睡着了。卷曲的头发贴在鬓角，好像全身融化了。只有胸口在沾着干粉屑的又旧又脏的褂子下，轻轻地跳动。

人们对我嚷道：

“在这种地方，你别冒充医生啦！偷懒我们大家都会……”

我觉得非常不快，越感到自己不能与他们为伍。只有亚庭和派什卡，是明白我的脾气的。铁根精神饱满地叫我：

“喂，婆婆妈妈的干吗？小姑娘，快去和粉，大伙在等着吃面包呢！”

亚庭常常在我身边跳舞，逗我高兴，但今天却不这样做。他悲伤地叹气，这样地问了我两次：

“雅什卡是不是挨揍得太厉害了，你看？”

夏杜诺夫比平常更洪亮地唱自己喜欢的歌：

站在十字路口，
瞧命运女神走向何方……

晚上，我睡在响铃儿旁边的地板上，帮着照料他，当我把面粉袋铺开的时候，他醒了过来，吃惊地问：

“这边是谁？话篓子，是你吗？”

他想坐起来，却坐不住，脑袋沉重地倒在那垫在他头下面的一堆污黑的破布上。

大家都已静下了，沉重的呼吸发出呼噜呼噜的声响，带痰的咳嗽，震动着沉闷的空气。蔚蓝的星月之夜，冷清清地透过涂满污垢的窗玻璃向房里张望。星星又小又远，令人生气。烘房的壁角上，点着一只小小的、马口铁制的煤油灯，灯光照亮了那些上面放着面团钵子的架子，这些钵子叫人联想到被砍下来的秃头。在面粉箱上睡得缩作一团的，是聋子尼刚铎。从那张秤面团和擀面团的桌底下伸出的，是烘工的满是火伤瘢的、黄色的、不穿袜子的脚。

雅什卡低声叫：

“话篓子……”

“嗯?”

“真冷清呀……”

“那么，谈谈吧，讲点儿什么给我听听……”

“讲什么好呢，讲家神小鬼吧?”

“好吧，就讲这个吧……”

他沉默了一下，从箱子上爬下来，躺着，把发烧的脑袋放在我的胸口上，接着做梦一样低声讲了：

“是我爸爸坐牢前的故事。夏天，我还很小。睡在门台的顶棚底下的车子上，很爽快！张开眼睛，看见那小鬼一跳一跳从门口踏级上跳下来！很小很小，身子不过拳头那么大，像毛线手套一样尽是毛，全身灰色带绿。没有眼睛。我大声叫了。妈妈就打我，我不该叫喊，那小鬼是不能去吓他的，他受了惊就会生气，就会跑掉，再不回来——那就糟了！据说一家人家没了家神，上帝也不喜欢这人家的。你可知道家神小鬼是谁?”

“不知道。干吗?”

“他借天使的口向上帝报告呀！天使从天上下来，人的话是不懂的，人呢，也不能听天使说话……”

“为什么?”

“为什么？这是规矩。但我觉得这没有道理，因为这样会使人和上帝疏远的。”

他有精神起来，坐了起来，好像没有病，神清气爽地说：

“不管谁，有话对上帝说就直接说去，要什么家神，简直不通。而且那小鬼有时被人触怒，他要不高兴，不必报告的事也都向天使报告了。比方天使问家神，这汉子好不好，如果小鬼不喜欢这汉子，他一定说，这是坏蛋。这样，这汉子就得接连受罪。人老喊着——上帝，怜悯呀！但传到上帝耳朵里，却变了坏话，所以没有用。上帝不来听你，还是发怒……”

这孩子的脸正经、认真，他眯细着眼凝视屋顶。屋顶像冬天的天空，是灰暗的，上面有着许多潮湿的斑点，跟云一般。

“你爸爸怎样死的？”

“他充硬汉，也是在牢里，说两只手抱得起五个人，他叫他们互相紧紧地抱住，他刚刚把他们举起来，心脏就破裂出血了。”

响铃儿痛苦地叹气，又在我身旁躺了下来。他的发烧的脸擦着我的手说：

“爸爸的气力大得怕人，两普特重的秤锤子拿在手里，会画二十次十字。可是没活儿干，土地很少，一点点……不够吃，常常挨饿，只好伸手向人去要。我还很小，就流浪在鞑靼人中间。鞑靼人倒都是好人，非常好的人。可是爸爸没活儿干，就偷人家的马……他是为了我们……”

他的细小、沙哑的声音渐渐衰弱下去，不时地停下来。小孩子像老人似的咳着，叹着气：

“偷得着马是好的，大家都可以吃饱，过得好些……妈妈老是哭嚷……要不然，便是喝酒唱歌……她是瘦小的女人，长得也不坏……她常常对爸爸嚷着：‘我的亲人，堕落的灵魂……’乡下人拿着棍子对付爸爸，可是爸爸不在乎！亚杜西加要是当了兵，多好……也成个人，可是不合格……”

小孩子沉默了，大声吹起鼻息来，把我惊了一跳。我屈了身子听他的心，心跳得又低又急，但体温倒低一点儿了。

淡淡的月光射过窗子照到肮脏的地板上，窗外静寂而清朗。我跑到门外去，仰望着晴空，呼吸着寒冷的空气。

神气清爽了一会儿，身子有点儿冷，回到烘房里，不觉大吃一惊！炉炕边的暗角上，有一团灰色的、有生命的东西在蠕动着，还发着低低的喘气的声响。

“谁？”我发着抖问。立刻听到老板的沙嗓子回答：

“别嚷嚷。”

他照例穿着鞑靼袍，因此，看上去像个老婆子。他一只手提一个烧酒瓶，一只手拿一只茶杯，在炉炕边躲藏似的站着。他的手大概在发颤，玻璃发出叮当的声响，接着听见液体注入杯子的声响。

“到这边来！”他叫。我走过去，他拿烧酒给我：“喝！”

“我不！”

“干吗不？”

“不是时候。”

“喝酒的人随便什么时候都能喝。喝吧！”

“我不喝。”

他吃力地摇了摇头。

“听说你会喝的。”

“疲倦的时候喝个一二杯……”

他用右眼望望杯子，大声叹了口气，然后把烧酒倒在炕前的洞里，接着便走过去，在地板上坐下，两脚悬挂在洞穴里。

“这边来坐，我同你谈谈。”

很暗。他的圆脸像一个烧饼，看不清表情。但他的语气跟平时完全不同，我觉得有趣，和他并排坐下了。他低垂脑袋，几只手指敲着酒杯，酒杯发出低低的叮当声。

“好，你谈谈吧……”

“雅可夫要送到医院去才行。”

“为什么？”

“病了，给库金揍伤了，很危险……”

“库金这家伙真是浑蛋，什么都来告诉我……不管谁的事。你当我会喜欢他，给他好处吗？我才不会在他那长着独眼的脸上撒一把尘土呢，不消说也不会给他五个铜子……”

他懒洋洋地讲着，但讲得很明白。说话虽带酒气，却也不像醉汉的样子。

“我什么事都清楚！你为什么不愿毒我的猪？老实说吧！你生我的气，我知道。我也生你的气，你说吧！”

我老实说了。

“原来如此！”他沉默了一会儿，又说了，“你觉得我比猪还坏吗？应该把我也毒死，是吗？”

他好像冷笑了一下。我重又说道：

“那么，可不可以送雅可夫进医院呢？”

“即使进屠场也好。这跟我有什么相干？”

“要你出钱呀。”

“那不可以。”他漠不关心地说，“这个例子开不得，这么一来，大家都要进医院了……我还有话问你，那天，你为什么……拉我的耳朵？”

“我发怒了。”

“这我明白，我不是问这个！我是问你，打耳光也可以，打嘴巴也可以，为什么单单拉耳朵？你当我是孩子吗？……”

“我不爱打人……”

他好像开始打瞌睡，发出轻微的鼾声来，沉默了好一会儿，他坚决而清楚地说：

“你是一个奇怪的孩子！你跟别人不同……你的头脑跟大家不一样……”

他说这些话并没有侮辱的意味，可是明明有点儿生气的样子。

“喂，你说……我是坏人吗？”

“你自己以为怎样呢？”

“我？我不吹牛。我是好人，我嘛，小兄弟，我是聪明人。你呢，你识字，能说会道，会讲星、法国人、贵族……我承认：这是好的，很有趣！我一眼便注意到你——那天，你来找我，你说，我会着凉，会死……我向来一下子就能看出一个人的价值！”

他用短短的大拇指敲敲自己的脑门，吁了一口气，说明道：

“而且，小兄弟，我的记忆力好得了不起……公公有几根胡子——连这种事都记得清清楚楚。来比一比好不好？”

“比什么呢？”

“我比你聪明。你会想：我没受过教育，目不识丁，认得的只有数目字。可是我的手上有大事业，四十三个工人，一个铺子，三处分店。你有学问，却给我做工，随便我高兴，我可以用一个大学生，把你赶走。随我高兴，我可以把大家撵走，把事业盘掉，拿所有的钱一股脑儿喝光。对不对？”

“我觉得这不算聪明……”

“胡说！你以为怎么样才算聪明呢？我不聪明，谁聪明？你以为会讲话就算聪明？错了，聪明是藏在事业中的，此外什么地方也没有……”

他摇晃着又胖又软的身子，低声地、得意地笑了。他醉得更厉害了，用含糊的声音傲慢地说下去：

“你一个人也养不起，我养了四十多个！我高兴，我可养一百个！这就叫聪明！”

他的声调变得严厉而带有教训的意味，同时，他愈加用劲地转动着舌头：

“你干吗要反对我？那都是傻瓜干的事。谁都不应这样做，尤其是你这样的人，更没好处，你使劲点儿干活儿，让我瞧得起你……”

“你不是已经瞧得起我了吗？”

“瞧得起？”

他想了几秒钟，同意地拍拍我的肩头：

“对的！我瞧得起你。我可以尽力提拔你。我也可以不提拔你……虽然我什么都明白，什么都知道！我这里的格拉西加——他是小偷。这人也挺聪明，如果不失足，不进牢狱，他也许会当老板，可以剥削别人！可是你，你却讨他们的好……这真是使人不明白，你干吗这样傻。”

我渐渐困了，累了一天，肌肉和骨头都发痛，头脑中迷迷糊糊。加之，老板那令人生厌的卷舌的声音使我的思想仿佛凝固起来了。

“你对老板胡言乱语，完全是孩子气的傻劲儿。换了别个老板，就去叫巡警，塞一块钱给他，便拉你到警察所去了。”

他把又重又软的手拍拍我的膝头：

“聪明人必须立志当老板，此外的路都没用！普通人很多，老板却少，这就使得一切事情都搞不好……不可靠、不稳当！慢慢地，你见识多了，你的心就会硬起来，你就会明白，世界上顶有害的，就是没活儿干的人。对于这种人，都得给他活儿，不许他闲荡。一块木头，让它烂着也可惜，拿来烧火，可以取暖。人也是这个道理，懂了没有？”

雅什卡呻吟起来，我过去看他。他仰着睡，皱着眉，张着口，两手伸在身子旁边。这孩子有一种刚直勇敢的性格。

尼刚铎从木箱上跳下，跑到炉炕边，一头碰到老板身上，惊得发了愣，随后，张开口，负疚地眨着像鱼一样的眼睛，嘴里喃喃地说着什么，很快地张开手指在空中乱画。

“嗯……嗯……”老板站起来，走出去，一面模仿着他的模样说，“笨蛋……”

等他在门边消失，这个又聋又哑的汉子，斜视着我，用两只手指扭住自己的喉结，从喉咙里发出奇怪的声音：

“咯，咯……”

早上，我送雅什卡到医院去。没有钱叫车子，这孩子一边轻轻咳嗽，一边硬撑着走，他勉强忍着痛苦，开口说：

“简直气也喘不出，喉咙好像塞住了……真讨厌。”

走到街上，在炫目的、银白色的阳光照耀下，在那些穿得很多很暖和的人们中间，他那穿着黑破衣的身子，看来特别显得瘦小。碧蓝的眼，习惯了工房里的阴暗，这时便含满了一包泪水。

“我要是死了，亚杜西加会完蛋的，他一定会喝酒，他是傻头傻脑的，管不住自己。喂，话篓子，请你常常说说他，你只说是我托你的……”

他的黑黑的、干燥的嘴唇病态地歪着，孩子气的脸腮颤动着。我拉了他的手，担心他会马上哭出来。我觉得：他要是哭出来，我就会冒火，会殴打路上遇到的人，把窗子击破，而且大声骂起来。

响铃儿停了步，喘了一口气，用老人似的动人的声调说：

“你告诉他，就说我要他听你的话……”

……回到工场里，知道又发生了一件祸事。今天早上，尼刚铎背了面包圈到分店里去，路上被消防队的马撞倒，他也进医院了。

“你瞧。”夏杜诺夫眯细着眼望着我，很有把握地说，“还得发生一件事，祸事总是三桩一起来的：是从基督、从尼古拉圣人、从艾果里圣人那里来的。以后，圣母就会对他们说：‘够了，孩子们！’于是他们就会回心转意……”

尼刚铎的事被丢开了，好像他不是我们工场里的人，大家只是很热闹地讲到消防队的马怎样耐苦，跑得怎样快，怎样有劲。

吃午饭的时候，格拉西加露面了。他是一个机灵、聪明的美少年，长一对浪子似的、也是偷儿似的轻狂的眼睛，对自己所害怕的人，他会献假殷勤。他郑重其事地向我宣布，我将补尼刚铎的缺，升作烘工的助手，薪水加到六卢布。

“高升了！”派什卡高兴地喊，但立刻皱了眉头问，“是谁的主意？”

“当然是老头子。”

“老头子不是喝醉了吗？”

“哪里喝醉！”格拉西加讪笑地说，“昨天他还在追悼死猪的亡魂，可是今天已经神气活现、兴冲冲地出去买面粉了……”

“那么，他一定还没忘记猪的事情。”铁根气冲冲、慢吞吞地说。

大家都怀着愤怒和妒忌的心情对我望着，同时恶意地冷笑着，在工场里飘浮着沉闷而令人不快的言语：

“得宠啦……”

“外人总是外人……”

夏杜诺夫慢吞吞地说出怪话来：

“荨麻种在荨麻田里，罂粟种在罂粟田里……”

接着，库金照例说出不高兴时就说的话，话中含着特别的意思：

“对你们说过多少遍了，小鬼，叫你们把圣像拭干净！”

可是亚庭却大声呵斥：

“吵什么？吵什么？”

……在烘房里工作的第一夜，我揉好了一个面团，又在另一个面团里放上酵粉，就拿起书来，坐在煤油灯底下，恰巧老板跑来了。他瞌睡似的眯着眼睛，咂着嘴唇说：

“在看书吗，很好，很好。这比打瞌睡好多了，既不会睡眠过多，又不会使面发酵过了头……”

他轻声说着，便向躺在桌子下面打瞌睡的烘工，留心地看了一眼，在我身边的面粉袋上坐下，从我手里拿去了书，把它合拢，放在自己肥胖的膝头上，用手掌压住：

“是什么书？”

“关于俄国人民的。”

“什么人民？”

“不是说俄国吗？”

他向我扫了一眼，说明了：

“像我这样的喀山人，自然跟鞑靼人不同，是俄罗斯人，还有辛比尔斯克人，也是俄罗斯人，那么，这本书里说的，是怎么样一种俄罗斯人呢？”

“说的是一切俄罗斯人。”

他打开书，尽胳膊的长度，远远地放在眼前望着，点点头，用一只绿眼上上下下一瞧，很有把握地说：

“你看不懂这本书。”

“为什么？”

“不为什么，可是你一定看不懂。没有画吗？你应该看有画的书，有画的看起来有味。那么，这本书说什么呢？”

“它说俄罗斯人相信什么，有怎样的风俗人情，唱怎样的歌……”

老板把书合拢，放在自己屁股底下，打了一个大大的哈欠，他不向口上画十字，他的口大得像蛤蟆的一样。

“这种事谁都明白，老百姓相信上帝，他们唱的歌有好有坏，风俗人情是粗野的！这种事你只消问问我就得。风俗人情等等的事，我可以比什么书都明白地告诉你，何必从书本上去学。跑到街上去看看，跑到市场、菜馆去看看，休息日跑到乡下去看看——那才看得见真正的风俗人情。此外，到和解法庭，到地方法院去也可以看到……”

“这本书里说的不是这种事。”

他阴郁地望了我一眼，又说：

“我是喜欢知道我刚才说的那种事情的！大凡书本里所说的，都只是童话、寓言之类……一句话，都是说谎！首先，这么小的一本书，也决计写不完俄国人的事情。”

“这种书不止一本！”

“那又怎么样呢？俄国人有几万万，能够一一都写出来吗？”

他的声音里带着不满的调子，眼睛上面的黄毛，因生气而发了硬，倒竖起来。这样的谈话对我来说好像一种噩梦，引起了我的悲哀。

“你是一个怪人，你的头脑里乱七八糟！”他呼呼地喘着鼻息说，“你还不明白吗，这都是说谎，说谎！书里说的是什么？是说人的事吗？可是人对自己的事，决不说真话！你肯说吗？我是不肯说的！就是把我活活剥皮，我也不肯说老实话！我就是站在上帝面前，说不定也不肯开口。如果上帝问：‘喂，华西里，你老实说，你犯了什么罪？’我就回答：‘上帝，你不是都知道吗？我的灵魂是属于你的，它不属于我。’”

于是，他把胳膊肘朝我的腰上一推，微笑着，眨着眼，低声说下去：

“这些话是可以明白说的：灵魂是谁的？是上帝的。上帝的东西，由上帝收回，就没有什么奇怪！”

他气咻咻地哼着鼻子，两只手摸了一把脸，像洗脸似的，而且顽固地说下去：

“我说：上帝，你给了我灵魂吗？给了！以后你收回吗？收回！那么一笔账就两讫，我算是付清了！”

我有点儿害怕起来了。煤油灯在我们身后高高挂着，两个人影子落在脚边的地板上，有时，老板昂起脑袋向上看，黄色的灯光照在他的脸上，鼻子由于阴影而变长，眼睛底下有着一块块黑色的斑点，一张胖脸就跟魔鬼一样。右边墙上，跟我们头部一样高的地方有一扇窗子，透过沾满尘土的玻璃，我只看到蓝色的天空和一堆像豆子那么大的黄色的小星星。烘工打着鼾，这是一个懒惰的笨鬼，油蟑螂唰唰地爬来爬去，老鼠在啮着什么。

“你相信上帝吗？”我向老板问。他用一只没有生气的眼睛扫了我一眼，好久不作声。

“你不可以问我这种话。除了你的公事，你不能问我什么话。我什么都可以顺你，你必须什么都回答。你问这话是什么意思？”

“不说就算了。”

他不作声，咻咻地喘着鼻息。

“这算你的回答吗？一点儿规矩也不懂……”

他从屁股底下拿出书本，在膝头上敲了一下，就丢在地板上。

“你打听我的来历吗？谁能知道我的来历？可是你还一点儿经历都没有……以后，你也做不出什么大事来的！”

他忽然得意地笑起来，但这奇怪而喑哑的笑声，是多么的低沉，引起了我对老板的怜悯。于是，他晃着硕大的身体，嘲笑地又像报复地说了：

“对啰，我见过这样的宝贝。我的姘妇，在分店掌柜的，她有一个侄子，是兽医学校的学生，专门研究医牛医马的疾病。我常常给他酒喝。他变成一个醉鬼了，他姓格尔庚。现在，时不时到我这儿来，讨二十戈贝买酒喝，已经变成了一个流浪汉。这家伙，也是万事爱追根究底的！他说：‘真理一定在什么地方，在民众之间。因为我的心里有探求这种真理的欲望，因此，在心外也有真理。’我给他酒喝，他就高兴，喝得烂醉，不要脸的东西！有时，他瞪着眼睛望我，他的目光很柔和，毫不狡猾，有点儿女人气……他有点儿神经质。有一次，他叫道：‘华西里先生，你是冰霜一样的人，你在处世方面是个可怕的人……’”

我得马上去烧炕里的火了，就站起来告诉老板。他也站起来，打开箱子盖，用手掌拍拍面团说：

“对对，是时候了……”

于是，连看也不看我一眼，不慌不忙地走出去了。

他的自夸、油滑的声音消失了，轻狂的话语从烘房里溜走了，这使我的心情感到轻松。

在面包卷工场里，黑暗中听见有人赤足走路的声音，亚庭跑进来了。他像梦游病患者似的散乱着头发，睁开美的、不愉快的眼睛。

“他在拼命拉拢你呢！”

“你还没睡吗？”

“迷迷糊糊的，胸口有点儿痛……你大受宠爱啦！”

“算了，叫人难受。”

“对啦，这种像铅块一样的人……这种狗东西！”

这青年把肩头斜靠在炕壁上，装作漠然的样子说：

“我那挨了揍的兄弟……你想，他会用自己的脚出院？还是要人抬着出院？”

"你说什么？上帝一定保佑……"

他从炕边走开，摇晃着身子，又向面包卷工场走去了，同时，黯然地低声说：

"上帝从来没有保佑过我们呢……"

跟老板的夜谈，像连续的噩梦一样延长下去。几乎每夜从第一次鸡叫，鬼躲进地狱去的时候，他就在烘房里出现。这时候，我正弄旺了炕里的火，手里拿着书，坐在炕前。

他显得圆滚滚、懒洋洋的样子，从自己的房门走出，就一边咳着，一边跑进来，在地板上、在炕洞的边上坐下，把两只光脚像伸进坟墓似的伸进洞里。短短的手伸在脸面前，在火光的照耀下，他眯细着一只绿眼睛，凝视着自己的双手，看着黄皮里面的殷红的血色，整整两个钟头，讲些莫名其妙的话，叫人真是难受。

他的谈话，总是从称赞自己的智慧开头，说是没念过书的粗汉，只消能动用脑筋，也一样可做大事，使用愚笨的、偷儿样的人物，经营事务。他讲得很冗长，但是声调是有气无力的，时不时来一个停顿，并且常常发出像吹口哨一样的喘气声。有时，他在列举自己事业上的成功的时候，他自己也觉得厌烦，于是，他便用着劲，加重语气地讲。

他的本领，真是稀罕可惊，但我吃惊也吃得疲乏了。他能够顺利地买进一批发潮的带酸味的面粉，把一百普特霉坏了的面包卖给了莫尔多瓦商人，这种买卖总带着可耻的性质，使人听了生厌，这些勾当明显而残酷也暴露了人心的贪诈和愚蠢。

炕里的柴烧得很猛，我同老板并排坐在炕前。他的大肚子向下垂着，压到膝头上，火光映照着他那寂寞的脸。一只灰色的眼睛像马眼罩似的一动不动，也像老年的乞丐的眼，泪汪汪的。可是绿色的一只，却像猫眼似的灵活，显出一种警戒和特别的样子。嗓子也怪，有时高而尖，像女人，有时暗哑，发出气冲冲的、呵哧呵哧的喘气声，随着这声音，散布着平静而大言不惭的言语：

"你对人不能太相信，废话说得太多！人们都是骗子！必须沉默着支配他们。看人要严密，而且不出声，沉默着！不要被人了解，要被人害怕。要使别人不知道你的目标，胡乱去猜想……"

"我不想支配别人!"

"又是傻话！这是不可以的。"

接着就解释："有些人必须干活儿，有些人指导他们，而当政的人应该使前者驯良地服从后者。"

"有多余的人，就把他们丢开。凡是不属于前者，也不属于后者，又不属于第三者的人，应该丢开!"

"丢开，丢到哪里去呢?"

"这不是我的事。政府是为无赖、盗贼、无用的人设立的。有本领的人用不到人管，他自己会管人。县长不会知道我最需要哪种面粉，县长只知道什么人有益，什么人有害。"

有时，从他的声气中，似乎可以听出一种心理的倦怠，这也许是他无意中追求某种东西的悲哀。这时候，我便集中注意去听他的话，一心想去理解他，等他说出什么奇怪的意见来。

炕底下发出鼠子、焦树皮、干灰土的气味。污秽的墙向我们发出暖暖的湿气。月光照着污秽、踏坏的地板，映出黑色的裂缝。窗玻璃上集满了苍蝇，但是，看上去，苍蝇好像玷污了天空似的。气闷，狭窄，什么东西都脏得连洗也洗不掉。

难道人应该过这样的生活吗?

老板慢吞吞地一个字一个字地说下去，好像瞎眼乞丐颤抖着手摸索人家投给他的小钱。

"科学是好的……那么，可以教教我，用灰尘和泥土，造成面粉的方法。可是，实际上，造了那么大的房子，称作大学什么的，那种叫作学生的青年，却在酒店里喝酒，在街上胡跳，乱七八糟地唱那亵渎华拉米圣人的歌子。还要上新市场的女人那里去，过着掌柜一样的生活……可是，忽然间，一个个做起医生、法官、教师、律师来！这种家伙靠得住吗？他们说不定比我还龌龊些！我是什么人都不相信的……"

接着，他津津有味地舔着嘴唇，仔仔细细地讲起大学生和女人们的丑关系来。

他老爱谈到女人。不怕羞，也不兴奋，而且带着一种奇怪的、探索和沉思的神情，声音低得几乎跟耳语一般。他绝对不描写女人的面貌。他只谈胸部、臀部和足部，听着叫人讨厌。

“你总是说什么良心啦，正直啦，可是我比你要正直得多！你的性情太粗暴，你不能做什么正直的行为，我知道的！前天你在酒馆里对新闻读者又多嘴，说我这里木箱朽烂，面粉漏到地板上，油蟑螂很多，工人全害梅毒，到处都不干净……”

“这个我也对你说过的……”

“对，说过的！可是你没说可以登在报上。一登在报上，警官、卫生局的人都跑来了。连忙花了二十五个卢布，往他们手里一塞，嘻嘻！”他用一只手在自己头顶的上空画了一个圆圈，“瞧见没有？一切都照旧样子。油蟑螂什么的都平安无事。你看，什么报纸，良心，学问，都是这么一回事！这一切都可能反过来对你不利，你这怪人！在这带管区内的警官，大半都穿我送给他们的鞋子，衙门里的人都吃我送的东西。你有什么办法！你管闲事，简直是傻子，好像一只油蟑螂要想跟一条狗过不去一样。哎，跟你这种人说话，简直使人发闷……”

他真的发起闷来了：他的面孔发肿，神情颓丧，他疲倦地闭住眼，大声地打了一个哈欠，张大红色的嘴，嘴里露出像狗舌头一样细长的舌头。

在认识他以前，我已见过很多心地不洁的、残酷和愚笨的人，也见过不少真正具有人性的好人。我也读过一些好的书，知道从古以来，无论哪处的人都梦想着过一种不同的生活，也知道有些人们，为了实现那种梦想，正在拼命地努力。我的心里，早就长出了对现实不满的乳牙，在我认识这位老板以前，我觉得，我这乳牙已经长得很坚固了。

现在，在每次谈话之后，我越来越清楚和痛苦地感觉到：可是，我的那些思想与幻梦是并不坚固，并不连贯的。老板把我的思想和幻梦撕得支离破碎，使它们之间显出空隙，因此，我的心头充满了杌陧不安的感觉。他沉着地否定了我所信仰的东西，我知道并且感到这是不对的，我毫不怀疑自己的正确，可是我不能保卫这正确的意见，使它免受老板的奚落；问题不在于去反驳他，而是在于保卫自己的内心世界。由于感到自己在老板的嘲讽面前显得软弱无力，这就使我的内心世界里渗进了有害的毒素。

他的见解沉重而粗俗，像一把斧子似的砍着整个生活，使它割裂成整齐的碎块，然后把这些碎块排列成紧密的堆，放在我眼前。

他所谈论的关于上帝和灵魂的言语激起了我年轻人的不能抑制的好奇心。我总设法把谈话引到这类问题上去，老板却只装作不明白我的意思，滔滔不绝地证明着我对人生的秘密和隐谋的无知。

“处世必须谨慎！生活好像情妇，你所有的东西她都要。可是你从她那里想得到很多东西吗？只有一件，便是欢乐！处世也必须随机应变。应该用软的地方用软，应该用硬的地方用硬。遇到应该上前的时候，就上前去一把抓住！”

如果他的话使我冒了火，我单刀直入回敬他一切，他就这样回答：

“这跟你没有关系，我有没有什么信仰——我不一定要回答你……”

可是，当我说到我的爱好时，他就摇着头，好像要为自己的头部找一个适当的位置似的，他侧着小耳朵，很忍耐的样子，默默地听着我的话。而且，在这种时候，他那张酷似中间有一个圆球的茶壶盖的扁扁的、长着朝天鼻子的脸上，总是显出淡漠的神色。

一种剧烈的屈辱的感觉，刺进了我的心头——但这可不是为了我自己，我已经屈辱惯了，对于生活的打击，我也早已能处之泰然地用轻蔑来抵抗了。我之所以觉得难堪和受辱，是为了那生长在我心中的真理。

一个人经受最大的耻辱和最沉重的痛苦，是在不能好好地保卫自己之所爱和自己的第二生命的时候。对于人，再没有比心的沉默更令人痛苦了……

老板同我每夜谈话，这件事在面包工人们的眼里看来有很大的意义。在他们中间，有些人从此再不把我当不稳妥的危险分子，有些人，也再不把我当怪人；而大多数人隐藏不住对我的幸运的羡慕和嫉妒，公然说我拍上了老板的马屁。

库金摸摸灰色的、沾满尘土的胡子，把狡猾的独眼横睨着，向我恭敬地说：

“老弟，你马上会高升当掌柜……”

有人大声地接着说：

“要骑在我们头上啦……”

在我的背后，动不动发出冷言冷语。

“古语真说得好，靠着一张嘴，跑到基辅去。目前这个世界，跑得更远些也可以去哪……”

“了不起啦……”

有许多人，一跟我碰面，就低声下气，表现出一副令人不快的讨好的样子。

亚庭、派什卡，另外还有两个人，一听我说话，就十分注意，这使我们初生的友谊，添上了不愉快的阴影。有一次我对铁根发了脾气——这样子对我可不行，不要这样吧。

“你别开口！”他好像完全明白我的意思，他那偷儿似的眼睛里的发青的眼白愉快地闪烁着，“老板比咱们谁都聪明，他喜欢跟你交谈，可见你的话一定有点儿道理……”

沉默寡言、跟人不大合得来的奥西普·夏杜诺夫，更加亲密更加大胆地同我接近起来。当只有我们两人在一起的时候，他那对小小的、黯淡的眼睛和善地发亮，厚嘴唇向两边扯开，露出一脸笑容，这使他那颧骨高高的石头似的脸，立地换了一副模样。

“怎样，工作还轻快吗？”

“没什么轻快，只是干净些……”

“干净些，那就是轻快呀！”他像教训似的说着，同时把目光移向角落，仿佛漠不关心地问道：

“Бахтырман-Пурана 是什么意思？”

“我不知道。”

他明明不相信我的话，困窘地咳了一下，拖起歪斜、懒怠的步子走开，可是马上又接连着问：

“那么，Саварсан-Само 是什么意思？”

他把这类怪字搜罗得很多，当他用着低得像坟墓里发出一般的声音，清楚地发出这类字音时，听起来很古怪，好像里面含蓄着某种神奇、古董样的东西。

“你从哪儿找了这些怪字来？”我疑惑而好奇地问道。他立刻用谨慎的问题来回答我：

“你问这个干吗？”

接着，好像准备给我难题似的，突然问道：

“Харна 是什么意思？”

有时候，傍晚，干完了活儿，或者是假日的前夜，洗过澡以后，铁根和亚庭跑到烘房里来找我。跟在他们后边，悄悄地溜进来的是奥西普。大家在一个阴暗的角落上，围着炕洞坐下。这个角落我是常常打扫的，坐起来就舒服些。角落后面的墙边以及在我们的右边，有着一排排的架子，上面放着面团在里面，已发酵的钵子，它们看上去好像一个个的秃头，正躲在墙边偷偷地望我们。我们从一个大茶瓶里倒了浓厚的砖茶来喝。派什卡提议道：

“好，大家谈谈，读读诗也好！”

炕上我的一只箱子里，有些普希金、谢尔宾纳、苏里科夫等等所写的，从旧书店买来的破书，我就拖长声满愉快地读起诗来：

人类呀，你的使命是多么崇高！
你是从上帝的圣容上射向尘世的光！
在你的心灵里拥有宇宙的一切，
在你的心灵里看见万物的共鸣和交流……

派什卡暧昧地眨着眼，从旁注视我的书本，惊讶地嘟哝着：

“这是什么话，简直像《圣经》上的句子。这样的句子，应该到教堂里去唱，真是……”

差不多在任何时候，诗歌总会使他特别兴奋起来，引起了他忏悔的感情，有时候，他重念那些感动他的句子，举起两手，抓住头发，狠狠地咒骂道：

“真话，真话！”

人生给我的只有痛苦，
我对生活还存什么指望？

“一点儿不错，我的妈啊！有时候，老弟，人会可怜自己的灵魂，它在慢慢地堕落啊！眼泪，苦味的眼泪在胸头涌涨……妈的，当土匪去吗？小石头打不死雀子呀！可是，你，总是说：大家得友好些！友好些便怎样？有什么用！”

亚庭听着诗，低声啜泣起来，好像咽进了甜美的热汤似的，用舌头舔着嘴唇。他受感动的，总是在描写自然的地方：

枝条缀满了珠玉，
低着头立在池畔……

我读着。

“慢着！”他一把抓住我的肩头，满心欢喜地、惊奇地低声叫道，“这个，我看见过！在亚尔斯克附近的一个园子里，真的！”

“看见过又怎么样呢？”派什卡气冲冲地问。

“可是，正是这模样！我见过的景致，却写在书里……”

“不要打岔了！瘟神。”

有一次，苏里珂夫写的一首题为《郊外》的诗，特别使亚庭中意了。他把这篇诗按照《波尔塔伐近郊的战事》这首军歌的调子，接连唱了三天，把大家讨厌得叫骂起来，他唱着：

我走，我不知走向何处，
随便到哪儿都是一样！
我的道路把我引向何处，
这我全不在乎……

但夏杜诺夫全不被诗感动，他只是漠然地听下去，可是对个别的字眼，却抓得很紧，一定要弄清它的含义：

“等一等，这‘尸灰瓮’是什么东西？”

他这种怪僻的、追究字眼意义的癖好，使我不得安宁。我可不明白他到底要寻求什么。

有一次，奥西普纠缠不休地询问了许多时间之后，终于让了步，柔和地微笑着问我：

“怎样，头昏了吗？”

于是，神秘地向四边扫了一眼，低声说明道：

“有一首神秘的诗，人如懂得，就万事亨通了。这首诗是真正幸福的钥匙！可是目前还没有人能全部知道，因为诗中的一切字，分散在每个人的头脑里，在一定的时间里，它们是散遍在天下的。所以，必须把这些字眼一个一个搜集拢来，编成一首诗……”

他把嗓子更压低些，向我这边弯过身子来，说：

“这是一首回文诗，可以顺读，也可以倒读！那些字眼我已经知道一点儿。有一个过路客人，临终的时候在医院里告诉我的。老弟，世界上有很多走江湖的人，是专门搜集秘密字眼的！一旦把它搜齐，这首诗就人人都知道了……”

“为什么？”

他满心狐疑地把我从头到脚望了一眼，生气地说道：

“还问为什么！你明明知道……”

“真的不知道，一点儿也不知道！”

“好吧。”他嘟哝着，打算走开了，“装模作样……”

……有一天早上，亚庭跑来，又快活又兴奋，上气不接下气地说道：

“喂，话篓子，我自己也会编歌了，真的！”

“真的吗？”

“当然真的！晚上梦里做成的。醒过来还在脑子里转，像车轮一样！好，你听着。”

他仰了仰身子，立刻又站正，小声地、缓缓地念出来：

太阳到河对岸去了，
马上要隐没在森林里。
牧人赶着羊群，
而……在村子里……

“还有呢？”

他咬着嘴唇，束手无策地望了望天花板，脸发白，惊惶的眼睛眨动着，好久没作声。接着，把肩头一松，扫兴地挥一挥手：

“妈的，忘掉啦！要命，要命……”

他，可怜的人，哭了起来，大眼睛里含满了泪水，他那憔悴的、颧骨高高的脸皱了起来，同时，他用手慌张地摸着胸口，抱歉地说道：

“完了……倒是一首好诗……真动人……哎，你……你以为我在撒谎吗?”

他走到角落里，丧气地低着脑袋，弓起了背脊，抽动着两肩，站了好一会儿，接着就干活儿去了。这一天，他整天不高兴，闷闷沉沉的。到了傍晚，拼命喝饱了酒，拔拳头打人，大声叫骂着：

“你们把雅什卡弄到哪里去了？把我的兄弟弄到哪里去了？你们这班家伙只配诅咒……”

他几乎被人围打。铁根把他拉住了，同我一道把麻袋裹住他的身子，然后再用绳缚住，逼他睡下。

可是，梦里编成的歌，他从此再也记不起来了……

老板的屋子跟烘房只隔一道上面糊着纸的板壁。有时我讲得高兴，嗓子提高了。老板就用拳头敲着板壁，把油蟑螂和我们都吓坏了。同事们悄悄地去睡，油蟑螂爬来爬去，弄得壁上的碎纸片发出唰唰的声响，只留下了我一个人。

有时候，老板突然像一朵乌云似的无声无息地从门背后出现，站在我们中间，发出刺耳的声音说：

“晚上不肯睡觉，明天早上不肯起来。”

这是对派什卡和别的同事们说的。对我，劈头就嘟哝起来：

“好呀，诗人，这个夜会又是你兴的头吧，都是你一个人搞出来的！小心点儿，他们从你的书里学到一点儿小聪明，首先就会把你的肋骨打断……”

老板说这些话的时候，口气很平静，不是要把我们赶散，只不过是装装样子而已，他笨重地坐在我们旁边的地板上，好意地说道：

“好，念下去，念下去！我也听听，让我聪明点儿……派什卡，去倒一杯茶来。”

铁根开玩笑地说道：

“华西里老板，咱们请您喝茶，您得请咱们喝伏特加！”

老板不作声，把肥重的拳头向他扬了一扬。

但是，有时候，他跑到我们这边来，发出一种特别哀怜的声音诉苦道：

“妈的，总是睡不着……该死的老鼠吱叽吱叽地不知在搔什么东西，街上满是踏雪的声音，学生们跑来跑去，时不时地有些娘儿们跑进铺子里来——真讨厌，她们是进来取暖的！三个铜子买一个甜面包，就整半个钟头赖着烤火……”

于是，老板就开始发表他的哲学观：

“大家都是这样的呀。谁都想占些便宜，只要拿到手就得！你们当伙计的，还不是一样，一心只想挣得愈多愈好。又不肯把手弄脏，只想早点儿睡下，好闲荡……”

工头派什卡听了这些话很生气，开口就顶他：

“华西里老板，您真是贪心不足！咱们拼命干活儿，像地狱里的小鬼一样！大概，您自己给人家当伙计的时候……”

老板最忌讳提起这些事。他噘起了嘴，用一只绿眼睛盯视着铁根，先是听着不作声，接着把嘴张得蛤蟆那样大，发出尖细的声音来：

“过去的事，谈它干吗？一朝天子一朝臣！现在，我是这儿的老板，我说了就算数，你们只有听我说，这就是王法。明白吧？话篓子，念点儿什么听听吧！”

有一次，我念了《强盗兄弟》，大家都喜欢这首诗，连老板也若有所思地点着头，说道：

“这种事情确是有的……不会没有，真有的。人什么事情都可能发生的……无论什么事情！”

铁根不高兴地皱着眉头，用两个手指转动着烟卷，使劲吹着烟灰。亚杜西加脸上现出神秘的微笑，回想着刚才念过的诗的片段：

> 咱们是两个，兄弟和我……
> 咱们，孩子们，生活得不好……

夏杜诺夫是另外一种样子，他头也不抬地盯着炕洞，喃喃地说道：

“我知道一首更好的诗……”

“那就念念看。”老板嘲笑地望着他那有着长长的胳膊的不匀称的身子，要他念。奥西普羞得脖子都发红了，耳朵也微微颤动起来。

“好像忘掉了……”

“别扭扭捏捏。”铁根生气地喊道，“人家不会拔你的舌头的。”

亚杜西加鼓动奥西普道：

“更好的诗！念吧！笨蛋……”

夏杜诺夫没有办法，负罪似的向我望望，再向老板望望，吁了一口气：

“好……你们听着！”

他依然盯着炕洞，炕洞里，突出着一些放面团的破钵子、木柴和扫帚的毛。炕洞像一张疲劳的嘴，黑幢幢地张开着，里面留着一些没嚼干净的食物。他发出低低的声音来：

伏尔加河边的树丛里，
一个青年强盗快要死了。
两手按住胸头的创口，
他跪在地上祈祷上帝。
上帝，请你接受吧，
我这凶恶该诅咒的灵魂！
我本打算成一修道僧，
不小心却变成了恶棍！

他拖长嗓子，念着，念着，转过脸去，腰愈来愈弯了，同时用手扳着脚趾，不知为什么，他的一只脚老向上摆动，看去，像是在那里作法，像是在念咒文。

我生来不是为了骄傲，而是为了英勇，
我生来是为了考验灵魂。
我耗尽了气力，老是盘问我的灵魂：
灵魂呀，你从上帝那里得到了什么？
灵魂呀，圣母给了你
什么好的东西呢？
灵魂呀，还有那不洁的恶魔，

在你里面种植了怎样的种子？

“这傻瓜，奥西普！”老板忽然耸耸肩膀，不乐意地高声说道，“你的诗也是傻里傻气的，一点儿也不像书里写的，你自己瞎编的！蠢货……”

“呃，慢着，赛门诺夫老板！”铁根略显粗暴地插嘴道，“让他念完！”

但老板还是兴奋地说下去：

“都是胡说八道！也想讲一套什么灵魂呀，灵魂的……做了坏事，心里害怕，就嚷着：上帝啊，上帝！叫上帝干什么？好汉做事好汉当……”

他故意——我看是故意的——打了一个哈欠，嗓音沙哑地补充说道：

“只是灵魂灵魂的，一点儿意思也没有！”

暴风雪像毛茸茸的脚爪似的敲击着窗玻璃，老板皱着眉头望了望窗子，闷闷不乐地、懒洋洋地说道：

“依我看来，嘴里老是灵魂灵魂的人，是最傻不过的！要干一件事，动不动就对不起灵魂啰，对不起良心啰……说良心也好，灵魂也好，无非是想躲开工作！有的人相信什么都干不得，于是就变成修道士。有人相信什么事都可以干，于是就当强盗！这两种人绝对不同，绝不能混在一起！命里注定干什么，就去干什么，什么良心不良心，丢到炕底下就得，什么灵魂不灵魂，自然不管。”

他吃力地站起身来，不向任何人望一眼，就向自己的屋子走去。

“睡觉吧……不要胡思乱想。讲什么灵魂不灵魂的……祷告上帝，最简单也没有，要当强盗去，也不费什么事。你们还是巴结点儿干活儿吧！对不对？”

他走出门去，重手重脚地把门关上。铁根提醒夏杜诺夫说：

“好，念下去吧！”

奥西普抬起头来，向大家一望，低声说道：

“他说的都是胡言乱语。”

“你说他，是指老板吗？”

“是啊，他也有灵魂，不安得要命，我知道！”

“这种事，咱们别去管他……你快念下去！”

奥西普颤抖了一下，从炕洞那儿离开，摇了摇大脑袋，不慌不忙地走开去了。

“忘掉了……”

“胡说！”

“真的。我去睡觉了。”

“不行，不行，你再好好儿想一想！”

“不，我得睡了……”

奥西普慢慢地消失在黑暗中，一边低声说道：

“咱们的日子，过得很坏呀，兄弟们……”

“是吗？”亚庭喃喃着应和道，“我们还不知道呢，谢谢你告诉了我们！”

铁根认真地卷着烟卷，望着奥西普的后影咕哝道：

“这小伙子的头脑也靠不住呢……”

二月的风雪咆哮着，呻吟着，吹打着窗子，在烟囱里猛烈地吼叫着。烘房中的暗影，受到灯光的映照，微微地动荡。不知道从哪里吹进来一阵阵的寒气，紧缠着双足。我在揉面团。老板坐在木箱旁边的面粉袋上，同我讲话：

“你年纪还轻，趁这时候仔细想想，趁你现在还没决定做一件事业的时候。想一想有什么合你脾胃的、你能够干的事……好，你仔细想想吧……”

他叉开两条腿坐着，两手搁在膝头上，一手拿一只汽水瓶，一手拿一只杯子，杯子里盛着半杯红色的饮料。他的脸俯向那跟泥地一般黑的地板，我气愤地望望他的轮廓不分明的脸，心里想：

“你干吗不把汽水给我喝点儿呢……”

他抬起头，听了听门外的风声，压低声音问我：

“你是孤儿吗？”

“这个，你以前已经问过了……”

“怎么，你这样粗声粗气的？”他吁了一口气，晃着脑袋说，“不但是声气，连言语也粗鲁……”

我做完工，刮去沾在手上的干渍，洗净了手。他喝干了一杯，咂着嘴，又满满地斟了一杯给我。

“你喝！”

“谢谢。”

“对，喝吧！我这个人，老弟，一眼就看得出谁的活儿干得好，活儿好的人我向来是器重的。比方派什卡，他是个坏蛋，手脚不干净，可是我对他很好。他做事勤恳，在这个城市里，你可找不到比他更好的烘工！做事勤恳的人，活着的时候必须给他便宜，死了之后必须给他光荣。这是一定的！”

我盖上了木箱，跑去烧炕。老板咳了一下，站起身来，不声不响地，像一团灰色的东西似的跟着过来，又继续着说：

“对于做大事的人，许多小地方是应该宽恕的……他的坏处会和他的身体一同消灭，但是好处却永远留下来……”

他扑咚一声沉重地坐在地板上，把两只脚伸到炕洞里，把瓶放在身边，弯着身子向炕口张望。

“木柴好像放得不够呢！”

“够的，这木头很干燥，有一半是白桦……”

“是吗？嗯……”

他尖声地笑了起来，拍拍我的肩头，说道：

“真不错，你什么事都动脑筋的，这一点我很明白，十分明白！总之，万事节省是第一，不管是木柴，是面粉……”

“人也应该节省吗？”

“咱们等会儿再来谈到人。你得好好听我说，我绝不会教你学坏的。”

说着，他抚摩着跟肚子一样肥肥的、隆起的胸膛。

“我是个最好的好人，有良心，讲情义。你还是个孩子，傻头傻脑的，这些事你还懂不了，但是，到了你这年纪，应该知道：人这个东西跟军装上的扣子不同，人是各色各样的……干吗，你这样皱眉头？”

“您老说个不休，不是害我不能睡觉吗？您的话，听起来很有趣……”

“有趣味，不睡觉也不妨呀！你要是当了老板，你就可以舒舒服服睡觉……”

他喘了一口气，补充说道：

“可是，你这副样子不像会当老板，你不会经营事业……你太喜欢说话……你成天唠叨，把自己的精力都消耗完了，你会一事无成……对什么人也没有好处……”

他忽然骂出一长串特别下流的话来，话中夹杂着咝咝的声响。他的脸颤动了一下，好像燕麦果冻突然被人碰了一下似的，同时，他的全身由于愤怒而痉挛起来。脖子和脸发红，眼球奇怪地突出来。华西里·赛门诺夫老板，像是在模仿门外暴风雪的吼叫似的，发出低沉的奇怪的声音。在门外，整个大地，好像在伤心地低泣。

“哎，妈的，要是我能够得到一些好的可靠的人手，我就会做出轰动全城，轰动全部伏尔加流域的事业来……可是就找不到这样的人手！都是穷鬼，都是小心眼儿，只会喝酒的家伙……再加那些衙门里，当官的……”

他向我伸出短短的双臂，捏紧拳头，一会儿，又松开，用手指在空中抓着，好像抓住了什么人的头发，在拉着、拧着的样子。同时，他嘴里老是贪婪地发出咝咝的声响，并且溅着口沫，说道：

“一个人有什么志向，必须从他小的时候去看，从小的时候。不该不分清红皂白，叫随便什么人去做一件事情。不分清红皂白，结果就弄得一个人今天做生意，明天去做叫花子；今天做工人，过了一星期就去砍柴……学堂开了很多，不管阿猫阿狗，硬拖了进去——叫他去求学，跟剪羊毛一样，不管谁的头，都用同一把剪子去剪……可是做一个人，必须有自己的爱好——独自的爱好！”

他抓住我的手，把我拉到自己身边，用凶狠的、咝咝的声音继续说道：

“你有没有想过，一切的人都不能按照自己的心意行事，要受他上面的人的支配……支配是什么人都会的吗？只有做事业的人，才能够支配人。所以我会支配，我很懂得什么人应该放在什么地位！”

他离开了我，绝望地把手一挥：

“可是，跟那些当官的打交道，让人指使，能干出什么事来呢？还是把一切丢了，逃进山里去吧，山里去吧！”

他摇晃着圆胖的身体，低低地拉长着嗓子说：

“没有一个像样的人手，大家都拨一拨，动一动！叫他走！他就走，叫他停！他就停，简直像新兵，像新兵一样外里外行。所以，总做不出有益的事情来……假使上帝在此，瞧见咱们这种笨头笨脑的样子，一定会这样想：这批木头……不中用的家伙……”

“那么，你以为你自己是什么呢？也是不中用的吗？”

他继续晃动着身体，并不马上回答。

“我嘛，我嘛……并不是每一个火星都会变成大火，其中也有立刻熄灭的。我嘛……我还只有四十一岁，可是我爱喝酒，不会长命。不过我喝酒，是为生活的不安，我心里不安……难道我是做这种小事情的人吗？我应该经营有一万人手的大事业！我要真正做出事业来，叫县长之类，惊得目瞪口呆！”

他的一只绿色的眼睛傲然地闪闪发光，另外一只灰色的却没精打采地望着火焰。随后，他摊开双手：

“对我说来，这种事业算得了什么呢？小得可怜。给我五个懂事的、正直的人，不正直，只要有聪明气的偷儿也可以！我就做出事业来给大家看……做一番轰轰烈烈的事业。让大家吃点儿惊，谋大众的福利……”

他疲劳地躺下来，在龌龊的地板上伸展着四脚，呼呼地喘着鼻息。两只脚挂在炕门口，融融的火光把它们照得发红。

“讲到女人也是一样的道理。”他立刻打破了沉默。

“呃，女人？”

老板仰视了一会儿天花板，接着就坐起身子，伤心似的说道：

“没有女人过不了日子，就是做事业，女人也是大大的帮手。这一点，女人自己如果明白，那就好了……可是没有一个女人能明白！一个人好寂寞……生活就跟一只狼一样！冬天的黑夜，满眼是山和雪。吞掉一只绵羊，肚子饱了，可是多么寂寞呀！孤零零地坐着，直着喉咙叫……”

他的身子颤动了一下，急忙向炕中望望。接着，就板起脸看着我，忽然严厉地装出老板的口气说：

“别发愣，把柴灰扒一扒！听出了神了？……”

他摇摇晃晃地从炕口离开，用手搔着腰部，站起身子，久久地望着窗外。白色的暴风雪在玻璃外面呼啸着，闪动着。煤油灯的黄色的火星，在墙上发出低低的声响。玻璃灯罩子熏满了烟煤，遮住了光。

“噢，上帝啊，上帝！”老板喃喃地说道，沉重地拖着一双毡拖鞋，向面包工场那边走去，在弧形的暗洞洞的门口消逝了。我送走了他，开始把面包放进烘炉里，等所有的都放好了，就打起瞌睡来。

“小心点儿，不要睡过了头呀。”头顶上响起了听惯的声音。

老板背着手站着。脸和衣服都有点儿湿了。

“雪积起来啦，像山一样高，整个园子都堆满了雪……”

他拉开了嘴，皱着眉头向我盯了几秒钟，又慢慢地开口说：

“这样的大雪，最好下他一星期，一个月，整个冬天，夏天，那时，地上的人都会死光……那时候，任何铲子都没有用……真的，真痛快，把一切傻子们都一下子了结掉……”

他好像一个两普特重的秤锤子，抛在地上滚转着，滚到墙边，他的灰色的身影就消失了……

每天早晨东方透白的时候，我就得把一筐子新做好的白面包送到老板的分店里去。因此，我跟老板的三个情妇都成了相识。

一个是年轻的女裁缝，有着卷曲的头发，长得很丰满，一件朴素的灰色的衣服，穿得挺整洁。她那失神的、水汪汪的眼睛，看起东西来带一种慵倦的样子。白白的脸上，显露着一种哀怨的寡妇气。即使在背后，一提到老板的名字，她也怯生生地压低嗓子，很尊敬地在名字底下带着父称。可是接到送去的贷，就手忙脚乱得可笑，好像偷到了什么似的……

“啊哟，白面包，甜面包，我的宝贝。”她发出娇滴滴的声音。

另外一个是高高的、整洁的女子，年纪约莫三十上下。脸儿丰满，现出一副虔诚的样子，尖锐的目光顺服地朝下看着，发出声来也温和而稳重。她每次收货的时候，总想蒙骗我，故意把面包的个数少算一点儿，因此，我认定这女人，迟早会在自己那匀称、冷冰冰的身子上穿上女犯人穿的条纹布衣服和灰色的囚衣，头上包一块白布的。

我总是不喜欢这两个女人，所以我的货总希望送到第三个女人住的地方去。她的店比其余两个的远一点儿，因此，别个送货的，很高兴让我去享受见这个怪女人的乐趣。

她叫沙菲雅·勃拉兴娜，一个胖胖的、红脸的女人。她的全身好像是凑合起来的——仿佛她是由各个不同的、彼此不相称的部分匆匆地胶合而成的。

她长着一头像犹太女人似的黑得发蓝的波形的头发。无论什么时候，看去好像都不曾梳理过。在丰满的、红红的脸颊中间，耸起一个镶上去一般的鹰鼻子。眼睛很奇怪：在大大的、水晶一般透明的眼白中，奇妙地浮动着深褐色的眼珠子，像孩子一样发出快乐的光辉。嘴也露出孩子气，小而鼓起，肥胖的下巴一直碰到畸形发达的胸脯上。很懒，头发永远蓬着，面上扑些粉，穿一件扣子掉落的上衣，赤脚拖一双拖鞋，看来差不多有三十光景，其实还只有“日（十）八岁”——她用着不正确的口音说。她是一个从巴龙斯克被人带来的孤女。老板是在那地方的妓院里把她找来的。关于她落进妓院的经过，她自己说：

“我的生母死了，父亲讨了一个德国女子做后妻，后来父亲也死了。那个德国女人又嫁了一个德国人，我就有了后母，又加上了一个后父！两个人喝酒都喝得厉害，我那时已经十三岁了，那个德国人就缠住我，因为我一直长得很胖。我常常被他们两个殴打。后来，我跟德国人住在一起，肚子里有了孩子。大家心里害怕，就逃出了家，走到外边，没有办法了，房子因为欠了钱卖掉了，有一个女人带了我，坐轮船到那个地方去打胎，把身子恢复了，就被人卖到那种地方。前前后后的事，都叫人讨厌……只有一件事想起来很有趣，便是坐了轮船这一回事……”

她把她的身世讲给我听，那时候，我们已经亲近起来了，这亲近的开头，也是很奇怪的。

起先，我不喜欢她那副傻头傻脑的样子、不正确的语音、懒洋洋的动作和令人厌烦的空谈。第二次我去送货的时候，她就一边笑着，一边告诉我：

“昨天我把老板撵走了，把他的脸皮搔破了——你瞧见没有？”

我是瞧见了的。一边脸颊上三条，另一边的脸颊上两条，都是手搔痕。但我不高兴同她搭口，我不作声。

“你是聋子？”她问，“还是哑子？”

我依然不回答。她就对着我的脸吹了一口气，说：

“傻子！”

这一次就这样结束了。可是第二天，我正蹲下身子，把卖剩下来的、发了霉的硬面包装进筐子里，她却扑到我的背上来，把两只短短的、肥软的手臂攀住我的脖子说：

“把我背起来！”

我发火了，叫她别胡闹，可是她却压在我背上不肯离开，压得更加重了，催促着说：

“快，背着我走呀……”

“快放手！再不放，我就把你摔在地上……”

“不，不！”她不在乎地说，“你不能这样做。我是女子，男子应该听女子的话——快呀！”

从她那油光光的头发上，发出触鼻的生发油气息。她的全身充满了强烈的油味道，好像一架旧的印刷机器似的。

我把背脊一耸，将她倒摔在地上。她的脚撞在墙上，于是她就呻吟着，同时像小孩子一样可怜地低声哭起来。

我可怜起她来，心里觉得抱歉。她背朝着我坐在地板上，同时摆动着身子，用翻起来的裙子掩盖着雪白的、光滑的腿。瞧着她的裸露的腿，尤其是看到她那脱下了拖鞋的一双小小的光脚，脚指头一动一动的样子，使人动了怜悯之心。

“我不是预先对你说了的吗？”我嗫嚅着说，就去扶她起来。她皱着眉头，呻吟着说：

“噢，噢……坏孩子……”

忽然间，她跺着脚，并无恶意地哈哈大笑起来，又大声说道：

“滚出去，滚出去，让野牛跟豺狼把你吃掉！”

我赶快走到街上，心里很不安，拼命骂自己。冬夜的灰色的残景在许多房子的屋顶上消失了，一种朦胧的朝雾，罩上了这个街市。但是街灯的黄色的光还没有熄灭，它仿佛在守护着静寂似的。

“喂，喂！”她打开了店门，在我后面叫唤，“你甭担心，我不会告诉老板的……”

两天以后，我又送货到她那里去，她很高兴地、笑嘻嘻地迎接我。但是，她忽然想起了什么，便问我：

“你识字吗？”

她从账台抽屉里拿出一只漂亮的文件来，递一张纸条给我看：

“你念念看！”

是一首诗，用很整洁的字体书写的。我念出了开头的两行：

咱们老子是个有名的官强盗，
五万个卢布装满了腰包。

“啊哟，多下流！”她叫道，从我手里夺去纸条，接着，她开始气愤而匆促地说道：

“这是一个讨厌东西写给我的，也是一个孩子，还说是大学生哩。我顶喜欢大学生，挺神气的，像陆军军官。那个大学生想吊我的膀子。他写的是他的老子！他那老子是一个挺神气的白胡须老头子，胸头挂一个十字架，常常带一条狗散步。老头子带狗散步，我瞧了最讨厌——别的东西又不是不能做伴。可是他的儿子却叫他强盗，写得这么不堪！”

“他们跟你有什么关系？”

“啊哟！”说着，她睁圆了眼睛，“老子也可以骂的吗？可是他自己呢，却上荡妇那里喝茶……”

“上谁那儿？”

“上我那儿呀！”她又惊奇又恼恨地叫道，“你好糊涂啊！”

我和她之间，终于建立了一种特别的、无话不谈的交情。两个人什么话都谈，但是互相好像并不了解。有时，她对我很认真而详细地谈些女人的事，使我不由自主地低下眼睛，心里想：

“什么，她当我也是女人吗？”

事实却并不是这样的。自从我们成了朋友，她再不对我做出轻浮的模样来了。上衣的纽子也扣起来了，肋下的破绽也补好了，脚上甚至于穿起袜子来，而且客气地笑着说：

“茶炊烧好了！”

走到店堂后面，两个人就喝茶。这里放着她的小小的床、两把椅子，和一口古旧的、橱身可笑地凸出的五屉橱，橱最下面的一只抽屉，是不能开关的，沙菲雅的右脚或是左脚老是撞在抽屉角上，于是她就皱起眉头，把脚缩起，敲着橱骂：

“啊哟哟，大块头！跟赛门诺夫一样，又胖，又坏，又蠢！”

“老板蠢吗？”

她惊奇地耸一耸肩膀，两只大耳朵也微微地动了一下：

“这个，还用说？”

“什么地方蠢呢？”

“什么地方都蠢呀！”

“可是，你得说出什么地方。”

她回答不出，发怒了：

“可是，可是……反正是蠢……整个人就是蠢货！”

可是，有一天，她几乎气愤地向我说明道：

“你当我跟他一起睡觉吗？其实前前后后只有两次。还是在窑子里的时候，自从到了这里，一次也不曾睡过呢。以前有一次，我坐到他膝头上，他立刻搔我的痒，说：‘走开！’他同另外两个女人在一起，我不知道他要我做什么。这个铺子不能挣钱，做买卖我是外行，不喜欢。我不知道他为什么要开这个铺子。有时我问他，他就叫着：‘不关你的事！’世界上真有许多傻里傻气的事情……”

她摇摇头，闭上眼睛，脸像死人一样呆板。

“你见过那两个女人吗？”

“我见过，他喝醉了酒，便带了她们中间的一个到这儿来。他跟疯子一样地骂她，叫我打她的脸。对于年轻姑娘，我是不动手的，那女子很可怜，老是瑟瑟地发抖。可是那个太太气的，我打过她一次，那时我也喝醉了酒，因此打了她，这个女人最讨厌。可是后来，我心里恨不过，我就搔破了老板的脸……”

她沉默了一会儿，接着，不知怎的，全身紧张起来，低声说道：

“他一点儿也不可怜，他是一只猪。可是……他有钱……但愿他害病，变叫花子。我老是对他说：干吗这样想不开，应该过得舒服点儿呀……讨一个漂亮点儿的太太，养几个孩子……”

“他不是已经有太太吗？”

沙菲雅耸耸肩膀，天真地说道：

“他谋杀过人……也可以把太太谋杀的呀……已经是一个老太婆了！他简直是个疯子……什么都不想……”

我对她解释，人是不可以谋杀的，她却坦然地说：

“世界上还不是很流行……”

她的窗槛上放着盛开的凤仙花。有一天，她很自傲地说：

“好不好，这日光花？”

“好呀，但这不是日光花，这是花。”

她把头一摇：

“不，不，不能这样叫。花是印在布上的，而日光花是从上帝和太阳那儿来的。花是一回事，日光花又是另一回事，我知道：粉红、淡蓝、淡紫，这些都是花色……”

……跟这种初看起来很单纯，而其实是异常古怪、思想混乱的人做朋友，愈来愈令人不痛快了。现实仿佛变成了沉重的梦幻，而书上的话，愈加显得光辉而美丽，同时也像冬夜的星星似的，愈离愈远了。

有一天，老板用一只绿色的眼睛注视着我的脸，这一次，他的绿眼睛很黯淡，仿佛发锈的铜板似的。他阴郁地问道：

“喂，你到那个铺子里喝了茶来的吧？”

“嗯，喝了的。”

“真的喝了！你得小心点儿……”

他推了我一下，在我身边坐下。他像猫儿似的眯细着眼睛，咂着嘴，怀着近乎狂喜的心情，津津有味地说道：

“怎么样，这娘儿不错吧。我只当着你说……天下真找不出这样的宝货！她对我说的那些话……就是任便什么传教士也不能说得那么妙！真的，我试着吓唬她说：‘喂，傻丫头，我要痛痛快快地揍你一顿，再把你撵出去！’可是她一点儿也不害怕……她爱说真话，这轻佻的娘儿……”

“听了真话便怎样？”

“没有真话就无聊呀！”他干脆地说。

接着，他叹了一口气，向我送着白眼，好似吃了我什么亏了，叽咕着说下去：

“你当做人很有趣吧？”

“谁说有趣？何况跟你在一起……”

“跟你在一起！”他学了一句，好久板着脸不作声。他的腮肉松弛下来，像暑天的看家的老狗，两只耳朵下垂，下唇像一块破布似的挂下来。炉火映着他的牙齿，牙齿发出淡红的颜色。

“傻的人做人才有趣。可是聪明人，虽然有时也喝醉了发酒疯……但聪明人是和整个生活打仗的……有时候，晚间，我躺在床上抱怨着：让虱子来咬我吧！在我给别人当伙计的时候，虱子喜欢我……这永远是发财的兆头！生活一过得好，它就走掉……一切东西，都走得无影无踪。留下来的，只有顶不值钱的东西，就是女人……女人虽然顶不值钱，她可是顶顽固，顶不好对付……”

“你在她们那儿找真理吧？”

他气冲冲地大声说道：

“你当女人比你不懂事吗？她们是这样的吗？瞧瞧库金，他害怕上帝，把实情报告我……他当我会花了钱买他的真话呢。可是我自己却是这样的人，我把臭烂的货色卖好价钱，喏！”

老板朝着炉火做了一个侮蔑的手势。

“爱果尔像一把斧子，他跟秤锤一样笨。你呢，也是一样，只会呱呱地叫，可是却老是想靠别人生活。你要大家照你所指点的那样生活，可是我不愿意！我原来连上帝也不管我的。上帝对我说：‘喂，华西里，任你自己高兴，你去过活吧，我决不管你，你要上哪儿就上哪儿！’”

他的黄中带红的脸受到火光的映照，出着汗，显得油光光的，他的眼睛呆呆地盯着某个固定的地方，好像睡着似的，舌头很困难地转动着。

“可是沙菲雅却肆无忌惮地对我说：‘你这样做人是不对的！’‘不对吗？’‘是啊，既不像狼，又不像猪……’那么，我就问她：‘怎样做才对呢，傻蛋？’她就说：‘我不知道，你自己知道的呀！你是聪明人，别装蒜，你自己知道的……’你瞧，这就是真话，这不叫真话，还有什么是真话呢……这比一比，你们就……”

他骂些不堪入耳的话，越说越起劲了：

“我叫她猫头鹰。白天简直是一个瞎眼的傻娘儿……一到夜里，傻虽然傻……只是，在夜里……她有精神……”

他低声笑了。我感到，在这笑声中含蓄着一种爱怜的感情，他曾怀着这种感情对猪儿们说：“我的小隐士，小调皮……”

“我养着三个女人。”他继续说，“一个供给我肉体上的需要，那是鬈发的娜蒂加。她最淫荡！好像见了什么都害怕，其实是什么都不怕。她是没有恐怖，也没有灵魂的，有的只是淫欲，就是圣人也会被她迷倒，简直像一条吸血虫。另外一个供给我精神上的需要，她叫库罗契金娜。不能称呼她别的，她的名字叫格拉施加或格拉斐拉，可是得叫她库罗契金娜……这个称呼最合适也没有了！我最爱作弄她说话，我说：‘你尽管去祷告，尽管去点长明灯，你终究要落地狱的！’她怕鬼，又怕死，可是她还是偷偷用假钱。最近，她付我三卢布假钞，以前付过我五卢布。我问她：‘哪里来的？’她说是从买主那儿错进来的。这是说谎……她一定是某个恶邦里的人，她替这伙人把假钞票换出来，从中拿好处，她是一个聪明的、调皮的女人。同她在一起，气闷得很，总叫人要发火……可是对她发火，连我也有点儿寒心……她会谋杀人的，用枕头，我保得定用枕头！可是她杀了人，马上会向上帝祷告：‘上帝呀，饶恕我吧！’这是一定的！”

在他那丑陋的身上有着某种令人激怒的东西，炉子里的火烧得更猛烈更灼热了，无情地照着他的身子。他热得要命，出着汗，发出一种刺鼻的、油腻腻的气味，像夏天的污水池里发出来的臭气一般。我想骂他，打他，引怒他，使他转换话题，但这时候，他所讲的正是这些恶毒的话语，迫我去倾听。这些话粗暴得很，但其中却有哀愁的调子……

“人人都说谎。呆子是因为无知无识，聪明人是因为狡猾。可是那只猫头鹰，她说的却句句都是实话……她说实话……不是为了自己的利益……也不是因为灵魂……灵魂有屁用！她只是心里有话，嘴里就说。听说大学生是喜欢真理的……我就到他们喝酒的馆子去过……完全不行，他们光吹牛皮，光是喝酒罢了……”

他嘟哝着，已经不注意我了，好像忘记我正坐在他身边：

“对于有一种人，爱真理……就好像爱一位高贵的太太……总共只见过一次……终身就害相思……终究还是得不到手……简直像梦里见到的一样……”

他是喝醉着，清醒着，还是病着，叫人摸不透。他吃力地动着舌头和嘴唇，仿佛头脑里想到尖刻的话，嘴里却说不上来。这一次，他特别使人讨厌，我迷迷糊糊地望着炉子里的火，不去听他叽咕了。

潮湿的柴勉强地烧着，冒着白沫，喷出青烟来。红中带黄的火焰抖动着，包围了大块的木柴。猛烈的火焰，像蛇舌一样，舔着炉砖，火舌卷动着，要蹿出炉口，一阵青烟——一阵浓密的烟，把它熄灭了……

“话篓子!”

“什么?”

“你知道你有什么地方使我注目?”

“你说过了。”

“嗯……”

他沉默了一会儿，接着又像叫花子似的拉长嗓子说：

“我着凉送命，管你什么事？你大概没有想一想，随口乱说的吧!”

“你该去睡觉了……”

他摇摇头，嘻嘻地笑起来，又用同样带哭的音调说：

“人家对你好意，你倒要下逐客令……”

我第一次从他嘴里听到一声好意，我试试他是不是真意，于是接着说：

“你有好意，你就给雅什卡些吧。”

老板沉重地耸了耸肩，没有作声。

在这次谈话的两天前，响铃儿回到面包工场来了，头发剪得又短又齐，在医院里过了这么些天，眼睛显得清秀，同样地，整个身子也清秀了些。雀斑脸瘦了一点儿，鼻子显得愈加高了。这孩子沉思地笑着，连跳带蹦地在工场里跑来跑去。他害怕把新褂子弄脏，而且把一双干净的手插在土布裤袋里。这裤子也是新的。

“谁把你打扮得这么漂亮，像新郎似的?”工场里的人问他。

“尤丽亚·伊万娜!”他站在问他的人面前，用微弱可爱的声音回答，把左手从裤袋里抽出来，装着手势讲：

“她是医生的太太，一位上校的女儿。那位上校给土耳其人砍掉了一条腿，直到膝头为止。那个人我也见过，光头皮，见了什么，总是说：‘胡闹胡闹。’”

随后，他兴奋地叫道：

“医院里真好，真好！干净得很！”

“你右手拿的是什么？”

“没什么！”他回答道，惊慌地睁圆了眼睛。

“你说谎，拿出来！”

他不安起来，全身扭曲着，那只手向裤袋里伸得更深，肩胛也挂下了。这可引起了大家的好奇心，他们便决定抄他的身子，把他捉住，按倒，从裤袋里抄出东西来，一看是一个新的二十戈贝的银角，和一个涂珐琅的小小的圣像。圣像是手抱婴儿的圣母像。人家马上把银角还了他，圣像却拿来大家传观。起初，这孩子还硬装着笑脸，把小手伸向拿圣像的人，后来，皱起眉头，泄气了。大兵米罗夫把圣像还了他，他粗暴地往袋子里一塞，就跑到不知什么地方去了。晚饭后，他跑到我这边来，衣服已经皱了，上面沾满了面团屑和面粉，但是不像从前那样愉快、活泼了。

“呃，那件礼物给我瞧瞧吧！”

他的蓝眼睛向旁边望着，说道：

“不在我这儿了……”

“放到哪儿去了？”

“没有了……”

“没有了？”

雅可夫吁了一口气。

“怎么回事？”

“我把它扔了。”他低声说。

我心里不信，他瞧出了这个，就画了一个十字说：

“真的！我不对你说谎，我扔进炉子里去了……它滚起来，像油脂似的滚着，就烧化了！”

他突然呜咽起来，把头往我的腰间一撞，哭泣着说：

“这批浑蛋……把它弄坏了……那个大兵用指头挖，在旁边挖掉了一点儿……这恶魔。尤丽亚·伊万娜给我的时候，捧着圣像接了吻，又吻了吻我说：‘送给你……这对于你有好处……’”

他哭得很伤心，使我无法劝慰，可是我也不想让面包工场里的工人看见，叫他们自己感到惭愧……

“你干吗呀，雅什卡？”出乎意外地，老板问了。

“他身体很不好，在工场里做太辛苦，可不可以调他到铺子里做？”

老板想了想，咬咬嘴唇，冷冷地说：

“身体不好，铺子里也干不来。铺子里冷，要着凉的……格拉西加又要打。到猫头鹰的铺子里去吧……她太懒，地方弄得很脏，正好到她那里去帮帮忙……那边很轻快……”

他望了望炉子里一堆烧成金黄色的煤，从炕洞里爬出来。

“把灰扒一扒吧！”

我把长火钳塞进炉子里。在我的头上，响起了老板的讨厌而无聊的语声：

“你是一个傻子！幸运就在你的身边，可是你……哎，该死，真该死……你是怎么搞的？”

一条肮脏的街道，被许多古老斑驳的房子的浓影包围着。三月的太阳小心地向肮脏的街道张望着，仿佛害怕弄脏了自己似的。我们一天到晚关闭在市中心阴暗的地下室里，从潮湿一天天地增加，我们知道春天快要来了。

下半天约有二十分钟的光景，太阳照在工场里最靠外首的一个窗子上。古老的、呈现出彩虹颜色的窗玻璃变得美丽而明朗了。从打开的气窗里，传来雪橇的滑木擦在街石上的吱吱的声音，而且，街上种种的声响变得更响亮了。

面包工场里的工人们不断地唱着各色各样的歌，但歌声不像冬天唱歌时那样的协调，合唱唱不起来了，会唱歌的人只顾自个儿唱，常常变换歌调，仿佛找不到合乎这春天情调的歌。

要是你对我变了心，

铁根在炉子边开头唱，华诺克用劲地接下去：

我的终身就毁了……

接着，歌声突然打断，他用唱歌一样的高声讲起话来：

“再过这么十天，乡下就要耕地啦。”

夏杜诺夫正捏好面团。他没有穿褂子，身上流着汗，用一条菩提树皮缚着乱发，一边懒洋洋地望着窗外。

他的阴郁的嗓子，低低地哼着：

一群巡礼人在街上走过，
他们不出声，也不朝我望……

亚杜西加在屋子角里补破袋，他咳嗽了几声，用女孩子似的嗓子吟着吟熟了的苏里科夫的诗：

你躺在……薄板棺材里，
我亲爱的友人呀……
瘦弱而憔悴……
一条尸罩……直盖到脖子上……

“呸！”库金向他那边唾了一口，“傻子，你唱什么屁歌……小鬼，我跟你们说过一百遍啦……”

“噢，妈妈！”铁根打断了歌声，兴奋地喊道，“再过些时候，世界就要热闹起来啦！”

于是他用灵巧的脚踏着拍子，喊道：

一个喝醉的女子走过来了，
远远地她在那儿微笑——
她就是，
我日夜思念的人……

乌拉诺夫马上接上来：

华西里家的玛丽亚，
叫所有的小伙子都入迷，
在四月里，
她简直要去上吊……

在音调不同的歌声里，在断断续续的谈话里，也使人感到强烈的春天的气息，感到常常引起新生之望的对于春天的想念。这班人不断地发出复杂的歌声，仿佛他们正在练习新的合唱。各种使人兴奋的、庞杂的声音之流涌流到我们的烘房里，这些声音各不相同，可是却具有同样强烈的魅力。

于是我也想起了春天，我把它看成一个热爱万物的女神。我向派卫尔喊叫了：

华西里家的玛丽亚
叫所有的小伙子都入迷……

夏杜诺夫把自己的宽阔的脸从那现出彩虹颜色的窗前移开，接着就低沉地唱起来，声音压倒了铁根的回答声：

一条崎岖的小小的路呀，
给无罪的人们行走。

从老板的屋子里，透过板缝，传过来老板娘叫花子似的伤心的叫声：

“华西里，亲爱的……”

老板连续喝酒已经第二个礼拜了。他喝得醉醺醺的，暴饮很快地把他弄得非常憔悴，他已经不会说话，眼睛也瞧不见了。他只会吼叫，瞎子样地摸着路直闯。眼球凸出，毫无光泽，周身青肿，像个水里的浮尸。耳朵好像变大了，竖得很高，嘴唇望下直挂。他的牙齿露了出来，这副牙齿好像是多余的，没有它们，他的脸已经显得够可怕了。有时，他慢慢地移动着两条短腿，在地板上跌跌跄跄地从屋子里走出来。出来就走到有人的地方，用可怕的、视而不见的目光把人们赶到旁边。在他后边，两只大手拿着瓶和杯子，跟着上来的，是一样泥醉了的爱果尔。在他那张麻脸上，全是红色和黄色的斑点，呆钝的眼半开半闭的，嘴直张着，好像受了火伤不能呼吸的人一样。

他嘴唇不动，喃喃地说道：

“让开……老板来啦……”

老板娘也跟着他们，低着脑袋，眼里含着泪水，她的这双眼睛好像就要掉到她捧着的盘子里，把青盘里的咸鱼、香蕈等弄湿似的。

工场里变得像地窖子里似的肃然无声，充满了窒息的、阴郁的气息。在这三个发了狂一样的人走到的地方，发出一种猛烈的刺人的气味。他们引起了人们的恐惧和嫉妒，等到他们的影子在门厅里消失的时候，工场里的人，有几分钟像被打伤了的一样，沉默了。

随后，发出断断续续的小声的谈话：

“他要醉死啦……”

“老板吗？他不会死！”

“那么多的下酒菜，小伙子们！”

“气味很不坏……”

“华西里老板会完蛋的……”

“最好算一算，他喝掉多少酒啊！”

“这些酒你一个月也喝不了。”

“你怎么知道？”当大兵出身的米罗夫谦逊地说，但是没有失去自信力，“你倒试试看，给我喝一个月！”

“一定会醉坏的……”

“可是乐是乐的……”

我好几次走到门厅里去看老板：爱果尔把一只像棺材似的破烂的木箱底朝天放在泥泞的院子中央，照着阳光的地方；老板不戴帽子坐在上面。他右边放着酒菜盘子，左边放着酒瓶。老板娘小心翼翼地坐在箱子边上，爱果尔站在老板背后，扶住了他的两腋，用膝头支撑他的腰部。老板就把全身向后靠住，望着苍冷的天空。

“爱果尔……你在呼吸吗？”

“在呼吸……”

“每呼一口气，要赞扬上帝吗，每呼一口气?”

“呼一口气就得赞扬一次呀……”

“斟酒呀……”

老板娘像受惊的老母鸡，慌忙把酒杯子放在丈夫手里。老板把杯子举到口边，徐徐地喝。老板娘在旁边一个一个地画着小小的十字，嘴唇像跟人接吻似的凸起着——这是又可怜又可笑的场面。

接着，她低声叹息道：

“爱果尔，他就这么醉死吗……”

“不用担心……老板娘……没有上帝的意旨……什么事都不会发生的。”爱果尔像说梦话似的说。

院子里，春天的阳光愉快地照耀着，映在石头中间的水洼里。

忽然，老板凝视着天空和屋顶，身子向前一晃，几乎扑倒在石头上。他问：

“这个太阳是谁的?”

“是上帝的。”爱果尔好容易把他拉住了，用劲地说。老板赛门诺夫再把自己的腿向前一伸，又问：

“这条腿是谁的?”

“是您的呀。”

“你胡说！那么我是谁的呢?”

“您是赛门诺夫的……”

“你胡说!”

“是上帝的。”

“对，对，这才不错!”

老板举起脚来，踏在水洼里，污水溅到胸口和脸上。

“爱果尔。”老婆子呜咽地说道。爱果尔用食指向她威吓着说：

“老板娘，我不能跟老板斗气的……”

老板眨着眼睛，并不去揩拭脸上的污水，接着问了：

“爱果尔，头发会掉吗……”

“不会掉的……没有上帝的意旨……”

“喂，把脑袋伸过来让我瞧……”

爱果尔弯下自己乱发蓬松的大脑袋，伸到他的手边，老板抓住爱果尔的鬈发，从中间拔下了几根发丝，向着照了一照，还给爱果尔：

“藏起来……别掉啦……”

爱果尔从老板肥胖的手指中间小心地取下了发丝，在掌心里搓成一个团，藏在自己花背心的袋子里。他的脸照例没有表情，眼睛也没有一点儿生气，只有他的谨慎的但是不稳定的动作使人感到：他已醉得相当厉害。

“你当心点儿!”老板挥着一只手含糊地说，“什么东西都要抓住……一根毛也要抓住……”

像这样的行动，他们无疑地已演过好多次了，在他们的动作中，已带了熟练的姿势。老板娘漠然地望着，只有枯黑的嘴唇老在颤动。

“唱吧!”老板忽然尖声叫道。

爱果尔把帽子向脑后一推，做了个怕人的脸色，紧贴着老板坐下，用喝醉了的、嘶哑的低音唱道：

> 顿河的哥萨克来了……

老板像要饭的叫花子，伸出一只手，握紧了手指：

> 哎，葛列宾的小伙子们，年轻的哥萨克……

老板昂起头来喊叫，他那暧昧的、粗野的脸上流满了泪水，好像脸在开始融化似的。

有一次，在这种表演进行的时候，和我并排站在门厅里的奥西普，悄悄问：

“瞧见没有?”

“怎么?”

他望着我，暧昧而悲哀地微笑了，笑的时候好像在发抖似的——近来他瘦得厉害，那蒙古人似的眼睛，显得大了几分：

“你怎么啦?”

奥西普紧靠着我，在我耳边低声说：

“什么叫有钱，什么叫享福？享福就是这样的吗？你瞧瞧……”

在老板喝醉的这几天，沙西加在工场里跑来跑去，也跟喝醉酒一样，眼睛不安地发着光，两手跟受伤一样挂着，汗光光的额上颤动着褐色的鬈发。工场里每个人都公然谈着沙西加的偷盗，他一来，人们就用称赞的笑脸迎接他。

库金拖长声调，用许多好听的话称赞掌柜：

“啊，亚历克山大在我们当中是一只鹰，定会高飞的……”

谁要有机会，就都偷盗，当作玩耍似的。偷来的东西，马上换钱喝酒。三个工场的人都喝得醉醺醺的。学徒上酒店去买酒，满衣袋的装了面包卷去，在那里换水果糖吃。

“你们这样做，赛门诺夫马上得破产。”我对铁根说。他摇摇他那漂亮的头否认道：

“哪里，老弟，老板一个卢布能挣三十六个戈贝呢……”

他那说话的口气好像他很明白老板买卖的利益似的。

我笑笑，派什卡不服气地皱起眉头：

“你对什么都发善心……你干吗老是这样子?”

“并不是我发善心，而是我搞不清楚这种乱七八糟的事……”

“乱七八糟的事，总是难懂的。”夏杜诺夫插嘴道。工场里的人都集中注意力来听我们的谈话。

“你们一方面说老板很精明，他依靠你们替他干活儿，开工场，可是，另一方面，你们却拼命糟蹋工作……”

几个人的声音同时回答：

“糟蹋，不见得!”

“能抓就抓，别放过机会!”

“只有老头子喝醉酒，咱们才得透口气……”

我的话马上被沙西加知道，他冲到烘房里来。他身材匀称、漂亮，穿着灰色的洋服。一跑来，露着牙齿呼喝：

“你想谋我的位子吗？得了吧，任你多刁，还总是一个小孩子……”

大家热烈地望着我们，巴望我们快点儿吵起来。但是，沙西加虽敏捷，却很小心，而且，咱们两个有一次是曾经“动过武”的。他冷言冷语，像蚊子刺人似的讽刺我，有一天，我对他说，如果他再这么惹我，我就要揍他。那是一个节日的傍晚，屋子里的同事都走开了，家里只剩我们两个。

“好，来吧!”他把上衣脱下，往雪地上一丢，卷起衬衫的袖子，“可是只准打身体，不作兴打脸！脸子是一个铺子的招牌，你也明白……”

沙西加打败了，他恳求我：

“我很懂事，你不要对谁说我打败了，我特别请求你！你在这里不过打打短，就要走的，可是我却得同他们一道担下去！你明白吧？好，我请你客，到我那里喝茶去……”

在他的小屋子里喝茶的时候，他很小心地拣着字眼对我兴奋地说：

“我说过你是很懂事的，有人说我手脚不干净吧？粗粗看来，这是不错的。但一切事要进一步看……”于是，他越过桌子把身子伸到我这边来，受了委屈似的眼睛发着光，他像唱歌似的说明道：

“我比赛门诺夫坏，比他笨吗？我比他年轻，漂亮，聪明……叫我干干事业看，就是一件小小的事业，交给我干干看，我立刻就会施展出自己的本领，那时，随便什么人都得大吃一惊，看得眼红起来的！我有这么漂亮的脸子和身体，我难道不能跟有钱的寡妇结婚？就是带嫁妆的小姐，也没什么配不上吧？我可以用几百个伙计。赛门诺夫算什么东西？连看他都使人对厌……他是一条泥鳅，只配在阴沟里游游。他却蹲在屋子里！那才是怪东西哩!”

他尖起贪心的红嘴，吹了一声口哨。

“哎，我的好人儿!”主教过的是廉洁的生活，可是，大家都知道，他们多寂寞，多烦闷，他们不能称心如意……你认识罗什庚吗？他是警察局的书记。《主教的故事》这本书就是他写的，他讲话颇有道理，虽然他是一个醉鬼。这本书里，一个看教堂的，说了正直的话：

不，大主教，你可不对啦，
要不偷么就难过活……

这个有着灵活、均匀的身体和一头火红头发的人使我想起古代的箭。箭头插一团涂满焦油的麻屑，点上火，在暗夜里射出去，谁被射到就遭殃，倒霉。

现在，在老板喝醉酒的日子里，沙西加就特别兴奋。他跟老鹰抓小鸡一样，抓起一把钞票往外跑，他那样子令人讨厌，也引起人的好奇心。

“要闹事了。”夏杜诺夫在我耳边轻轻地说，“站远点儿，不要卷进去……”

他越来越关心我，好像帮助一个不会做事的人来帮我的忙。有时，他代我搬面粉和木柴，有时，代我调面粉。

“你干吗替我做这些事?”

他眼也不望我地低声说：

“别作声！你的气力可以留作另外的用处……你要保重。人的气力，一生只能获得一次……”

接着，又照例低声发出问题来：

“Фраза是什么意思?”

或是突然讲一些奇妙的话：

“鞭身教徒，说圣母不止一个，确实有些道理……”

“这是什么意思?”

“也没有特别的意思。”

“你不是说，一切人的上帝，只有一个?”

“这个当然！但人有各色各样，各人都凭自己的需要，把上帝做种种解释……譬如，鞑靼人、莫尔多瓦人……这真是罪过!”

有一天晚上，他同我一起烤火，他说：

“我很想打断一条胳臂，或是腿子也好……要不然，害一种外表看得见的病……”

“这是什么意思?”

“一种明白看得出的残废……”

“你疯啦?”

“我很好。”

他向四边望望，解释道：

“是这样的：我想当一个魔术师，我的性情很倾向这个职业。我的外祖父是一个魔术师，叔公也是。这位叔公在家乡是顶有名的魔术师，还是一个稀有的养蜂家。他的名气全省都知道，鞑靼人、契莱弥思人、丘伐西人，全知道他。他已一百岁开外，但是七年前他娶了一个没家的鞑靼姑娘，生了好几个儿子呢。他结过了三次婚，再不能明媒正娶了。”

他沉重地喘了一口气，慢慢地、沉思地说下去：

“你会说，这是骗术！可是靠骗术怎么能活到一百岁！人人都会欺骗，可是这使人不能安心……”

“那么，为什么你一定要残废呢？”

“我想到外边去……跑得越远越好，到处去看看……多么好呀！我想看看，一切人是什么样子……怎样过活，希望些什么。可是我长着这样一张脸，没有理由去流浪。人家问我，你为什么要流浪？我可答不上来。所以我想，最好坏掉一只胳臂，要不然，长出一个瘤来也好……长瘤不大好，人家见了讨厌……”

他沉默了，眼珠转动着，凝视着火焰。

“你已经决定了吗？”

“没决定的事不应该讲出来。”他喘着气说，“把没决定的事讲出来，只是吵闹人。没有这些事就已经……”

他绝望地挥一挥手。

这时候，一个带着惺忪的笑脸、搔着头皮的人，悄悄地向这边走来。他是蓬着头发的亚杜西加。

“我做了一个梦，我得跳到水里，我跑了几步，扑通一声跳下去，脑袋碰到河底。我的眼里流出了黄金的眼泪……”

真的，他那对好看的眼里，正含满着泪水。

大概是两天以后的晚上，我把面包放上了烘炉，正在打瞌睡，一阵尖厉的叫声惊醒了我。在一扇通面包卷工场的拱门那儿，在门槛上，老板站着。他骂出下流的话语，从他的嘴里接连不断地发出愈来愈粗野的话，仿佛豆子从一只破口袋里落出来似的。

那时，一声巨响，老板的房门陡地打开，又一声叫唤，沙西加的身体跌倒在门槛上。老板的双手紧紧地抓住门框，同时，他往沙西加的胸上和腰上不住地乱踢。

“噢哟……打死人了……”青年大声叫喊。

“什么……什么……”赛门诺夫每踢一脚就这么说一声。每次沙西加想把身子坐起来，他就很灵巧地使他跌倒，弄得他打滚。

面包卷工场里跑出几个工人来，默默地围成一团。在清晨的昏暗中，瞧不出每个人的脸色，但是可以感到大家都在吃惊。沙西加滚到他们身边，高声地喊：

“弟兄们……他要打死我……”

他们仿佛一堵破墙被风吹倒，连忙向后退开。正在这时候，亚杜西加不知从哪里跳出来，正对着老板喝斥：

“住手！”

赛门诺夫倒退了一步，沙西加就像一条鱼似的钻进人堆里，溜跑了。

鸦雀无声，不知道是人性胜利，还是兽性胜利，这痛苦的沉默持续了几秒钟。

“哪个？”老板声音嘶哑地问，他用一只手罩着眼睛向亚杜西加那边望，另一只手举到跟他的头一般高。

“是我！”亚庭高声叫道，同时身子向后退；老板摇晃着身子向他走去，但是，奥西普走上前来，老板的拳头就落到了他的脸上。

“喂！”奥西普摇摇头，吐了一口涎唾，沉着地说，“你等一等，别打架！”

突然，一群两手叠在背后的、放在袋子里的、插在腰带里的人，密密地排列在老板的画前。那是派什卡、大兵、和气的拉普推夫、蒸工尼基泰，他们每个人脑袋都往前伸，准备挨打的样子，同时，他们争先恐后地、反常地大声叫道：

“别乱发脾气！你当咱们都是卖身给你的吗？嘿！我们可不是你买来的呢！”

老板好像在破地板缝里长了根，木然地站着。他的两手叠在肚子上，头略略歪向一旁，仿佛在倾听一种听不清楚的喊声。那黑魆魆的、被墙上的灯发出来的黄色的火光微微映照着的人群愈来愈喧嚷地向他攻去，在微弱的光带里，时不时地闪现出一个扭转的脑袋，一副露出的牙齿。大家叫着，抱怨着，而其中声音最高的是蒸工尼基泰。

“你把咱的劳力榨得一点儿不剩！你不要太威风，老头儿！”

骂声像污水的泡沫似的沸腾了。其中也有人往赛门诺夫的鼻子尖抡拳头。可是他仿佛睡着似的站着。

“你的钱哪来的，不是咱们替你挣的？”亚庭叫喊了。接着，铁根像读书似的说：

“老实对你说，一天做七袋粉，我们不答应。”

老板挂落两臂，向右一转，脑袋奇妙地向两边摆动，就默默地走开了。

……面包工场和睦而热闹地欢腾起来了。大家都摆出正正经经的样子，一起做起工来。大家仿佛用新的目光互相望着，在这些目光里包含着信任、爱抚和困惑。铁根大声说：

“喂，大家使出劲来！嗨呀……好好儿干吧！做出来给这位宝货瞧！规规矩矩干活儿，心里快乐！”

拉普推夫肩头扛着面粉袋，站在工场当中，舔舔嘴巴，咂着嘴说：

“瞧瞧，这个场面……大家同心合力，就什么都不怕……”

夏杜诺夫一边称着盐，一边咕哝着说：

“大家同心合力，即使打老子也方便些。”

大家变得像春天的蜜蜂。亚庭分外高兴，只有库金老头一个，照例嘟哝着他自己的话：

“小鬼们，你们怎么搞的，真该死……”

铅色的寒雾笼罩着钟楼、清真寺的尖塔和好多高房子的屋顶，使街市好像砍去了脑袋。从远处望去，路上的行人，也像没有了脑袋。空气中飘着潮湿的薄雪，令人喘不过气来。四周是一片银灰色的雾，在街灯还没有熄灭的地方，映出珍珠的颜色。

水滴从屋顶上沉重地落到人行道的石板上，马蹄铁踏着马路上的碎石，发出很响的声音，在某个高高的地方，在雾里，清真寺院里的僧侣发出像哭一样悲凄的声音，在呼唤着人们去做早晨的祈祷。

我背着一筐白面包，我要一停不停地走，穿过迷雾，到田野中的大道。我相信我一走上那条大道，我就可以到达春天太阳升起来的地方。

一匹马在我身边掠过，前脚举得高高的，直昂着头。这是一匹大的灰色马，有黑的斑点，一对充血的、恶狠狠的眼睛闪着光。坐在车台上，紧紧地拉住马缰绳的，是爱果尔，他直挺挺地坐着，好像木头雕出的一样。在四个轮子的车座上，懒洋洋地坐着老板，天气已经和暖了，还穿着一件沉重的狐裘。

这匹灰色的、刚愎的马，它把车子已不止弄坏过一次。去年秋天，老板跟爱果尔就跌坏过肋骨，弄得浑身沾满泥血，被人扛回家里的。但他们俩却偏爱这头在浑浊而充血的眼睛里含着不快的呆蠢的神气、身子吃得胖胖的畜生。

有一天，爱果尔正在洗刷这匹不久以前刚咬过他肩膀的马。我说：这样坏的马，最好卖给鞑靼人去剥皮。他马上站起来，扬着笨重的马刷子呼喝：

"滚开！"

他从不同我搭口，有时我跟他说话，他就低着头，跟牛一样走开去。只有一次，他突然从后边抓住我的肩头，摇晃着咕哝道：

"喂，大俄罗斯的小伙子，我的力气比你大得多，像你这种家伙，我一个人就能收拾三个，而收拾你，只消我用一只手就行！懂吗？如果老板……"

他说得那么起劲，那么激动，甚至没有气力再说下去。他的太阳穴上胀起了青筋，冒出了汗。

鲁莽的雅什卡谈到他的时候说道：

"他有三个拳头，可是没有脑袋！"

街道变得狭窄起来，空气更加潮湿，清真寺里的僧侣召唤人们去祈祷的声音停止了，马蹄铁轻敲石头的声音也渐渐远去而消逝，四周清静了。

雅什卡显得干净一点儿了，红褂子上围一条白围裙，替我打开了门。他帮我把筐子搬进去，低声警告我说：

"老板……"

"我知道。"

"在发怒呢……"

这时候，从货柜后面发出急躁的呼唤：

"话篓子到这儿来……"

他坐在床上，占据了差不多三分之一的地位。旁边横躺着沙菲雅，半裸着身子，合掌托着脸腮。她缩起了一条腿，另外一条伸在老板的膝盖上。见我进去，她笑眯眯地斜着一只奇特而晶莹的眼睛招呼我。老板显然并没有阻止她。她那浓密的头发，有一半编成辫子，一半散落在揉皱的红枕头上。老板一只手放在她的小小的脚踝上，另一只手用手指轻轻弹着她的脚指甲。脚指甲跟琥珀一样发着黄色。

"坐吧……咱们来正正经经谈一谈……"

说着，又抚摩了一下沙菲雅的足背，喊道：

"雅什卡，拿茶炊来！猫头鹰，你起来……"

她厌烦地低声说：

"不高兴……"

"哦，起来起来！"

把她的脚从自己膝上推开，咳一下，哑着嗓子，慢吞吞地说：

"一个人有许多事不想干，可是，不想干也得干呀！你不高兴也得活下去……"

沙菲雅从床上下来，可是下得不爽气，两条大腿都露出来了。老板责备她：

"猫头鹰，你一点儿都不害羞……"

她一边打着辫子，一边打着哈欠问道：

"你做什么要我害羞？"

"这儿可不是我一个人，你没瞧见这个小伙子吗……"

"他知道我……"

雅什卡生气地皱着眉头，鼓着脸腮，捧来了茶炊。茶炊跟雅什卡一样，小巧，端正，干净得耀眼。

"啊，见鬼！"沙菲雅骂道，把编好的发辫气冲冲地拆散，将卷曲的头发甩到身后，走到桌边坐下。

"喂！"老板沉思地眯细一只精明的绿眼，把另外一只没有生气的眼睛完全闭住，开口说道，"那回吵闹的事是你兴的头吧？"

"你自己知道……"

"当然，可是你干吗要那样？"

"他们心里很苦恼。"

“请你说说看，谁是快乐的？”

“您是比较快乐的呀。”

“您比较快乐！”他模仿我的话说，“你真是无所不晓！喂，猫头鹰，给他倒茶。有没有柠檬？有柠檬在我茶杯里放一片……”

桌子上面的窗口，通气窗的铁锈的旋叶在轻轻地发出响声，茶炊也像在哼着歌子似的。老板的话没有掩盖那些声响。

“咱们来简单地谈一谈。如果你使大家搞得乱哄哄，那你就应该使他们重新安定下来。要不然，你这小伙子就一文不值。我说得对不对，猫头鹰？”

“不知道，我对这个不感兴趣。”她平静地说道。

老板突然高兴起来了，说道：

“你这家伙，什么都不感兴趣，傻子，你可怎么做人？”

“我不想向你请教……”

她靠在椅背上，拿五块方糖放进一只小小的青花茶杯里，用茶匙搅着，白色的上衣敞开着，露出一只血气盛旺、绷满青筋的硕大的乳房。她的脸好像由各个部分凑合起来似的，显出昏昏欲睡或者沉思的神气。嘴唇跟孩子一般张开着。

“是这样的。”老板向我投了快活的一瞥，接着说下去，“想叫你做沙西加的工作，怎么样？”

“谢谢您，我干不来。”

“为什么？”

“我做这个工作不合适……”

“怎么不合适？”

“不合我的良心。”

“又是良心！”他叹了一口气，接着，便用许多粗暴的话骂起良心来，同时，恶毒地嘲笑着，尖着嗓子说道：

“把这个良心给我瞧瞧，瞧一次也好！我要用手指头摸摸看。大家嘴里说良心良心，可是什么地方也没有见过，这还不是笑话奇谈？除了愚蠢透顶，使人讨厌以外，还有什么呢。唉……一个人只要稍微诚实一点儿，他就准是个傻瓜……”

沙菲雅慢慢地扬起睫毛，同时眉毛也扬了起来，笑了一声，有趣地问：

“那么，你见过诚实的人没有呢？”

“我本人从小就是诚实的人！”他用我所不熟悉的声音高声说道，手掌往胸膛上一拍，然后伸出一只手，碰碰女人的肩头：

“还有你，也是好人，可是有什么用？傻姑娘！”

她笑了，像有点儿故意似的，说道：

“啊哟……你看见过的都是像我这样的人……你把我也当作诚实的人呢！”

于是，他兴奋得眼里发出光来，喊道：

“我当伙计的时候，常常喜欢帮别人的忙……我喜欢帮助人，希望我周围的人都心里舒服，可是我不是瞎子！如果别人跟虱子一样来惹我……”

我苦闷得几乎想哭了。仿佛有一种驱除不散的、像门外的迷雾一样潮湿浑浊的东西，涌进了我的胸膛。难道我必须同这种人混在一起吗？在他们身上，我感到一种难解难分、终生摆脱不开的不幸，在情感上理智上，都似乎有一种固有的残疾。我忍不住觉得他们可怜，觉得必须帮助他们而又无能为力，这使我感到很难受。他们在传播着一种我所不知道的病毒。

“到降临节为止，给你二十卢布好不好？”

“不。”

“那么，二十五卢布呢，怎么样？有了钱，女人也有了……什么都有了！”

我想对他说，我不愿再同他共事，可是我找不出适当的措辞，面对着他那严厉的、期待的、怀疑的目光，我感到困窘。

“以后再谈吧！”沙菲雅说着，把方糖放进茶杯里。老板摇摇头：

“干吗放那么多糖？”

“你心疼？”

“对身体不好。你又不是马，这么吃着，吃得身体肥胖起来……怎么样？那么，你拒绝我吗？”

“我想不干了……”

“啊……我已经明白了！”他忧郁地敲击着手指头，说道，“那也好！你的意思不错，我也可以省一点儿开销。好，喝茶，喝呀……在一起并不是高高兴兴的，就客客气气分手吧……”

我们大家默默地喝茶，过了一会儿，茶炊像饱食的鸽子一样咻咻地叫。通气窗像叫花婆一样呻吟着。沙菲雅向茶杯里望望，沉思地微笑。

突然，老板又发出高兴的声音，问她：

“你在想什么，猫头鹰？快，有什么话你就说！”

她吃惊地颤抖了一下，随后叹了一口气，跟害重病似的，没气没神地、吃力地说出奇妙的话来。这些话像钉子似的一辈子牢牢地钉在我的记忆里。

“我是这么想：结过婚之后，最好把夫妇两个，在教堂里关上一夜……”

“呸！”老板生气地啐了一口，“你想的什么怪念头……”

“是啰！”她拉长嗓子，动了动眉毛，“那么关一夜，就靠得住了……那样，你们这种浑蛋……”

老板欠起身来，重重地碰了一下桌子：

“住嘴，住嘴！你又说这个啦……”

她住了嘴，把震动过的茶盘整理好。

我站起身来。

“好，回去！”老板满不高兴地说，“回去吧，没有法子！”

街道上还笼罩着雾。街房的墙壁渗出浑浊的、像泪水一样的水滴。黑幢幢的人影在潮湿的烟雾中从容而孤独地走动着。不知在什么地方，有铁匠在干活儿，可以听见两柄锤子有节奏地捶打的声音。那声音好像在说：

“这是——人们？这是——生活？”

星期六，我算清工账，就正式辞职。星期天早上，同事们给我饯行，地方是在一家酒馆里，虽然脏些，却挺舒服。到场的是夏杜诺夫、亚庭、铁根、和气的拉普推夫、大兵、蒸工尼基泰和华诺克·乌拉诺夫。华诺克·乌拉诺夫穿了一条九十戈贝买来的绸裤子，一件新做的红褂子，外面罩上有着玻璃扣子的、耀眼的背心。因为穿上了新衣服，再加上那么夺目的颜色，他那对浪荡的眼睛里的大胆不逊的光辉消失了，小老头似的脸不显目了，一举一动，显得非常当心，恐怕衣服弄破了，或是有谁会跑过来从他狭窄的胸膛上把背心剥了去。

头天晚上，大家到澡堂里去洗了澡，今天头发上又擦了油，他们的眼里发出逢时逢节所特有的光彩。

铁根发着买卖人一样的喊声，招呼酒菜：

“堂倌，开水！”

大家喝茶，同时又喝伏特加。因此，大家马上都变得柔和而沉醉。拉普推夫挤着我的肩膀，把我推到墙边说：

“喂！分开了，谈谈吧，我们很想听听，好啦……谈谈正直的、真实的话……”

夏杜诺夫坐在我的对面，眼睛望着桌子底下，对尼基泰说道：

“人生就是过客……”

“他走到什么地方去呢？”蒸工哀愁地叹息着，“怎么走……”

大家都注视着我，使我发起窘来，好像我要出发远行了，好像同这班亲热而欢乐的人们，一辈子再不会见面了。我心里很难受。

“我仍旧留在这个城里，”我几次对他们说，“以后可以常常见面……”

铁根蓬乱着黑发，留心着自己所倒的茶，使每人的杯子里的茶都一样的浓淡。他压低响亮的嗓子，说道：

“就是住在这城里，往后也不能同喂一窝儿的臭虫了。”

亚杜西加和善地微笑着，说道：

“往后你再不是我们的伙伴了……”

酒馆里很暖和，烹调的浓浓的香味扑向人的鼻孔，劣等烟草的烟雾像淡蓝色的云朵似的飘浮着。屋角上的窗子打开着，倒挂金钟的淡紫色花朵摇晃着，尖尖的叶子颤动着。从街上传来了明朗的春日的醉人的喧哗声。

在我对面的墙壁上，一只挂钟懒洋洋地垂下一动不动的钟摆，黑色的字盘上没有了长短针，正像今天特别紧张的夏杜诺夫的阔脸。

“人生就是过客。”他固执地反复说着这句话，“人走着，就走过去了……”

他的脸变成茶红色，他的眼睛里闪现了一下尖利的笑意，随后就温柔地闭了起来。他说道：

“我最爱黄昏时候，站在门前，看望过路的行人。陌生的行人接连地向陌生的地方走去……其中也有好心肠的人。我就想：上帝，保佑这班好人吧！”

他的睫毛底下出现了小小的泪珠，它们立刻就消失了，仿佛被他那发烧的脸上烘干了。他又低声重复道：

“求求上帝全力保佑他们吧！好，这会儿咱们干杯，敬祝友谊，敬祝大家的爱！”

大家干了杯，狂喜地接着吻，几乎把放满杯盘的食桌推翻。我觉得自己的胸头仿佛有夜莺在歌唱，我爱他们，爱得心都痛了。铁根抹抹口须，嘴唇上的尖利的笑容消失了，他也开始说话了：

“我的妈呀，有时候，兄弟们，我的心好像在奏曲子，简直像莫尔多瓦人的竖琴！最近，咱们大家联合一起，对付了赛门诺夫，今天咱们……在这里……怎么办呢？我只有满心的欢喜！我好像觉得自己变成了一个高贵的人！真的，一个贵族！不管对哪一个，我是一步也不让的。不管人家说我什么，不管人家骂我什么，我绝不生气。人家要是骂我：‘派什卡，你是贼，是浑蛋！’我不当真，我不当真，所以我不会发怒！我懂得了做人的道理……奥西普说到有关人生的话，那真是没有错儿！我们当奥西普头脑笨，这是不对的！他说得好，咱们都是有价值的人……”

蒸工尼基泰今天早上第一次说话了，他低声而悲伤地说道：

“人都是不幸的……”

但在周围热闹的谈话声中，这句话并不引人注意，正如说这句话的人，自己就不引起别人的注意一样。他已经醉得差不多了，迷迷糊糊地坐着。眼睛失掉光辉，病态的、颧骨高高的脸，使人联想到枯萎的枫叶。

“团结就是力量。”拉普推夫对亚庭说。

夏杜诺夫对我说：

“仔细听大家的话，可以找一些话编在诗句里的。”

“怎么样编呢？”

“你以后会知道的！”

“纵使编起来，也不能编成你所需要的诗，可怎么办呢?”

“不能编成我所需要的诗?”

奥西产怀疑地望了我一眼，想了想，说道：

“不能有别的诗！使万人幸福的诗只有一首，没有第二首！”

“可是我怎么能明白这就是你所需要的诗?”

他垂下眼睑，神秘地低声说道：

“瞧得出来的，谁都瞧得出来的，一眼就瞧出来了！”

华诺克坐在椅上，张大着红眼，这边望望，那边望望，满店子地望着。酒馆店里满是人，挤得没有空隙了，吵闹得厉害。人悲叹似的说：

“唉，现在咱们来唱歌多好……唱歌！”

忽然，他用两手抓住椅子的座部，把身体缩下去，吃惊地低声说道：

“嘘……老板……”

铁根抓住装得满满的酒瓶，很快地塞到桌子底下，但立刻又坚决地把它放回到原来的地方，生气地说：

“这里是酒馆店……”

“对啰！”亚庭大声应和。大家就不作声，假装没有瞧见穿过桌与桌之间的空隙、向他们慢慢走来的老板的圆胖身体。

第一个招呼他的是亚庭，他从椅子上站起，高兴地寒暄道：

“华西里老板，好呀！”

赛门诺夫在离开约莫两步远的地方站住，默默地用一只绿眼睛向大家望望。大伙儿也默默地向他打招呼。

“椅子。”他低声说道。

大兵跳起来，把自己的椅子让给他。

“喝酒吗?”他坐下来，吁了一口气，问道。

“咱们在开茶话会啦。”派什卡笑着说。

“开酒会……”

酒馆里鸦雀无声，好似准备吵架似的。奥西普·夏杜诺夫站起来，在自己的杯子里倒满了酒，递到老板面前，柔和地说：

“华西里老板，干一杯，祝我们康健……”

老板心里非常沉重，他好像故意地慢慢伸出短而粗笨的手，不知打算把杯子推开，还是接受。

“好吧!”他终于说道，用手指抓住酒杯的脚。

“咱们祝老板健康!”

老板咬咬嘴唇，用绿眼望望杯中，又重复说道：

“好吧……那么……祝大家健康!”

说着，就把酒倒进自己蛤蟆一样的嘴里。派什卡浅黑的脸上布满了斑点，他用颤抖的手在好几只杯子里倒了酒，一边高声说：

“华西里老板，别生我的气，咱们也一样是人！你也辛苦出身，过来人……”

“噢，噢，别要花招，用不到。”老板阴郁地轻声阻止他，同时用叫人留心的眼光，一个个地扫着人们的脸，眼光落到我脸上，他冷笑了一声，说道：

“人们……你们是囚犯，不是人……好，喝吧……”

在他的眼里，像火花似的，闪出一种带着狡气的俄罗斯人的温良。可是这火花立刻在大家的心头燃烧，变成了熊熊的火焰——大家脸上现出柔和的笑影，眼里闪现着一种惶惑的、仿佛自觉有罪的神色。

大家碰了杯，喝完了酒，铁根重又叫了起来：

“我说一句老实话……”

“别叫喊!”老板皱皱眉头，做了一个阻止他的手势，说，“你干吗朝人家的耳朵里直嚷嚷？你的老实话有什么用？最要紧的是干活儿……”

“慢着，慢着，你可瞧见这三天来咱们做工的情形?”

“你最好不要去听从别人的意见……”

“不，你瞧见做工的情形没有?”

“应该那样的!”

“会那样的!”

老板向大家扫了一眼，摇了摇头，重又说道：

“应该那样的。好的——我不多嘴——就说好！喂，大兵，你去要一打啤酒来……”

这个命令好比胜利的歌，使友善的气氛增长了。老板半闭着眼睛，补充说：

“跟外人，我喝过许多酒，可是同自己人却好久不曾……”

这时候，那些渴望着爱抚、被剥夺生之欢乐的人们的心灵终于软化了，大家挨得愈来愈近。夏杜诺夫喘了一口气，好像代表大家似的说道：

“咱们绝不想为难你。只是苦闷不过，干活儿干了整整一冬，结果闹出那样的事来。”

我觉得自己在这场和事宴中变成了局外人，渐渐不痛快起来。啤酒很快使已经喝了许多伏特加的人们醉倒了。大家都兴奋到绝顶，用狗一样的眼睛望着老板的红铜色的脸。这时候，我觉得老板的脸跟任何时候都不同。绿色的眼也现出一种温和的、信任的、忧愁的神色。

老板用银表链缠着手指，同时，漫不经心地轻声说着话，好像自己只要说出一言半语，人家就会懂得他的意思似的：

“咱们都是自己人……咱们这儿的人差不多都是同乡……”

“对啦，老板！同乡。”沉醉的拉普推夫伤感地说道。

“狗子怎么能学狼的样？这种狗不能守夜……”

大兵高声叫道：

“立正！好好儿听着……”

铁根偷望老板聪明的眼色，像狐鸣似的叫道：

“你当我什么都不懂吗？”

大家越来越高兴了，又要了一打啤酒。那时候，奥西普靠在我身上，困难地转动着舌头，说道：

“老板……真像一个主教……真像一个修道院的院长……老板……”

“鬼把他带了来。”亚庭低声添了一句。

老板不作声，一杯又一杯地喝着啤酒。接着，仿佛要说什么似的，引人注意地咳嗽了一下。他没有注意到我，有时眼光落到我脸上，也不露出什么表情来，好像完全没有看到什么似的。

我悄悄地离开座位，走到街上，但是亚庭却追了上来，大概因为有了几分醉意，哭着说道：

“唉，老哥……往后只剩下我一个了……一个了……”

有好几次我在路上遇到老板。大家点点头，他庄重地用粗笨的手举了举帽子，问：

“你好吧？”

“好。”

“那就好。”说完，用批评的眼光打量我的衣衫。接着，就大模大样地移动自己圆胖的身子，向前走去。

有一次，我们在一家酒馆的对面相遇，老板提议道：

“怎么样，喝一杯？”

两人走下四级梯阶，走进一间小小的半地下室，老板钻进比较阴暗的角落，沉重地在一条粗脚凳子上坐下。他朝四周打量了一下，好像在计算桌子的张数似的。桌子一共有五张，除了我们的桌子以外，一律罩着红里带灰的破桌布。柜台后面，有一个小老婆子，戴一头黑头巾，白发苍苍的头困倦地摇晃着，她在结袜子。

在灰色的厚砖墙上，挂着几张四方形的画。第一张是猎狼图，第二张是失去了耳朵的洛里斯·梅里可夫的画像，第三张是耶路撒冷的风景画，第四张是几个袒露着胸部的女子，在一个袒胸的女子的宽大的胸脯上，清楚地写着几个印刷体的文字：“学生们所爱的维拉·格拉诺华姑娘，定价三戈贝。”另一个袒胸的女子眼睛被挖去。这些莫名其妙的、不伦不类的画，引起人的烦恼。

透过门上的玻璃，可以望见新房子的绿色屋顶上面的红红的晚空，那里有鸦群飞舞。

老板咻咻地喘着鼻子，不住地望着这沉闷的半地下室，同时懒洋洋地问我挣多少工钱，目前的位置称不称心。我瞧他的神气，他似乎不大愿意多开口，他正被一种无可奈何的俄国人的痛苦所压倒。他慢慢地喝完了酒，把空杯放到桌子上，用手指弹了弹杯口，于是，杯子翻倒了，在桌面上滚动起来。我伸手把它拦住。

“你拦着干吗？”老板低声问道，“让它跌下去好啦，打破了赔钱就是……”

晚祷的钟声急遽地响了起来，天空上的鸦群纷纷乱飞。

“我喜欢这样的屋子。”赛门诺夫一手指着屋角说，“清静，没有苍蝇，苍蝇喜欢太阳，和暖的地方……”

他忽然并无恶意地冷笑了一下：

“猫头鹰那个傻子，跟教堂里的执事搅在一起了！一个秃顶的、精瘦的家伙，当然，还是一个喝不饱的酒鬼，没有老婆的。他唱赞美歌给她听，那女孩子就哭了……骂我……在我呢，也没有什么，瞧着好笑就是了……”

一句没有说出的话在他的喉头哽住了，随后，他开玩笑似的接下去说：

“我本来想过，把你跟她，跟沙菲雅搅在一起，我想瞧瞧你俩怎样生活……”

我也觉得好笑了。我一笑，他就接着发出低泣似的笑声。

“啊噢噢！”抖动着肩膀，叫道，“不成话，不成话……哈哈哈……”

接着，他用手指从两只颜色不同的眼睛里挤出一点儿眼泪来。

“还有，奥西普那个家伙——你知道吗？他也走了……”

“去哪儿？”

“说是去巡礼啦……那家伙，论年龄，论经验，早就可以做一个烘工了，他是个好工人，内行……”

他摇摇头，喝干了酒，接着用手罩着眼望了望天空，说：

“好多乌鸦呀！过节吗……可是，话篓子，什么人是多余的，什么人是重要的？老弟，只有这一点是谁都不明白的……据教堂执事讲，在人世中最重要的人，对上帝就没有用……这是他的酒话，当然不好作准。总之，无论什么人，总为自己的坏处辩护……在城市里，有多少无用的人！这数目很可惊啦！大家喝着，吃着，可是喝的是谁的东西？吃的是谁的东西？真是……这一切东西从什么地方来，怎么来的呢？”

他忽然站了起来，一只手伸进衣袋里，一只手向我伸来。他的脸发肿，现出沉思的表情，眼睛眯得细细的，他说：

“回去了，再见再见……”

他拿出一只沉重的、有点儿擦损的钱袋，把手指伸进去，低声说：

“最近我在酒馆里，有一个警察见到过你……”

“他问什么？”

老板皱着眉头朝我瞥了一眼，冷漠地说：

“他问你性子如何，说话如何……我对他说：性子不大好，喜欢嚼舌头。好，再见吧！”

他敞开了门，短短的腿子蹭着梯级，慢慢儿把大肚子搬上了街道。

从此，我没有再见过他，可是，经过了十年，由于偶然的机会，我知道了他当老板的末路。有一次，牢里的看守给我拿来了一包腊肠，包腊肠的一张碎报纸上，有着这样的一段新闻：

> 受难周之星期六，本市发生一奇异之案情。商界闻人，面包糖果工场主华西里·赛门诺维基·赛门诺夫，泪容满面，驱车周历市中，遍访其债权人之家，泣谓本人已完全破产，希冀将之投狱云云。人皆知其业务发达，均不置信，且正当复活节日，忽愿入狱，实为可笑——此人怪状甚多，人所共知。不料数日之后，赛门诺夫遗下债务近五万元，尽售其产，忽然失踪。待发觉时，商场之惊骇，实难形容！此种破产行为，可信含有欺诈之性质。

接着，又说逃亡的破产人，寻找无着，及债权人方面的愤慨情形，并例举赛门诺夫平日的种种恶行。我读了这片油污的报纸，站在窗边沉思着：在我们俄罗斯，这些含有欺诈性质的、出乎意外的、不幸的破产案，这些非法的、懦怯的、软弱的逃避生活的场合，是太多了。

这是一种什么病？是一种什么祸事？

一个人想创造一番事业，集中了许多别人的劳力、智慧、意志来实现自己的计划，花费了许多人的劳力，但是，忽然间，他却随意地抛弃了所有未完成的事业，并且往往自身也就完了。这么许多人的辛勤劳动都化成一场空，他们那紧张的、有时是折磨人的劳动，也就得不到任何结果。

监狱的墙，古老、低矮而并不可怕。外面，酒专卖局的红砖房子矗立在晴朗的、春日的天空中。它的旁边搭起了像蜘蛛网一样的建筑架——正在建造“平民住宅”。

再望过去，是一片盖着绿草的原野，上面有几条深深的溪谷穿过，左面，在深谷的边上，有着凄凉的、黑魆魆的树丛，树丛下面是犹太人的墓地。在原野上，淡黄的金属花在风中摇摆。黑色的苍蝇笨重地撞在污秽的窗玻璃上。我不禁地想起老板的低低的语声：

“苍蝇喜欢太阳，和暖的地方……”

突然间，在我眼前，现出酒店的黑暗的半地下室、潮湿的墙、不伦不类的彩色画：猎狼图、耶路撒冷城、维拉·格拉诺华姑娘（定价三戈贝）、失去了耳朵的洛里斯·梅里可夫。

“我喜欢这样的屋子。”老板略带人情味地说道。

我不愿意想起他——我望望原野：在原野边上有青青的树林，在原野后边，在山底下，伏尔加河在流，这是一条大江，它好像浩浩荡荡地流过人的心灵，平静地洗去人心中陈腐的东西。

“什么人是多余的？什么人是重要的？”老板的声音在记忆中鸣响着。

我仿佛看到他胖胖的身体懒洋洋地在四轮马车的座位上摇晃着，同时，他用一只绿色的眼睛望着从他身旁飞驰过去的一切。跟木头人一样的爱果尔直挺挺地坐在车台上，伸出两只手，好像两根弦似的。灰色的劣马跳动着结实的腿，用马蹄铁响亮地敲击着街道上冰冷的石头。

“爱果尔，我属于谁呢？撕吃一只羊，把肚子装饱，可是，多么寂寞呀！”

我的胸口有一样东西膨胀起来，塞住了咽喉。想到有一种人不单是为了贪懒，为了搞“新兵式”的、奴隶所常玩的鬼把戏，有时也因精力的过剩，因此，不知把自己的身子如何处置，不知在这世界上做些什么才好——就感到怜悯，感到心脏好像要炸破似的。

不问这个人是谁，总是令人觉得怜悯，使人为这种徒然消耗的精力可惜。他使人产生一种矛盾的感情，好像母亲胸怀里的一个胡闹的孩子，想打他，又想抚慰他……

在兴建中的红色大厦周围，搭着脚手架，泥水匠在脚手架的满滴着石灰的木板上敏捷地走来走去。他们的身子看上去细小得像蜜蜂似的，在建筑物的高处蠕动着，他们使建筑物一天一天地高耸起来。

望着人类的这种劳动与功绩，我就忆起了那位“过客”奥西普·

夏杜诺夫，在什么地方，顺着伟大而混乱的土地上的错综复杂的道路，从容地、孤零零地走着，他一定正在对一切投以怀疑的目光，耳朵里留心着各种各样的言语，一心地辨别着，是不是可以用来编成一首“使万人幸福的诗篇”。

意大利童话

〔苏〕高尔基

一

那不勒斯的电车工人罢工了；里夫埃拉·基阿亚的全部轨道上，停满了一连串空车，胜利广场上聚集着一群司机和售票员——一些总是取笑逗乐、打打闹闹、像水银一样好动的那不勒斯人。他们头顶上和公园铁栅的上空，有一股剑一般细的喷泉在闪闪发光。一大群人带着敌视的态度围住他们，这是一些有事要乘车到这大城市各处去的人。这帮店员、工人、小商人和裁缝们，都气愤地大声责骂罢工工人。一片愤怒的喧嚣，恶意的讥笑，不停地舞动着的手臂；那不勒斯人用手势讲话的时候，也跟他们用那吵吵嚷嚷的言语一样，既富于表现力，又很有说服力。

和风从海上吹来，市公园大棕榈树的浓绿枝叶像扇子似的轻轻摇摆，大树干很像巨象的笨拙的大腿。那不勒斯街头上半裸体的孩子们大声笑闹着，扰乱着宁静的空气，跟麻雀一样跳来跳去。

城市像一幅古老的木刻画，洒满了骄烈的阳光，全城都在歌唱，跟一架大风琴一样。港湾里的蓝色波涛拍击着石岸，发出轰隆的巨响，应和着人们的喧嚣和叫喊，好像敲打铃鼓。

罢工工人几乎不去理睬那些人们气愤的叫喊，大家面色阴沉，紧挤在一起，有的趴在公园的铁栏杆上，神情不安地越过人群的脑袋向大街那边瞭望，活像一群被狗围住的狼。谁都明白，这些服式一律的人，是遵照一项坚定的决议，紧密团结在一起的，他们不会妥协让步。这更加引起了群众的愤怒。但群众中间也有一些心平气和的人，他们安详地抽着烟，说服着那些热心反对罢工的人：

“哎，老兄！要是没有足够的通心粉喂饱孩子，那又有什么办法呢？”

衣冠整齐的市警察局的警探们，三三两两，站在一旁维持秩序，不让人们妨碍交通。他们严守中立，以同样平静的态度望着责难者和被责难者双方，不论哪一方的举动和叫喊显得过分激烈时，他们便和善地向那一方开开玩笑。为了防止大的冲突，在一条狭窄的街道上，靠墙站着一队手持短枪的宪兵。这是一些相当凶恶的人，一个个头戴三角帽，身披短大氅，裤子上有两道血红的镶条。

对骂、嘲笑、责难和劝解——一切声音都突然静息下来，人群中出现了一种仿佛要使大家和解的新气氛。正在瞭望的罢工工人的脸色更加阴沉了，这时他们更紧密地挤在一起。群众中发出一片叫喊：

“军队！”

可以听到有人冲着罢工工人吹出讥笑和幸灾乐祸的口哨声，同时也有人发出欢呼声；一个身穿灰色夏装、头戴巴拿马草帽的胖子，在石板路上跺着脚，跳起舞来。售票员和司机穿过人群慢慢地向电车走去，有的跳上电车的踏板；他们的脸色越发阴沉难看了。他们一边以反唇相讥来回敬人们的叫喊，一边迫使人们给他们让出路来。街头安静下来了。

从圣柳奇亚滨海大街开来一队身穿灰制服、个子矮小的士兵，他们有节奏地踩响着两脚，机械而单调地挥动着左手，用跳舞一般轻快的步子跑过来，一个个活像是带发条的铁皮玩具，显得十分脆弱。带队的一个高个儿军官，样子很威武，紧蹙着眉头，轻蔑地撇着嘴。他身边跟着一个戴高筒礼帽的胖子，跳跳蹦蹦地走得很快，不停地用手比画着，说着什么。

人群离开电车，潮水似的向后退去；士兵像一串灰色的玻璃球沿电车散开，停在踏板旁。踏板上站着罢工的工人。

戴高筒礼帽的胖子和他身旁的几个威风凛凛的人，拼命地挥手叫嚷：

“最后一次……Ultima volta！[1] 听见了没有？”

军官无可奈何地捻着胡髭，歪着脑袋，胖子挥着礼帽，跑到他跟前，嘶哑着嗓子向他嚷了些什么。军官斜视着他，把身子伸直，挺起胸脯，大声发出命令。

---

① 意大利语：最后一次。

这时，士兵们便纷纷跳上电车的踏板，每个车厢两个；与此同时，司机和售票员从踏板上跳了下来。

人群看到这情景觉得可笑，立刻爆发出一片吼叫声、口哨声和哄笑声，但随即又停息了下来。人们沉下铁灰的脸，吃惊地瞪大眼睛，开始默默地、步履艰难地离开车厢，向第一辆电车拥去。

人们看见，在离第一辆电车车轮约两步远的地方，一个士兵脸型的司机，从白发苍苍的头上摘下帽子，横卧在轨道上，他胸脯向上，一撮小胡子示威似的翘向天空。另外一个身材矮小、动作像猴子一样敏捷的年轻人也跟他并排躺到地上。接着，越来越多的人，一个接一个从容地躺倒了……

人群中发出一片低沉的喧闹声，有人胆怯地呼唤起圣母来了。一些人郁郁不乐地咒骂着，妇女们发出尖叫声和叹息声。孩子们看到这场面惊慌不安，跟皮球一样跳来跳去。

戴高筒礼帽的人歇斯底里地叫嚷着什么。军官望着他，耸耸肩膀：他的任务想必只限于率领部队代替工人开车，并没有收到用武力弹压罢工工人的命令。

这时，戴高筒礼帽的人由一群阿谀奉承者簇拥着，向宪兵队那边跑去；宪兵队出动了，他们走到轨道旁，弯腰去拉躺在地上的工人。

斗争和骚乱开始了。忽然，那些穿着灰衣服、身上落满尘土的看热闹的人群开始骚动起来。他们大声怒吼着向轨道拥去。那个戴巴拿马草帽的人把帽子摘下来，向空中一扔，首先跟着罢工工人一起躺倒在地上，同时拍拍工人的肩膀，大声鼓励了几句。

接着，一大群快乐的爱打闹的人——他们的腿像被砍断了似的——也一个个在轨道上躺下来；他们是两分钟以前才赶到这儿来的。他们趴在地上，哧哧地笑着，互相使着眉眼，冲着军官大叫大嚷。军官摘下手套，在戴高筒礼帽者的鼻子下挥一挥，晃动着漂亮的脑袋，冷笑着对他说些什么。

躺在轨道上的人越来越多了，妇女们丢开手里的筐子和包裹，孩子们笑嘻嘻地趴在地上，像冻僵的狗似的蜷缩成一团，一些衣着讲究的人也在地上乱滚，弄得浑身是土。

站在第一辆电车踏板上的五个士兵，用手扳住车柱子，摇晃着双腿，仰头向前探着身子，望着躺在车轮下面的一大堆人，哈哈大笑起来。现在，他们不再像带发条的铁皮玩具了。

……半小时以后，电车发出隆隆的响声，在那不勒斯市各处奔驰起来。踏板上站着胜利者，扬扬得意地微笑着；他们在车厢里来回走动，彬彬有礼地问着：

“车票?!”

乘客们把红色的和黄色的车票递给他们，做着眉眼，微笑着，和气地发几句牢骚。

二

热那亚火车站前的小广场上，挤满了群众——大部分是工人，也有不少衣冠楚楚、营养良好的人。站在前面的是市政府的委员们，他们头顶上飘着一面绣得很精致的市旗，旁边飘动着一些五颜六色的工会旗。金黄色的旗穗、流苏和飘带熠熠发亮，旗杆顶端的梭镖闪闪发光，丝绒的旗面簌簌作响，情绪激昂的人群发出一片嗡嗡声，犹如一个合唱队在低声咏唱。

在人们头顶上，哥伦布的石像屹立在一座高台上，他是一位因信仰而受灾受难，也因为有信仰而获得胜利的幻想家。现在他俯瞰着人群，好像在用大理石的嘴向人们说：

“只有有信仰的人，才能获得胜利。”

乐队队员们把铜喇叭排列在他脚下台座的周围，铜乐器在阳光下闪着黄灿灿的光芒。

火车站笨重的大理石建筑物，伸开两翼，形成向内凹进的半圆形，好像要把人群拥抱起来。从码头传来轮船沉闷的喘息声、轮翼在水中的转动声、链索的锒铛声、汽笛声和喧闹声。广场寂静而闷热，一切都暴露在骄烈的阳光下。沿街房屋的阳台和窗口上，站着手捧鲜花的妇女和穿着节日盛装，像花朵一样鲜艳的孩子们。

火车头鸣着汽笛，驶进车站。人群像一群黑鸟似的晃动起来，有人把皱瘪的帽子抛到空中，乐队队员拿起喇叭，几个面色严肃的老人，把身上的衣服抻一抻，走到前面，冲着人群讲了几句话，并向两边挥动着胳膊。

人群慢慢向两边闪开，留出一条通向街道的宽路。

“他们在欢迎什么人?”

“从巴马[1]来的孩子们!”

巴马正在罢工。老板不肯让步，工人处境困难，他们把自己饿病了的孩子们送来，交托给热那亚的同志们照管。

从车站的大圆柱后面，走出一支整齐的小孩子的队伍。他们衣衫褴褛，蓬头垢面，活像一些奇形怪状的长毛小动物。他们五人一排，手拉着手走过来——个子都很矮小，浑身落满尘土，显然都很疲劳。但他们脸色严肃，眼中闪出生动明亮的光辉。当乐队奏起《加里波第之歌》[2]，对他们表示欢迎的时候，他们那面黄肌瘦的小脸上，掠过一丝愉快满意的微笑。

人群发出震耳欲聋的欢呼声，欢迎这些未来的成人；旗帜在他们面前低垂下来，铜喇叭嘟嘟地吹个不停，孩子们被这种热烈的欢迎仪式弄得眼花缭乱，茫然不知所措，不禁向后退了几步，但随即又昂首挺胸，重新站好，排成整齐的行列。几百个声音好像从同一个胸膛里发出来似的，齐声高呼：

“Viva Italia![3]”

“巴马的孩子们万岁!”人群喊声震天，迎着孩子们跑过去。

“Evviva Garibaldi![4]”孩子们呼喊着，像灰色的楔子插进人群中，消失不见了。

在旅馆的窗口和楼房顶上，无数挥动着的手帕像一群群白鸽在飞翔，一束束鲜花和洪亮的欢呼声，像下雨似的飘落在人们的头上。

一切都像过节似的，显得生气勃勃，连灰色的大理石也发出明亮的光辉。

旗帜在摇动，帽子和鲜花在飞舞，大人的头顶上冒出孩子的小脑袋，他们挥动着黑黝黝的小手，一边接受鲜花，一边向人们招手致意。洪亮的欢呼声响彻长空。

---

① 意大利北部城市。

② 朱泽培·加里波第（1807—1882），意大利民族英雄，杰出的统帅。《加里波第之歌》是加里波第红衫军在意大利民族解放战争时期流行的进行曲。

③ 意大利语：意大利万岁!

④ 意大利语：加里波第万岁!

"Viva il Socialismo![1]"

"Evviva Italia!"

几乎所有的孩子都被人又抢又夺地抱走了，他们骑在大人肩头上，偎依在面孔严肃、留着胡子的男人宽阔胸怀里。在一片喧哗、欢笑和叫声中，可以隐约听到音乐的声音。

妇女们在人堆里挤来挤去，找寻剩下来的孩子，互相叫嚷着：

"阿乌塔，您领了两个吗?"

"对啦。您也是两个?"

"有一个是给瘸子马尔加里塔领的……"

到处是愉快欢乐的情绪，到处是兴高采烈的面孔和湿润和善的眼睛。有的地方，罢工工人的孩子已经在啃面包了。

"我们年轻的时候，做梦也想不到会有这样的事情!"一个嘴里叼着黑雪茄的鹰钩鼻子老人说。

"其实——这很简单……"

"是啊！既简单又聪明。"

老人从嘴里取下雪茄，向烟头上望一望，吁了一口气，掸去烟灰。接着，他发现自己身边站着两个巴马的孩子，像是兄弟俩。于是他故意做出一副怪相，装出吓唬人的样子——两个孩子严肃地盯着他——他把帽子往眼上一拉，张开两只手，那两个孩子身子紧挨着身子，皱着眉头，往后退了一步；老人突然蹲下身子，大声学了一声公鸡打鸣，学得挺像，孩子们大笑起来，赤裸的小脚在石板地上蹦跳着。老人站起来，戴正帽子，显然认为他已经做完了他应该做的事情，踉跄着向一旁走去了。

哥伦布石像的台座旁，站着一个头发斑白的驼背女人，尖下颏上长着灰白的硬毛，脸像童话里的妖婆；她用褪色的披肩的一角抹着通红的眼睛哭泣。她面色阴沉难看，在这些情绪激昂的人群中，显得十分孤独……

一个黑头发的热那亚女人，手里拉着一个七岁左右的小男孩，迈着跳舞的步子走过来。那孩子穿一双木靴，戴一顶十分宽大的灰色呢帽，

---

① 意大利语：社会主义万岁！

他一边走一边摇晃着小脑袋，想把帽子甩到脑后去，可是帽子仍盖着他的脸。女人从小孩头上把帽子摘下来，高高地举在空中摇晃着，一边唱，一边笑。小孩仰起头笑容满面地望着她，然后跳起身子，想抢回自己的帽子。两个人渐渐走远了。

一个高个子男人，围一条皮围裙，露着两只大胳膊，肩头上扛着一个六岁左右、鼠灰色头发的小女孩；他对一个正跟他并肩同行、手拉一个红头发小男孩的女人说：

“你明白吗，要是这种做法形成风气……谁再想制服咱们，就不那么容易了，你说对吧？”

他声音浑厚、得意扬扬地大笑起来，同时把自己肩头上的那个小姑娘抛向空中，喊道：

“Evviva Parma—a！”①

人们牵的牵、抱的抱，把所有的孩子都领走了。广场上剩下来的，只是被踩坏的花朵、糖果纸、一群快活的行李夫以及他们头顶上那位新大陆发现者的高贵的石像。

从大街上，像从大管子里似的悦耳地传来了那些正走向新生活的人们的愉快的喊叫声。

---

① 意大利语：巴马万岁！

三

闷热的正午，远处刚响过一声午炮[1]——声音清脆而奇怪，好像打破了一个大臭蛋。在炮声震撼的空气中，可以闻到一股股刺鼻的街市的臭气，橄榄油、大蒜、葡萄酒和晒热的垃圾味更浓烈了。

被午炮沉重的吼声所淹没的南方炎热正午的喧闹声，有一阵工夫紧贴在马路的热石板上，然后又重新升到大街上空，变成一条浑浊的大河，向海中流去。

城市像过节一般显得光彩夺目，五色缤纷，宛如神父身上花团锦簇的法衣。在街市的热烈的喊叫、喧嚣和嘈杂声中，虔诚地响着生活之歌。每座城市都是用人的劳动建造的宫殿，一切工作都是对未来的祈祷。

烈日当头，炎热的蓝天使人目眩眼花，一道道灼热的青光，好像从天空的每一点上，向地面和海面投落下来，深深刺进城市的石头和流水之中。海面闪烁着细密的光波，好像一幅用银丝织成的彩绸。碧艳艳的暖波漂荡如梦，轻轻地拍着岸边，低声吟唱着赞美生活和幸福的源泉——太阳的智慧之歌。

一群满身尘埃和油汗的人，欢快热闹地互相叫嚷着，吃午饭去了；很多人向海边跑去，迅速地脱掉灰衣服，跳进海水里。黝黑的躯体一落进水里，立即变小了，小得叫人看着好笑，就像漂在一大杯葡萄酒里的尘粒。

水花像玻璃珠似的飞溅起来，消除了疲劳的身体，发出欢乐的呼声，孩子们高声笑着、叫着——这一切，以及因人们的跳跃而溅起的五

① 在意大利的许多城市里，都有每天中午鸣午炮的习惯。

颜六色的水花和泡沫，都冲着太阳升起来，好像是献给太阳的欢乐的祭品。一幢大楼的阴影落在人行道上，那里坐着四个修路工人，正在料理吃午饭的事——一个个像灰色干硬的石头。一个浑身落满尘土的白发老人，眯着一只贪馋而锐利的眼睛，正用刀子切一块长面包，小心地把每片面包切得厚薄均匀。他头上戴一顶红绒线便帽，帽子的流苏垂到脸上。老人摇晃着使徒般的大脑袋，鹦鹉鼻子发出咻咻的喘息，鼻孔张得挺大。

老人旁边，热烘烘的石板上，躺着一个古铜色皮肤的小伙子，他胸口朝上，脸像甲虫一般黑。面包屑碰着他的脸，他懒懒地眯着眼睛，像做梦一般，嘴里低声哼着小调。另外还有两个人，背靠在房子的白墙上坐着，睡眼蒙眬地打着瞌睡。

一个小孩，一手提着瓶葡萄酒，一手拿着个小纸包，向他们走来。他昂头走着，嘴里像小鸟似的高声叫嚷，因此全然不知从包酒瓶的麦茬中，漏出大滴大滴的浓葡萄酒，跟红宝石一般晶红灿烂，滴落在地上。

老人见了，赶忙把面包和刀子放在躺着的小伙子的胸脯上，着急地挥着手，呼喊那个孩子：

“快走呀，瞎了眼的！瞧，酒都流出来啦！”

孩子把酒瓶举到脸边，吁了一口气，飞快地跑到修路工人跟前，大伙立刻围上来，一边摸着瓶子，一边气呼呼地嚷着。于是孩子又箭似的跑进一户人家，双手捧着一只大黄碗，以同样的速度飞快跑回来。

他们将碗放在地上，老人小心翼翼地将红色液体倒在碗里。四对眼睛紧盯着葡萄酒中的光波，大家贪馋地咂吧着干燥的嘴唇。

路边走来一个妇女，穿着天蓝色的连衣裙。黑发上蒙着一块金黄色的花边头巾，棕色高跟鞋发出清脆的响声。她用手搀着一个鬈发的小女孩，小女孩右手拿着两枝鲜红的石竹花晃来晃去，一边摇摇摆摆地走路，一边哼着：

“啊，妈，啊，妈，啊，我的妈……”

她走到老修路工背后，停下来不唱了。她探着身子，从老人肩上注视着葡萄酒怎样向黄碗里流。那红色的琼浆一边流，一边发出汩汩的响声，仿佛在接唱她的歌。

小女孩从那妇女手里挣出自己的手，从花枝上摘下几片花瓣，高高举起麻雀翅膀似的小黑手，将几片红花瓣扔进酒碗里。

四个人吃了一惊，怒气冲冲地抬起满是尘土的脑袋——小女孩拍着小手，蹦着小腿，嘻嘻地笑着。母亲发了窘，连忙拉住她的手，大声训斥了几句。小男孩捧着肚子哈哈大笑。碗中浓黑的葡萄酒上，泛着几片花瓣，宛如粉红色的小舟。

老人不知从哪儿拿出一只玻璃杯，连花带酒舀了一杯，慢慢站起身来，把杯子举到嘴边，认真地说道：

“太太，没有关系！孩子的礼品如同上帝的赏赐一样……漂亮的太太，祝您健康，还有这位小姐，也祝你健康！愿你将来也跟妈妈一样美，比妈妈加倍幸福……”

他把灰胡子浸到酒杯里，微微眯起眼睛，牵动着弯曲的鼻子，咂吧着嘴唇，慢慢地把那黑色的浆液喝下去。

母亲点点头，嫣然一笑，拉着小女孩的手，向旁边走去了。小女孩用小脚踏着街石，摇摆着身体，眯起眼睛大声唱道：

“啊，妈……啊，我的妈……”

修路工人疲倦地转过头，望望葡萄酒，再望望小女孩的背影，一边望一边笑，用南方人快速的声调互相谈论着什么。

碗中深红色的葡萄酒上，漂着几片粉红色的花瓣。

海在歌唱，城市发出一片嗡嗡声，太阳发出灿烂的光辉，创造着各种美妙的童话。

四

幽静的碧湖，四周环绕着常年积雪的高山。花园像黑色的花边，倒映在湖水里，形成美丽的皱纹。从湖边向水中望去，许多临水的白屋子好像是用糖块堆砌成的。四周的一切，像婴儿正在酣睡。

早晨，从山头飘来清幽的花香。太阳刚刚升起，草木茎叶上还闪烁着露珠。一条道路像灰色的带子，通到静寂的山沟去；它虽然是用石块砌成的，却显得像丝绒一般柔软，使人不禁想用手去抚摩。

一堆碎石旁坐着一个甲虫般黧黑的工人，他胸前挂着一枚奖章，面孔显得英俊而和气。

他把一双青铜色的大手放在膝盖上，微微昂起头，直勾勾地望着一个站在栗子树下的过路人，并对他说：

“先生，这是我在辛普朗隧道①干活儿时得来的奖章。”

接着，他耷拉眼皮，望着自己的胸部，对那块精致的小金属片，温和地笑笑。

“嗨，任何工作，在引不起兴趣的时候，干起来总是很吃力，可是一旦发生了兴趣，它就会鼓舞你，干起来也就比较轻松了。不过，干这种活儿毕竟很辛苦啊！”

他轻轻摇着头，对太阳微笑着；接着突然兴奋起来，挥着一只手，两只黑眼睛炯炯发光。

“有时候也真叫人感到害怕。要知道，泥土大概也是有知觉的——那可不？我们在山上打了一个洞，深深地爬进去，洞里的泥土气势汹汹

---

① 辛普朗隧道，是一条连接意大利和瑞士的隧道，位于阿尔卑斯山辛普朗山口，1898 年至 1906 年建成，长 19.8 千米，宽 5 米，是世界上最长的隧道之一。

地迎接我们。它向我们吐出一阵阵热气，熏得我们心里发紧，头昏脑涨，骨节发痛——许多人都尝过这种滋味！后来它又拿石块砸我们，用滚烫的水浇我们，真叫人害怕啊！有时候用手灯一照，水是红的。我老子对我说：‘咱们把土地弄伤了，它会用自己的血淹死咱们、烧死咱们的，你等着瞧吧！’这当然是幻想，可是在深深的地下，闷窒的黑暗中，呜咽的流水声和铁器碰在石块上的叮当声中，听了这样的话，你就会忘记它们是幻想了。亲爱的先生，那里的一切都是神奇玄妙的；我们这些人都很渺小，可是被我们凿开的山却高得快要碰到天上了……啊哟，要是不亲身经历，是不会明白的！应该看看我们这些小人物所凿开的黑窟窿。每天早晨太阳升起，我们就爬进那个黑窟窿里去。太阳带着悲伤的样子，望着爬进大地肚子里去的人们的背影。应该看看那些机器和高山的苦恼的面孔，听听深洞里沉闷的轰隆声和爆破声的回响，那声音就像狂人在哈哈大笑。”

他望望自己的两只手，摸摸灰褂子上的奖章，轻轻叹了一口气。

“人是有劳动本领的！”他自豪地继续讲道，“啊，先生，一个小小的人，当他想要劳动的时候，就是一种不可战胜的力量！您得相信：这个小小的人，会最后完成他想要完成的一切事情的。可是我那老头子，一开头却不相信这一点。

“他说：‘要想打通一座山，从一个国家通到另一个国家，这是违反上帝把山当城墙划分边界的意旨的，你们会看到，圣母是不会帮助咱们的！’可是他这话没有说对，圣母永远帮助那些爱她的人。后来，老头子也开始相信我现在跟您说的这些话了，因为他感到自己比山还高，比山还强。有时遇到过节，面对着桌上的葡萄酒，他对我和别的人大讲起来：

“‘上帝的孩子们，’这是老头子爱说的口头禅，因为他是一个心地善良而又虔诚的教徒。‘上帝的孩子们，别这样跟土地作对吧，土地受了伤，一定会替自己报仇的，到头来，土地总不会输！你们等着瞧吧，等咱们挖到山的心窝里，碰着它的心，它一定会把火喷到咱们身上，烧死咱们的。谁都知道地心里全是火。种地，是另一回事，治理土地，使它多打粮食，那是咱们的本分；但现在咱们是毁坏土地的脸，改变土地的面貌。你们瞧吧，咱们挖得愈深，空气就愈热，呼吸就愈困难’……”

听的人用手指捻捻胡髭，轻轻地笑起来。

“这可不是他一个人的想法，事实上也正是这样——愈往深处挖，隧道里就愈热，害病的人一天天多起来，许多人晕倒在地上。再加上热泉滚滚地流出来，山石从头顶上掉下来；这样，两个从卢加诺来的伙伴，终于发了疯。晚上，我们宿舍里有好多人说梦话，发梦魇，惊吓得从床上跳下来……

“‘对不对，我没有说错吧?’老头子说，眼里带着几分恐惧，他咳嗽得愈来愈厉害了……‘对不对，我不是早就说过了吗?’他又说：‘土地是不能触犯的!’

“老头子终于躺倒了，再也没有起来。我老子是身子骨很结实的，他跟死神顽强地搏斗了三个多星期，也像那些明白自己价值的人一样，他没有说过一句抱怨的话。

“‘喂，保罗，我的活儿干完了，’有一天半夜里他对我说，‘当心自己的身体，回家去吧，圣母保佑你!’说着，闭上眼睛，喘着气，沉默了好久。”

听的人站起来，环视着群山，用力伸了个懒腰，把骨节弄得咯吱咯吱直响。

“他把我的手拉到他身边，又对我说（先生，这完全是真事!）：‘保罗，我的好儿子，你要知道，我相信这工程一定会成功——咱们将在半山腰里碰到从对面挖过来的人①，我们会碰到一起的，你相信吗?’我说我相信。‘好，我的儿子，你一定得相信。干什么事都应该相信一定会成功，相信上帝。圣母会请求上帝帮助人做好事的。儿子，我托你一件事，要是那日子来了，要是你碰见从对面挖过来的人，你就到我坟头上来，对我说：爸爸，成功了！我也急着想知道呢!’

“这是件好事，亲爱的先生，我就答应了他。说完这话之后，第五天他就死了。可是临死前两天，他要我和别的伙伴把他埋葬在他干过活儿的隧道里，他要求得很坚决，不过，我觉得这是梦呓……

“我老子死后，过了十三个星期，我们跟从对面挖过来的人在山中

---

① 指瑞士人。

碰头了。先生，那真是一个疯狂的日子啊！嘿，当时我们在地下黑漆漆的地方，听到了对方干活儿的声音。先生，您要明白，那声音是从地下传来的，大地的巨大重量随时都会把我们这些渺小的人压得粉碎！

“我们听到那声音已经有好多天了，那隆隆的响声一天天更加清楚，我们高兴得像打了胜仗一样，简直发了疯！我们一个个像魔鬼似的，拼命地干活儿，既不觉得累，也不等候上头的命令——这太好啦，就好像在晴朗的阳光下狂欢跳舞。真的，这是实在的！我们都变得像小孩一样可爱，和善。嘿，您想想看——我们跟穿山甲一样，长年累月钻在地下黑暗中干活儿，我们多么迫不及待地渴望碰上从对面挖过来的人啊！这种愿望是多么强烈呀！”

他兴奋得涨红了脸，走到听者跟前，满怀深情地凝视着对方的眼睛，平静而高兴地继续说下去：

“终于，岩石层打穿了，从缝隙中露出火炬的红光，露出一张黝黑的充溢着喜悦眼泪的脸。接着又是一些火炬和人脸，爆发了胜利的呐喊、欢乐的呐喊。啊，这是我一生中最高兴的日子。我一想起这个日子，就感到这一辈子没有白活。先生，我可以对您说，我在这儿干过活儿，这里也有我的一份劳动，这劳动是神圣的！当我们从地底走到阳光下，许多人伏在大地的胸脯上，一边哭一边吻它——这好像是童话里的世界，使人有说不出的快活！是的，我们亲吻了被我们战胜了的高山，亲吻了大地。先生，这一天，大地也显得跟平时不同，我觉得它特别可亲可爱，我们互相更加了解了，我爱上了它，就像爱上了一个女人。

“不用说，我到老头子坟上去了！当然，我知道死人听不见我说话，但我还是去了：应该尊重那些为我们劳动过、比我们受过更多苦难的人的意愿——您说对吗？

“是的，我上老头子坟上去了，按照老人的遗嘱，我脚踩着泥土对他说：

“‘爸爸，成功啦！’我说，‘人胜利了！成功啦，爸爸！’”

五

青年音乐家用一双黑眼睛凝视着远方，悄悄地说：

“我要作一支曲，内容是这样的：

“一个小孩在通往大城市的道路上不慌不忙地走着。

“城市横陈在大地上，一堆沉重的建筑物紧压着地面，发出呻吟，发出沉闷的吼叫。远远望去，城市好像刚刚遭受到一场火灾的破坏，因为晚霞的红光还没有从城市上空消失，教堂的十字架、高塔和风信塔的尖端依然染成一片殷红。

“黑云的边缘，也同样环绕着火焰，大建筑物嶙峋的断片，在赤色斑点中呈现出奇怪的轮廓；到处是闪闪发亮的玻璃，如同伤口一样；遭到破坏、疲倦不堪的城市——为幸福而进行不屈不挠战斗的战场——正在流血，它的热血化作黄色的浓烟，慢慢腾起，憋得人透不过气来。

“小孩在暮色苍茫的原野上，在一条像灰色的宽带子似的道路上行走。这条道路直得像一把剑，被一只肉眼看不见的强壮的手紧握着，直刺城市的腰窝。路边的树木，像没有点着的火炬，那黑魆魆的巨大的枝干，凝然不动，耸立在沉默不语，仿佛在期待着什么的大地上。

“天空乌云密布，没有星光，也没有阴影。夜色深沉，四周静寂，只有那小孩缓慢而轻微的脚步声，在沉睡着的原野的疲劳的沉默中隐约可闻。

“夜，无声地跟在小孩后面走，仿佛用一件黑斗篷把他身后的道路蒙住了，使他忘却了他来自何处。

“夜色渐浓，孤零零地坐落在山岗上，温顺地紧贴着大地的红色和白色的房舍，都被隐藏在它那温暖的怀抱里。果园，树木，烟囱——四周的一切，都被夜幕罩住，变成黑压压的一片而消失了，它们好像很惧怕这个拖着手杖的小孩，故意躲着他，和他捉迷藏。

“他默默地走着，安详地望着城市，并不加快脚步，这个孤单的小孩，好像带着一件重要的、城里所有的人都早已翘首盼望的东西，城市亮起蓝色的、黄色的、红色的灯火，焦急不安地迎接他。

“晚霞消逝了。十字架、风信塔、高塔的铁尖端，也都融化而消逝了，城市紧贴在无声的大地上，变得低矮而渺小。

“城市上空，渐渐升起蛋白石色的云朵，像磷光一样微带黄色的薄雾，极不均匀地笼罩在密密麻麻的建筑物的灰网上。现在再也看不见城市上空那种火烧血染似的色彩了——屋顶和墙垣的参差不齐的线条，好像是一种具有魔力又尚未完成的作品，那个设计建造这座大城市的人，似乎正倦极入眠，或者因感到绝望，抛却一切而去了，或者因失去信心而死了。

“但城市却活着，它沉醉在一种不能遏制的希望里，想使自己变得更美丽，傲然屹立在太阳面前。渴望得到各种幸福的奢望和狂想，使它呻吟；对生活的强烈欲望，使它激动不安；被压抑的各种声响，如同涓涓流水，向围绕着它的默默不语的茫茫原野缓缓流去。天空像一只黑碗，愈来愈多地注满了浑浊的恼人的光。

“小孩停下脚步，昂起头，扬起眉毛，用一双英俊大胆的眼睛，平静地望着前方，抖擞一下身体，把脚步加快了。

“夜跟在他后面，以母亲般慈爱的声音，悄悄地对他说：

“‘是时候了，孩子，快去呀！他们正等着你呢……’”

“……这当然是不能作曲的！”青年音乐家若有所思地微笑着说。

他沉默了一会儿，然后合起双手，惴惴不安地、充满怜爱地小声喊道：

“圣母马利亚啊！迎接他的是什么呢？”

六

太阳燃烧在正午的碧空，把各种色彩的灼热的光线，投射在水面和地面上。海水朦胧地冒着乳白色的雾气，碧蓝的海面上发出钢一般的光亮，散发着一阵阵浓烈的咸水味。

波浪懒洋洋地拍着灰色的礁石，在礁石旁哗哗地翻滚，冲得卵石沙沙作响，低低的浪头跟玻璃样透明，也没有泡沫。

山头缭绕着炎热的淡紫色的雾霭，橄榄树的灰叶子在阳光照耀下，像一块块旧银币；半山腰果园的梯田上，天鹅绒般幽暗的绿茵上，闪烁着金黄色的柠檬和柑子，红艳艳的石榴花露出妍丽的笑脸，到处是盛开的鲜花，鲜花。

太阳是爱这块土地的……

岩石上坐着两个渔夫，一个是戴草帽的老人，胖胖的脸，面颊上、嘴唇上、下颏上长满灰色的硬毛，眼睛浮肿，鼻子通红，两手被太阳晒成青铜色。他坐在岩石边上，把细长的钓竿远远投到海面上，毛茸茸的两条腿吊在绿水里。波浪跳跃起来泼洗他的脚，从黑脚趾缝里渗下大滴大滴晶亮的水珠，落在海里。

老头背后，站着一个黑眼睛、黑皮肤的小伙子，他身材匀称，细高个儿，戴一顶红色便帽，隆起的胸脯上罩着一件白绒衣，下身穿一条蓝裤子，裤腿卷在膝盖上。他抬起右手，用手指捻着唇髭，若有所思地凝视着遥远的海面，那儿漂浮着一排排渔船，像黑色的带子，在渔船后面老远的海面上，可以隐约望见一张白色的孤帆，像云朵一样凝滞不动，正在炎热的阳光中熔化。

“那位太太很有钱吧？”老人没有钓上鱼来，他沙哑着嗓子问道。

小伙子低声回答：

“我想是的！胸口那串嵌着大蓝宝石的项圈，还有耳环，手上戴着那么多戒指……再加上手表……我想准是一个美国女人……”

“长得漂亮吗？”

“啊，当然啦！身段很苗条，真的，眼睛像两朵花，你知道吗，还有微微张开的樱桃小嘴……”

“这是诚实女人的嘴，一生亲一次也是难得的。”

“我也是这样想……”

老人把钓竿往上一甩，眯起眼睛瞧瞧空鱼钩，苦笑着嘟哝道：

“鱼儿并不比咱们傻呀……”

“谁在正午还钓鱼呢？”青年把身子蹲下来问道。

“我就钓。”老人一边安诱饵，一边说。

他重新把钓线远远投进海里，又问：

“你们一直划到天亮，是吗？”

“我们上岸的时候，太阳已经升起来了。”青年深深地叹了一口气，高兴地回答。

“给了你二十里拉①？”

“嗯。”

“她还可以多给些……”

“她可以给许多……”

“你和她都谈了些什么？”

青年伤心失意地低下脑袋。

“她懂不上十句我们的话，我们没谈什么……”

“你知道吗，真正的爱情，”老人转过身去，笑容可掬地露出两排洁白的牙齿说，“就跟闪电一样打进心坎里，也跟闪电一样没有声音。”

青年捡起一块大石头，想把它投到海水里，但一挥手，却扔到了身后，然后说：

“有时候我简直弄不明白，人们干吗要说各种不同的语言？”

“有人说，往后就不会有这种事了！”老人想了一想说。

远方，在笼罩着乳白色雾霭的碧蓝海面上，跟云影似的，悄然滑过

---

① 意大利货币名。

一条白色的轮船。

“是开往西西里岛去的！”老人点着头说。

他不知从哪儿掏出一支长长的弯曲的黑雪茄，折成两半，回过头把半截递给青年，问道：

“你跟她坐在一起，心里都想些什么？”

“人总是往幸福方面去想的……”

“所以人总是傻子！”老人平心静气地插了一句。

他们抽起烟来了。缕缕蓝烟在岩石上袅袅上升，慢慢消散在充满肥沃泥土味和浓郁海水味的无风的空气里。

“我给她唱歌，她微笑着……”

“后来呢？”

“你知道，我唱得并不好。”

“那倒是的。”

“后来，我放下桨，仔细瞧着她。”

“哦？”

“我看着她，心里默默地说：你瞧，我年轻力壮，你要是烦闷，可以爱上我，好让我也过一阵子好日子！”

“她烦闷？”

“一个人要是不孤单烦闷，谁会跑到外国来玩？”

“说得对！”

“我心里想：我以圣母马利亚的名义起誓，我要好好对待你，我们四周的一切人，也会因此而好起来……”

“对！”老人仰起大脑袋喊道，接着低声嘿嘿地笑起来。

“我要对你永远忠诚……”

“嗯……”

“我还这么想：我们暂时过一阵子，我会爱上你的，爱到你满足的程度为止，然后，你给我一点儿钱，让我买一条小船、绳索和一块土地，那时我就可以回到自己可爱的家乡去，我将永远怀念你……”

“这话倒不蠢……”

“后来天亮了，我又想，也许我什么都不需要，也不需要钱，只需要她，即使一个晚上也好……”

“这更简单啦……”

“只要一个晚上！”

“真有你的！”老人说。

“彼特罗大叔，我想短促的幸福永远是可宝贵的……”

老人闭上刮光的厚嘴唇，凝神注视着绿色的海水，不作声了。青年却伤心地低声唱起来：

“啊，我的太阳……”

“是的，是的，”老人摇着头，忽然又说，“短促的幸福是宝贵的，但长期的幸福更好……穷人总是长得俊美，但富人更有势力……普天之下都是如此，都是如此！”

波涛哗哗地响着，溅起飞沫。缕缕蓝烟像佛光一样在人头上萦绕，青年站起来，把雪茄衔在嘴角上低声哼唱。他背靠在灰色的岩石上，两手叠在胸口，用一双幻想家的大眼睛，凝视着遥远的海面。

老人一动不动，耷拉着头，似乎在打瞌睡。

笼罩在群山上的紫霭渐渐变得更浓、更温柔了。

青年唱道：

啊，我的太阳！
太阳升起，
变得更美丽，
比你还美丽！
啊，太阳，太阳！
请把我的心头照亮！

快活的绿波发出清脆的响声。

七

在罗马和热那亚之间的一个小车站上，乘务员打开车门，由一个满身油污的加油工搀扶着，人们把一个独眼的小老头儿，差不多像搬行李样搬进我们的车厢里。

“好大的年纪啊！”人们一边异口同声地说，一边和善地微笑着。

不过，老人精神很矍铄；他伸出一只满是皱纹的手，向帮助他的人们道谢，然后彬彬有礼地、快活地把皱瘪的帽子，从白发苍苍的头上往上举一举，用一只锐利的独眼向座位上打量一下，问道：

“可以坐吗？”

人们让座位给他；他坐下来，如释重负地透了一口气，然后把两手放在瘦骨嶙峋的膝盖上，张开缺牙的嘴，和气地笑笑。

“到哪儿去，很远吗，老公公？”我的同伴问道。

“啊，只有三站路！”独眼老人高兴地回答，“我是去喝孙子的喜酒呢……”

几分钟之后，在车轮隆隆声中，他像阴雨天被风吹断的树枝，摇晃着身子，开始滔滔不绝地讲起来：

“我是利古里亚[①]人，我们利古里亚人都长得挺结实。我有十三个儿子、四个女儿，孙子多得把我都给数糊涂了。这一次是第二个孙子结婚。这是件好事，你们说对吧？”

于是他用那只已经失掉光泽但仍显得很愉快的独眼，得意地向大家望一望，又微笑着说下去：

“瞧，我给国家和皇上养育了多少人呀！

---

① 利古里亚是意大利北部的一个区，紧靠热那亚湾。

“我为什么失掉了一只眼？这是好久好久以前的事了，那时候我还是一个毛孩子，但已经帮我老子干活儿了。老子正在葡萄园里锄土，我们那儿的泥土硬得很，不容易对付，因为石头多。石子从老子的十字镐下跳起来，弹到我的眼睛上，我记不得当时我是否感到了疼痛，可是吃午饭的时候，我的眼珠子就掉出来了——当时那情景真吓人呀，先生们！……家里人帮我把它放在老地方，弄一片热面包贴住，但是，眼睛却瞎了。”

老人使劲揉揉棕褐色的干瘪的脸颊，又和善而愉快地微笑起来。

“那时候没有现在这么多的医生，人们都糊里糊涂地过日子……是这样的，也许正因为这缘故，人们才那么和善吧，对不对？”

现在，他那张只剩下一只独眼、布满深深的皱纹、长着像发了霉一样的灰绿色毛发的面孔，又变得狡黠和欢喜了。

“人活到我这么大年纪，对世界上一切人都可以放胆说话了，对吧？”

他像对谁示威似的，庄严地向上伸出一只弯曲的黑指头。

“诸位先生，我就给你们讲点儿人间的故事吧……

“我老子死的时候，我才十三岁，——要知道，当时我个子比现在还矮。可是我手脚麻利，干起活儿来从不知道劳累——这是老子留给我的全部遗产；我们的土地和房屋都卖掉还债了。就这样，我靠一只眼睛和两只手过活，只要有活儿干，我什么地方都去……生活当然很艰难，但年轻人是不怕吃苦的，对吧？

“十九岁时，我碰到一位跟我一样穷苦的姑娘，我爱上了她。这姑娘挺大的个儿，比我还结实，和一个害病的老妈妈住在一起，跟我一样，哪儿有活儿就到哪儿去干。她长得不怎么漂亮，但心眼儿好，也很聪明，天生一副好嗓子。真的！唱起歌来跟女演员一样，这是很难得的啊！我也唱得不坏。

“‘咱们结婚吧？’我对她说。

“‘独眼龙，你说什么鬼话呀！’那姑娘不高兴地回答我，‘你我穷得什么也没有，咱们拿什么过日子呢？’

“这是千真万确的：我们俩两手空空，一无所有！可是年轻时代的爱情又需要什么呢？诸位知道，爱情是不需要什么东西的。我横说竖说，终于把她说服了。

“‘也许你说得对。’伊达终于说道，‘既然圣母现在肯帮助咱们这样单身的男女，那么咱俩生活在一起，她更会帮助咱们的！’

“那样，我们到神父那儿去。

“‘这简直是发疯！’神父说，‘利古里亚的叫花子难道还少吗？像你们这样不幸的人，应该拒绝魔鬼的引诱，要不然，你们干下了错事，将来会吃大苦头的！’

“村镇上的年轻人笑话我们，老年人责备我们。可是，青年时代是最倔强不过的，而且又有自己的聪明！结婚的日子到了，我们一点儿积蓄也没有，甚至还不知道第一夜睡在哪儿。

“‘咱们到野外去！’伊达说，‘这有什么不可以？无论在哪儿，圣母对人都同样慈悲。’

“我们就这样决定了：地是我们的床，天是我们的被！

“这儿又发生了另一桩故事，诸位先生，你们注意听吧，这要算是我这漫长一生中最好的故事了！结婚前一天大清早，乔凡尼老爹——我常常在他家干活儿——从牙缝里嘟哝着对我说了下面一番话，因为他并不把这当成一回事！

“‘胡哥，你最好把那间老羊圈打扫打扫，铺点儿草。那儿虽然干爽，一年多也没关过羊，不过，要是你跟伊达乐意住在那儿，还是应该把它好好收拾一下。’

“这样我们就有了屋子！

“我正干着活儿，唱着歌，老木匠康斯坦齐奥站在门口问：

“‘你跟伊达就住在这儿吗？你们的床呢？你干完活儿，到我家去搬一张吧，我有一张床空着没人睡。’

“我一走到他那儿，那个火暴脾气的马丽亚——木匠铺的女主人便嚷叫起来：

“‘没有被褥也没有枕头，你们两个穷光蛋就想结婚吗？你简直是发疯啦，独眼龙！把你的新娘子领到我这儿来吧……’

“接着，那个总是害风湿病和寒热病的瘸子埃托雷·维亚诺，也从自己门口对那妇人喊道：

“‘你问问他，给客人预备的酒多不多？嗨，谁家办喜事会像他们这样轻率?’”

老人那张布满皱纹的脸上，闪烁出欢乐的泪水，他仰起头，露出尖喉结，轻轻地笑起来，笑得脸上的老皮直哆嗦，同时像孩子似的挥着两只手。

“啊，诸位先生!”他气喘吁吁地笑着说，“到结婚那天的早晨，凡是一个家庭所需要的东西，我们全有了——圣母像，吃饭的杯盘，替换的衣衫，家具——都是大家送的!伊达又是哭又是笑，我也一样;大家都笑了——结婚的日子不能哭——于是所有的自家人都冲着我们笑……

“诸位先生!如果有权利称呼别人为自家人——这是件天大的好事!真能感觉到大家都是自己的亲人，那就更好了，亲人是不会拿你的生活开玩笑的，也不会把你的幸福视作儿戏!

“就这样，我们举行了婚礼。嘿，那天天气真好!全镇的人都来看望我们，我们那间小屋子焕然一新，大家都拥进来了……我们什么都有:有酒，有水果，有肉，有面包，大家一起吃，高兴得不得了……因为天底下再没有比为别人做好事更快乐的事了。请诸位相信我的话，再没有比这更美好和更快乐的了!

“神父也来了。他话讲得很认真，也很好:‘他们俩替诸位干活儿，你们关心他们，想使他俩在他们一生中最幸福的日子里得到快活，这是件好事。你们应该这样做，因为他俩为你们干活儿。干活儿，比金钱更有价值，劳动的价值总是比付的工钱高。钱可以花掉，可是干的活儿却永远存在……他们俩性情快活，谦虚朴实，日子再苦，从来不出怨言。往后，他们的日子还会更苦，但他们是不会抱怨的。你们要在他们困难的时候帮助他们。他们俩都有一双好手，可是他们的心地更好……’

“神父还对我、伊达和全镇的人讲了许多称赞的话!……”

老人显得十分得意，用他那只仿佛变得年轻的独眼环视着大伙，问道:

“诸位，这就是人间的故事。它很有趣，对吧?”

八

春天，阳光灿烂，人们心头乐开了花，就连古老的石头房子的玻璃窗，也在温和地微笑。

小镇的街道上，流动着身穿节日盛装的人群，像一条绚丽多彩的水流，整个镇上，工人、士兵、市民、牧师、官吏、渔民，都陶醉在明媚的春光里，大声谈论，尽情欢笑和歌唱；所有的人都结合成一个健康的整体，充满着生的欢乐。

妇女们五颜六色的阳伞和帽子，孩子们手中的红蓝气球，宛如一朵朵奇异的花卉；到处是孩子们——大地的欢乐之王的欢笑声，他们那一张张喜气洋洋的小脸，像童话里国王锦袍上的宝石，闪闪发光。

树上的嫩叶还没有抽齐，紧缩成一团的娇嫩的蓓蕾，贪婪地吸收着和煦的阳光。远处乐声悠扬，吸引着行人。

给人一种这样的印象：似乎人们已经熬过了自己的不幸，昨天是那艰苦的、大家都感到厌倦的生活的最后一天，今天大家都苏醒了，像孩子一样精神焕发，对自己充满坚定明确的信心——相信自己的意志是不可战胜的，在这种意志面前，一切都得弯腰低头；现在大家都和衷共济、满怀信心地向着未来前进。

令人感到奇怪、难堪和沮丧的是，在这生气蓬勃的人群中，也出现了一些阴郁的面孔：一个高大结实的男子挽着一个年轻女子的胳膊，正走过街去；他大概还不满三十岁，但头发已经斑白。他把帽子拿在手里，圆圆的脑袋上泛着银光，消瘦而健康的脸庞显得既安详又悲伤。一双被长睫毛掩遮着的深黑的大眼睛，平静地看着人，只有那些不能忘却自己所经受的沉重苦难的人，才会用这样的目光看人。

“你瞧这一对男女，”我的同伴对我说，“特别要注意那男的，他经历了一场意大利北方工人中间愈来愈频繁出现的那种悲剧。”

于是我的同伴开始对我讲了：

“他是一个社会主义者，一家地方工人报纸的编辑，他本人是个工人、彩画匠。他是这样一种人：知识变成了信仰，信仰反过来又点燃起强烈的求知欲。他是一个激烈而又聪明的无神论者——你瞧，那些身穿黑法衣的神父们正斜眼看他的背影呢！

“五年前他担任宣传员的时候，在一个小组里遇到一个一见倾心的姑娘。这地方的女人，都默默地但坚定不移地怀抱着一种信仰，几个世纪以来，神父们就竭力在她们心中培养这种信仰，他们终于达到了目的。有人说过一句很恰当的话：天主教堂是建造在女人心头上的。对圣母的崇拜，不但带有异教的美，而且首先是一种极聪明的崇拜；圣母比基督单纯，她更接近人心，她身上没有矛盾，也不拿地狱之火吓唬人，她只有爱、慈悲和宽容，她很容易俘获一个女人的心，使她一辈子做她的俘虏。

“可是，他在这儿遇到的却是一个爱说爱问的姑娘，他总是感到，在她的问题中，除了对他思想的天真的惊奇和对他坦率的不信任之外，还常常带有一种恐怖和厌恶。

“这个担任宣传工作的意大利人，常常讲到宗教，猛烈抨击教皇和神父。每次当他讲到这些的时候，他总在那个姑娘的目光中看到一种对自己的轻蔑和厌恶。她发问时，语气带着敌意，柔和的声调中好像充满仇恨。显然，她是熟读过那些反社会主义的教会书籍的，在这个小组里，她的话也同样能引起别人的注意，并不亚于他。

“这地方对待女人的态度，要比俄国简单得多，粗暴得多，直到最近，意大利妇女仍把这种状况归咎于自己；除了教会以外，她们对什么都不感兴趣，对于男人从事的文化事业，充其量也只能抱一种漠然置之的态度，一点儿也不了解它的意义。

“他那男性的自尊心受到了伤害，著名宣传家的声望，在与这个姑娘的冲突中受到了影响。他生气地用俏皮话讥讽过她几次，可是她并不退让。在不知不觉中，她引起了他对她的敬意，使得他在她到场的集会上演讲时，不得不特别慎重做准备了。

“同时他也注意到，当他讲到现社会的种种弊病，它怎样压迫人，伤害人的身体和心灵，他描述人类内心和外界都将获得自由的未来生活的图景时，他看到她往往变成另外一种样子：她以一个饱尝人生痛苦的刚强而聪明的女子的愤怒心情和倾听奇妙故事的孩子的贪婪的好奇心（这种故事是完全适合他们那同样奇妙而复杂的心理的），倾听着他的演讲。

“这使他产生了一种战胜敌手的预感。这个敌手有可能成为一个很好的同志。

“他们的竞争差不多持续了一年，但他们之间并没有产生互相接近的愿望和进行面对面较量的想法，他终于首先去接近她了。

“‘小姐，您是我的老论敌了，’他说，‘您是否认为，要是我们互相接近起来，会对我们的事业更好一些呢？’

“她欣然同意了，可是几乎从第一次谈话，他们就争吵起来：她热烈地为教会辩护，说教堂是这样一个地方，在那里，痛苦的人可以在精神上得到休息；在慈悲的圣母面前，一切人都是平等的，一切人虽然有衣衫的差别，却一律平等地受到她的怜悯。他反驳说，人所需要的是斗争，而不是休息，没有物质享受上的平等，就不可能有公民权利的平等。圣母背后躲着一批人，他们专门从人们的不幸和愚蠢中得到好处。

“从那时起，他们就经常争论，每次见面照例有一场热烈的辩论，而且日益明显地暴露出，他们的信仰是根本无法调和的。

“在他看来，生活是扩充知识的斗争，是使自然界的神秘力量服从于人类意志的斗争，一切人都必须同样武装起来去参加这一斗争；这种斗争的结局将是自由和理智的胜利，理智是一切力量中最强大的力量，是世界上唯一的自觉活动着的力量。而在她看来，生活就是人为了一种神秘的东西做出痛苦的牺牲，就是理智对于那些只有神父才知道的意志、规律和目的的服从。

“他不胜惊讶地问道：

“‘那么，您为什么要听我的演讲呢？您期待于社会主义的是什么呢？’

“‘是的，我知道我是在犯罪，我是在反对自己！’她凄然承认道。‘但我实在喜欢听您演讲，并想象众人的幸福有可能实现！’

“她长得并不很漂亮——身材瘦小，有一张聪明的脸，一双大眼睛，目光温柔而带着嗔怒，娇媚中含有粗犷。她在纺丝厂做工，同年迈的母亲、断腿的父亲和在技工学校上学的妹子住在一起，她有时显得很快活，但并不吵闹，而是带着一种含情脉脉的神气。她喜欢去博物馆和老教堂，醉心于绘画和美术，她一边观看那类美术品，一边说：

“‘简直不堪设想，这样美好的东西，过去却藏在私人住宅里，有些人竟认为只有他们自己才有权享受它们！美的东西应该让大家都能看到，只有这样，它才能有生命力！’

“她常常说这种古怪的话，他似乎觉得，这种话正是从他所不了解的她，从充满痛苦的心灵中发出来的，好像是一个受伤者的呻吟。他感到这个姑娘以一种充满恐惧与怜悯的深厚的母爱，热爱着人类和生活。他耐心地期待着自己的信仰能够激发起她心中的爱，使她那平静的爱再转化为热烈的感情。他觉得这个姑娘更加注意地听他演讲，她在心里已经赞同他的观点了。于是他更加热情洋溢地对她讲道：必须进行不屈不挠的斗争，使人——人民和人类——从古老的锁链下解放出来，那锁链的铁锈已经锈住了人们的心灵，毒害着人们，使人们变得更加愚昧和落后。

“有一天在送她回家的路上，他对她说他爱她，希望她做他的妻子——但这话在她身上引起的激动，使他大吃一惊。他看见她好像被他击了一拳似的，打了一个趔趄，睁大眼睛，脸色煞白，把两手反叠在身后，背靠着墙，惊恐万状地望着他的脸说：

“‘我料到这样的事会发生的，我几乎已经感觉到了，因为我自己也早就喜欢您了，可是——我的天哪！现在该怎么办呢？’

“‘现在，你我幸福的日子，咱们俩共同工作的日子开始了！’他扬声说。

“‘不，’姑娘低下头说，‘不行！我们俩不应该谈恋爱。’

“‘为什么？’

“‘你会在教堂举行婚礼吗？’她低声问道。

“‘不！’

“‘那么，再见！’

“她很快就离开了他。

“他追上去向她解释，她默默地听着，不加反驳，然后说：

“‘我和我的父母都信教，我们活着是教徒，死了也是教徒。在市政管理局举行婚礼，我觉得并不是结婚，要是这种结合生了孩子，我想这孩子是会很不幸的。只有在教堂里举行婚礼，才能使恋爱变得神圣，也只有这样的结婚，才能使人得到平安和幸福。'

“他知道她是不会马上让步的，他当然也不会让步。他们分手了，临别时她说：

“‘我们别互相折磨了，以后也别来找我！哎，你最好能离开这里！我不能够，我是这样穷……'

“‘我不能做任何承诺。'他回答。

“两个倔强的人之间的斗争开始了：不消说，他们又见面了，而且比以前次数更多。因为两个人当中的任何一个，都希望对方会忍受不住那种未能如愿以偿的、愈来愈炽烈的爱情的折磨。他们的会面充满着失望与苦闷，每次见到她，他都感到自己已经精疲力尽，软弱无力；他知道她经常到教堂去流泪忏悔，他感到神父筑起的那道黑墙，一天天在增高，一天比一天更坚固，拼命地使他们分开。

“有一个假日，他和她到郊外田野里去散步，他丝毫没有恫吓的意思，忽然随口说：

“‘你知道吗，有时我觉得我会把你杀死……'

“她没有作声。

“‘你听到我的话了吗？'

“她妩媚地望着他的脸，回答道：

“‘是的。'

“于是他明白了：她死也不会对他让步。在她说出这句‘是的'以前，他常常拥抱她，吻她，她尽力拒绝，但她的反抗是无力的。他幻想着，只要她一旦让步，那时她的女性本能，就会帮助他把她战胜。但现在他明白，这并不是胜利，而是征服。从那以后，他就不再去唤醒她身上的女性了。

“就这样，他同她一块儿彷徨在她人生观的幽暗圈子里，他把他所能点燃的一切热情之火，都点燃在她的面前。但她像一个盲人似的，脸上带着朦胧的微笑，倾听着他的话，却不相信他。

“有一天，她对他说：

“‘有时我也明白，你讲的一切是有可能实现的，但这大概是因为

我爱你的缘故！我能够理解，却不能相信！只要你一离开我，你所说的一切也就随着你一起离开了。’

“这样差不多继续了两年光景，后来她病了。他撂下工作，停止参加小组的活动，以借债度日，避免跟同志们见面，在她家附近流连徘徊，或守候在她的病床旁，眼看着她发高烧，一天天变得更加消瘦、憔悴，两眼像火炭似的燃烧着，病情愈加严重了。

“‘你给我讲讲未来吧！’她请求他。

“但他只讲目前的事情，用报复的口吻，列举着他将永远与之斗争的一切毁灭人类的东西，列举着那些应该像肮脏的破烂一样将其从人类生活中抛掉的东西。

“她听着，但当她痛得难以忍受的时候，便碰碰他的手，用哀求的目光望着他的眼睛，请他不要再讲了。

“‘我快要死了吧？’有一天她问，这是在医生告诉他，她害的是急性肺结核，病势已经无救了的好多天以后。

“他耷拉眼皮，没有回答。

“‘我知道，我很快就要死了，’她说，‘把你的手伸给我。’

“他伸过手去，她用滚烫的嘴唇吻着他的手说：

“‘请原谅我吧，我太对不起你了，我错了，我使你蒙受了痛苦。现在，当我快死的时候，我才看清，我的信仰，只不过是对于自己所不了解的东西的一种恐惧而已，尽管我不希望这样，尽管你也竭力劝我不要这样。这是一种恐惧，但它已深深侵入我的血液，这是我与生俱有的。我虽然有自己的——也许是你的——智力，但我的心并不属于我……你是对的，我了解这一点，但我在内心里却不能同意你……’

“过了几天，她死了。在她病危期间，他的头发变白了，二十七岁的青年时代，就两鬓如霜了。

“不久前，他跟那姑娘的唯一的一位女友，也是他自己的女学生结了婚。他们现在是到她的墓地去——每逢星期天他们都要到那儿去，在她的坟头献上鲜花。

“他并不相信自己的胜利，他确信，当她对他说出‘你是对的’时，只是为了安慰他而故意撒谎。他的妻子也这样认为，他们俩都怀着真诚的爱怀念她。这个好人死亡的沉痛历史，激起他们要为她复仇的强烈愿望，鼓舞他们更加孜孜不倦地工作，并赋予他们的共同工作以一种特殊的、远大而美好的特点。”

……阳光下涌流着生气勃勃的、穿着艳丽的节日服装的人群，其中夹杂着欢乐的喧闹。孩子们叫着，笑着；当然，并非所有的人都感到轻松和愉快，大概，许多心灵被阴郁的哀愁压得紧缩在一起，许多头脑被各种矛盾折磨得痛苦不堪，但我们仍然向着自由，向着自由前进！

而且，我们愈是齐心协力，我们前进的步子就迈得愈快！

九

我们赞美做母亲的妇女——胜利的生命的无穷无尽的源泉！

这儿要讲的是铁石心肠的帖木儿[①]、瘸腿豹、幸运的征服者萨希勃·基拉尼[②]，要讲的是异教徒称为达梅尔兰的那个人，也就是那个想要破坏整个世界的人。

他在大地上横冲直撞了五十年，他的铁蹄践踏了许多的城市和国家，就像大象的腿践踏蚁穴；他的足迹所到之处，殷红的血像河水一样向四面横流。他用被征服的人民的白骨建造高塔，他尽力和死神争吵，破坏生命。他对死神进行报复，因为死神夺去了他儿子杰刚基尔的生命。这个天煞星，想要从死神手里劫取一切贡物，让死神忍受饥饿，郁郁而死！

自从他儿子杰刚基尔夭折丧命，所有的撒马尔罕人都在头上撒满尘灰，披上黑色和蓝色的丧服，迎接这位征服凶暴的杰德人[③]的人以来，一直到他在奥特拉尔遇到死神而被战败[④]，整整三十年中，帖木儿从来没有笑过——他紧闭着嘴唇，对谁也没有低过头，三十年中，他的心从未发过一次慈悲。

我们赞美世界上做母亲的妇女——唯一能使死神屈服的力量！这儿要讲述一个母亲的真实故事，讲述死神的仆人和奴隶，铁石心肠的达梅尔兰——这个大地上的血腥暴君，如何在她面前低头的故事。

---

① 帖木儿（1336—1405），中亚帖木儿帝国的创立者，跛足。兴起于撒马尔罕。欧洲人称他为达梅尔兰。

② 以上均为帖木儿的绰号。

③ 古时，居住在蒙古、东土耳其斯坦和准噶尔地区的人，皆称为杰德人。

④ 帖木儿东侵时，病死于靠近中国边界的奥特拉尔。

故事是这样发生的。

帖木儿正在开遍彩云般的玫瑰花和素馨花的美丽的卡尼古尔山谷——撒马尔罕的诗人称为“花之爱都”的地方，举行酒宴，从那儿可以望见大城市中碧蓝的清真寺高塔和清真寺教堂的碧蓝圆顶。

一万五千座圆形营帐，像一把把大扇子展开在山谷里，它们的形状很像郁金香花，每座营帐上插有几百面绸旗，鲜花似的迎风飘扬。

正中央是古鲁甘帖木儿①的营帐，它好像一位女皇被近侍环绕着。这座营帐每边长百步，成正方形，有三支矛那么高，正中由十二根人体般粗的金黄色圆柱支撑着，上面是蓝色的圆顶。整个营帐由黑、黄、蓝三色绸子组成，用五百条红绳固定在地上，使它不致飞上天空。四角装饰着四只银制大鹰。圆顶下，帐幕正中高坛上坐着王中之王——百战百胜的古鲁甘帖木儿第五。

他穿着天蓝色的宽大锦袍，锦袍上缀满了明珠——足足有五千颗！他那威风凛凛、白发苍苍的脑袋上，戴一顶镶着红宝石的尖顶白冠，颤巍巍地晃动着。一对充血的眼睛发出睥睨世界的光芒。

瘸腿大王的脸像一把因染血过多而生锈的大刀，因为他曾经在血泊中浸泡过上千次；他的眼睛细小，却明察秋毫，目光像阿拉伯人所珍视的翠蓝宝石的寒光，异教徒把这种宝石叫作绿玉，能医治疯癫症。大王的两耳上挂着一对红宝石耳环，跟少女的朱唇一般美丽。

地上，最上等的绒毡上，放着三百只金樽玉斝以及御宴上应有的一切器皿。帖木儿身后坐着乐师，没有一个人跟他并坐；他的嫡亲、王公大臣和将领们坐在他的脚边，坐得最近的是醉仙诗人凯尔马尼②。有一次，那位世界的破坏者曾这样问他：“凯尔马尼！要是有人出卖我，你看我能值多少钱?”凯尔马尼对这位死亡和恐怖的传播者回答说：

“二十五个土耳其士兵。”

“这价钱只够我的一条腰带！”帖木儿惊讶地大声说。

“我想的也正是那条腰带，”凯尔马尼答道，“仅仅是那条腰带，至

---

① “古鲁甘”是帖木儿的封号，意为“女婿”或“妹丈”，近似中国古时的“驸马”或“驸马爷”。

② 凯尔马尼，帖木儿的宫廷诗人。

于你本人，那是一个大钱也不值的！”

这就是诗人凯尔马尼对罪恶与恐怖之人、王中之王所说的话，我们要将这位诗人——真理之友的声誉，永远放在帖木儿的声誉之上。

我们赞美这样的诗人，他们唯一的神便是用美丽、无畏的语言所表述的真理，他们的神是不朽的！

正当人们兴冲冲地纵酒狂饮，得意扬扬回忆战争与胜利的时候，正当大王营帐前处在一片民间游艺和音乐的喧嚣声中：一大群身穿五颜六色服装的杂耍师欢蹦乱跳，大力士在摔跤，绳技者扭动着没有骨头的腰身，在绳索上竞技，士兵们击剑，表演杀人的技巧，还牵出被染成红绿两色、有人见了害怕有人见了发笑的大象供人们娱乐。正当家将们陶醉在帖木儿的威风、骄气和胜利后的疲劳之中，欣喜若狂地痛饮葡萄酒和马奶酒的时候——在这疯狂的时刻，突然，一个女人的呼喊声，犹如雌鹰的高傲的啼鸣，像闪电一般刺破乌云，从一片喧闹声中，传入拜亚齐德[①]苏丹的征服者耳中，这是他那因久受死神的凌虐，对人和生活变得冷酷的心所熟悉的声音。

他命令查清是谁发出这种没有欢乐的呼喊。于是有人报告说，有一个风尘仆仆、衣衫褴褛的女人，像疯子一样，讲一口阿拉伯话，要求——她竟要求！——会见世界上三大国的统治者——他。

“把她带进来！”帖木儿说。

出现在他的面前的是一个赤足的女人，身上裹着被阳光晒褪了色的破衣烂衫，披散着一头黑发，掩住了袒裸的胸脯，她的脸赤如红铜，目光中含着凛然的威仪，用一只黝黑的手指着瘸腿大王，面无惧色。

“打败拜亚齐德的就是你吗？”她问。

“对，是我。我打败过很多人，也打败过他。我还没有因为胜利而感到疲乏。可是，妇人，你有什么话要说啊？”

“听着！”她说，“不管你干出了多大的事业，你还只是一个人，可我——是母亲！你服务于死亡，我却为生命服务。你对我犯了罪，所以

---

① 拜亚齐德（1347—1403），土耳其苏丹，在位时曾征服塞尔维亚，后又不断侵略欧洲，疆土扩展到自爱琴海至多瑙河一带。1402 年，帖木儿入侵小亚细亚，土耳其军在安戈拉（今安卡拉）战役中大败，拜亚齐德被俘，翌年死于囚禁之中。

我来要求你赎自己的罪。我听说你的口号是‘力量寓于正义’，我不相信这句话，不过你对我必须公正，因为我是母亲！”

聪明的君王在她那出口不逊的言语中感到一种威力，便说：

“请你坐下来说吧，我愿意听听你的话！”

她在坐满诸王的地方，找到一个适当的位置，在绒毡上坐下来，讲了下面的故事：

“我是从萨勒诺附近来的，那地方在意大利，离这儿很远，你不知道那个地方！我的父亲和丈夫都是渔人。我丈夫长得很美，是一个幸福的人——是我使他得到了幸福！我还有一个儿子——是世界上最美的孩子……”

“跟我的杰刚基尔一样。”老勇士小声插了一句。

“不，世界上最美、最聪明的是我的儿子！当萨拉秦海盗[①]到我们海岸上打劫的时候，他已经六岁了。他们杀死了我的父亲、我的丈夫和许多别的人，掳去了我的儿子，我在世界上寻找他已经四年了。我知道他现在在你这里，因为拜亚齐德的军队捉住了海盗，而你又打败了拜亚齐德，夺走了他所有的一切，你一定知道我的儿子在哪里，你应该把他交还给我！”

大家都笑起来。这时候那些王公们说话了——他们总是自以为很聪明！

“这是一个疯子！”所有帖木儿的亲友、王公大臣和将军们都这么说了，而且一齐大笑。

只有凯尔马尼严肃地注视着她，而达梅尔兰则瞪大惊异的眼睛。

“她像一个母亲那样发疯了！”醉仙诗人凯尔马尼轻声说。可是那位君王——和平的敌人——却说：“妇人！你是怎样从我不知道的那个国度，渡过大海和河川，越过高山和森林到这儿来的呢？那些野兽，那些往往比最凶恶的野兽更凶恶的人，为什么没有触犯你？你一个人孤孤单单地行走，又没携带武器——孤独者只要手上有气力，那唯一的朋友——武器就不会背叛你了。你想叫我相信你，使我对你的惊异不妨碍我去理解你，你必须把这一切讲给我听！”

---

① 萨拉秦人是阿拉伯人的古称。

我们赞美做母亲的妇女，她的爱是无边无际的，全世界都是靠她的奶哺育的！人的一切美好品质，都是从太阳的光线和母亲的奶汁中生长出来的——正因为如此，我们才对生活充满着爱！

她对帖木儿说：

“我只经过一个大海，那儿有许多岛屿和渔船，当人们去寻觅爱者的时候，海上便有顺风吹来。对于在海边出生、在海边长大的人来说，渡过江河更不算一回事。高山？我可没有遇到过。”

醉仙诗人凯尔马尼俏皮地说：

“对于爱着的人来说，高山也会变成平地！”

“路途上有森林，的确有的！我遇见过野猪、熊、山猫和脑袋拱地的可怕的野牛，我还两次遇见过眼睛跟你一样斜睨的豹子。可是任何野兽都有一颗心，我跟它们说话就像跟你说话一样，它们相信我是一个母亲，就叹息着走开了——它们都同情我！莫非你不晓得，野兽也爱它们的孩子，为了孩子的生命和自由，它们比人斗得更勇敢？”

“对的，妇人！”帖木儿说，“我知道它们常常比人爱得更热烈，斗得更坚决！”

“每个人，”她像孩子似的继续说下去，因为每个母亲都有一颗极为纯真的赤子之心，“每个人都是自己母亲的孩子，因为谁都有母亲，谁都是别人的儿子，就连你，老公公，你是晓得的，也是女人生的呀。你可以不承认上帝，但是你，老公公，却不能不承认这一点！”

“对，妇人！”无畏的诗人凯尔马尼感叹道，“对的，一群公牛生不出小犊来，没有太阳鲜花不会开放，没有爱便没有幸福，没有女人便没有爱，没有母亲便没有诗人和英雄！”

于是那妇人说：

“请把我的孩子交还给我吧，因为我是母亲，我爱他！”

我们要向妇女致敬——因为妇女生了摩西①、穆罕默德和伟大的先知耶稣。正如舍里夫·艾登②所说，耶稣虽然被恶人杀害了，但他还会

---

① 摩西，据《圣经》传说，他是古代犹太人的首领、先知、神意的表达者，曾颁布过犹太教教义。

② 显然是指舍里夫·艾登·阿里，十五世纪波斯历史学家。

复活，会来审判生者和死者的，这事将发生在大马士革，大马士革！

我们要向孜孜不倦地为我们生育伟人的那个妇女致敬！亚里士多德[①]是她的儿子，还有菲尔多西[②]、像蜂蜜一样甜的萨迪[③]、像毒酒一样辣的莪默·伽亚谟[④]、伊斯康德[⑤]和双目失明的荷马——他们都是她的儿子，他们都吃她的奶。当他们还没有郁金香花高的时候，是她拉着他们每个人的手到这世界上来的，世界上的一切光荣和骄傲都来自母亲！

于是，白发苍苍的城市破坏者、瘸腿虎帖木儿沉思起来了，他沉默了很久，然后对大家说：

"我是神的奴仆帖木儿！我，神的奴仆帖木儿，要说我应当说的话！我活了很久，许多年来，大地在我的脚下呻吟，三十年来，我用这只手破坏了死亡的收获——我之所以要破坏，是为了向死神复仇，因为死神夺走了我的爱子杰刚基尔，熄灭了我心中的太阳！人们为保卫国土和城市而跟我作战，但是从来没有人为保卫人而跟我作战。在我的眼里，人是没有价值的，我不知道人是什么，他为什么要拦住我的去路？当我帖木儿打败拜亚齐德的时候，我对他说：'呔，拜亚齐德，你应当知道，在上帝的眼中，国家和人民都算不了什么。你瞧，上帝把国家和人民交给我们这样两个人——你，一个独眼；我，一个瘸腿，来管理！'当他戴着镣铐被押到我面前的时候，当他因身负重荷而站立不住的时候，我就是这样对他说的；看着不幸中的他，我就这么说了。我感到人生是苦蓬，是瓦砾中的杂草。

"我，神的奴仆帖木儿，有话要说！在这里，在我面前，坐着一个妇人，像她这样的妇人何止千千万万，但她使我心中产生了一种陌生的感情。她站在平等的地位跟我说话，她不是哀求，而是要求。我看出

---

① 亚里士多德（前384—前322），古希腊哲学家、科学家。

② 菲尔多西（941—1020），波斯诗人。

③ 萨迪（约1203—1292），波斯诗人，代表作有训世故事诗集《果园》和《蔷薇园》。

④ 莪默·伽亚谟（1048—1123），一译奥马尔·哈亚姆，波斯诗人，数学家、天文学家。在著名四行诗集《鲁拜集》中，否定来世和宗教信条，谴责僧侣的伪善，宣扬自由，诗中充满哲学意味。

⑤ 伊斯康德，是古希腊亚历山大·马其顿大帝的阿拉伯语名字。

了，我明白了，这个女人为什么这样坚强——因为她心中有爱，这爱使她认识到，她的孩子是生命的火花，从这火花中可以发出永久的光焰。所有的先知岂不都是孩子？英雄岂不都是弱者吗？啊，杰刚基尔，我眼中的火花呀，如果你能够长大，你也许能使大地得到温暖，在大地上种满幸福——因为我已经用鲜血灌溉了大地，使它变成沃土了！”

万民的暴君经过好半天沉思，终于又说了：

“我，神的奴仆帖木儿，我要说我应该说的话！我命令：派三百名骑士马上出发到我领土的四方，去寻觅这位妇人的儿子，她在这儿等着，我也跟她一起等着。谁若在自己的马鞍上带回孩子，他便会得到幸福——这是帖木儿的命令！妇人，你满意了吧？”

她从脸上撩开黑发，向他微微一笑，颔首答道：

“皇上，我满意了！”

当这位可怕的老人站起来向她默默致敬的时候，乐天派诗人凯尔马尼像孩子似的兴高采烈地吟诵道：

什么东西比花和星星的歌儿更美好？
任何人会立即回答：爱情之歌！
什么东西比五月中午的太阳更美丽？
恋人回答：我所钟爱的那个女子！
我知道——午夜天庭中的繁星无限美好！
我知道——夏日晴空中的太阳灿烂无比！
我知道——我爱人的明眸比一切鲜花更美丽！
我知道——她的微笑更可爱，更令人欢喜！

然而，还有一支最美的歌儿尚未咏唱——
这是一支关于世界万物之源的歌，
这是一支关于世界的神秘心灵的歌，
拥有这颗心灵的是我们称为母亲的那个妇女！

帖木儿对自己的诗人说：

“对的，凯尔马尼！神特意挑选你的嘴说出他的智慧，算是没有挑错!”

“哎！神自己就是一位最好的诗人!”醉仙诗人凯尔马尼说。

妇女微笑着，所有的王公大臣、将军和其他的孩子们都笑容满面地看着她——这位母亲!

这是一个真实的故事，这儿所讲的一切都是千真万确的，我们的母亲们知道这一点。你们若去问她们，她们会这样说：

“是的，这是一个永恒的真理，我们比死神更强大！我们不断地把圣贤、诗人、英雄送给世界，我们在世界上种下了一切，世界因而才显得那么光荣，那么可爱!”

十

天气酷热，一片静寂。生命凝固在明朗的宁静中。天空睁着明亮的蓝眼睛，和蔼地俯瞰着大地，太阳是它赤热的眸子。

大海好像是用青钢炼成的，显得又平坦又柔滑；渔舟点点，凝然不动，仿佛焊在了像天空一样澄澈的半圆形的海湾里。海鸥懒洋洋地鼓翼飞去；海水中，映出另一种鸟，比空中飞翔的更白更美。

远方烟波浩渺；在那儿，有一个紫蔚蔚的岛屿，犹如在烟雾中轻轻飘浮，又像被太阳晒得赤热而融化了。那岛屿是海中的一个孤岩，是那不勒斯海湾指环上的一颗可爱的宝石①。

岩石突兀的岸边，参差不齐地一级级向海中倾斜下去，整个岸边都被葡萄架、橙子树、柠檬树、无花果树的黑沉沉的叶子以及橄榄树的银灰色叶子遮掩着，显得美丽而华贵。透过那一片连接着海水的绿树的浓荫，金黄色的、白色的和红色的鲜花，娇媚地微笑着；黄澄澄的果实，宛如夏季饱和着潮气的昏暗无月的夜空中的繁星。

空中、海上和人们的心中，漾溢着宁静，真想听听一切有生物怎样向神圣的太阳歌唱无言的赞歌。

一条小路蜿蜒在果树林里，一个身材高大、穿黑衣服的女人，在石径上轻轻地一步一步向海边走去。她的衣服被阳光晒出褐色的斑点，甚至从老远就可以看到它上面的补丁。她头上没戴帽子——满头白发泛着银光，一绺绺卷曲着披散在她那宽阔的脑门、鬓角和黝黑的面颊上，这种头发大概是很难梳平的。

---

① 指卡普里岛，位于那不勒斯海湾南面的入口处。高尔基曾长期在该岛居住休养。

她脸上的线条明显而粗糙，这种脸只要看见过一次，便会使人永远难忘：在这张枯瘦的脸上，似乎有一种远古的东西，谁若看见过她那直视的阴沉的目光，就禁不住会联想到东方炎热的沙漠，联想起底波拉[1]和犹滴[2]来。

她一边走，一边低头编着一件红色的织物，钢针闪闪发光，毛线球藏在她的衣服里，一条红线好像是从她的胸中抽出来。小路险峻而曲折，砾石在她脚下沙沙作响，但这位银发女人，好像脚上长着眼睛，稳健地向海边走去。

人们都说，她是一个寡妇，她的丈夫是渔人，婚后不久，便下海打鱼去了，丢下正在怀孕的新妇，一去再也没有回来了。

孩子出生后，她不给别人看。她不像别的母亲那样，常常抱着孩子到大街上去，站在阳光下炫耀自己的儿子。她用破布把他包起来，藏在自己房舍的黑暗角落里，因此有好长时间，没有一个邻人仔细端详过新生婴儿的长相，只瞧见他长着一个大脑袋，焦黄的脸上有一对呆滞的大眼睛。人们还注意到，她以前身强力壮，手脚麻利，不屈不挠地跟贫穷做斗争，使别人见了心里也增加几分勇气，现在却变得寡言少语，沉思默想，眉宇紧锁，总是用奇怪的目光，透过一重悲愁的云雾看待一切，那目光似乎在询问着什么。

没过多久，大家就明白她痛苦的原因了：原来这孩子一生下来就是个怪胎，所以她将他藏起来，并感到十分苦恼。

于是，邻居们对她说：他们当然了解一个女人生出一个怪物来是多么羞耻；她是否应当受到这样残酷的惩罚和耻辱，那只有圣母知道了。但孩子并无任何过错，何必叫他失掉阳光呢？

她听从别人的话，将孩子给他们看——他的胳膊和腿都短得跟鱼鳍一样，一条细弱的脖子，勉强托着一颗大皮球似的圆脑袋：脸上像老头

---

① 据《圣经》传说，底波拉是古代犹太人的先知、诗人，又被称为“以色列之母”。以色列将领巴拉奉她之命，战胜了由西西拉统率的迦南军队，使国内太平了四十年。

② 犹滴，《圣经》故事中的女英雄，为了拯救自己的故乡，被巴比伦军队围困的犹太城市伯利恒，她化装潜入敌营，以自己的美色迷惑住了巴比伦军队的统帅罗浮尼，并用他的宝剑割下了他的首级。

儿一样布满皱纹，还有一对浑浊的眼睛和一张茫然张开的大嘴。

妇女们瞧着他，直淌眼泪，男人们则板起面孔，流露出鄙夷的神色，闷闷不乐地走开。怪物的母亲坐在地上，一会儿耷拉着脑袋，一会儿又抬起头来望着别人，好似在默默地询问一个谁也无法解答的问题。

邻居给怪物做了一个棺材似的木箱，里面铺上纸屑和破布，把怪物放在这柔软温暖的窝里，再把箱子搁在屋外阴凉处，心里暗自期待着，在每天都创造着奇迹的太阳的照耀下，也许会出现另一个奇迹。

可是，一天天过去了，他照旧是那么一副模样：一颗大脑袋，长长的躯体上长着四件软弱的附属品；只是他那总是傻笑着的脸上，愈来愈明显地露出一种吃不饱的馋相，嘴里长出两排尖利弯曲的牙齿。短短的手学会了抓面包片，几乎准确无误地把食物送进贪吃的大嘴里。

他是个哑巴，但当附近有人吃东西的时候，他便会嗅到食物的香味，于是张开大嘴，摇晃着笨重的脑袋，发出暗哑的咿呀声，浑浊的眼白上布满血丝。

他胃量很大，吃得一天比一天多起来，并且不停地发出咿呀声。母亲两手不停地干活儿，但挣来的钱却很少，有时连一个子儿也挣不到。她并无怨言，尽管不好意思，但总是默默地接受邻居们的周济。有时她不在家，邻居们被那咿咿呀呀的声音弄得心烦意乱，便跑过来，把一些面包屑、蔬菜、水果之类和一切可吃的东西，塞进怪物的贪馋无厌的嘴里。

“这小东西会把你的骨髓都吸进去的！”人们这样对她说，“你干吗不把他送到孤儿院或医院去呢？”

她快快不乐地答道：

“我生了他，就得养他。”

她长得很俊，许多男人向她求婚，但谁也没有成功。她对她最喜欢的一个男人说：

“我不能做你的妻子，我怕再生出一个怪物来，这会使你也蒙受羞耻的。不，你走吧！”

那个男人劝导她，要她相信圣母对母亲是公平的，她会把她们当作自己的姊妹来看待。怪物的母亲回答道：

“我不知道我造了什么孽，让我受到这样悲惨的报应。”

他苦苦哀求，哭得都快发疯了，但她却说：

“你走吧！不要做连自己都不相信的事情！”

他便永远到遥远的异乡去了。

就这样，她数年间一直用食物填满那张不断咀嚼着的无底洞似的嘴。他贪馋地吞噬着她的劳动果实、她的血和生命。他的脑袋愈长愈大，愈长愈怕人，像个大皮球似的，快要从细弱无力的颈子耷拉下来，碰到墙角上，懒洋洋地晃来晃去。

任何一个从她门口走过的人，都会不由自主地停下脚步，探头朝院子里张望，他们由于不明白自己看见了什么，站在那里直发怔：在挂满葡萄藤的墙边，一块祭坛似的石头上，放着一个木箱，箱子里露着一个人脑袋，一张颧骨很高的布满皱纹的脸，在绿色背景的衬托下显得分外鲜明，引起过路人的注目。一对茫然无神的眼球，从眼窝里瞪着人，使见过的人永远铭刻在记忆里；扁平的大鼻子不停地翕动着，颧骨和腭骨显得特别发达，松弛的嘴唇微张着，露出两排贪馋的长牙齿，一对野兽般灵敏的大耳朵，好似有着独特的生命力——这张吓人的脸上盖着一头乱蓬蓬的黑发，卷成一个个细小的圆圈，跟黑人的头发一样。

那怪物用一只蜥蜴爪似的又短又小的手抓着一块食物，像小鸟啄食一般，低着头用牙齿啃咬，嘴里发出吧嗒吧嗒的声音，一边吃，一边哼哼着。当他吃饱以后，总是龇牙咧嘴地瞧着人。他的眼珠歪斜在鼻梁上，跟这张半死不活的脸上的无数模糊不清的斑点融合在一起，脸上的表情使人想起病人断气前的状态。要是肚子饿了，他便把脖子向前伸出，张开血盆大嘴，伸着蛇似的细舌，有所求地发出咿咿呀呀的声音。

人们画着十字，念着祷词，回想着自己亲身遇到的一切丑事，一生中遭到过的一切不幸，悄然走开了。

有个性情忧郁、喜欢沉思的老铁匠，常常这样说：

“我一看见这张愈来愈馋的嘴，就觉得有一个像他这样的人吮吸着我的精力，我仿佛觉得，我们活着和死去，都是为了这种寄生物！”

这个哑巴的脑袋，使所有的人感到悲伤，惶惑不安。

怪物的母亲听到别人的议论，默不作声，她的头发很快变白了，皱纹出现在脸上，她早已失掉了笑容。大家还知道，她每天晚上呆呆地站在门口，仰望长天，好像在等待着什么。他们互相说：

“她在等待什么呢？”

“你把这孩子放在老教堂门前的广场上去吧！”邻居们劝她，“那儿常有外国人走过，他们每人会丢一些铜子给他的。”

母亲吓得浑身打哆嗦，说：

“这太可怕了，外国人见了这孩子——他们会对我们有什么想法呢？”

人们回答她：

“天底下到处有穷人，谁都明白这一点！”

她不同意地摇摇头。

那些百无聊赖的外国人到处闲逛，向每家院子里都要张望一下，当然也探头探脑地朝她院子里瞧瞧。那天她正好在家，她看见那帮饱食终日的闲汉们，脸上流露出厌恶的神情，撇着嘴，挤眉弄眼地谈论她的儿子。特别刺伤她的心的，是他们带着幸灾乐祸、鄙夷不屑和敌视的神气所说的几句话。

她以一个意大利妇女和母亲的心，感到那几句外国话里带有侮辱的意味，她便默默地在心里念了几遍，记住了它们的发音。当天，她到一位熟识的官员家里去，问这些话是什么意思。

“那是些很无礼的话，”他做着苦脸回答说，“意思是说：‘意大利将比一切讲拉丁语的民族灭亡得更早。’这些胡言乱语你是从哪里听来的？”

她什么也没回答，便回家去了。

第二天，她的儿子由于吃得过饱，被什么东西卡住，抽搐着死去了。

她坐在屋外木箱子旁边，手放在死去的孩子的脑袋上，用询问的目光望着来看死婴的人们，平心静气地在等待着什么。

大家都不作声，没有人问她一句话。也许很多人想祝贺她，因为她从奴役下摆脱了出来；或者对她讲几句安慰的话，因为她失掉了儿子，但谁也没有作声。人们知道，有时有些话是用不着完全说出来的。

这件事发生以后，在很长一段时间里，她仍直勾勾地望着别人的脸，仿佛想要询问什么，后来她就变得跟常人一样了。

十一

母亲的故事是讲不完的。

城市被披甲戴盔的敌人团团围住，已经有好几个星期了。一到夜间，敌营升起篝火，火焰在黑暗中睁开无数血红的眼睛，紧紧盯着城墙，幸灾乐祸地燃烧着。这些窥伺着的火焰，在围城中引起一种阴森森的恐怖气氛。

从城头上，可以望见敌人包围圈天天在缩小，篝火旁闪动着敌人的黑影子，还能听见喂饱了的战马嘶声长鸣、兵器的铿锵声、敌人的哄笑声和深信胜利在握的欢歌声——天下还有什么比敌人的笑声与歌声更使人感到可怖的呢?

所有向城市供水的溪流，都被敌人扔进了尸体。他们烧掉城郭的葡萄园、践踏庄稼、砍倒花木——城市已经变得毫无掩蔽，而且敌人的枪炮几乎每天都把弹丸射进城内。

一队队半饥不饱、疲惫不堪的士兵，在市内狭窄的街道上没精打采地开过去。从每座屋子的窗口，传出伤员的呻吟声、梦中的叫喊声、妇女的祈祷声和孩子的哭泣声。人们怯生生地小声说话，常常说半句就互相打断，留神谛听——敌人是不是发动进攻了?

黄昏后，城内的生活变得特别令人难受：呻吟和哭泣的声音在静寂中显得更加清楚，更加多了；远方山谷中现出蓝黑色的阴影，遮住了敌营，并向残缺不全的城墙逼近；黑黝黝的山峰上升起了月亮，像被剑砍坏的残破的盾牌一样。

没有可以期待的救兵，希望一天比一天更加渺茫。被苦难和饥饿折磨得精疲力竭的人们，怀着恐怖的心情望望月亮，望望群山的峰尖、山谷的黑口和人声嘈杂的敌军兵营——一切都使他们想到死亡，更没有一颗星为他们发出安慰的光亮。

每户人家都不敢点灯，黑暗笼罩着街道。在黑暗中，犹如河底深处的一条鱼儿，隐约闪现出一个女人的身影，她从头到脚裹在一件黑色的斗篷里。

人们看见了她，互相询问：

“这就是那个女人吗?”

“是她!”

人们躲在门口旁边的战壕里，或低着头默默地从她身旁走过去；巡逻队队长向她吆喝道：

“您怎么又到街上来啦，马里安娜太太？当心！您会被人杀死的，而且谁也不会去替您捉拿凶手……”

她挺直身子等待着，可是巡逻队从她身旁走过去了，他们不想，也许不屑于用手去碰她。携带武器的人们绕着她走过去，就像绕过一具尸体。她孤零零一个人站在黑暗中，然后又悄悄地、茫无目的地从这条街向另一条街走去。这个沉默无言、身穿黑服的女人，正好比是这城市的灾祸化身。在她的四周，到处是呻吟声、哭泣声、祈祷声、对胜利丧失信心的士兵的郁郁不乐的谈话声——各种悲切凄凉的声音，折磨着她的心。

作为一个公民和母亲，她想着自己的儿子和亲爱的城市：攻城的敌军的首领正是她的儿子，一个快乐而残暴的美男子；不久前她还为自己的儿子感到自豪，把他看作她奉献给家乡的宝贵的礼物，看作她所生出的援救全城居民的最好的力量——这城市是她本人出生的地方，也是她生育和哺养儿子的地方，有千百条割不断的线把这颗心同她祖先建造家园和修筑城墙所使用的古老石块，同她亲属埋葬遗骨的土地，同许许多多的传说、歌谣和人们的希望联系在一起。如今这颗心失掉了它最亲近的人，因而哭泣着；这颗心犹如一架天平，不过它现在衡量的是对儿子的爱和对城市的爱，她无法区分，这两种爱孰轻孰重?

就这样，她每天夜里在街头流连徘徊，许多不认识她的人，吃惊地以为这个穿黑服的女人是正在向大家逼近的死神的化身，而认识的人则默默地从这个叛徒的母亲身旁走开，躲避着她。

有一天，在城墙附近的一个阴暗角落里，她看见另一个女人——跪在一具尸体旁，身子像一堆泥土一样凝然不动，抬起悲伤的面孔，仰望着天上的繁星，正在祷告；她头顶上的城墙上，守兵在低声谈话，兵器碰在石头的雉堞上铿然作响。

叛徒的母亲问：

“是丈夫吗?”

“不。”

“兄弟?”

“儿子。丈夫十三天前就阵亡了，今天，儿子又牺牲了。”

死者的母亲站起身来，恭顺地说：

“圣母一切都会看见的，她一切都明白，我感谢圣母!”

“为什么?”第一个女人问。另一个答道：

“他现在既已为保卫家乡英勇捐躯，我可以说了：这孩子委实让我放心不下，他太轻浮，太爱过享乐的生活，我害怕他会因此而背叛我们的城市，就像马里安娜的儿子一样，他现在是我们敌军的首领，是一个天人共愤的家伙。这种人应当受到诅咒，怀孕他的那个女人也应当受到诅咒! ……”

马里安娜掩着脸走开了。第二天早晨，她来到城防军那里，说：

“我的儿子已经成了你们的敌人，请你们杀死我吧，要不然，就请你们打开城门，让我到他那儿去……”

他们回答说：

“作为一个人，你一定热爱自己的家乡；你的儿子是我们每个人的敌人，也就是你的敌人。”

“我是母亲，我爱他，他变成现在这个样子，这是我的过错。”

于是他们商量如何处置她，最后这样决定：

“为了维护我们的名誉，我们不能因为你儿子有罪就把你杀死，我们明白你没有叫你儿子犯这种滔天大罪，而且了解你心中的痛苦。但我们也用不着让你去做城市的人质——因为你儿子并没有把你放在心上，我们想，他已经把你忘记了，这个恶魔!如果你认为你应当受到这样的报应，这便是对你的惩罚!我们认为这比死刑更可怕!”

“是的!”她说，“这更可怕。”

他们打开城门，放她出城，并从城头上久久地望着她如何踩着被她儿子灌满了鲜血的家乡的土地，一步步走去：她走得很慢，十分艰难地从这块土地上抬起脚步，躬身向城市保卫者的尸体行着敬礼，用脚恨恨地踢开破碎的兵器——母亲们只承认那些自卫的武装，而仇视进攻的武器。

她那双藏在斗篷下的手，好似端着满满一碗水，生怕水溢出来似的；她渐渐走远了，影子也渐渐缩小了。那些从城头上望着她的人，似乎觉得，随着她的离去，所有的悲观和消沉情绪也离开了他们。

他们看见，她在中途停下，从头上摘下风帽，久久地凝望着城市。对面敌营中发现她孤身一人站在田野里，一些像她一样穿着黑服的人，不慌不忙地、小心翼翼地向她走近。

他们走过来，问她是谁，往哪儿去。

“你们的首领是我的儿子。”她说。没有一个士兵怀疑她，便带着她走了。一路上他们称赞她儿子如何智勇双全，她傲然昂起头，听着他们的话，一点儿也不感到惊奇——她的儿子就应该是这个样子！

现在，她已经站在那个人的面前，这人出生前九个月她就知道他了，而且从未把他放在心外。他站在她面前，满身绫罗绸缎，武器上镶着宝石，闪闪发光。一切都和预想的一样，她已经梦见过他很多次了，他就应该是这么一副模样：豪华富贵，名声赫赫，受人爱戴。

“母亲！”他在她手上亲吻着说，“你到我这儿来了，这就是说，你已经了解我了，明天我就要攻占这座可恶的城市！”

“是生你养你的城市。”她提醒说。

儿子正陶醉在自己的功勋中，一心追求更大的功名。他以年轻人的巨大热情对她说：

“我出生在这个世界上，就是为了要震惊世界！我为了你，才饶恕了这个城市——它好像是我脚底上的一根刺，妨碍我称心如意地迅速获得荣誉。现在，明天，我就要把这个顽固派的老巢彻底捣毁！”

“这个城市中的每一块石头都记得你的童年。”她说。

“石头算什么，人不叫它开口，它不过是哑巴；我要使群山呼唤我的名字！”

“可是——人呢？”她问。

“啊，对啦，我也想到过人，母亲！我需要他们，因为只有在人们的记忆中，英雄才是不朽的！”

她说：

“英雄是不顾死活去创造生命的人，是战胜死亡的人……”

“不！”他反驳说，“破坏城市的人，也跟建造城市的人一样享有荣誉。你想想看，建造罗马的，我们不知道是埃涅阿斯还是洛摩罗斯，可是破坏这个城市的阿拉里克和其他英雄的名字，我们却记得清清楚楚……”

“但是罗马的名字，比所有的名字都更久长。”母亲又提醒他说。

就这样，他跟她一直谈到太阳落山。她愈是驳不倒那狂妄的见解，她的骄傲的头就愈耷拉下去。

母亲是创造者，是保卫者，在她面前讲破坏，就意味着反对她，但他不明白这一点，从而也就否定了她生存的意义。

母亲永远是反对死亡的；母亲们憎恨和仇视那些把死亡带进人们住宅里去的人。但她的儿子不懂得这一点，他已经被毒害灵魂的功名心的寒光弄得目眩眼花了。

他不晓得天下的母亲，当她们自己所创造所保护的生命受到侵犯的时候，她们便会变成一匹无比聪明、冷酷无情和无所畏惧的野兽。

她弯着身子坐下，从首领的敞开着的华贵营帐里，望见了那座城市，在那里，她第一次感觉到了怀孕的甜蜜的颤动和生这个孩子时的痛苦的抽搐，这孩子如今却想要毁掉那座城市。

夕阳把城墙和瞭望台染得像血一般红，玻璃窗闪射出不祥的幽光，整个城市好像已经遍体鳞伤，从千百个伤口流淌着鲜红的生命的汁液。又过了一会儿，城市像尸体一般开始变暗，天上的繁星如同丧礼的烛光，在城市上空闪耀。

她看见：在那一幢幢黝黑的房子里，人们都不敢点灯，以免引起敌人的注意；街道上笼罩着黑暗，充满死尸的臭味和等待死亡的人们的窃窃私语——她看见了一切和所有的人。她所熟悉和感到亲近的一切都展现在她的眼前，默默地等待着她下定决心，她感到自己是这城市中所有居民的母亲。

乌云从漆黑的山峰落向山谷，犹如长着翅膀的马，在那座注定要毁灭的城市上空奔驰着。

“也许等不到天亮，我们就要向城市发起猛攻，”她的儿子说，“如果今夜没有星光的话！太阳出来以后，兵器闪光耀眼，不便于杀人——那时候，剑劈下去往往砍不准。”他一边说，一边端详着自己的剑。

母亲对他说：

“过来，把你的头靠在我胸口，休息一会儿吧，想想你小时候是多么快乐，多么和善，大家又多么爱你……”

他听从了她，伏在她膝盖上闭着眼睛说：

“我只爱声名，只爱你，因为你生了我这样的英雄。”

“女人呢？”她弯下腰去问他。

“女人有的是，她们像一切太甜的食品，很快就会叫我厌倦了。”

她向他发出最后一个询问：

“你难道不想要孩子吗？”

“要孩子做什么？为了让人家杀死吗？像我这样的人，不论谁都会杀死他们的，这会使我感到痛苦，到那时即使想替孩子报仇，也已经老了，不中用了。”

“你长得很俊，但却像一道闪电，没有内容。”她喟然长叹道。

他笑着回答说：

“对，像一道闪电……”

说着，他像一个孩子一样，靠在母亲胸头蒙眬睡去了。

这时，她用自己的黑斗篷盖住他的身体，掏出匕首，刺进他的心窝，他的身子抽搐了一下，立刻就死了——因为她很清楚儿子的心窝在哪里。于是她将他的尸身，从自己膝头推到惊恐万状的卫兵脚边，冲着城市的方向说：

“作为一个人，我已经为家乡做了我能做的一切，作为一个母亲，我要跟我的儿子留在一起！我已经不能再生养儿子了，我活着对谁也没有用处了。”

于是，她紧紧握住那把被他的血——也是她自己的血——所温暖的匕首，刺进自己的胸口，依然很准确地刺中了心窝，因为创痛的心窝是很容易刺中的。

十二

蝉在叫。

好像有无数条钢丝紧绷在橄榄树的浓密叶丛中，风吹动着坚硬的叶子，叶子触碰着钢丝，这轻轻的不断的触动，使空气里充满热烈的、令人陶醉的声音。这还不是音乐，然而，似乎有许多双无形的手，正调弄着千百架无形的竖琴，使得你时时刻刻都屏着呼吸，等待那沉默的一刹那的到来，然后突然奏起赞美太阳、天空和海洋的雄壮有力的弦乐来。

风吹动着树枝，婆娑摇曳。树木好像摇晃着脑袋，正从山头走向海边。波浪按着一定的节拍，闷声闷气地洗泼着岸边的岩石；海面上到处漂浮着起伏的白点，像是大群飞鸟落在碧蓝的海面上，向同一方向漂去，隐没在深渊中，然后又重新漂出来，发出隐隐约约的响声。有两只帆船，高高地扬起三层风帆，在水平线上摇晃着，仿佛想把白点招引到自己身边，它们本身也像两只灰鸟。这一切宛如一个已半被忘却了的旧梦，而不是现实的存在。

"今天夜里要刮大风!"一个老渔人坐在石砾沙沙作响的小浴场的岩影下，这样说道。

海浪把暗红色的、金黄色的、草绿色的、气味浓烈的海藻卷到石滩上；海藻被太阳和晒热的石头烤干了，带盐味的空气里充满着酸涩的碘味。波浪一阵阵卷起来，互相追逐着奔涌到浴场上。

老渔人很像一只鸟——一张瘦小的脸紧绷着，尖尖的鹰钩鼻子，黑色皱纹里隐藏着一双想必是十分锐利的圆眼睛，手指弯曲而笨拙，像干枯的树枝。

"这是五十年前的事情了，先生，"老人应和着蝉鸣和海浪的呼啸声讲道，"有一天，天气也像今天这样晴和，一切都在欢笑和歌唱。那时我老子是四十岁，我十六岁。我正在恋爱；在我们这阳光和煦的地方，一到十六岁，发生钟情是很自然的事。

“‘喂，葛维多，咱们下海捉贝佐尼去。’老子说。先生，贝佐尼是一种身子狭长、味道鲜美的鱼，长着玫瑰色的鳍，又叫作珊瑚鱼，因为它栖息在有珊瑚的深水里。捉这种鱼时，我们往往把船抛了锚，用拴着重铅锤的钩子去钓。这种鱼样子很好看。

“这样，我们抱着满载而归的热望下海了，没想到会发生什么变故。我老子气力很大，是一个老练的渔人，不过在这以前，他刚害过一场病——胸口痛，而且他的手指患有关节炎——这是渔夫的通病。

“风是很狡猾、很凶恶的，它在岸上吹得那么平和，静悄悄地送我们到海上去，可是一到海上，它忽然猛刮起来，好像受了侮辱一般，偷袭着我们的小船。船马上被打坏了，随风漂去，有时船头向天，把我们浸泡在水里。那只有一刹那工夫，我们来不及脱险，甚至连喊一声上帝也来不及，就打起转转来，把我们吹得远远的。海盗也比这种风更通情达理一点，人总是比自然力更通情达理。

“就这样，风把我们吹到离海岸四公里的地方；这并不算远，可是风却像一个胆小鬼或坏蛋一样，总是突然袭击我们。

“‘葛维多，使点儿劲儿！’老子用两只病手扳住桨说，‘用力抓住呀，葛维多！快抛锚！’

“当我正拉锚的时候，桨打在老子的胸口上，他两手松开桨，昏过去倒在舱底了。我来不及去扶他，我们的船随时都有被打翻的危险。起初这一切都来得很快——等我坐下来去扳桨，我们已经浑身水淋淋，漂到不知什么地方了。风卷起浪尖，像神父一样往我们身上浇水，而且更卖力气，但完全不是为了洗刷我们的罪孽。

“‘情况危险，我的孩子！’老子醒过来以后，望着岸边说，‘这风还要刮很长时间，亲爱的孩子！’

“人在年轻时是不大相信危险的。我试着划回去，凡是在海上遇到险情时所应该做的一切，我都做了，可是风却像恶魔一样在呼吸，给我们挖了千百座坟墓，分文不取地唱着安魂歌。

“‘坐好，别动，葛维多，’老子抖掉头上的水，笑着说，‘火柴杆划大海，济什么事呢？留着你的劲儿吧，要不然家里人就等不到你回

去啦。’

“绿色的海浪像孩子抛球似的抛着我们的小船，它从船舷上探过头来望着我们，越过我们的头顶咆哮着，摇晃着。我们一会儿落进深水涡里，一会儿又浮在白色的浪峰上——海岸线离我们愈来愈远了，也像我们的小船一样在跳舞。这时我老子对我说：

“‘你也许可以回到陆地，我可是不行啦！喂，我要跟你讲讲鱼儿和捕鱼的事情，你好好听着……’

“于是他开始对我讲各种鱼类的习性，它们都聚集在什么地方、什么时候和如何巧妙地捕捉它们。

“‘爹！我们最好还是做祷告吧！’我看到我们的处境不妙，便这样说。我们好像是两只兔子，四周是一群对我们龇着牙齿的白狗。

“‘上帝看得见一切！’他说，‘上帝知道，人是为陆地而创造的，在海里就得灭亡；他也知道，一个人到了绝望的时候，就应该把自己的知识传授给儿子。大地与人类都需要劳动——上帝明白这个道理……’

“老子讲完了干活儿上的知识，接着便讲应当怎样做人。

“‘现在是教训我的时候吗？’我说，‘你在陆地上可从来没有讲过这种话！’

“‘在陆地上我没有感到死亡这样逼近。’

“风跟野兽一般咆哮着，波浪奔腾着——为了使我听得见，老头子不得不大声喊，于是，他这样喊道：

“‘你应当常常这样想：没有一个人比你好，也没有一个人比你坏——这是实话！贵族和渔人，神父和士兵，好比是一个完整的躯体，你也跟别的一切人一样，是这整体中不可缺少的一部分。接触别人的时候，绝不可光看他的坏处，不看他的好处，应当多看好处，少看坏处——这是实话！人应当贡献出别人要求于他的东西。’

“当然，这些话不是一口气说出来的，而是像发号令一样——因为我们正被海浪颠簸着，一会儿高，一会儿低。我是在浪声中听到这些话的，有好些话，没有传到我的耳中，中途被风吹散了。又有好些话我听不明白——当随时都有可能溺死的时候，先生，你怎能听得进教训呢！我心里害怕得很，我是第一次看见大海这样发怒，感到自己在大海里已经精疲力竭了。我说不清是当时，还是后来当我回忆那时情景的时候，反正那种害怕的感觉我至今仍然记得一清二楚。

“我现在仍然清楚地记得我老子的模样——他坐在船底，伸开有病的双手，用手指紧紧抓住船舷，头上的帽子被海水卷走了，浪头忽而从左、忽而从右洗泼着他的脑袋和双肩，从前面和从后面撞击着他，他摇着头，呼哧着鼻子，不停地喊我。他像一只落汤鸡，人也变小了，不知是因为害怕还是因为疼痛，眼睛瞪得大大的。我想，大概是因为疼痛吧。

“‘听着！’他喊我，‘喂——你听见了吗？’

“当时我回答他：

“‘听见啦！’

“‘记住——一切好事情都是人做出来的。’

“‘知道啦！’我回答。

“他在陆地上从未对我讲过这种话。他是一个快乐而善良的人，可我觉得，他总是把我看作一个孩子，用嘲笑和不信任的眼光瞧着我。这有时使我很生气——年轻人的自尊心总是很强的。

“他的叫喊减轻了我的恐怖，也许就因为这个缘故吧，我一切才记得这样清楚。”

老渔人停顿了一会儿，望着白茫茫的海面，眨眨眼睛，微笑着说：

“我仔细观察过很多人以后，先生，我才知道记住跟理解完全是一回事。你理解得愈多，便会更多地看到别人的长处，——是这样的，您应该相信这句话！

“现在再讲下去——至今我还记得他那张可爱的湿淋淋的脸和他那双大眼睛，那双眼睛严肃而慈祥地看着我；我那时知道，我纵然死也绝不会死在这一天。我虽然很害怕，但我知道我不会死。

“不用说，船被打翻了。我们俩落进咆哮着的海浪里，泡沫弄得我们头昏眼花，海浪卷起我们的身体，将我们抛到船的残骸上。在这以前，我们紧紧攀住舱板上一切可攀的东西，我们的手还抓住绳子，尽力不从船身离开——可是在水里抓东西是很困难的。我们几次被抛上船骨，立刻又被打落下去。最糟的是，这时候我们已被撞得头昏眼花，什么东西也听不见和瞧不见了——耳朵里和眼睛里都灌进了水，肚子里也喝进不少的水。

“就这样经过很长时间——大约七个钟头，后来风向突然变了，猛烈地向岸边吹去，海浪把我们往陆地上冲，我高兴得大叫起来：

“‘用力抓住呀！’

“老头子也喊了几句什么，我只听见一句：‘会撞坏的……’

“他认为我们会撞在礁石上，其实离礁石还远得很，所以我心里有点儿不相信。但他比我懂得多——海浪把我们拨弄得很凶，我们已经筋疲力尽，全身麻木，失去了知觉，像蜗牛一样被海浪推着，向生育我们的陆地漂过去。漂了好久好久，当我们望见岸边的山影时，速度突然加快，快到无法用言语形容的地步。大山摇摇晃晃地向着我们移过来，倾斜在海面上，好像马上要压在我们的头上。白浪不停地把我们的身体往上抛，我们的小破船像踩在皮鞋后跟下的核桃一样，发出嘎吱嘎吱的响声。我被甩出船身，立刻望见残破的礁石露出尖刀一般的黑棱角。我看见老子的脑袋在我头顶上晃了一下，然后就陷进了那恶魔的爪子里。两个钟头以后，人们找到了他，但脊背已被摔断，脑袋撞得稀烂。头部伤势很重，流出了一部分脑髓，我还记得从伤口流出一块带着红血管的灰色物体，像一块大理石，又像血泡。他遍体鳞伤，差不多是粉身碎骨了——但脸色却很清秀、安详，眼睛紧闭着。

“我吗？对，我也伤得很厉害，当人们把我拖上岸的时候，我已经不省人事了。人们把我们送到阿马利菲附近的陆地上——一个陌生的地方，但都是自己人，也是渔民。这种事并不使他们感到吃惊，只会激起他们的善心——过危险生活的人，永远是善良的！

“我觉得，关于老子的事，我无法把我所感受到的一切，五十一年来一直埋藏在我心头的一切全讲出来，这需要用一种特别的语言，甚至诗歌来表达，可我们都是一些鱼一样简单的人，我们无法把我们想说的话表达得那么完美！一个人感受到和知道的东西，总是比说出来的要多。

“在这儿，最重要的是：他，我的老子，临终前知道自己已经逃不过死亡，但他并没有害怕，没有忘掉我——他的儿子，而是鼓足气力，抓紧时间把他认为最紧要的话，一一告诉了我。我已经活到六十七岁了，我可以说，他教给我的那些都是实话！”

老人把那顶本来是红色、现在已变成褐色的绒线帽摘下来，从里边拿出烟斗，耷拉着青铜色的秃脑袋，用力地说：

“一切都是实话，亲爱的先生！人这个东西就像您希望看到的那样，您要用善良的眼光去看他们，这对您和对他们都有好处，他们会因此变得更好，您也如此！这是很简单的道理！”

风愈刮愈大了，浪头更高更尖，也更白了。海上的群鸟鼓起翅膀，慌慌张张地向远方飞去，那两条三帆船已经消失在蔚蓝色的水平线上。

海岛的陡峭的岸边飞溅着浪花，碧蓝的海水汹涌澎湃，发出哗啦啦的响声，蝉不屈不挠地、热情地叫着。

十三

事情发生的那一天，正刮着西洛可风——从非洲吹来的潮湿的风，一种令人讨厌的风！它使人心烦气躁、情绪不佳。因此，两个马车夫——朱塞佩·奇罗塔和卢吉·梅塔——吵起架来。他们是无意吵起来的，也不知是谁开的头，人们只见卢吉扑在朱塞佩的胸口，想卡住他的喉咙，可是朱塞佩却缩着头，把自己涨得通红的粗脖子藏起来，同时举起又黑又硬的拳头。

人们马上把他们拉开了，问：

“怎么回事？”

卢吉气得脸色发青，嚷着说：

“让这公牛把他说我老婆的话，当着众人的面再说一遍！”

奇罗塔想走开，他鄙夷不屑地做着鬼脸，藏起他的小眼睛，摇摇又圆又黑的脑袋，拒绝重复那句侮辱人的话。这时梅塔大声说：

“他说他尝到了我老婆的甜头！”

“哎呀！”人们说，“这可不能乱开玩笑，应当好好注意。卢吉，你冷静点儿！你在这里是外路人，你太太可是本地人，我们从小就认得她，要是她有什么对不起你，我们大家都要承担一定的责任，因此我们一定要秉公处理这件事！”

大家问奇罗塔：

“你这样说过吗？”

“嗯嗯，说过。”他承认了。

“那么，这是真的了？”

“谁能证明我说过谎呢？”

奇罗塔是个正派人，也是个顾家的人，因而事情弄得不明不白。大家都有点儿不安，认真思考起来；另一方面，卢吉回到家里，对孔切妲说：

“我要走啦！要是你不能证明那坏蛋说的话是造谣，我以后就不想认你了。”

不消说，她哭起来了，但眼泪并不能证明自己无罪。于是，卢吉便离开了她，她带着一个孩子孤零零地留下来，没有钱，也没有面包。

妇女们参与进来了：第一个跑来的是女菜贩、聪明的狐狸精卡塔林娜，您知道吗，她就像一只里面装着骨头和肉，外面有很多皱纹的破口袋。

“太太们，”她说，“你们都听到了，这件事跟咱们大家的名誉都有关系。这可不同于在月夜里闹着玩，而是关系到两个母亲命运的大事情，对不对？我把孔切妲带回去，让她住在我家里，一直到我们把事情弄个水落石出。”

果然就这样办了。后来，卡塔林娜和嗓门大得可以传到三里以外的瘦老婆子柳奇娅去找那个可怜的朱塞佩，找来以后，她们立即就像拧破抹布似的揪起他的心来：

“喂，好人儿，你说说——你把她，孔切妲，弄到手很多次吗？”

胖子朱塞佩鼓起腮帮子，想了想说：

“一次。”

“这用不着想就能说出来。”柳奇娅自言自语地大声说。

“这是在傍晚、夜间还是早晨？”卡塔林娜像法官似的审问道。

朱塞佩不假思索地顺口答道：“在傍晚。”

“当时天还亮着吗？”

“是的。”那傻瓜说。

“那么说，你一定看见她的身体喽？”

“那当然！”

“你跟我们说说，她的身体是什么样子？”

这时候他才明白了审问的意义，于是他像一只被大麦粒卡住喉咙的麻雀一样，张着嘴发愣了。他明白过来之后，嘴里嘟嘟囔囔，气得两只大耳朵开始充血而且发紫了。

“什么？”他说，“这叫我怎么说得出来？我并没有像医生那样仔细瞧她的身体。”

“你吃水果不是也先欣赏一番吗？”柳奇娅问道，“不过，你总该留心孔切妲身上有些什么特点吧？”她继续审问下去，像蛇似的向他挤着眉眼。

“统共只有一刹那工夫啊！”朱塞佩说，“真的，我什么也没有看到。”

“那就是说，你并没有把她弄到手！”卡塔林娜说，“她是一位好太太，遇到紧要关头，是决不肯马虎的。”

总之，她们逼他陷入了自相矛盾的境地，那小伙子终于耷拉着他那糊涂颟顸的脑袋，承认道：

“其实并没有这回事，我只是因为恨他，才故意这么说的。”

这句话并未使两个老婆子感到吃惊。

“我们早料到是这么回事。”她们说完，心平气和地放他走了，然后把问题交给男人们去审判。

第二天，我们工人协会开会了，被指控犯有诬蔑妇女罪的奇罗塔站在大家面前。老铁匠贾科莫·法斯卡做了一场精彩的演说：

“诸位公民，诸位同志，正直的人们！我们要求别人公正地对待我们，我们彼此之间也应该采取公正的态度。我们要让大伙都知道，我们对我们所要求的东西，是重视它的宝贵价值的；我们并不像我们老板，只把正义当作一句空话。这个人诽谤了妇女，侮辱了朋友，破坏了一个家庭，也给另一个家庭带来了不幸，使自己的妻子因嫉妒和耻辱而感到痛苦。我们必须对他采取严厉的态度。大家有什么意见，请讲吧。”

六十七条舌头一齐说：

“把他逐出公社！”

可是有十五个人认为这样做过头了，于是引起了辩论。他们拼命地大声争吵，因为事情关系到一个人的命运和前途，而且不止他一个人：他还有妻子和三个孩子，妻子和孩子有什么罪过呢？他有房屋、葡萄园、两匹马、四匹出租给外国人的驴子——这一切，都是他辛辛苦苦挣来的，长年劳动的积蓄。可怜的朱塞佩，就像魔鬼落在一群孩子的手里，一个人独自阴沉地缩在角落里，耷拉着脑袋，弯腰坐在凳子上，拿自己的帽子在手中揉捏着，帽带已被揪掉，帽缘上扯开了一个小缝。他的手指头像弹琴似的跳着舞。人家问他有什么话要说，他很费力地挺直身子，站起来说：

“我请求大家宽大。人人都会有过错的。把我从这块我生活了三十多年、我祖祖辈辈劳动过的土地上驱逐出去，这是不公平的！”

妇女们也不赞成把他驱逐出去，最后，法斯卡提出一项这样的解决办法：

“朋友们，我的意思是这样：咱们叫他负担卢吉老婆跟孩子的抚养费，也就够他受的了，要他支付卢吉收入的半数！”

又经过长时间的辩论，最后就这样决定了。朱塞佩·奇罗塔由于只受到这样轻的惩罚，感到十分满意，大家也因为这件事没有经过衙门，没有动枪动刀，就在自己内部解决了而感到高兴。先生，我们不喜欢报纸上使用那种如同老人嘴里的牙齿一样稀少罕见的语言来描写我们的事情，我们也不喜欢那些法官先生，那些和我们格格不入、一点儿也不了解生活的老爷们，使用这样一种口吻来谈论我们，仿佛我们都是一些野人，他们是上帝的天使，其实他们并不善于品尝葡萄酒和鱼儿的滋味，他们也没有接触过妇女！我们是一些普通的人，我们对生活的看法也很简单。

事情就这样决定了：朱塞佩·奇罗塔抚养卢吉·梅塔的妻子和孩子们。但事情并没有因此而结束。当卢吉听说是奇罗塔故意造谣，他的老婆并没有过错，又得知了我们的判决时，他写了一封简短的信，叫她到他那边去：

“请你到我这儿来吧，我们将重新好好地过日子。不要拿那个人的一文钱——要是你已经拿了，就对着他的眼睛扔过去！我也没有对不起你的地方，我哪能想到有人竟会在男女情爱这种事情上说谎话呢！”

他另外还写了一封信给奇罗塔：

“我有三个兄弟，我们四个人已经互相发誓，你要是胆敢离开海岛，到索连托、卡斯特拉马雷、托雷或别的什么地方去，我们就把你像一只羊一样宰掉。只要我们找到你就把你宰掉，你好好记着吧！正如你们公社的人都是正直的好人一样，这句话也是千真万确的。我的妻子不需要你的帮助，就是我的猪也不吃你的粮食。不得到我的许可，你休想离开海岛一步！”

有人说奇罗塔拿了这封信给法官看过，问他能不能用恐吓罪控告卢吉。据说那法官这样说：

“当然可以，不过即使控告了，他的兄弟们也会杀死你的，他们会赶到这儿来杀你。我劝你还是等一等吧！这样会好些。愤怒不是爱，它不会长久的……”

法官也许真的说过这些话，他在我们这儿是个非常善良和聪明的人，作得一手好诗——但我不相信奇罗塔会拿这封信给他看。不，奇罗塔也是一个正派的小伙子，他不会再干出另一件蠢事来，他要是真那样干，岂不叫人笑话。

我们是普普通通的工人，先生，我们有自己的生活，有自己的看法和见解，我们有权按照自己的愿望建设更美好的生活。

是不是社会主义者？啊，我的朋友，我认为工人都是天生的社会主义者，虽然我们不识字，但我们可以嗅到真理的气味——要知道，真理就像劳动的汗水一样，总是有一股强烈的气味！

十四

在被老葡萄园的粗大藤蔓掩遮着的一家白色小酒馆的门前，在缠绕着牵牛花和中国小蔷薇藤蔓的凉棚下，粉刷匠温钦佐和钳工乔万尼坐在一张桌子旁，桌上放着一瓶葡萄酒，粉刷匠是个面孔黧黑、骨瘦如柴的小个子，一双亮晶晶的黑眼睛里闪露出幻想家的深沉而温柔的微笑；尽管上唇和两颊已刮成青色，但由于面带微笑，他脸上流露着一种孩子般的稚气。他的嘴像姑娘的樱桃小口，又小巧又美丽，胳臂很长，灵活的手指上转动着一朵金黄的玫瑰花，并把它紧贴在圆润的嘴唇上，同时闭着眼睑。

“也许是的，我不知道——也许是的！”他一边摇晃着从鬓角向后缩进去的脑袋，一边轻声说道，一绺绺卷曲的金发披散在他那高高的脑门上。

“当然，当然！愈往北，人愈倔强！”乔万尼肯定地说。他是一个大脑袋、阔肩膀的青年，长着一头黑油油的鬈发；他的脸是红铜色的，鼻子上盖着被阳光晒焦的皮肤的白鳞，眼睛像牛眼一样又大又和善，左手没有大拇指。他说话跟他那沾满油污的铁屑的手所做的手势一样，也是慢吞吞的。他用指甲残破的黑手指，夹着酒杯，继续低声说下去：

“米兰，都灵，那些地方，有顶好的工厂，那儿正造就着新人，培养着新脑筋！你等着瞧吧，不用多久，世界就会变得诚实而聪明的！”

“对！”小个子粉刷匠说。他举起酒杯，望着葡萄酒里映出的阳光，小声哼道：

啊，我们幼小时，大地是那么温暖！
我们长大成人，又觉得它冷若冰霜！

“我是说，愈往北，人愈爱干活儿。法国人就不像我们这么懒惰，再过去是德国人，最后是俄国人——那才是真正的人呢!”

“对!”

“在那儿，那些无权利的人们，正冒着失掉自由和生命的危险，进行着宏伟壮丽的事业；在他们的感召下，整个东方也迸发出了生命的火花!”

“那是一个英雄的国度!”粉刷匠点着头说，“我真想和他们生活在一起……”

“你?”钳工用手掌拍一拍自己的膝盖，扬声说，“你到了那边，一星期后就会冻成冰块的!”

两个人和气地笑起来。

他们四周，开放着蓝色和金黄色的鲜花，一束束和煦的阳光在空气里颤动，透明的玻璃酒瓶和酒杯中的亚曼丁葡萄酒熠熠发光，远处传来大海的温柔的低语声。

“你听着，我的好朋友温钦佐，”钳工满脸堆笑地说，“我给你讲讲，我是怎样变成一个社会主义者的。你可以为此作一首诗。这事你知道吗?”

“不知道，”粉刷匠往杯里斟上酒，对着那红色的琼浆微笑着说，“你一次也没有讲过，不过我想这层皮恰好跟你的骨头相适合——你就是在这层皮里生长的呀!”

“我跟你和许多别的人一样，生来就是一个穷光蛋和傻小子；我年轻时一心想讨个有钱的太太；在军队里拼命用功，想考军官。当我明白世界上的一切并非都那么美好，糊里糊涂生活下去太可耻的时候，我已经二十三岁了!”

粉刷匠将臂肘支在桌上，仰头眺望着高山，那儿有一棵大杉树晃动着枝条，傲然屹立在悬崖上。

“我们，我们的连队被派往波伦亚，那儿正发生农民暴动——一些人要求减租，一些人高喊着要求增加工钱，我当时觉得这两件事都是不对的。我想，减租和增加工资——多愚蠢的想法呀！这会使地主破产的……我一向住在城市里，认为这样做是瞎胡闹，毫无道理，而且非常生气，再加上天气炎热，部队经常转移，晚上还要值班站岗，弄得我更加心烦气躁。那些农民多凶啊，捣毁地主的机器，焚烧谷仓，破坏一切不属于他们的东西。”

他呷了一小口葡萄酒，更加兴致勃勃地继续讲起来：

“他们跟绵羊一样成群结队地在田野里走着——沉默不语，目光威严，神态严肃。我们用刺刀，有时用枪托将他们赶走、驱散，但他们并不害怕，不慌不忙地散开，然后又聚拢起来。干这种事，简直就跟做弥撒一样，叫人厌烦，而且跟发疟疾一样，一天天拖下去，没完没了。我们的下士班长卢奥托，是个非常好的小伙子，他是阿布鲁齐人，也是农民出身；他十分苦恼，气得脸色又黄又瘦，曾几次对我们说：

“‘兄弟们，非闹出坏事来不可！看来不得不开枪了，真该死！’

“他的抱怨使我们更加焦躁不安，另一方面，从每个墙角里、山丘上、树荫下，闪动着农民们倔强的脑袋，他们怒视着我们——这帮人对我们当然没有什么好感。”

“喝吧！”小个子温钦佐，把满满一杯酒推到朋友面前，亲热地说。

“谢谢。那么——让我们为坚强的人们干杯吧！”钳工大声喊着干了杯，一边用手抚摩着小胡子继续说：

“有一天，我在橄榄园里站在一个小山丘上保护树林，以防农民砍伐。当时山丘下有一老一少在干活儿，像是掘土沟。天很热，太阳像火烤一般，心里烦躁得很，真想变成一条鱼，跳进水里去。我记得我很生气地望着那两个人。到了正午，他们停下手里的活儿，拿出面包、奶酪和一罐葡萄酒。——我心里想，见你们的鬼去吧！这时候，那个在此以前一直没朝我看过一眼的老头儿，忽然对小伙子说了句什么，小伙子摇摇头不答应，老头儿嚷嚷了起来。

“‘你去！’他很严厉地喊道。

“小伙子提着酒罐走过来，来到我面前，不大高兴地说：

“‘我爸爸说您一定口渴了，叫我拿这葡萄酒请您喝几口！’

“我有点儿窘，不过心里很高兴，我向那老头儿点头致谢，他眼望着天空对我说：

“‘喝吧，朋友，请喝几口吧！我们是把您当作朋友，而不是当作士兵请您喝酒的。我们并不指望一个士兵会因为我们的葡萄酒而变得和

气些。'

"'鬼东西，还出口伤人！'我这么想着，喝了三口并向他道谢。他们在山丘下开始吃饭。以后我就交班了。接替我的是胡哥，是萨勒诺人。我小声对他说，那两个农民挺和善。那天晚上，我在一座农具库前站岗，屋顶上掉下来一块瓦，正砸在我头上，不过并不厉害；接着又是一块，却重重地砸在我肩上，把我的左手给砸坏了。"

钳工张大嘴，眯着眼睛，哈哈大笑起来。

"瓦片，石头，棍子？"他笑着说，"那时候，在那个地方，这些东西都是独立活动的，不过这些死东西的独立活动，却常常把我们的脑袋弄出大疙瘩来。士兵们正走路、站岗——脚边常常突然蹦出一根棍子来，头上常常落下石头，我们当然很生气！"

小个子粉刷匠目光凄然，脸色苍白，小声说道：

"听到这种事，总是叫人害臊……"

"有什么办法！人总是慢慢地才聪明起来的。你听我往下说：当时我呼救起来，人们把我抬进屋里，屋里已经躺着一个脸被石头砸伤的士兵。我问他怎样受的伤，他阴沉地笑着答道：

"'伙计，是被一个老婆子，一个白发苍苍的老太婆打伤的，她还要我把她杀死！'

"'逮捕了吗？'

"'我对队长说，是我自己跌倒撞伤的，队长不信，因为他亲眼看见了当时的情形。说实在的，被一个老婆子打伤，说出来也够害臊的！鬼东西！他们的日子很不好过，他们显然不喜欢我们。'

"'对！'我自忖道。一位医生跟两个太太走进来，其中的一个长得很漂亮，满头金发，大概是个威尼斯女人；另一个的模样我记不清了。他们查看了我的伤口——当然不太严重，敷上药布，就走了。"

钳工做了一个苦脸，沉默起来，使劲地搓着手。他的同伴又斟上两杯葡萄酒，一边斟，一边把酒瓶提得高高的，葡萄酒的红色浆液在空中飞溅着。

"我们两个坐在窗口，"钳工郁郁不乐地说下去，"避开阳光。这时我们听见了那个金发女子的柔和的声音——她正跟她的女伴和医生在窗外花园里散步，说着我所熟悉的法国话。

“‘你们注意到他那目光了吗？’她说，‘不用说，他也是农民，如果脱掉制服，也许就会像我们这里所有的人一样，马上变成一个社会主义者的。有那种目光的人，都巴望着征服世界，改造整个生活，把咱们赶走，消灭掉，以便使那种盲目无聊的正义得到胜利！’

“‘一些傻小子！’医生说，‘一半是孩子，一半是野兽！’

“‘对，正是野兽！可他们身上有什么孩子气呢？’

“‘那种关于人人平等的空想！……’

“‘你们想想看，我能跟这个长着一对牛眼的小伙子，还有那个长着一张鸟脸的人去谈平等吗，我们大家——您、我和她，能同他们这种血统卑贱的人平等吗？这些人只配请来去枪杀那些跟他们一样也是野兽的人……’

“她很兴奋地说了许多话，我一边听一边想：‘原来如此，好太太！’我见到她已经不是第一次了，你当然明白，当兵的对女人的幻想是特别强的，不消说，我原以为她是一个和善、聪明、有良心的女人，我那时总以为贵族都特别聪明。

“我问同伴：‘你懂他们的话吗？’他不懂。我便把金发女子的话翻译给他听，他气得跟魔鬼一样，在屋里乱蹦起来，一只眼睛直冒凶光——因为他另一只眼上缠着绷带。

“‘原来如此！’他嘴里喃喃地说，‘原来如此！她一方面利用我，一方面却不把我当人看！为了她，我使自己的人格受到侮辱，而她竟否定我的人格！我为了保护她的财产竟冒险毁灭自己的灵魂……’

“他是一个相当聪明的小伙子，感到自己受到了莫大的侮辱，我也是这样感觉。第二天我和他一起毫无拘束地大声谈论起那个女人来。卢奥托只是哼哼哈哈，劝我们说：

“‘当心点儿，弟兄们！别忘了你们是军人，军人应当守纪律。’

“不，我们没有忘记这一点。从那天起，我们当中很多人，说实在的，几乎是所有的弟兄们，都装聋作哑起来了。那些农民小伙子毫不迟疑地利用了我们的漠不关心，他们胜利了。他们对我们非常好。那个金发女人可以从他们身上学到很多东西，例如，他们将会出色地教会她应当如何尊敬好人。我们被派到那里，本来是去制造流血事件的，可是当我们调走的时候，许多人却得到了送别的鲜花。我的朋友，你要知道，当我们从村子里走过时，人家扔过来的已经不是瓦片和石头，而是鲜花了！我觉得我们是受之无愧的。在受到热烈的欢送之后，也就可以把当初那种恶意的欢迎忘掉了！”

他笑了起来，然后又说：

“温钦佐，你应当把这写成一首诗……”

粉刷匠沉思地微笑着，回答道：

“对，这完全是诗的题材！我想我会写成的。人一过二十五岁，就会渐渐变成一个蹩脚的抒情诗人。”

他把揉坏的鲜花扔掉，又摘了一朵，环顾一下周围，小声继续说道：

“人经历过从母亲的胸怀到爱人的胸怀之后，就应当向另一种幸福前进……”

钳工摇晃着杯中的葡萄酒，沉默不语。大海在葡萄园后边柔和地喧闹着，炎热的空气里飘溢着阵阵花香。

“这太阳把我们弄得太懒散，太温和了。”钳工喃喃地说。

“我的抒情诗作得不好，连我自己也不大满意。”温钦佐耸动着细长的眉毛低声说。

“你已经作好了？”

粉刷匠慢吞吞地说：

“嗯，昨天，在科莫饭店的屋顶上。”

接着，他若有所思地像唱歌似的低声吟诵道：

秋天的夕阳温和地、恋恋不舍地
向荒凉的岸边和古老的苍山落去。
贪婪的波浪拍击着黑色的礁石，
把阳光冲洒到寒冷的碧海里。

被秋风吹落的黄铜色的树叶，
像斑驳的鸟尸在浪花中闪烁；
苍天啊无限悲愁，大海啊郁郁不乐。
只有太阳微笑着，恭顺地向下沉落。

他们两人沉默了好久，粉刷匠低头凝视着地面；个头挺大、举止笨重的钳工微笑着，最后说：

“一切事物都可以写得很美，但最美的还是关于好人的故事，关于好人的歌儿！”

十五

阳光宛如扯在空中的一条条金线，透过浓绿的葡萄架，像金雨似的洒落在旅馆的阳台上。在用灰瓷砖砌成的地面上和洁白的桌布上，映出阴影的奇形怪状的花纹，似乎只要久久地细瞧那些花纹，便可以把它们当诗句来诵读，并了解它们所说的话的含义。一串串葡萄在阳光的映照下，像珍珠，又像奇异的杂色的橄榄石，桌上玻璃瓶里的水好像天蓝色的宝石。

桌子间的走道上，有一条绣花边的小手帕，不用说是哪位太太失落了的。她一定美得像仙女——在这充满炎夏抒情调的恬静白昼，当一切平淡乏味的东西都好像因自惭形秽而消融在阳光下时，人们再也不能想象任何别的东西。

一片寂静；只有小鸟在花园里啁啾，蜜蜂在花朵上嗡嗡，山顶的葡萄园里传来热烈的歌声——一对男女在那儿对歌，每唱完一段，都要经过短暂的沉默，使那歌声像祈祷，具有一种奇特的吸引力。

一个妇人，从花园里慢慢地走上大理石宽台阶；这是个身材高大的老太太，她面如秋霜，双眉深锁，薄薄的嘴唇固执地紧闭着，好像一辈子都在那儿说："不!"

她那瘦削的肩头上披一件形似大氅、十分宽大并绣着花边的金黄色绸斗篷，和身材相比，她的脑袋似乎显得小了一点儿，白发苍苍的头上蒙着一块带花边的黑纱，一手打一把长柄红伞，另一手提个绣银线的黑丝绒手提包。她穿过阳光的蛛网，像军人似的昂然走上台阶，用伞柄触着瓷砖，发出清脆的声音。从侧面望去，她的面孔显得更加严峻，钩鼻子，尖下颏，下颏上长着一个很大的灰瘤，凸出的脑门重重地压在皱纹如网的黑眼窝上，眼睛深深地陷进去，使这老妇人显得像个瞎子。

在她身后台阶上，悄然无声地出现了一个驼子，耷拉着的大脑袋上，戴一顶灰色软帽，隆起的身子像只公鸭，左右摇晃。他两手插在坎肩口袋里，使身体显得更加横宽和突兀不平。他穿一身洁白的西装，脚穿白色的软底皮鞋。他的嘴病态地微微张开，露出参差不齐的黄牙齿，上嘴唇上竖立着一小撮稀稀落落的坚硬黑髭。他时时使劲地呼吸着，鼻子抖索着，可是胡髭却一动不动。两条短腿全无雅相地摆动着，一对大眼闷闷不乐地望着地面。他躯体虽小，却佩戴着许多大型的装饰物——左手无名指上戴一只嵌宝石的金戒指，连接表链的黑缘带的一端，缀着一枚很大的金质纪念章，上嵌两块红宝石，插在蓝色领带上的一枚可怜的宝石别针，更是大得异乎寻常。

接着，阳台上又悠然出现了第三个人，也是一位老妇人：她身材矮小而肥胖，面色和善而红润，有一双灵活的眼睛，想必是一位性情活泼、爱饶舌的女人。

他们经过阳台向旅馆门口走去，就像贺加斯①画上的人物一样：丑陋，俗气，滑稽可笑，同这阳光下的一切极不协调，似乎任何东西只要遇上他们，便会立即变得黯然无色，失去光彩。

他们是荷兰人，姐弟俩，一位钻石商人和银行家的后代；倘若那些关于他们的带有嘲讽意味的传闻是可信的话，他们俩的确是两个命运奇特的人物。

这驼子小时候性情沉静温和，不引人注目，他喜欢遐思默想，不爱玩具。这些个性特点，除了他姐姐，没引起过任何人的特别注意——他的父母认为不幸的孩子就应当是这个样子，然而他的这种性格却使年纪比他大四岁的姐姐深感不安。

她常常整天跟他在一起，竭力使他活泼起来，设法逗他发笑，悄悄地弄玩具给他。他将玩具一件件堆起来，堆成一些尖塔。他很少笑过，即使笑也很勉强，平时总是瞪着一双茫然无神的大眼睛，郁郁不乐地看着他姐姐，就像看一切东西一样，这种目光使她很恼火。

“你不许这样看人，这样会变成白痴的！”她跺着脚嚷道，拧他，打他。他一边哭，一边把两只长胳臂向上举起，护着脑袋，但从不逃

---

① 贺加斯（1697—1764），英国油画家、版画家和艺术理论家。

开，挨了打也不抱怨。

后来，当她认为他已经多少懂些事的时候，便劝他说：

“你既然天生残废，就应该成为一个聪明人，要不然，大家会为你感到丢脸的，爸爸，妈妈，我们大家！就是别人，一提起这样有钱的人家，却出了个小怪物，也会感到不好意思。有钱人家中的一切都应该是漂亮、聪明的——你懂吗？”

“嗯。”他把大脑袋耷拉下来，认真地应了一声，同时用毫无生气的、阴沉的目光，望着她的脸。

父母很佩服这小姑娘对兄弟的态度，当着他的面称赞她心好，这样她就在不知不觉中被默认为驼子的保姆——她教他玩玩具，帮他准备功课，给他朗读王子和仙女的故事。

可是他仍跟以前一样，把玩具堆得山一般高，似乎竭力想做成点儿什么，对功课却不肯用心，不认真做，只有童话中那些神奇玄妙的故事，能引起他模糊的微笑。有一次他问姐姐：

“王子都是罗锅吗？”

“不。”

“骑士呢？”

“当然也不！”

这孩子颓丧地叹了一口气，于是她把手放在他那粗硬的头发上说：

“不过聪明的魔术师往往都是罗锅！”

“那么，我也要当魔术师。”驼子顺从地说。过了一会儿，他想了想，又补充说：

“仙人都长得很美吗？”

“很美。”

“跟你一样？”

“也许是的！不过我想比我更美。”她诚实地说。

他满八岁了，姐姐发现，每当他们出去游玩，步行或乘车从正建筑着的房屋旁边经过时，弟弟的脸上往往流露出一种惊异的表情。他聚精会神地久久地观看人们干活儿，然后默默地抬起眼睛，询问地望着她。

“你觉得这很有趣吗？”她问。

沉默寡言的弟弟回答道：

“是的。”

“为什么?”

“我不知道。”

但是有一回，他解释道:

“人跟砖头都这么小，造成的房子却这么大。整个城市都是这样造成的吗?”

“是的，当然是这样。”

“我们的房子也是这样造成的吗?”

“当然!”

她看了他一眼，然后斩钉截铁地说:

“你会成为一个有名的建筑师的，一定会这样!”

于是她给他买了许多积木，从这时起，他对建筑发生了浓厚的兴趣。他整天坐在自己房间的地板上，默默地搭着高塔，高塔哗啦一声倒下来，他便再搭。这已成了他的一种需要，甚至坐下来吃午饭时，他也想拿刀叉和餐巾结子搭点儿什么。他的目光变得集中而深沉了，手也变得灵活起来，不停地活动着，不论遇到什么东西，都要用手指去碰碰。

后来，当他们在街头散步的时候，他往往一连几个小时站在正建造着的房子前面，观看那些小东西怎样变大，变高，矗向天空。他的鼻孔一边嗅着砖灰和热石灰的味儿，一边翕动着，两只眼睛像蒙眬欲睡的样子，罩上一层凝神静思的薄雾。姐姐对他说，老站在街上有失体面，他也听不见。

“咱们走吧!”姐姐拉着他的手催促他。

他一边低头走路，一边还不停地回头张望。

“你会成为一位建筑师的，对吧?”她暗示地问。

“嗯。”

有一次吃完午餐，正在客厅里等咖啡的时候，父亲说他也该丢掉玩具，开始认真念书了。姐姐用公认的聪明人和重要人物的口气要求道:

“爸爸，我希望您还是别让他进学校吧!”

父亲是一个大个子，脸刮得精光，不留胡须，身上佩戴许多晶光灿烂的宝石，他一边吸着雪茄一边说:

“为什么呢?”

"您知道为什么!"

因为别人在讲他，驼子悄悄地走开了；他一边慢慢地走，一边听姐姐说些什么。

"大家会取笑他的!"

"哎哟，对啦，这话不错!"母亲用秋风一般潮湿而浑厚的嗓音说。

"这样的人，应该把他藏在家里!"姐姐热烈地说。

"哎哟，对啦，反正没有什么光彩!"母亲说，"啊，这小姑娘多聪明呀!"

"也许你们是对的。"父亲说。

"不，这姑娘太聪明啦……"

驼子走回来，站在门口说：

"我也不是白痴……"

"咱们等着瞧吧!"父亲说；母亲继续夸奖女儿道：

"谁也想不出这样的好主意……"

"你将留在家里念书，"姐姐拉他坐在自己身边，宣布道，"你要学习建筑师所应该知道的一切学问——你喜欢建筑吗?"

"是的。你看得出来。"

"我看得出来什么?"

"我的爱好。"

她只比他高半头，但她什么事情都大包大揽，连父母都得听从她的意见。那时她才十五岁。他像一只蟹，而身段苗条、匀称、健美的姐姐，在他眼中却像一个仙女。全家人，包括他罗锅，都完全听她支配。

于是，一些文质彬彬、态度冷漠的人常上家来给他讲课，问他问题。他冷淡地对他们说，他们讲的课他一点儿不懂。上课时他也不看老师，心不在焉地望着别处，光想自己的心事。大家看出，他的思想委实有点儿与众不同。他很少说话，却常常提出一些奇怪的问题：

"一个人要是什么都不想干，他会变成什么样子?"

举止文雅的老师，穿着黑礼服，纽扣紧紧地扣着，俨然一位牧师和军人，回答他道：

"凡是能想象到的一切坏事情，这种人都能做!比方说，其中有些人就变成了社会主义者。"

“谢谢您！”驼子说，他像成年人一样，对待老师既有礼貌，又很冷淡，“什么叫社会主义者？”

“往好里说——是一些空想家，懒汉；一般说——他们都是一些道德上的畸形儿，他们不承认上帝，不承认私有财产，失掉了民族观念。”

老师的回答总是很简短，但他们的回答却像马路上铺的石块一样，牢牢地填塞在他的记忆里。

“老太太也会变成道德上的畸形者吗？”

“哦，那当然，其中……”

“小女孩呢？”

“也有。这是一种天生的特性……”

老师们对他下了这样的评语：

“他对数学的理解力很差，但对道德问题却有浓厚的兴趣……”

“你话说得太多了。”姐姐了解到他和老师的谈话后，便对他说。

“他们比我说得还多呢。”

“你很少祷告上帝……”

“上帝医治不好我的罗锅……”

“哎哟，你怎么会这样想！”她不胜惊讶地喊了一声，然后对他说：

“我原谅你这一次，不过你得把这种想法永远抛掉，听见了吗？”

“嗯。”

她已开始穿连衣裙了，他才刚满十三岁。

从此以后，常常有很多不快的事落在她身上：当她走进弟弟工作室时，几乎每次都有木棍、木板或工具之类的东西落在她的脚上，打着她的肩头，或者碰破头皮，或者砸破手指。驼子总是叫嚷着警告她：

“当心！”

但每次都已来不及了，她只好忍着疼痛。

有一次她气得脸色发白，瘸着腿走到他跟前，恶狠狠地冲着他喊道：

“你这是故意的，你这窝囊废！”说着，扇了他一耳光。

他腿站不稳，跌倒了；坐在地板上，既不流泪，也不感到受辱，却小声地对她说：

“你干吗这样想呢？你不是挺爱我吗？你说，你爱我吗？”

她哼哼唧唧地跑开了，后来又走来解释道：

“你知道，你从前可没有干过这种事……”

“从前也没有这些东西呀。”他平静地说，一边伸出长长的胳臂，画一个大圆圈，指指屋子四角堆着的木板木箱之类，一切显得十分杂乱，连靠墙放着的木工台和旋床上，也堆满了木料。

“你干吗弄进这么多无用的废物？”她一边嫌恶多疑地朝四下里打量，一边问。

“你自己瞧吧！”

他已经开始建造了：做成了兔笼，狗舍，又发明了捕鼠机——姐姐嫉妒地注视着他的工作，可是吃饭时，却又得意扬扬地把这事告诉了父母，父亲嘉许地点点头说：

“一切都是从小事开始的，万事都是这样开始的！”

母亲一边拥抱女儿，一边问儿子：

“你知道吗，你应该感谢姐姐对你的关心！”

“嗯。”驼子回答。

他造好了捕鼠机，请姐姐到自己房间里来，一边给她看那笨拙的机械，一边说：

“这已经不是玩具，可以呈请专利特许证了！你瞧，这么简单，却有很大的劲儿，你摸摸这儿。”

姑娘碰了一下，只听咯嗒一声，她发疯似的叫嚷起来，驼子一边在她身边蹦跳着，一边嘟哝着说：

“嗨，我没有叫你碰那儿，是摸这儿嘛……”

母亲跑进来，仆人们也来了。砸毁捕鼠机，救出被夹青的指头，抬走了晕过去的姑娘。

傍晚，他被姐姐叫去，她问：

“你是成心这样干的，你恨我——你为什么这样恨我？”

他耸动着背上的罗锅，心平气和地小声说道：

“没有的事，是你自己碰错了地方。”

“你撒谎！”

“那么——我为什么要弄痛你的手？况且又不是你打我的那只手……”

“当心点儿，窝囊废，你并不比我聪明！……”

他同意说：

“我知道。”

他那凸凹不平的脸上跟平时一样不动声色，眼睛专注地盯着人，使人很难相信，他是出于怨恨故意伤害人，或是在撒谎。

从此以后，她不常到他那儿去了。她的女友们——一些穿着花花绿绿的衣服、很爱打闹的姑娘们常来看她。她们在那间略显阴冷的大屋子里快活地跑来跑去——使那些陈设着的图画、雕像、盆景、镀金的装饰品，在她们面前变得比较温暖和有生气了。姐姐有时带她们到他房间里来——她们拘谨地向他伸出染成玫瑰红指甲的纤纤素手，小心翼翼碰碰他的手，好像生怕把自己的手指折断。姑娘们跟他谈话时，都特别柔情脉脉和娇媚多姿，带着惊诧，但兴致索然的神情，打量这个掩埋在工具、图样、碎木头和刨花屑当中的驼子。他知道这些姑娘们都叫他“发明家”——这是姐姐提示她们的。他很有希望，前途无量，一定会给他父亲的声望增加光彩——姐姐以确信不移的口吻这样说。

“他的相貌当然不好看，但他非常聪明。”她常常这样告诉她们。

她十九岁了，已经有了未婚夫。她的父母有一天乘游艇疾驰，被一条美国货船上喝醉了的水手撞翻，淹死在大海里。她本来也要乘游艇去的，只因突然犯了牙痛而没有去。

当父母的死讯传来的时候，她忘记了自己的牙痛，在屋子里乱跳乱跑，举着两手叫嚷：

“不，不，不会有这样的事!”

驼子站在屋门口，用门帘掩着身体，仔细望着她，耸动着背上的罗锅说：

“爸爸长得那么肥大虚胖，我不明白他怎么会淹死……”

“住嘴！你对谁都没有感情!”姐姐大声喝道。

“我只不过不会说温情脉脉的话罢了。”他说。

父亲的尸首没有捞到，母亲是落水以前撞死的——人们把她找到了。她躺在棺材里跟活着时一样，像一截枯死的树枝，干枯而易折。

“只剩下我们俩了，”把母亲安葬完以后，她用灰色锐利的目光，紧盯着兄弟，严厉而悲痛地说，“往后我们的日子将很难过，我们什么也不知道，也许要损失很多财产。真可惜，我又不能马上出嫁！”

“哦！”驼子叹了一口气。

“你哦什么？”

他想了一下，说：

“只剩下我们两个了。”

“你说这话，好像你很高兴似的！”

“我并没有高兴。”

“实在令人遗憾！你一点儿不像个活人。”

每天晚上，她的未婚夫都到家里来——他长得矮小精悍，一头黄头发，晒黑的圆脸上留着毛茸茸的短髭。他整个晚上都在不停地笑，大概他会连续笑一整天的。他们已经订了婚，在市内一条最洁净、最幽静的街道上，正在为他们建造一所新楼房。驼子从未到工地去过，他也不爱听他们提起建造楼房的事。未婚夫用戴戒指的胖胖的小手拍拍他的肩头，露出两排细牙齿，对他说：

“你应该去看看，对不对？你说呢？”

在很长一段时间里，他都用种种借口谢绝了，最后终于让了步，便跟他和姐姐一同去了。可是当他和姐夫一起爬到脚手架最上一层的时候，忽然失足跌了下来——未婚夫一直落到地面，掉进石灰池里，弟弟衣服被脚手架板钩住，倒挂起来。砌石工人们把他救下来，只是胳臂和腿脱了臼，脸划破了。未婚夫跌断了脊梁，肋骨受了重伤。

姐姐吓得昏过去，两只手抓地，扬起一片白灰。她哭了一个多月。从此以后她就变得跟母亲一样——又瘦又高，开始用潮湿而冰冷的声音说话：

“你真是我的灾星啊！”

他把大眼睛垂下来望着地面，默不作声。姐姐穿上黑衣服，两眉锁成一条线，一见兄弟就咬牙，连颧骨的尖端都牵动起来。于是他尽量避开她，孤独地、默默地画着什么图样。他们就这样一直生活到成年，但是从这一天起，他们中间开始扎下了一辈子明争暗斗的根子——这种明争暗斗，以互相侮辱和埋怨的坚固连环，把他们紧紧地拴在一起。

待到成年的那一天，他用长者的口气对她说：

“既没有聪明的魔术师，也没有善良的仙女，有的只是人，有的人阴险，有的人愚蠢，关于善良的一切谈论，只不过是一种童话而已！但我想把童话变成现实。你还记得吗，你曾说过有钱人家中的一切都应该是美丽而聪明的？在富庶的城市里一切也应该是美丽的。我准备在市郊买一片土地，替自己和像我这样的残废人盖一所房子，我要让他们离开这个他们实在难以生活下去的城市，要不然，像姐姐这样的人，见了他们总会觉得不快……”

“不，”她说，“你绝不能这样做！这是疯狂的想法。”

“这是你的想法。”

他们审慎而冷静地争论起来；凡是互相怀有深仇宿怨的人，当他们感到再也无须隐瞒这种仇恨的时候，总是这样的。

“我已经决定了！”他说。

“我不同意。”姐姐回答。

他耸耸背上的罗锅出去了。过了不久，姐姐听说他已买好了地皮，而且已经破土动工，正在掘地基，几十辆马车运送砖瓦、石头、铁条和木料。

“你以为你还是一个小孩子吗？”姐姐责问他，“你以为这是闹着玩吗？”

他沉默不语。

身材瘦小、苗条而高傲的姐姐，每星期一次乘坐一辆小马车，自己驭着白马到市郊去，缓缓地驶过工地，冷眼瞧着一块块红砖在钢骨架子里叠起来，黄木条像不整齐的线条一样横在砖块中。她远远望见弟弟的身子好像一只蟹，手中提着手杖，戴着皱瘪的帽子，满身尘灰，像一只灰蜘蛛似的在脚手架上爬来爬去。然后，回到家，她凝视着他那兴冲冲的脸和一双黑眼睛，——他的眼睛变得更加温和和明亮了。

“真的，”他轻声说，“我想得不坏，这对你我都同样有好处！建筑是一件奇妙的事业，我似乎觉得我很快就要变成一个幸福的人了……”

她用神秘的目光打量他残废的身体，问道：

“变成幸福的人？”

“对啦！要知道，那些工匠跟我们完全不同。他们使人产生一种特别的想法。当石工走过他建造了许多房子的街道时，他一定会感到很得意！工人当中有许多社会主义者，他们首先是一些头脑清醒的人，而且他们确实明白自身的价值。我常常想，我们对自己的人民实在太不了解了……”

“你尽说怪话。”她说。

驼子一天比一天变得更加精神饱满和爱说话了。

“的确，一切都在照你的希望进行——我正在成为一个聪明的魔术师，使城里再也没有一个残废的人，而你呢，只要你情愿，也可以成为一个善良的仙女！你为什么不回答我?”

“这件事，我们以后再谈吧。”她一边玩弄着金表的链子，一边说。

有一次，他用一种她完全不熟悉的口气说：

“也许我对不起你的地方，比你对不起我的地方更多……”

她大吃一惊：

“我有什么对不起你的地方?”

“你听着！说实在的——我并没有像你想象的那样对不起你！因为我走路不稳，说不定那时我碰着了他，但绝非出于恶意，真的，请你相信我！以前，我想弄痛你打过我的那只手，实在比这件事更对不起你……”

“别说这些啦!”她说。

“我觉得人应该变得更善良!”驼子喃喃地说，“我认为善良并不是童话，它是能够做到的……”

市郊的庞大建筑物以非常快的速度兴建着，在肥沃的土地上扩大起来，巍然矗立在永远是灰色、永远像在下雨的天空中。

有一次，工地上来了一批公务员，他们来检查工程的进度，互相低声交谈了一阵，然后下令停止施工。

“这都是你出的鬼主意!”驼子跳到姐姐面前大嚷大叫，伸出有力的长胳臂去抓她的喉咙，可是旁边赶来一些陌生人，将他拉开了。姐姐对他们说：

“诸位，你们看到了吧，这个人的神经的确有点儿不正常，一定得有人监护！他这种病是从先父去世后突然发作的，他非常爱先父，你们可以问问用人，大家都知道他的这个毛病。他们之所以一直没有说出来，这是因为他们都是好人，他们非常珍视他们从小就在这里生活的主人家的名誉。我一直隐瞒着这件不幸的事——兄弟是白痴，对我并没有什么光彩……”

当他听完这番话以后，气得脸色煞白，两眼从眼眶里凸出来，他哑然了，默默地用手指去抓那些拉他的人。她继续说：

“修建这幢楼房是一件非常浪费的举动，我决定把它捐献给市政府，办一座以我父亲的名字命名的精神病医院……”

他尖叫着昏过去了，人们把他抬走。

姐姐继续建造，以原来的速度完成了工程。当楼房建成后，第一个进医院的病人便是她的弟弟。他在那儿被幽禁了七年——七年的幽禁生活足够使一个人变成真正的白痴。他的忧郁症厉害起来了，他姐姐在这期间也变老了，失掉了做母亲的希望，等她看出自己的宿敌已被彻底击垮，不会再复活了，她便将他带出去，由自己加以监护。

于是，他们像两只瞎眼的小鸟，在地球上到处飞窜，毫无意义和毫无乐趣地看着一切，而且无论来到哪里，他们除了自身以外，什么也看不见。

十六

碧蓝的海水油一样浓，轮船的螺旋桨徐缓地、几乎无声地在水中转动。脚下的甲板纹丝不动，只有矗入晴空中的船桅，拼命地晃过来晃过去。弓弦样绷紧的桅索，发出轻微的颤鸣——但习惯了这种震颤以后，也就浑然不觉了。于是，这条白天鹅样洁白而又体态匀称的轮船，好像凝滞在柔滑的水面上，只有向舷外望去的时候，才会觉得船在移动。船舷外，碧绿的水浪离开白色的船身，掀起层层波纹，变成一条宽阔柔软的水带，弯弯曲曲地向船后散去，像水银似的闪烁着，发出催人入眠的潺潺声。

早晨，大海还没有完全睡醒，日出前蔷薇色的朝霞还没有从天空消失，但轮船已经驰过了戈尔戈纳岛——那是一座林木茂密的险峻的孤山，山顶上矗立着圆形的灰色塔楼，沉睡的水边矗立着一排排白色房舍。几条小船从轮船旁急急滑过——那是去捕捞沙丁鱼的岛民。长桨有节奏的拍水声和渔人清晰的身影，永远留在人们的记忆里——他们是站着划的，身子一躬一躬，好像在对太阳行鞠躬礼。

船尾留下一条泛着绿色泡沫的宽阔的水带，海鸥在上面懒洋洋飞翔。有时不知从哪里游来一条水蛇，身子伸得像雪茄似的，悄然无声地掠过水面，突然又箭一般钻进海水里。

一片淡紫色的山峦——利古里亚海岸，像云朵一样从遥远的海面上浮现出来；再过两三个钟头，轮船就要驶进狭小的、像大理石一般又白又光滑的热那亚港湾。

太阳渐渐升高了，预告着一天的炎热。

甲板上跑出来两个侍役：一个是年轻的那不勒斯人，身材瘦小，动作敏捷，活泼的脸上有一种捉摸不定的表情；另一个是中年人，白胡髭，黑眉毛，圆脑袋上硬头发泛着银光，长一个鹰钩鼻子和一对严肃聪明的眼睛。他们连笑带嚷迅速收拾好喝咖啡的桌子，又跑去了。接着，乘客一个接一个从船舱里慢慢出来——一个是大胖子，小脑袋，他面孔浮肿，两颊绯红，愁容满面，疲倦地微张着圆润的紫嘴唇；另一个是高个子，留着灰色的连鬓胡子，浑身上下平平整整，像熨过了一般，焦黄而扁平的脸上长着一双不易被人看到的小眼睛和一个纽扣似的小鼻子；在他们后面，一个红头发的矮胖子，从舱口的铜门槛上踉踉跄跄地跳出来，腆着大肚子，留着军官型的唇髭，身穿登山服，戴一顶插绿羽毛的帽子。三个人并肩走到船边，大胖子忧郁地眯着眼睛说：

“多么平静呀，是吧？”

连鬓胡子两手插在口袋里，像一把剪刀似的张开两条腿。红头发拿出一只像钟摆一般大的金表，看看金表，看看天空，又看看甲板上，然后晃动着表，踏着脚板吹起口哨来。

又走出来两个妇人——一个是年轻的胖太太，面色跟瓷器一样，生一双妩媚动人的浅蓝眼睛，黑眉毛好像用笔描过，一边比另一边稍微高些；另一位太太年岁较大，花白头发梳得很光洁，尖尖鼻子，左颊上一颗大黑痣，脖子上挂两条金项链，银灰色连衣裙的腰带上挂着许多装饰品，手里拿着一副带柄眼镜。

咖啡端上来了。年轻的妇人默默地坐在桌边，特意把赤裸到肘部的胳臂弯成圆形，开始斟黑色的饮料。男人们走到桌边，默默坐下，大胖子端起杯子，叹息着说：

“天气将要热起来……”

“你把咖啡洒在膝盖上了……”年长的妇人说。

他低下头——他的下颏和脸颊紧碰着胸口——把杯子放在桌上，用手帕把洒在灰裤子上的那几滴咖啡拭去，又擦擦脸上的汗。

“是的！”红头发摇晃着短腿，忽然大声说，“是的，是的！如果连左派也埋怨起暴乱的行为来，这就是说……”

“伊凡，你等会儿再说废话吧！”年长的妇人打断他，“丽莎还没有出来吗？”

“她有点儿不舒服。”年轻的妇人大声回答。

“其实，今天海面上很平静……”

“哎，一个女人怀着孕……”

大胖子微微一笑，甜蜜地闭上眼睛。

船舷外，海豚打破平静的海面，翻着身子。连鬓胡子仔细望着海豚说：“海豚很像猪。”

红头发应声说道：

“在这儿，像猪一样肮脏的东西真是多得很。”

头发花白的妇人把咖啡端到鼻子下嗅了嗅，满脸不高兴地皱起眉头：

“味道真难闻！”

“还有牛奶也是一样，对吧？”大胖子惊慌地眨眨眼睛，附和着说。

脸色像瓷器的妇人唱歌似的接下去说：

“什么都是肮脏的，肮脏极了！一切都很像犹太人……”

红头发气喘吁吁地一直在和大胡子附耳低语，好似一个读熟了功课并为此感到骄傲的学生在回答老师的问题。对方兴趣盎然地听他讲，一边轻轻地左右摇晃着脑袋，扁平脸上的嘴张大着，犹如干燥的木板裂开一条缝。他有时也想说点儿什么，使用奇怪而含糊的嗓音开言道：

“在我们省……”

但他没有再说下去，又专心把脑袋凑到红头发的唇髭上。

大胖子深深叹了口气，说：

“伊凡，你总是唠叨个没完……”

“喂，请把咖啡递给我！”

他把自己的椅子移近桌边，发出吱咀吱咀的声音；他的对谈者意味深长地说：

“伊凡是个有理想的人。”

“你没有睡醒吧？”年长的妇女用带柄眼镜望着连鬓胡子说。他用手掌摸摸脸，又望望手掌：

“我好像觉得脸上涂了一层白粉，你没有这种感觉吗？”

“哎呀，舅舅！”年轻的妇人扬声说，“这就是意大利的气候特点！住在这里的人皮肤都干燥得要命！”

年长的妇人问道：

“你注意到没有，丽蒂，他们的糖也很糟？”

这时甲板上出现了一个身材高大的人，卷曲的白发上戴一顶帽子，鼻子很大，有一双快活的眼睛，嘴里叼着雪茄。站在船边的侍役都殷勤地向他躬身敬礼。

“你们好呀，诸位，你们好!”他笑眯眯地点着头，用沙哑的嗓音大声说。

那些俄国人都斜眼瞟着他，停止了谈话，留着唇髭的伊凡小声说：

“这是一个退伍军人，一眼便看得出来……”

那位白头发发觉别人在看他，便把嘴上的雪茄拿下，彬彬有礼地向俄国人点点头——年长的妇人仰起脸，把带柄眼镜放在鼻梁上方，挑衅似的仔细打量他；留着唇髭的那个人不知为什么红起脸来，马上转过身去，从衣袋里掏出金表，重新在空中摇晃起来。只有大胖子把下巴紧碰着胸口，还了一个礼——这使意大利人感到很不好意思，他又神经质地把雪茄放在嘴角上，小声向一个老侍役问道：

“是俄国人吧?”

“是的，老爷！一位俄国的省长和他的眷属……”

“他们的面孔总是那么和善……”

“一个很好的民族……”

“在斯拉夫人中，当然是最好的……”

“不过依我看，他们都有点儿傲慢……”

“傲慢？是吗?”

“我以为是这样——他们对人很傲慢。”

俄国胖子脸上有点儿发热，他笑容可掬地低声说：

“他在谈论我们呢……”

“他说些什么?”年长的妇人厌恶地皱着眉头问道。

“他说我们是最好的斯拉夫人。”胖子嘿嘿地笑着说。

“他们倒会奉承人。”妇人说。

红头发伊凡把表收起来，两手捻着短髭，轻蔑地说：

“可是，他们对我们一点儿也没有礼貌……”

“他在称赞你呢，”胖子说，“你却认为他们没有礼貌……”

“废话！我不是说他，我是说一般的人……我自己也知道我们是最好的人。”

一直在聚精会神观赏海豚在水中翻筋斗的大胡子，吁了一口气，摇着头说：

“多蠢的鱼呀！”

白头发意大利人身边，又来了两个人。一个是身穿黑色常礼服、戴眼镜的老头子；一个是白脸、高额、浓眉、长发的年轻人。他们三个站在离俄国人约五步远的船舷边，白头发低声说：

“我一看见俄国人，就不由得回想起墨西拿①来……”

“您还记得我们在那不勒斯欢迎俄国水兵时的情景吗？”青年问。

“是的！他们在自家的深山老林里是不会忘记那一天的！”

“您见过发给他们的那种勋章吗？”

“我不喜欢那玩意儿。”

“他们在讲墨西拿。”大胖子向自己的同伴报告说。

“他们还笑呢！”青年妇人扬声说道，“真奇怪！”

一群海鸥追上轮船，其中一只用力拍打着弯曲的翅膀在船边停下来。青年妇人便把饼干扔过去，海鸥啄食着碎片，跳到水中去了，然后又贪婪地啼叫着，向海上的晴空飞去。侍役把咖啡端到那些意大利人跟前，他们也照样把饼干投给鸟吃，——妇人严肃地蹙着眉毛说：

“像猴子一样模仿人！”

大胖子侧耳谛听意大利人活泼的谈话，又来报告了：“那人不是军官，是个商人，他在讲如何从我们俄国购买粮食，还说，在俄国可以买到煤油、木材和煤。”

“我一眼就看出他不是军人。”年长的妇人说。

红头发又开始咬着大胡子的耳朵说起话来，大胡子一边听，一边怀疑地咧着嘴；年轻的意大利人斜眼瞧着俄国人说：

“真可惜，我们对这些绿眼睛大个子的国家一点儿也不了解！”

太阳已经升高，天气热起来，海面上光波闪烁，令人目眩，在船右首遥远的海面上，渐渐浮现出山峦或云朵来。

---

① 墨西拿，意大利港口城市，位于西西里岛东北岸。1908 年的大地震使该市损失惨重，有三万人丧生。由“皇太子号”、“光荣号”和“马卡罗夫海军上将号”三只战舰组成的俄国分舰队，参加了该地的抢险救灾工作。俄国士兵表现出来的舍己忘我精神，博得了当时意大利舆论界的高度评价。

“安娜，”大胡子笑得嘴角咧到耳边说，“听听这个滑稽的伊凡，他想出一个消灭农村暴乱的好方法来啦，真是妙极了！”

于是，他坐在椅子上左右摇晃着，慢条斯理地、枯燥无味地讲起来，就像翻译一种外国语一样。

“他说，趁赶集的日子，或者趁乡村的什么节日，让当地长官用公款准备好棍子和石头，另外用公款给乡下佬备上十桶、二十桶、五十桶——依照人数而定——伏特加酒，此外，就什么也不需要了！”

“我不明白！”年长的妇人说，“这岂不是闹着玩吗？”

红头发赶快回答：

“不，是真的！你想想，ma tante[①]……”

年轻的妇人瞪着大眼，耸耸肩膀说：

“真没意思！用公款请他们喝酒，这样，他们岂不就……”

“不，你等等，丽蒂！”红头发跳在凳子上喊道。大胡子张开大嘴，把身体左右摇摆着，发出无声的笑。

“你想想，那些流氓抢不到酒喝，一定会拿起棍子和石头互相殴打起来，——明白吗？”

“为什么要让他们互相殴打呢？”胖子问。

“这岂不是闹着玩吗？”年长的妇人又问道。

红头发从容不迫地把两只短胳臂一摊，热烈地证明说：

“当局镇压他们的时候，左派大嚷大叫，说什么残暴呀，凶恶呀，所以我们必须想一个法子，让他们自己去镇压自己——对不对？”

轮船摇晃起来，胖妇人惊慌地扶住桌子，杯盘碰得叮当叮当作响。年长的妇人伸手抓住胖子的肩膀，吃惊地问：

“怎么回事？”

“我们的船在拐弯……”

海岸线愈来愈高，愈加清晰地从海面上浮现出来——烟雾弥漫的山丘和山坡上，布满果园和花圃。能依稀望见葡萄园中青色石头，浓云般的绿荫中，隐约露出白色的房舍，玻璃窗在阳光下闪闪发光，亮晶晶的光点儿投进乘客的眼帘。岸边岩石下隐藏着一所小小的房舍，它正面临

---

① 法语：姑母。

海，被密密一层淡紫色的花丛遮掩着，一簇簇鲜红的天竺葵，跟小溪的流水一般，从阳台石栏杆上倒泻下来。岸上景色秀丽，显出蔼然可亲、殷勤好客的样子，群山的柔美的轮廓，召唤人们到果园的浓荫深处去。

“这里的一切都显得很狭小。”胖子叹息着说。年长的妇人不以为然地看了他一眼，随后又用带柄眼镜向岸上眺望，高高地昂起头，紧闭着薄薄的嘴唇。

甲板上已经出现了许多穿浅色服装、面孔黝黑的人，他们热闹地谈论着。俄国太太轻蔑地望着他们，就像女皇傲视群臣一样。

“他们总是打手势。”年轻的妇人说。

胖子喘着气解释道：“这是因为他们的语言太贫乏，必须用手势来帮助……”

“我的天哪！我的天哪！”年长的妇人深深地叹息着，然后想了想，又问，“热那亚也有很多博物馆吗？”

“大概只有三个。”胖子回答她。

“那边是公墓吧？”年轻的妇人问。

“是圣地。当然也是教堂。”

“马车夫也跟那不勒斯一样坏吗？”

红头发和大胡子站起来，走到船边，热烈地谈起来，两个人都抢着说话。

“意大利人在讲什么？”妇人整一整华美的发髻问。她的肘部是尖形的，耳朵又大又黄，像凋枯的树叶子。胖子很注意地谛听着鬈发意大利人的高谈阔论。

“诸位，他们国家里大概有一条很古老的法律①，不准犹太人到莫斯科去，——这显然是专制时代的残余。你们大概知道伊凡雷帝吧！就是在英国，现在也还保留着许多无政府主义的法律。不过，也许是那个犹太人故意欺骗我，总之，不知为什么他却无权到沙皇的古都——神圣的莫斯科去……”

---

① 俄国女皇叶卡特琳娜二世在1796年颁布过一项法令，规定下列地区为犹太人居住区：白俄罗斯，叶卡特林诺斯拉夫区，乌克兰的塔夫里达省。其他地区一律不许犹太人居住。

“在这点上，我们的罗马倒是犹太人的乐土，市长是犹太人[1]，罗马比莫斯科更古老，更神圣。”青年笑着说。

“他要比那个裁缝教皇[2]聪明得多！”戴眼镜的老头儿狠狠地拍了一下手掌，插嘴说。

“那老头儿在嚷什么？”妇人放下两手问。

“一些废话罢了。他们的话都带着很重的那不勒斯土音……”

“那个犹太人说，他到了莫斯科找不到住处，只好去妓院，因为别的地方都不让他住……”

“胡说！”老头儿果断地说，向讲话的人挥着手。

“他说这是真的，我也这么想。”

“以后又怎么样了？”年轻人问道。

“妓女将他交给警察，她开头还拿了他的钱，犹太人似乎还跟她睡过呢……”

“无稽之谈！”老头儿说，“他实在是一个信口雌黄的家伙。我在大学时有几个俄国同学，他们都是很好的小伙子……”

俄国胖子用手帕擦擦脸上的汗，懒洋洋地、冷淡地对妇人说：

“他在讲一个犹太人的故事。”

“讲得那么起劲！”年轻的妇人冷笑了一下。

另一个妇人说：“这些人说起话来又是打手势，又是嚷嚷，不过仍叫人看着无聊……”

海岸上的城市渐渐呈现在他们眼前，山脚下现出一排排互相紧靠着的房舍，形成一道密实的墙壁，在阳光照耀下，好像是象牙雕成的。

“有点儿像雅尔达，”年轻的妇人一边站起来一边说，“我这就到丽蒂那儿去。”

她穿一件天蓝色的衣衫，摇摆着肥胖的身子，从甲板上姗姗走过；当她走过那几个意大利人身边的时候，白头发停止了谈话，悄悄地说：

“那双眼睛多美呀！”

---

① 指罗马市长埃尔涅斯·纳丹，他于1910年9月20日，借罗马和拉齐奥区并入意大利王国四十周年之机，发表过一篇带有激烈反宗教色彩的演说。

② 指1903年至1914年间的罗马教皇朱塞佩·萨尔托。在意大利语中，“萨尔托”这个姓有“裁缝”的意思，故又称他为“裁缝教皇”。

“对啦，”戴眼镜的老头儿摇着头说，“巴西丽娜[1]大概就是这个样子！”

“巴西丽娜是拜占庭女子吧？”

“依我看，她是斯拉夫人……”

“他们在谈论丽蒂。”胖子说。

“什么？”妇人问，“当然是些无聊话喽？”

“他们称赞她的眼睛……”

妇人挤了挤眉眼。

轮船上的铜器闪闪发光，轮船迅速而平稳地向岸边驰去。已经能望见黑黝黝的防波堤了，堤后边有几百条桅杆矗向天空，到处悬挂着色彩鲜艳的旗子，一动不动。黑烟慢慢消散在空中，远处飘来油脂和煤屑的气味，传来码头上干活儿的喧闹声和大城市的各种声响。

大胖子忽然笑起来。

“你笑什么？”妇人眯着失去光彩的眼睛问。

“德国人会把他们消灭掉的，真的，你等着瞧吧！”

“这有什么高兴的？”

“没有什么……”

大胡子一边望着自己脚下，一边大声地、严格遵守文法地向红头发问道：

“你对这种难以预料的偶然事件是否感到高兴呢？”

红头发严肃地捻着胡子，不作回答。

轮船行驶得更加缓慢了。浑浊的暗绿色海水不停地拍击着白色的船舷，发出如泣如诉的呜咽声；大理石房子、高塔、带花纹的阳台，都没有把影子映在水里。港口张开黑色的大嘴，想把停泊在那里的许多船只一口吞进去。

---

① 指罗马皇帝朱利厄斯·君士坦兹（337—350年在位）的第二个妻子巴西丽娜，罗马皇帝背教者朱利恩（361—363年在位）的母亲，她于公元331年生朱利恩时死于君士坦丁堡。

十七

……饭馆门口，一张铁桌边，坐着一个穿浅色西装的人，身材干瘦，脸刮得精光，很像美国人；他坐在那里用唱歌般的声音懒洋洋地喊道：

“茶房……”

周围一切都落上厚厚一层洋槐树的白花，像金子一样闪闪发亮；到处是灿烂的阳光，大地和天空都洋溢着春天静谧欢乐的气息。街道中间，一头大耳朵的毛驴嘚嘚跑过，笨重的马慢吞吞移动着四条腿，人不慌不忙地走着，——一切生物，显然都想争取更多时间，浸浴在阳光中，呼吸充满着馥郁花香的空气。

春之使者——儿童们蹦蹦跳跳地跑来跑去，阳光给他们的衣服染上鲜艳的色彩。身着花花绿绿衣衫的女人们，扭动着腰肢飘然走过。在阳光灿烂的日子里，她们是那么不可缺少，就像夜空需要繁星的点缀。

那个穿浅色西装的人，模样十分古怪：好像他原来很脏，只是今天才洗干净了身体，可是由于洗得太用力，竟把身上的光彩都洗掉了。他用一双黯淡无神的眼睛凝望着四周，仿佛在计算太阳洒在房屋墙壁上、昏暗的街道上和街心花园大石板上的光点。他干枯的嘴唇像萎谢的花朵正在收缩，他用很低的声音认真地吹着一种异样凄凉的曲调，一边用白皙的长手指敲着回音很响的桌边——指甲闪出暗淡的光：另一只手里拿一双黄手套，用手套在膝盖上打拍子。从脸型上看，他是一个聪明果断的人——只可惜脸上的光泽和生气都被一种粗糙而笨重的东西磨去了。

侍者恭恭敬敬地弯着腰，在他面前放上一杯咖啡、一小瓶绿色的甜酒和一碟饼干。另一张桌子旁，坐着一个胸脯宽大、眼睛像玛瑙一样又黑又亮的人，——他的面颊、脖子和双手都被烟熏黑了，他那粗壮的体格像铁打似的坚硬，好像一台大机器上的部件。

当那个服装整洁的人，把疲倦的目光落在他身上时，他微微欠起身来，用手碰碰帽子，透过浓密的胡髭说：

“您好，工程师先生。”

“啊，又是您，托拉马！”

“是的，是我，工程师先生……”

“又要发生什么事了吗，嗯？”

“您工作怎么样？”

工程师薄薄的嘴唇上浮现出一丝微笑，说：

“老弟，我想我们总不能老用这类问话来交谈吧……”

对方将帽子往耳边一拉，张开嘴大笑起来，他边笑边说：

“啊，那当然！不过，说老实话，我很想知道……”

一头拉煤车的花毛驴站下来，伸长脖子悲嘶起来；但在这样好的天气，这种声音大概连它自己也有点儿不大喜欢，便连忙中断高亢嘶鸣，抖抖毛耳朵，低下头，踏响蹄子，又向前跑去了。

“我等待您的机器可等得发急，就像等待一本能使我增长知识的新书……”

工程师一边啜饮着咖啡，一边说：

“我不大明白您的这个比喻……”

“难道您不认为，机器可以解放人的体力，就如同一本好书可以鼓舞人的精神吗？”

“啊！”工程师仰起头说，“原来是这个意思！”

他把空杯放在桌上，问道：

“您当然又要开始进行宣传喽？”

“我已经开始了……”

“再来一次罢工和骚动，是吗？”

他耸耸肩头，抿嘴微笑着：

“当然最好不发生这种事……”

一个身穿黑衣服、面孔像女修士一样严峻的老太婆，默默地向工程师兜卖小束的紫兰花，他拿了两束，把一束递给谈话的对方，若有所思地说：

“托拉马，说实在的，您头脑那么聪明，只可惜您是一位幻想家……”

“谢谢您的鲜花和夸奖。您是说——可惜吗?”

“是的！您实在是一位诗人，不过，要想做一个像样的工程师，您还得好好学习……”

托拉马露出两排白牙齿，轻轻地笑着说：

“啊，这话说得对！工程师是诗人——我同您在一起工作，更加深信这一点了……”

“您真是一个可爱的人……”

“而且我想——为什么工程师先生不能成为一个社会主义者呢？社会主义者也应当是诗人……”

他们两个都用同样聪明的目光瞧着对方，笑了起来；但他们又是两个迥不相同的人：一个身材枯瘦，神经过敏，磨去了棱角，两只眼睛黯淡无神；另一个却像昨天刚刚被铸造出来，尚未打磨光。

“不，托拉马，我宁愿有一个自己的工厂和三十来个像您这样的青年。啊，如果这样，我们就可以立即干出一番事业来……”

他用手指轻轻地敲着桌子，叹了一口气，接着把花插在纽扣孔里。

“真是活见鬼!”托拉马兴奋地喊道，“怎么能让这些琐事妨碍生活和工作呢……”

“托拉马师傅，难道您把人类历史也称作琐事吗?”工程师机智地微笑着问。工人摘下帽子，拿在手中扇着，热烈而活泼地说：

“那么，我祖先的历史又是什么呢?”

“您祖先的?”工程师带着更加机智的微笑反问道，他着重强调着第一个字。

“是的！是我的！这也许有点儿狂妄吧？狂妄就狂妄！难道乔尔丹

诺·布鲁诺[①]、维柯[②]、马志尼[③]，不是我的祖先吗——难道我不是生活在他们的世界上，每天都在享用着他们伟大智慧的成果吗？”

“啊，原来从这个意义上说！”

“那些故去的人们留给世界的一切东西中，当然也有我的一份！”

“那当然。”工程师把眉头紧皱着说。

“在我以前——在我们以前——所完成的一切，就好比是矿砂，我们应当把这矿砂炼成钢；这难道不对吗？”

“谁说不对？这是显而易见的！”

“要知道，你们这些有学问的人，也和我们工人一样，都是靠过去的智慧成果生活的。”

“我不和你争辩。”工程师低着头说。他身边，站着一个穿灰色破衣服的小孩，身材像玩破了的皮球一般小，龌龊的小手里拿着一束番红花，一个劲地说：

“先生，请买我的花……”

“我已经有了……”

“花多买点儿没关系……”

“好哇，小孩！”托拉马说，“好哇，给我两束……”

小孩把花给他，他微微举起帽子对工程师说：

“要吗？”

“谢谢。”

“天气真好，对吧？”

“连我这五十岁的人都感觉到了……”

他眯起眼睛沉思地向四周扫了一下，接着感叹地说：

“我想您大概特别强烈地感觉到春天的阳光在血管里汹涌奔流着，

---

① 乔尔丹诺·布鲁诺（1548—1600），文艺复兴时期意大利伟大的思想家、唯物主义者和无神论者。他进一步发展了哥白尼关于宇宙构造的学说，由于拒绝放弃自己的观点，被宗教裁判所烧死。

② 扎姆巴基·维柯（1668—1744），意大利资产阶级哲学家、社会学家、法学家。

③ 朱泽培·马志尼（1805—1872），著名的意大利革命家、资产阶级民主主义者、意大利民族解放运动的领袖和思想家之一。

这不仅因为您年轻，而且我认为，整个世界在你们看来和在我们看来是大不相同的，您说对吗?”

“我不知道，”他笑着说，“不过生活总是美好的!”

“是因为它充满希望吗?”工程师怀疑地问。这问话好像刺伤了对方——他把帽子戴好，很快地说：

“生活之所以美好，因为其中有我所喜爱的一切！总之，我亲爱的工程师，照我看来，语言不仅仅是声音和字母，——当我读书、看画或欣赏美好的东西时，我感到那些东西好像都是我自己创造出来的!”

他们两个人又笑了起来——一个向后仰着脑袋，挺起宽阔的胸膛，张开大嘴，纵声大笑，仿佛在夸耀自己有纵声大笑的本领似的；另一个则咧着嘴，露出金牙，像是哽咽住了一般，几乎是不出声地笑着，他牙缝里的金子好像不久前被他咬碎了，而且忘记了去洗刷那发绿的牙齿。

“您真是一个好小伙子，托拉马，见了您总是叫人感到愉快。”工程师说，然后又眨眨眼睛补充道：

“不过您最好不要闹事……”

“啊，我总是要闹事的……”

他脸上故意露出严肃的神色，接着眯起那双深不可测的眼睛，问道：

“我只希望到了那时，我们彼此都能采取完全合乎礼仪的态度，可以吗?”

工程师耸耸肩膀，站了起来。

“啊，是的。是的！您要知道，这件事曾使企业损失了三万七千里拉……”

“如果再把工资计算在内，那就更聪明了……”

“哼，您的算法并不高明。更聪明?任何野兽，都有自己的聪明。”

他伸出一只又黄又瘦的手，当工人握它时，他说：

“我还是要对您说，您应当好好学习……”

“我随时都在学习……”

“您会成为一个富于幻想的工程师的。”

“嘿，幻想并不妨碍我生活……”

“再见，固执的小伙子……”

工程师迈着瘦长的腿，穿过阳光的网，在洋槐树下慢慢走去；他一边走，一边细心把一只手套戴在右手的瘦指头上。一个矮小黝黑的侍者，离开刚才听这场谈话的饭馆门口，对那个正伸手从钱包里掏钱的工人说：

“我们这位很有名望的工程师，现在也衰老得多了……”

“他还会坚持自己的看法的!”工人以确信不移的口吻扬声说道，“他的脑盖下还蕴藏着很多的热情……”

“您下次在哪儿演讲?”

“还是在那儿，职业介绍所。你听过我演讲?”

“听过两次，同志……”

他们互相紧紧地握握手，微笑着告别了。一个朝和工程师相反的方向走去，另一个沉思地哼着小调儿，开始收拾桌上的杯盘。

一群戴着白围裙的男女小学生，在马路中间列队行进，队伍中迸发出一片喧笑声。打头的两个大声吹着用纸卷成的喇叭，洋槐树的白花瓣雪片似的纷纷飘落在他们身上。无论什么时候，特别是在春天，你一看见孩子们，就禁不住想在他们背后大声欢呼：

“喂，孩子们！你们的未来万岁!”

十八

如果生活把一个人逼到那种地步，他在埋葬着自己祖先遗骨的沃土上已经找不到一片面包，为饥寒所迫，不得不忍痛离开自己的家乡，流落到远达三十天路程的南美洲去，——如果生活把一个人弄到了这种地步，你对这样的人还能抱什么希望呢？

不管他是怎样的人，反正都一样！他好像一个离开母亲怀抱的孩子，对于他来说，异国的酒的滋味是苦的，不但不能使他得到欢乐，反而使他感到忧伤，他的心变得跟海绵一样松软，而且也跟海绵吸水一样，这颗远离故乡怀抱的心，会贪婪地吸收一切罪恶，生出阴暗的感情来。

在我们卡拉布里亚地区，年轻人在漂泊海外以前，大半是要先结婚的——也许是为了用女人的爱情来加深对家乡的眷恋吧，因为女人也和家乡一样，有一种吸引人的力量。再没有什么东西，比这种召唤他返回故乡土地的怀抱和爱人胸前的爱情，更能保护远方的游子了。

然而，那些为贫困所迫注定要流浪海外的人，他们的结婚几乎往往变成厄运，变成复仇和流血的可怕惨剧的序幕。亚平宁半岛的塞纳尔基亚村社里，不久前就发生过一桩这样的事情。

这个平凡而又骇人听闻的故事，如同从《圣经》上摘引下来的一般，需要从头，也就是从五年前讲起。五年前，在一个叫萨拉钦纳的小山村里，住着一位美人，名叫爱米丽娅·布拉科，她的丈夫到美洲去了，她住在公公家里。她是一个身体强壮、手脚麻利的劳动妇女，天生一副好嗓子，性情活泼开朗——爱说爱笑，而且喜欢卖弄风情，热烈地撩拨着村中小伙子和山上管林人的欲望。

她虽然喜欢逗笑取乐，却善于保护自己作为一个已婚女子的贞洁和名誉，她的笑声常常引起许多人甜蜜的梦想，可是谁也不能夸口说在她身上取得了什么胜利。

你们知道，世界上最爱嫉妒的要算是魔鬼和老太婆了。爱米丽娅也有一位婆婆，而魔鬼这东西，凡是可以作恶的地方，它总是无所不在的。

"亲爱的，你男人不在家，你也玩闹得太过分了，"婆婆说，"我也许会写信把这事告诉他的。当心，我注意着你的一举一动，你要记住：你的名誉就是我们一家人的名誉……"

一开头，爱米丽娅心平气和地要婆婆相信，她爱她的儿子，她的行为并没有什么可责备的。可是后来那老婆子愈来愈多疑了，老是羞辱她。老婆子像被魔鬼迷住了一般，到处胡言乱语，说自己的儿媳妇是个不知羞耻的女人。

风声传进爱米丽娅的耳朵里，她惊慌不安起来，央求鬼老婆子不要胡说八道，破坏她的名誉。她发誓说：她并没有做出任何对不起丈夫的事，她做梦也没有想到过要对他变心。可是，老婆子却不相信她的话。

"我是知道的，"她说，"我也有过年轻的时候，我知道这种誓言值几个钱！好啦，我已经给儿子写信去了，叫他赶快回来，为自己的名誉报仇。"

"你写信去了吗？"爱米丽娅小声问。

"写了。"

"那好吧……"

我们这儿的男子都跟阿拉伯人一样爱嫉妒。爱米丽娅知道丈夫一回来，她会受到怎样的威胁。

第二天，婆婆到树林里去拾干柴，爱米丽娅在裙子下藏着一把斧头，跟在她后面。这美人儿亲自向警察所长自首说：她砍死了婆婆。

"我没有做什么不名誉的事，与其让人家到处说我不规矩，我倒不如做个杀人犯。"她说。

审判的结果，她胜利了。几乎全塞纳尔基亚的居民都出来替她做证，许多人甚至流着眼泪对法官说：

"她没有罪，她平白无故被人败坏了名誉！"

只有大主教科齐出面反对这可怜的女人：他不愿意相信她的贞洁，他说必须遵守民间古老的传统习俗，还警告人们不要重犯古希腊人为弗里娜[1]进行辩护的错误，一看见淫妇生得美，就神魂颠倒。他说了他应该说的话。也许就因为他的缘故，爱米丽娅被判了四年徒刑。

如同爱米丽娅的丈夫一样，她的同村人多纳托·格瓦纳齐亚也到海外谋生去了，把年轻的妻子留在家里，使她过着佩涅洛珀[2]式的郁郁寡欢的生活——靠编织生活的幻想过日子。

三年前，多纳托接到母亲的一封信，信中说，他的妻子特雷莎，跟他父亲——她的丈夫——有了首尾，姘居厮混。你们瞧，这又是老太婆跟魔鬼勾结在一起了。

儿子多纳托买到第一艘开往那不勒斯的轮船票，像从天而降似的，突然回到家里。

妻子跟父亲都装出很吃惊的样子；但他是一个严酷而又多疑的小伙子，一开始显得很平静，想证实一下这件事是否属实，——因为这时他已听到了爱米丽娅·布拉科的案情。他对自己的妻子百般爱抚，在一段时间里，他们两人好像又重新度起新婚的蜜月和青春的热宴来了。

母亲竭力往他耳朵里灌毒汁，但他阻止了她：

"够了！我要亲自证实一下你的话是否属实，请不要妨碍我。"

他心里明白，受辱者的话是不能轻易相信的，哪怕是自己的生身母亲也一样。

半个夏天几乎平安无事地过去了，也许一辈子都会这样过下去的。可是有一次当儿子偶然离开家的时候，他的父亲又去勾引儿媳妇了。她拒绝了老色鬼的纠缠，这使他恼羞成怒——突然的拒绝使他未能享受到年轻的肉体，于是他决心向女人报复。

"你会倒霉的。"他恐吓她。

"你也一样。"她回答。

---

① 弗里娜，古希腊高等艺伎，曾做过古希腊雕塑家伯拉克西特列斯（公元前四世纪）的模特。她的非凡的美貌被伯拉克西特列斯通过塑像《爱神》表现了出来。另一位古希腊画家阿佩莱斯也曾以她为模特，把爱神阿芙罗狄蒂（即罗马神话中的维纳斯）画成从海上出现的样子。

② 佩涅洛珀，古希腊神话中奥德修斯的忠实妻子。奥德修斯外出远征二十年，杳无音讯，她一直守在宫里，虽有许多人求婚，终不改嫁，一直等到丈夫归来。古希腊著名史诗《奥德修记》（一译《奥德赛》）对这段故事有详细的描述。

我们这儿的人都寡言少语。

第二天，父亲对儿子说：

“你可知道，你的妻子对你不忠？”

他脸色唰地白了，直勾勾地望着父亲的眼睛问道：

“您有证据吗？”

“有的。她的情人对我说，她肚子底下有一颗大痣——这是真的吧？”

“那好吧，”多纳托说，“爸爸，既然您对我说她有罪——她就该杀！”

父亲无耻地点了点头：

“对！淫妇就应该杀。”

“还有男的！”多纳托一边走，一边说。

他走到妻子面前，两手重重地放在她的肩上……

“你听着，我知道你对我变心了。为了你变心前和变心后我们夫妻间的恩爱，请告诉我，你跟谁发生了关系？”

“哎呀！”她突然发出一声叫喊，“你去问你那该死的老头子好了，只有他一个人……”

“是他？”多纳托问，他的眼睛充血了。

“他强迫我，威胁我，可是这件事必须从头到尾说清楚……”

她憋得喘不过气来——丈夫摇晃着她的身体说：

“你说吧！”

“啊，是的，是的，”她绝望地小声说，“我们发生了关系，他跟我，就如同夫妻一样，发生过三十次，四十次……”

多纳托跑进屋里，抓起枪，跑到田野里找到了父亲。在那儿，他对他说了男子之间在这种时候所能说的一切话，接着，开了两枪，结果了他的性命。然后向他尸体上啐唾沫，又用枪托打碎他的天灵盖。有人说，他对死者作弄了好久——还在他背上跳了死神舞。

后来，他来到妻子面前，给枪装上子弹，对她说：

“你后退四步，跪下来祷告吧……”

她号啕痛哭起来，哀求他饶命。

“不行，”他说，“我照规矩办事，如果我有罪，你也应该这样对待我……”

他像打鸟一样打死了她，然后去向当局自首。当他从村中街道上走过时，人们都给他让路，许多人说：

“多纳托，你真是个好汉……”

开庭审判时，他那蒙昧的心灵里产生出一种邪恶的热情，他用粗野的言辞，精力充沛地为自己辩护。

“我娶妻子是为了由我们两人的爱情生出孩子来，我们俩，她和我的生命，都应该活在孩子身上！一个人爱着的时候——既无父亲，也无母亲，有的只是爱情，爱情是永恒的！因此男女双方，只要有一方破坏了爱情，就应该受到诅咒，就应该受到断子绝孙、恶病或暴死的报应……”

辩护律师要求陪审官判他为激怒杀人罪，但陪审官却证明多纳托无罪，他的话在听众当中引起暴风雨般的掌声，——于是多纳托带着英雄的荣光回到塞纳尔基亚。人们向他致敬，认为他能够严格恪守古老的民间传统，为受辱的名誉进行流血的复仇。

多纳托被宣判无罪释放后不久，他的同村人爱米丽娅·布拉科也获释出狱了。当时正是寂寞无聊的冬天，圣诞节快要到了。在这种时候，人们都特别强烈地希望跟亲人团聚，共享天伦之乐。但爱米丽娅和多纳托却是两个孤身无靠的人——他们的光荣毕竟不是一种令人尊敬的光荣，杀人犯终归是杀人犯，他可以使人惊叹，但也仅此而已。他可以被证明无罪，但又怎能叫人去爱他呢？他们两人手上都沾满过鲜血，他俩的心都已破碎，两个人都经历过公堂受审的惨痛悲剧。因此，当这两个有着共同遭遇的人互相要好起来，决定去修补他们那被破坏了的生活时，这件事并未使塞纳尔基亚的任何人感到惊奇；两个人都还年轻，两个人都需要爱情。

“我们总不能老是沉浸在对过去的悲伤回忆里，我们该怎么办呢？”经过最初的几次接吻之后，多纳托对爱米丽娅说。

“我的丈夫要是回来，他会把我杀死的，因为我的心现在的确已经不属于他了。”爱米丽娅说。

他们决定筹足旅费后便到海外去，也许他们在这世界上会找到一个安静的角落，使他们能得到一些幸福。可是在他们四周，有些人却这样想：

“我们可以容许为爱情而杀人，我们赞成为保护名誉而犯罪，可是现在呢，他们流了那么多血，保护了的那个传统，他们自己却又违反起来了！”

这种严厉而恶毒的批评和冷酷的古老风俗的余音，叫嚣得愈加厉害了，最后终于传到爱米丽娅的母亲塞拉菲娜·阿马托的耳朵里。她是一个高傲而强壮的女人，虽然已经五十岁了，但仍未失去山村妇女的风韵。

起初她不相信那些使她感到屈辱的流言蜚语。

“那是造谣，”她对人们说，“你们可别忘了，我女儿为了保住自己的名誉，曾蒙受过多少痛苦！”

“不，忘记这些的不是我们，而是你女儿自己。”人们回答她。

于是，住在外村的塞拉菲娜来找她的女儿，对她说：

“我不想让别人讲你的坏话，你过去干的事情，尽管流了血，究竟是诚实而正直的，应当使那件事成为教训，让人们引以为戒！”

女儿哭着说：

“整个世界都是为了人，人若不为了自己，那么人活着是为了什么呢？”

“你既然傻得连这点儿道理也不明白，那你去问神父吧！”母亲回答她。

后来，她又去找多纳托，竭力警告他：

“你不要再打搅我的女儿了，要不然，你不会有好下场的！”

“请听我说，”青年向她央求道，“我要永远爱这个不幸的女人，因为她跟我一样不幸！请允许我带她到外国去吧，一切都会好起来的！”

这番话等于火上浇油。

“你们想私奔？”塞拉菲娜发出狂怒的绝望的叫喊，“不行，这办不到！”

他们吵得跟野兽一样凶，互相用充满敌意的火辣辣的眼睛凝视着对方，然后分手了。

从这天起，塞拉菲娜像一条灵敏的猎狗追逐野禽，留心着恋人们的动静。但她并不能阻止他们晚上幽会，因为恋爱像野兽一样，又狡猾又敏捷。

但是，有一次她偷听到女儿跟多纳托商量私逃的计划——这时，她决心要干出一件恐怖的行动来。

星期日，人们都上教堂做礼拜；前排站着的是身穿节日艳丽服装的女人，男人跪在她们身后；这一对恋人也来向圣母祈祷，求她保佑。

塞拉菲娜·阿马托是最后一个来教堂的，她也穿着过节的新衣服，裙子上围着一件绣花的宽罩衫，罩衫下藏着一把斧头。

她嘴里念着祷词，慢慢走近塞纳尔基亚守护神米迦勒大君的神像旁，躬身下拜，用手摸摸神像的手，吻了一下，然后偷偷走到正在跪着的女儿的情人的身边，在他脑袋上砍了两下，砍成罗马数字的 V 字形，即字母 V 形——表示复仇的意思①。

教堂里笼罩着一片恐怖的气氛，人们叫喊着向大门口拥去，许多人昏倒在瓷砖地上，许多人像小孩一样号哭起来。塞拉菲娜手执斧头，站在受伤的多纳托和昏迷的女儿身边，活像村镇上的复仇女神涅墨西斯。

她这样站了好半天，等人们清醒过来以后，将她逮住了；她昂首仰望着天空，眼中燃烧着狂喜的火焰，大声祷告道：

“神圣的米迦勒大君，我感谢你的恩典！你使我有勇气为我女儿受辱的名誉报仇！”

但当她听说多纳托没有死，被人用椅子抬着到药房包扎可怕的伤口去了，她吓得浑身战栗起来，瞪大一双疯狂的充满恐惧的眼睛，说：

“不，不，我相信上帝，这个人一定会死的！我砍得他很重，我手上有感觉。上帝是公正的，这个人该死！……”

不久就要对这个女人进行审判了，她当然要被判重罪。然而，当一个人认为他砍伤人是正直的行为，判重罪又如何能改变他的信念呢？铁是愈炼愈硬的。

人们审判一个人时，会对他说：

“你犯罪了！”

他可以回答“是”或“不”，但一切仍像以前一样，依然故我。

不过，诸位，归根结底还是应该这样说：人应当在上帝使他降生的地方，在土地和女人爱他的地方生长和繁衍……

---

① 在意大利文中，Vendetta（复仇，族间仇杀）一词的第一个字母是 V。

十九

乔万尼·图巴老爹，年轻时就因为海洋而背弃了陆地。那碧蓝的海面有时像少女的眼睛妩媚而安详，有时又像充满热情的女人的心汹涌澎湃，那吸收着对鱼儿毫无用处的阳光的烟波渺茫的海面，在同活泼的灿烂阳光接触时，除了发出美丽耀眼的光辉，不会长出任何东西来；然而永远歌唱着的狡猾的大海，却往往激起人们想远涉重洋的强烈欲望，它从多石的、沉默的土地上夺走了很多人，因为土地需要天空降下很多很多的雨水，十分贪婪地要求人们付出大量辛勤的劳动，可是给人的欢乐却很少！

图巴年幼时，就在山坡上筑有灰石墙的梯形葡萄田里劳动。当他在枝叶坚硬的橄榄树和掌形的无花果树中间，在夏橘和纵横交错的石榴树的浓荫里，在炎热的阳光下，灼热的泥土上，馥郁的花丛中干活儿的时候，还在那时，他就常常张大鼻孔，目不转睛地凝视着蔚蓝色的大海，眼睛里流露出这样一种神情，仿佛脚下的土地并不坚牢，土地在摇荡，在融化，在漂浮。他一边凝视着，一边呼吸着带盐味的空气，感到如痴如醉，渐渐变得心不在焉，浑身发酥，桀骜不驯了。凡是被海洋迷住，听从海洋的召唤，从心眼里爱上海洋的人，往往都有这种情况……

每逢休息日，一大清早，当太阳刚刚从山后升到索伦托上空，天空仍然泛着一片像被杏花染成的粉红色的时候，蓬头垢面的图巴便像牧羊犬一样，向山下跑去，他肩上扛着钓竿，从一块石头跳到另一块石头，犹如一块没骨头的富有弹性的肉团，向海边跑去，他那张由于长满雀斑而变成红褐色的大脸上，现出微笑。早晨的新鲜空气里，迎面飘来一股浓烈的香味和海浪的絮絮低语，掩过了从梦中醒来的花木的清香。海浪在下面拼命地拍击礁石，像少女一样把他引诱到自己的身边……

他坐在一块暗红色的石头上，吊着两条青铜色的腿，用一双像李子般又黑又大的眼睛，凝视着澄澈的碧水；透过玻璃般晶莹透亮的海水，他看见了一个比一切童话更奇幻更美丽的世界：在海底，在那铺着绒毯的岩石中间，生满金红色的海藻；从海藻丛中，游出堪称为海中活花的五颜六色的“维奥拉”鱼，而眼睛迟钝、鼻子上长满花纹、肚子上有蓝色斑点的“佩尔基亚”鱼，则像喝醉了酒似的踉跄地游出来，很快地掠过了金色的“沙尔巴”鱼和带着不同颜色条纹的大胆的“卡尼”鱼，黑色的“奎拉钦”鱼像快乐的魔鬼一样穿来穿去，“斯巴拉利奥”鱼和“奥克亚特”鱼像银盘似的闪闪发光，还有许多其他美丽漂亮的鱼儿！这些鱼儿都狡猾得很，它们在用圆圆的嘴吞进钩上的钓饵之前，往往先用小小的牙齿轻轻触碰一下——真是聪明极了！

长须的虾儿像空中的飞鸟，在清澈透明的海水中游泳，隐士似的海蟹，背着带花纹的甲壳房子，在石块上爬动；血红的海星鱼静静地向前移动着，淡紫色的水母默默地摇晃脑袋；有时从礁石下面探出海鳗凶恶的脑袋，它长着锋利的牙齿，全身布满红斑，盘绕着蛇似的长身体，犹如童话里的女妖，不，比女妖更可怕，更丑陋难看；像肮脏的抹布似的灰章鱼，忽然在水中伸展开柔软的身体，跟猛禽一样不知扑到哪里去了；龙虾颤动着竹钓竿似的长须，慢吞吞地爬着；还有许多奇形怪状的生物，栖息在透明的海水里，栖息在像海水一样明净、但比海水更加空旷广漠的天空下。

海洋在呼吸，它碧蓝的胸脯有节奏地起伏着；泛着白沫的绿波，拍溅着图巴脚下的礁石，它们拍溅着，嬉戏着，发出哗啦哗啦的声音，想跳到这小伙子的脚上来，有时成功了，他便浑身哆嗦一下，微微一笑，——波浪也发出欢乐的笑声，但好像有点儿害怕似的，连忙从礁石上退回去，接着又重新向礁石涌过来。阳光温柔地穿过波浪的胸膛，深深地射进水里，形成漏斗形的亮光，——于是他心头，什么也不想，万念俱寂，默默地、愉快地观赏着眼前的一切，沉溺在甜蜜的梦境里。这颗心里也荡漾着一种听不见的明净的波浪，而且它包罗一切，也跟海洋一样有无限的自由。

他就这样度过了休息日，后来不是休息日也想下海了——要知道，人的心灵一旦被海洋所俘虏，他自身也就成了海洋的一部分，正如心灵只不过是活人身上的一部分一样。于是图巴把土地留给兄弟，跟着那些和他一样爱上了辽阔大海的朋友们，一起上西西里海岸采珊瑚去了。这是一种既困难又光荣的劳动，每天都有十次被淹死的危险，可是，当他们从碧蓝的海水里吃力地扳起边上缀有铁齿的半圆形的网时，可以看到许多令人惊异的东西——那网里，如同人脑中的思想一样，蠕动着各种五光十色的生物，中间还夹着海洋的贵重礼物——粉红色珊瑚枝。

被海洋所俘虏的人，就这样永远对陆地失掉了兴趣。他也曾爱过几个女子，像做梦一样，默默地爱着，时间却不长。他跟那些女子谈话时，所谈的也无非是他所熟悉的鱼儿呀，珊瑚呀，波浪呀，狂风呀，以及向无边大海驶去的大轮船呀。他在陆地上时，性情温和，小心翼翼地走路，不轻易相信人，跟鱼儿一般沉默寡言，总是用锐利的目光看着所有人的眼睛，仿佛在观测变幻无穷的深渊，但又不敢相信；可是一到海里，他却变得安详而快活，对伙伴们关怀备至，动作像海豚一样敏捷。

但是不论人们为自己选择了怎样好的活计，到头来也只有几十年可干。被海水腌透了的图巴，活到八十岁的时候，他那害风湿病的两手再也不能劳动了——它们已经劳动够了！歪斜的双腿好容易才能支撑住佝偻的身体。于是，这个经历了许多风霜雨露的老人怀着郁郁不乐的心情回到海岛上，爬上山，走进儿孙绕膝的兄弟的破茅舍里——这一家人过着十分清苦的生活，要他们乐善好施，慷慨解囊，是很难做到的，况且年迈的图巴已不能像从前那样给他们带来许多鲜美的鱼儿了。

老人生活在他们当中，感到非常烦闷；当他用弯曲的黑手把一片面包送进自己缺牙的嘴里时，他们都瞪大眼睛，直勾勾地望着他。过了不久，他明白自己在他们当中是一个多余的人，这使他黯然神伤，心中充满哀愁，被太阳晒干的皮肤上的皱纹更加深刻了，他的骨节总是莫名其妙地酸痛。他一天到晚坐在茅舍门口的一块石头上，用一双衰老的眼睛望着那曾使他迷恋过一辈子的光辉的大海，望着在阳光下闪闪发亮、像梦境一般美丽的蔚蓝色海面。

这儿离海还很远，老人要想走到海边并不是一件容易的事。但他已下定了决心；有一天，夜深人静时，他像一只被压烂的蜥蜴在尖石上爬动一样，从山坡上往下爬。当他爬到海边时，波浪用他所熟悉的、比人声还亲热的低语声，用洗泼岸石的清脆悦耳的歌声欢迎他。这时候——

人们后来才得知——老人双膝跪下，翘望着天空和远方，默默地为所有那些对他说来是陌生的人们祷告了几句，然后从骨瘦如柴的身上，脱下破烂的衣服，把这身破旧的皮——依然是身外物——放在岩石上，接着便跳进水里，抖动着白发苍苍的脑袋，仰身躺下，望着天空，向海心游去。在遥远的海面上，暗蓝色的天幕的边缘与黑丝绒般的波涛连接在一起，星星和海面离得很近，似乎伸手可摘。

在静悄悄的夏夜里，大海显得十分平静，如同白天玩累了的儿童一般，在酣睡着；大海发出轻微的鼾声，大概正在做着快乐的梦吧。一个人如果在夜间，在这样浓厚而温暖的海水里游泳，他手下会迸发出蓝色的火花，蓝色的火焰向四周散射，人的灵魂也会在这像母亲讲的童话一般温柔的火焰中，静静地熔化。

二十

太阳在神圣的静寂中升起来，一抹灰蓝色的雾霭，饱和着金黄色荆豆花的香气，从海岛的岩石上向天空升腾上去。

在沉睡着的幽暗平坦的海面上，在苍茫的天穹下，这个海岛仿佛是供奉在太阳神面前的祭品。

繁星刚刚消逝，只有苍白的金星，仍在寒冷昏暗的高空中，在透明的羽毛状云层上面，孤零零地放射着光芒；云层微微染成蔷薇色，在第一道阳光的火焰中静静地燃烧着。它们的反光映射在平静的海面上，宛如从深绿色的海底浮现出来的珠母。

由于蒙上一层银白色的露水而显得沉甸甸的草叶和花瓣，昂然挺起身体去迎接太阳。那晶莹透亮的露珠悬挂在草叶头上，渐渐涨大，掉落下来，滴在正沉睡着的汗涔涔的泥土里。真想听一听它们轻微的滴落声，如果听不到，会使人感到寂寞的。

鸟儿醒来了，在橄榄树茂盛的叶子中间飞翔着，鸣唱着。被太阳唤醒了的大海，发出阵阵轻微的喘息声，从下面传到山顶。

四周依然静悄悄的，人们还在沉睡。在早晨清新的空气里，花草的幽香比一切声音都显得更强烈。

葡萄园里有一所小小的白屋，像一只被大海绿波包围着的船，埃托尔·西科老人正从那座小白屋的门口迎着太阳走出来。他是一个孤身独居的老人，长着两只像猿臂般的长胳膊，有一颗哲学家的秃脑袋，饱经风霜的脸上布满皱纹，松弛的皱纹几乎把眼睛全给掩盖住了。

他把一只黧黑多毛的手慢慢举到脑门上，向染成玫瑰红的天空望了好久，然后又向四周眺望着。在他的眼前，在淡紫色的岩石上，泛着绿宝石色和金黄色的丰富色调，粉红色的、黄色的和红色的花卉光彩夺目。老头儿阴沉的脸上浮现出一丝和蔼的微笑，他用沉重的圆脑袋肯定地点了几下。

他稍稍弓着背，撑开两腿站在那儿，仿佛肩负着千钧重担。初升的太阳在他身边快乐地闪耀，葡萄园的绿荫闪烁着亮晶晶的光波，山雀和金翅鸟在高声鸣唱。在黑莓子和铁线莲的草丛里以及大戟草的密丛中，鹌鹑拍打着翅膀，像那不勒斯人一样爱打扮和无忧无虑的黑鸫，不知在哪儿打着呼哨。

西科老人把两只疲惫的长胳臂举到头顶上，伸了一个懒腰，仿佛想跳进像杯中的酒一样平静的海水里。

他把老骨头舒展了一番之后，便坐在门口石头上，从上衣口袋里拿出一张明信片来，举到离眼睛老远的地方，然后眯着眼仔细打量起来，不出声地翕动着嘴唇。他那张好久没有刮过的泛着银光的大脸上，又浮现出了微笑；那微笑中，奇妙地混合着慈爱、悲哀和自豪。

他眼前的这张厚纸片上，用蓝色印着两个阔肩膀的青年人的照片，他们并肩而坐，愉快地微笑着，两个人都是鬈发，大脑袋，长得跟西科老人本人一模一样；他们头上边清清楚楚印着几行大字：

> 奥图罗和安里科·西科
>
> 两位为本阶级利益而斗争的高贵战士。他们曾把每周工资只有六美元的二万五千名纺织工人组织起来，并为此被捕入狱。
>
> 为社会正义而斗争的战士万岁！

西科老人是个文盲，这儿印着的又是外国字，但他却晓得上面写的是什么。他很熟悉这几行字，每个字都像铜号似的发出震耳的鸣响。

这张蓝明信片，曾给老人带来许多的不安和忧虑——他在两个月以前接到了它，他以一个父亲的本能，立刻感到了不祥之兆，因为穷人的照相只有在犯法的时候才会印出来。

西科把这张纸片放进衣袋里，像一块大石头一样压在他的心上，而且一天比一天更加沉重。他有好几次想把它拿给神父看，但长期的生活经验使他确信人们说得对："神父也许会把人的真实情况告诉上帝，但他对人是绝不会说实话的。”

第一个被他打听过这张明信片的秘密意义的，是一位红头发的外国画家——一个身材修长而消瘦的青年人，他常到西科家附近一带来，架好画架，把脑袋放在已经动过笔的图画的方影子里，舒舒坦坦地躺在旁边睡觉。

“先生，”他问画家，“他们干了什么事？”

画家望一望老人儿子们的快乐的脸说：

“大概是干了什么可笑的事吧……”

“那上边印的是什么字？”

“这是英文，除了英国人，就只有上帝知道了。我的太太也懂，只要她肯实说就行。她是往往不肯说实话的……”

画家像金翅鸟一般爱饶舌，看来他说什么都不会认真的。老人郁郁不乐地离开了他。第二天，他去找画家的太太——一个胖女人，他在花园里找到了她，她穿一件宽大透明的白罩衫，躺在帆布软床上，一双绿眼睛气鼓鼓地望着蔚蓝的天空，消解着暑气。

“他们被关进监狱啦！”她用半生不熟的意大利语说。

他的腿发抖了，好像整个海岛都摇晃起来，但他仍鼓起勇气问道：

“偷了东西，还是杀了人？”

“啊，不，只因为他们是社会主义者。”

“社会主义者是什么？”

“这是……政治。”太太用有气无力的声音说，接着就闭上了眼睛。

西科知道外国人都是一些糊里糊涂的人，他们比卡拉布里亚[①]人还要笨。但他想知道孩子们的实情，所以在太太身边站了好半天，等待她把无精打采的大眼睛再睁开来。她终于睁开了眼，他用手指着纸片问道：

“这是正当的事情吗？”

“我不知道，”她不高兴地回答，“我已经说过——这是政治，懂了没有？”

不，他没有懂：因为在罗马，政治是由那些部长大臣们和有钱人管

① 卡拉布里亚是意大利南部的一个区。

理的，为的是向穷人征收更多的捐税。他的儿子是做工的，住在美国，而且都是挺好的小伙子——他们干吗要去过问政治呢？

他两手捧着孩子的相片，坐了整整一夜。在月光下，他显得郁郁不乐，心头更加阴暗了。第二天早晨，他决定去请教神父。那个穿黑长袍的神父，简短而严厉地说：

“社会主义者是一些否定神权的人——你只晓得这一点儿就够了。”

接着，他望着老人的背影，又添了几句：

“你这么大年纪了，对这种事还有兴趣，也不害臊！……”

“我幸而没有把相片拿给他看。”西科心里想。

又过了三天，他到讲究穿戴、思想轻浮的理发师那儿去。这个身体结实得像毛驴似的小伙子，有人说他为了金钱，姘上了一些美国老妇人，那些老妇人表面上是为了欣赏美丽的海景，到这儿来游玩，其实是专来找穷小子寻欢作乐的。

“我的天哪！”这坏小子看了纸片上的字以后便惊叫起来，他的两颊兴奋得发红，“原来是奥图罗和安里科呀，我的老伙计！哦，埃托尔老爹，我衷心向您和我自己表示祝贺！我又有两个大名鼎鼎的同乡了——我怎能不为此感到自豪呢？”

“别说废话啦！”老头儿警告他。

他却挥着两手喊道：

“这太好了！”

“关于他们的事是怎样写的？”

“我看不懂，但我确信上面写的是实话。穷人只有成为伟大英雄的时候，才会把他们的真实情况讲出来！”

“住嘴，我求你别再说啦。”西科一边说，一边气鼓鼓地用木屐踩着石板地走了。

他又到一个俄国人那儿去，人们都说那俄国人是一个很和气的好人。他跑去了，坐在那位垂死的病人的床边，问：

“这上面关于他们两个人都写了些什么？”

俄国人眯起一双由于疾病而失去光泽的、充满忧伤的眼睛，用软弱无力的声音，念了纸片上的说明，然后和气地向老人笑笑。老人问他：

“先生，您瞧，我已经老啦，马上就要见上帝了。要是圣母问我，我和我的儿子们都干了些什么，我应当把实情一五一十地告诉她。这照片上是我的两个儿子，我不知道他们干了什么，为什么要坐牢?”

这时候，俄国人十分认真和简单明了地劝他说：

“您就对圣母说，您的孩子完全明白圣母的儿子的主要戒律——他们对邻人充满真诚的爱……”

谎话是不会说得这样简短的，谎话需要使用耸人听闻的词句，而且还要加上许多修饰语——因此老人相信了俄国人的话，紧紧握住他那瘦小的不知劳作的手。

“这么说，他们坐牢不算一件丢脸的事啦?”

“不，”俄国人说，“您要知道，有钱人只有在他们作恶太多而又隐瞒不住的时候才坐牢，可是穷人只要想做点儿好事，就会被人关进牢狱。您是一个幸福的父亲，这就是我要对您说的话。”

接着，他用衰弱的嗓音，又对西科讲了好久：好人对生活抱有什么样的看法，他们如何想去战胜贫困和愚昧，以及由贫困和愚昧中所产生的一切凶恶可怕的东西……

太阳像火花一样在天空闪耀，金粉似的阳光洒在灰色的岩石上；一切生物——绿油油的青草，天空样碧蓝的鲜花，从岩石的每个隙缝里贪婪地向太阳伸着身子。金黄色的太阳的光点，在水晶似的饱满的露珠里闪耀着，又熄灭了。

老人注视着四周的一切如何吸收着阳光，从阳光里汲取生命的力量。鸟儿来回飞翔，筑巢，歌唱。他想念自己的儿子：他们远隔重洋，被关在大都市的监狱里——这对于他们的身体不大好，一定不大好……

但他又想：他们坐牢，这说明他们已成长为正直诚实的小伙子了，他们的父亲，一辈子都是这样的人——这对于他们是有好处的，也使他心里得到了安慰。

于是老人那红铜色的面孔，好像融化在骄傲的微笑中。

“大地是富饶的，但人却很穷；太阳是和善的，但人却很恶。我一辈子总是这么想，虽然没有对他们说过，他们却懂得老子的心思。一星期挣六块美金，只有四十个里拉。唉！他们嫌太少，二万五千名跟他们一样的工人，也赞成他们的意见——对于想生活得更好一点儿的人说来，这点儿钱确实是太少了……”

他确信，隐藏在他心头的想法，已经在儿子们身上进一步发展了，他觉得这是值得骄傲的。但是他也知道，人们并不相信自己每天都在创造着奇迹，因此他总是闭嘴不说。

只有当他那年迈而宽阔的心头充满对儿子前途的思念时，只有在这种时候，老西科才伸直疲乏的脊背，挺起胸膛，鼓足最后的气力，向着大海，向着儿子所在的远方，沙哑着嗓子呼喊道：

“瓦——利——奥！① ……”

于是，太阳在浓厚而柔和的海面上高高升起，微笑着，人们从葡萄园里应和着老人的呼喊：

“奥——！……”

① 这里的意思是：你们要坚强！

二十一

快到深夜了。

小小的卡普里广场上的碧空中，低低飘动着浮云，时而闪露出明亮的星斗，淡蓝色的天狼星忽隐忽现，从教堂门口飘出管风琴的低沉而庄严的歌唱，所有这一切——浮云的飞驰，繁星的闪烁，映在墙壁和广场石板地上的阴影的闪动，这一切也好像是低微轻柔的音乐。

在这音乐的庄严旋律下，整个广场宛如歌舞剧的舞台布景，不停地晃动着，一会儿变得狭窄幽暗，一会儿变得宽阔明亮。

在蒙特—苏里亚罗峰①的上空，灿烂的猎户星座延伸开来，山巅上布满了轻柔绮丽的白云；那带着深深裂痕的千仞峭壁，仿佛是一位被关于世界和人类的伟大思想弄得疲惫不堪的古代思想家的阴沉面孔。

在六百米高处，一座荒芜的小修道院被云雾遮掩着，旁边是一小片墓地，为数不多的坟墓像花坛一般，在坟墓里，在花丛下躺着的都是这个修道院的修道士。修道院的灰墙，不时从云隙里露出来，好像在偷听山下发生的事情。

孩子们一边放花炮，一边在广场上热闹地奔跑着。花炮噼噼啪啪地响个不停，放射出鲜红的火花，像火蛇一样在石头上打转；时而有一只大胆的手把燃着的花炮高高地扔向天空，发出咝咝的声音，像受惊的蝙蝠一样在空中乱窜，那些轻快灵活的黑影，连喊带笑地向四处散开——只听咚的一声，火星四射，一瞬间照出了躲在角落里的孩子们，几十对活泼的眼睛，在黑暗中闪射着喜悦的目光。

花炮的爆炸声几乎接连不断，掩盖住了笑声、惊呼声和木屐踏在熔

---

① Monte Solaro，卡普里岛的最高山峰，海拔585米。

岩上的清脆悦耳的脚步声。一道道黑影颤动着，向上升起，在云天上映出红色的反光；房屋的古老墙壁仿佛在微笑——它们还记得老年人的儿童时代，它们在这圣诞节之夜曾千百次观赏过孩子们这种略带几分危险的欢乐的游戏。

但静寂只持续了一刹那工夫，接着又重新传来管风琴弹奏祈祷歌的庄严乐曲；在下边，惊涛拍岸的轰隆声和柔如抚帛的鹅卵石的簌簌声交相应和。

海湾犹如一只盛满泛着泡沫的红葡萄酒的大碗，它的边缘上闪烁着一道五彩宝石的活动光带，那是城市的灯火——海湾的金项链。

那不勒斯上空映着蛋白石色的天光，像北极星光一样不停地颤动着。几十枚花炮火箭似的冲上天空，开放出一束束光彩夺目的火花，瞬息间又消失在光波战栗的云层中，发出一声声沉重的轰响。

海湾整个半圆形的岸边上，灯火辉煌，交相辉映——那不勒斯港的白色灯塔和米曾角的红眼睛[①]，发出一道道寒光，波罗奇达的灯火和伊斯基山麓的灯火，犹如一排排硕大的金刚石，缀在天鹅绒般柔软的夜幕上。

海湾里掀起一堆堆白浪，透过浪涛的洪亮悦耳的拍溅声，从远处传来花炮的隐约的爆炸声。管风琴依然在嗡嗡地响着，孩子们在欢笑——忽然，塔楼上的自鸣钟当当地响了四下，接着又响了十二下。

弥撒做完了，身穿五颜六色服装的人群，狂涛巨浪般地从教堂门口拥到宽阔的台阶上来，鞭炮的火蛇马上跳跃着去迎接他们。妇女们吓得大叫大嚷，孩子们快活地放声大笑。这是他们的节日，在这种时候，任何人也不能禁止他们放鞭炮。

稍微惊吓一下那些仪表端庄、穿节日服装的大人，让那些暴君似的家长们一看见嗞嗞发响、火花四射的花炮在他们脚下乱转，追逐个不停，便连忙远远地躲开——这实在是一件极大的欢乐！而且一年只有这一次……

在这圣诞节之夜，孩子们感到自己是生活的帝王和主人，他们不惜利用这短暂的快乐时刻，来报复大人们整整一年令人不愉快的统治——

---

① 指米曾角的红色灯塔。

那些上年纪的长辈们，笨拙地蹦跳着避开烟火，而且和气地向他们求饶：

“够了！你们这些小坏蛋，够了！”

高原地带的街头乐师——从阿布鲁齐来的牧羊人，披着瓦蓝色的短斗篷，戴着宽边帽子，匆匆走过。他们细长的腿上穿着白羊毛袜，用黑皮带绑成十字花纹。两个人斗篷下挂着风笛，另外四个人手里拿着高音木喇叭。

他们一年一度到这岛上来，在这里住上整整一个月，每天都用奇妙优美的音乐为基督和圣母唱赞歌。

早晨，他们像演戏一样把帽子扔在自己脚边，站在圣母像前，出神地望着圣母慈祥的容颜，用乐器奏出难以用语言形容的动人的旋律，歌颂她的光荣——这种旋律，曾经有一个很确切的名称，叫作“神的肉体的感觉”；看着他们的表演，确实令人感动。

现在，牧人们向存放着圣婴摇篮的老木匠巴奥利诺家走去，他们准备把圣婴请到圣特雷莎教堂中来。

孩子们跟在他们后边跑着，狭窄的街道吞没了他们幽暗的身影。有几分钟光景，广场上几乎空无一人，只有教堂门口石级上挤满了等待看游行队伍的人群。浮云的影子亲热地、无声地从建筑物的墙壁上和人们的头顶上掠过，仿佛在向他们表示温存和抚爱。

海在喘息。黑暗中，海岛的岬角上耸立着一棵伞形松树，好像一只放在小巧玲珑的支架上的大花瓶。天狼星闪射着令人目眩的光辉，乌云从蒙特—苏利亚罗峰头爬出来，可以清楚地望见悬崖上一座悄然屹立的小修道院和修道院前面那棵卫兵似的孤树。

从街口的拱门下，像从一个管子里似的传来牧人的欢快的歌声，那歌声宛如小溪的淙淙流水，清脆而悦耳。这些不戴帽子、长着鹰钩鼻子、披着斗篷的牧人，活像一些大鹏鸟，他们边走边唱；一群用长杆挑着灯笼的孩子们，簇拥在他们周围。几十盏灯火在空中摇曳，照着巴奥利诺老爹那又小又圆的身躯，照着他那银发苍苍的脑袋，——他两手捧着摇篮，在堆满花束的摇篮中，躺着圣婴的蔷薇色的身体，笑眯眯地举起两手，好像在为人们祝福。

老爹望着这用陶土做的玩偶，感动得不知如何是好。在他看来，这似乎是一个有生命的形体，他会呼吸，正在向人们预言：等太阳出来，“大地上将有和平，人们将得到幸福”。

一颗颗不戴帽子的白发苍苍的头颅，一张张严肃的面孔，从四面八方俯向摇篮，到处闪烁着爱抚的目光。点燃起了孟加拉花炮，黑暗完全从广场上消失了，仿佛突然进入了黎明时分。孩子们唱着，叫着，笑着，大人们的脸上浮现出甜蜜的微笑，可以感到，他们也想蹦跳喊叫，可是又怕在孩子们面前丧失自己的尊严。

黄灿灿的烛光在人群头顶上像金蝴蝶似的颤动着，更高处，繁星在深蓝色的天空中闪射出五颜六色的光芒。从另一条大街上又涌出一队行列——这是一些抬着圣母塑像的小姑娘们。又是音乐，又是明亮的灯火、欢乐的叫喊和孩子们的嬉笑声，——人们心里充满节日的喜悦。

圣婴被搬进古老的教堂里，这座小教堂已经破旧不堪，好长时间不做礼拜了，整年关闭着；可是今天，古老的墙壁上却挂满了花朵、棕榈叶、金黄色的柠檬和柑橘，一幅精致的基督降生图把整个教堂装饰得焕然一新。

在那幅图画上，高山、洞穴、伯利恒①和山顶上古怪的城堡，都是用大块的槲树皮砌成的，山坡上蜿蜒着一条羊肠小道，林间草地上有一群群绵羊和山羊在啃草；用碎玻璃片嵌成的瀑布，闪闪发光，一群牧羊人仰望着天空，天空中闪耀着一颗金星，天使们在空中飞翔，他们一手指着引路的明星，一手指着洞穴，圣母和约瑟②就住在洞穴里，圣婴也躺在那里，两手向天空举着。五光十色、服饰华丽的术士和王子的队列在行进。在他们头顶上，用银线系着的天使，手里举着棕榈和玫瑰花枝。身穿鲜艳的绸衣服、留着大胡子的术士们骑在骆驼上，留着满头蓬松卷曲的金发。身穿锦袍的王子骑在马上，还有头发卷曲的纽米基亚人、阿拉伯人、犹太人以及数百个穿着奇装异服的用陶土烧制的偶像。

在摇篮四周，头缠白布的阿拉伯人已经摆好了小摊，出售蜡制的兵

---

① 伯利恒，犹太教和基督教的圣地，位于耶路撒冷的南边，据说是以色列王大卫的故乡。耶稣也出生在伯利恒。

② 据《圣经》传说，约瑟是大卫的后代，圣母马利亚的丈夫，耶稣之父。要为他们编制歌词。

器、绸缎和糖果；还有不知什么种族的人在那儿卖葡萄酒；妇女们掮着水罐到泉边去汲水；农人牵着驮木柴的毛驴。圣婴周围有许多人跪着祈祷；孩子们在游戏。

这些都制作得很精巧，装饰得很华美，可说是巧夺天工，好像一切都是活的，都在喧闹。

孩子们站在去年已看过的壁画前，很注意地观赏着，他们那敏锐的、记忆力很强的目光，立刻看出哪些是今年新添的东西。他们交谈着自己的新发现，辩论着，笑着，叫着，屋角上站着制作这些精美工艺品的人，很满意地倾听着小鉴赏家们的溢美之词。

当然，那些大人和严肃的家长们似乎认为，如果对玩具表示过分的热心，未免有失尊严，于是便装出对一切都漠不关心的样子。但孩子们往往比大人更聪明，更诚实，他们知道老人听了自己的赞赏，是会感到高兴的，所以他们还是对匠师们大加称赞，弄得那些匠师们只好一个劲儿抚摩着胡子，以掩饰他们得意的、欢喜的微笑。

孩子们一堆一堆地聚集在一起，很用心地商量着组织“铜管乐队”的事。每逢新年前夕，他们都带着古老的乐器，成群结队，锣鼓喧天地到这座布满枞树和繁星的海岛上来游玩。在这种滑稽乐器的伴奏下，儿童歌咏队唱起了快活的异教歌曲——本地的诗人们，每年这一天都要为他们编制歌词。

诸位女士、先生们：
恭贺新禧！
请你们高兴地听听
小朋友的敬意！

请支起你们的耳朵，
请打开你们的心扉和宝囊：
今天是个好日子——主的生日，
大家兴高采烈，欢快无比。

我们的救世主一生下来——

就命途多舛，一贫如洗。
是公牛用它的呼吸
温暖着他赤裸的身体。

救世主想使我们
摆脱一切苦难与不幸；
为了拯救穷苦大众，
他贡献出了自己的一生。

为了纪念基督的诞生，
为了不辜负他的圣名——
诸位呀尽情欢乐吧，
趁着这良辰美景！……

当一个“乐队”翩翩起舞，唱着这支异教赞美曲时，那边，另一个“乐队”唱出了更加欢乐的歌儿，压倒了他们的歌声：

请记住：牧羊人
曾和王子、术士们一起
双膝跪在圣婴的摇篮前，
祝贺他降生于尘世！

鼓声咚咚，震耳欲聋。尖细的横笛好像因为跟不上孩子们的歌唱而有点儿害臊，它独自在一旁滑稽地吹奏着……

残暴的国王希律[①]，
非常害怕圣婴。

---

① 据《圣经》传说，希律是一位残酷的犹太王。耶稣出生在犹太人的伯利恒城，有几个术士从东方来到耶路撒冷，说他们这里出生了一个将来要做犹太王的人。希律听后，心里非常害怕，遂派人去寻找那个婴儿，但未找到。于是他下令把伯利恒城内和四境不满两岁的婴儿全部杀光。

他下令把全国的婴儿
全部杀光，一个不剩！
但那个时代早已过去，
希律死了，我们却活着。
如今，为了纪念耶稣的复活，
我们只需杀鸡宰羊，表示庆贺！

欢快活泼的歌声也使大人们兴奋起来。身体强壮的马车夫卡尔罗·巴姆博拉，大摇大摆地混进孩子的队伍里，涨红着脸大声叫嚷，压倒了孩子们的声音：

不用担心，
不用发愁，
无灾无病，
无须怨尤！
瞧——高高的天上
群星灿烂，月儿分外明。
但愿我们的生活也像
日月一般温暖，充满光明！……

妇女们的黑眼睛观望着孩子们，闪射出幻想的光芒；人们的目光更加明亮和喜悦了。穿着节日盛装的姑娘们狡黠地冲着小伙子们微笑。天上的繁星渐渐稀少了。不知从高处什么地方——屋顶上或窗口——传来了只闻其声不见其人的洪亮的男中音：

打起精神，尽情地欢乐吧，
幸福的时辰即将来临！

从老教堂里传出孩子们的欢笑声——世界上最好听的音乐。岛上的天空已经发白，黎明即将到来，繁星渐渐消失在碧蓝的高空。

在海岛果园的浓荫里，金黄的圆橙闪闪发光，黄灿灿的柠檬好像猫头鹰的大眼睛，从朦胧的晨雾中向外窥视着。橙子树的树巅闪耀着嫩绿的新芽，橄榄树的叶子发出浑浊的银光，光秃秃的葡萄藤蔓摇曳不停。

石竹的鲜艳花朵和鼠尾草的红花，迎着曙光露出妩媚的微笑。空气中飘溢着水仙花的浓香，跟海水的带盐味的香气混合在一起。

清澈的海浪的拍击声，愈来愈大，浪花像雪一样白。

二十二

圣雅各区[①]以喷泉出名，不是没有根据的：不朽的乔万尼·薄伽丘[②]曾经在这喷泉旁休憩和进行愉快的交谈；托马索·阿尼洛[③]的朋友，大画家萨尔瓦托·罗萨[④]曾不止一次地将这喷泉描绘在大幅油画上，——穷苦老百姓都管托马索·阿尼洛叫“马萨尼洛”，他曾为穷人的自由而战，并壮烈牺牲了；“马萨尼洛”就诞生在我们这个区。

总之，我们这个区出过许多优秀人物，也住过不少优秀人物。古时候出的优秀人物比现在多，也容易受到重视，现在大家都穿上了西装，每天跟政治发生关系，要出人头地就变得非常困难了。报纸束缚住了人的精神，精神的成长受到了很大限制。

去年夏天以前，依恰是我们这个区的另一个骄傲，她是一个女菜贩，是世界上最快乐的人，是我们这一带最漂亮的美人。在这一带，日照时间比全市其他任何地方都要长。喷泉不消说还是古代留下来的老样子，它虽然随着岁月的流逝而渐渐变黄，但它那饶有风趣的美，仍将长久地使外国人惊叹不置——大理石的儿童群像是不会衰老的，他们的嬉戏也永远不会疲倦。

---

① 那不勒斯市的一个区。

② 乔万尼·薄伽丘（1313—1375），意大利文艺复兴时期的大作家、人文主义的重要代表，其代表作为《十日谈》。

③ 托马索·阿尼洛（1623—1647），绰号“马萨尼洛”，本是一个渔民，他领导了1647年那不勒斯平民反抗西班牙统治的起义，历史上称谓“马萨尼洛起义”。起义后第十天，被雇佣刽子手暗杀。

④ 萨尔瓦托·罗萨（1615—1673），意大利画家，那不勒斯人，曾参加过1647年的那不勒斯平民起义。

可爱的依恰，是去年夏天在大街上跳舞的时候死去的。人很少有这种死法，因此这件事很值得讲一讲。

她是一个非常快活而且对人十分热忱的女人，很难和丈夫共度平静的生活；她丈夫一直不能理解这一点——总是大嚷大叫，破口大骂，挥动拳头，甚至拔出刀来恫吓人。有一次他果真把刀子刺进人家的腰部，而警察是不喜欢开这种玩笑的，于是斯特范诺坐了一段时间的牢，后来就动身到阿根廷去了。换换空气对于火气大的人是有好处的。

二十三岁的依恰，带着一个五岁的小女孩，守起寡来，她有两头毛驴、一块菜园和一辆手推车，——快乐的人不需要更多的东西，这些对于她已经足够了。她很会干活儿，乐意帮她干活儿的人也很多，当她手头拮据，付不起工钱的时候，便用笑声、歌声以及其他比金钱更有价值的东西来偿付。

并非所有的女人都赞成她的生活方式，男人们当然也不是个个都赞成，不过她心地诚实、善良，不但不触犯已婚的男子，而且常常善于帮助他们跟自己的太太讲和，她说：

"对女人发生厌倦的人，就不懂得真正的爱情……"

有一个叫阿尔图·拉诺的渔夫，年轻的时候想当牧师，在神学校里念过书，后来陷进酒馆和娱乐场的泥坑里，失掉了穿法衣和上天国的道路。这个拉诺以编造秽亵的山歌而出名，有一次他对依恰说：

"你认为爱情也跟神学一样，是一门高深的学问吗？"

她回答说：

"我不懂什么学问，但你编的山歌，我倒全会唱。"

于是她向胖如木桶的拉诺唱了一段：

结识私情
是在春天——
圣母怀孕
就在春天。

不消说，拉诺把一对聪明的小眼睛藏进红扑扑脸颊的肥肉中，放声大笑起来。

这位八面玲珑的美人，自己过着快乐的生活，也给许多人带来了欢乐。甚至她的女伴们，也开始明白人的性格是扎根在骨头和血液里的，又想到圣徒有时也难以克制自己，所以就恢复了对她的好感。何况，男人毕竟不是神，只有对神才可以坚信不疑。

依恰是大家公认的第一美人，是我们区里最出色的舞手，她像一颗明星似的红了十来年；假如她是一位姑娘，她一定会被选为市场上的皇后的，她在许多人的眼中也的确是一位皇后。

她甚至被推荐给了外国人，许多外国人都很想跟她单独谈话，这往往惹得她捧腹大笑。

“这些洗得干干净净的先生们，打算用什么语言跟我谈情说爱呢？”

“当然是用金钱的语言啰，傻瓜！”一些举止庄重的人劝她道。但她却这样回答：

“除了洋葱、大蒜、马铃薯，我对外国人是什么也不出卖的……”

有时，一些诚心诚意希望她幸福的人，一个劲儿劝导她：

“只消一个月，依恰，你就可以变成富翁了！你仔细想想吧，你还有一个女儿呢……”

“不，”她反驳道，“我爱自己的身体，我绝不能使它受到玷污！我知道——自己心里不高兴的事情，只消做上一次，自尊心就永远失掉了……”

“可是——你有时并不拒绝别人呀！”

“那是自己人，而且我心里高兴……”

“自己人，这话是什么意思？”

她说：

“所谓自己人，就是我在其中成长起来的那些人，就是了解我的心的那些人……”

话虽这么说，她却跟一位英国人有过一段艳史——那人虽懂本地话，却出奇地沉默寡言。年纪轻轻，头发已经斑白了，脸上有一块伤疤，面孔像海盗，眼睛却像圣徒。有人说他在写书，也有人说他是个赌徒。她甚至跟他到西西里什么地方去游玩过，回来后，她瘦了一大圈。他不像是一个有钱的人，因为依恰既未带钱回来，也未带回任何礼品。她又开始在自己人中间生活了——像平时一样有说有笑，给大家带来欢乐。

可是有一天，恰好是节日，当人们从教堂里出来的时候，有人吃惊地说：

“喂，看呀——尼娜长得完全跟她妈妈一样了！”

这话就跟五月晴朗的白天一样真实：在人们看来，依恰的女儿不知不觉地变成一颗闪闪发亮的明星了，跟她母亲一样光彩夺目。她还只有十四岁，但个子相当高，一头蓬松的头发，一对亮晶晶的眼睛，看起来外貌比实际年岁大，她已经完全成长为一个成熟的女人了。

甚至连依恰自己也一边仔细瞧着女儿，一边暗自感到诧异：

“圣母啊！莫非你，尼娜，想要长得比我更漂亮吗？”

女儿笑着回答说：

“不，只要能跟母亲一样，我也就满足了……”

这时候，人们在这位快乐的女人脸上，第一次发现了忧伤的阴影。那天晚上，她对女友们说：

“瞧，这就是我们的生活！自己的杯子还没有喝到一半，又伸出一只新手来抢杯子了……”

当然，开头的时候，母亲和尼娜之间，还没有发生明显的摩擦——女儿一举一动都谦虚谨慎，也不大上外边抛头露面，不喜欢在男人面前开口，但母亲眼中贪婪的欲火燃烧得更旺了，说话的声音更有一点儿魅力了。

每当依恰出现时，人们便精神焕发，簇拥在她的周围，犹如晨曦中，船帆遇到了第一道阳光。的确是这样，对于许多人来说，依恰就是爱的一天中的第一道阳光；许多人怀着感激的心情，默默地看她推着菜车从街头走过，那苗条的身姿，如同船桅一样挺拔端正；她的嗓音飞扬到每座屋顶上。即使在市场上，她也显得非常出色，她站在一大堆五颜六色的鲜嫩蔬菜前面，宛如绘画大师画在教堂白墙上的美女画，——她的菜车恰巧停在圣雅各教堂门口台阶的左边，她后来就死在离那儿只有三步远的地方。她站在那里，如同一团燃烧的火，她那愉快活泼的谈笑声，她的歌声（她会唱几千首歌），像欢乐的火花翻飞在人们的头顶上。

她很会打扮，合体的衣着使她显得更加娇美好看，就如同水晶玻璃杯中盛满上等的美酒：玻璃杯愈是晶莹透亮，也就愈能显出酒的灵魂；

颜色往往可以增加香气和风味，使人一口气喝干那无言的红色琼浆，我们喝它，是为了给我们心灵中注入一些太阳的活力。美酒，啊，我的上帝！人若不趁良辰美景把那满杯的红色琼浆灌进自己贫乏的心灵中去，整个世界连同它的喧嚣和庸俗，就连一个驴蹄子的价钱也不值。美酒如同圣餐一样，可以使我们洗涤罪恶的污尘，教会我们去爱和宽恕这个充满许多卑鄙、龌龊、勾当的世界……你们只要透过玻璃杯去看太阳，酒就会向你们讲述这样的故事……

依恰站在阳光下，她使人们感到愉快，人人都想博取她的欢心——人若不能在美女面前显露头角是可耻的，他们常常想蹦跳得比自己更高。依恰做了许多好事，她唤醒了许多力量，并把这力量灌注到生活当中去，美好的东西往往会激发人们去追求更美好东西的愿望。

是这样的，可是女儿愈来愈经常出现在母亲身边，她像尼姑一样谦卑，又像一把未出鞘的刀。男人们观望着，比较着，有些人大概已经渐渐理解到这女人的苦衷和她经常感受到的烦恼了。

日月如梭，时间愈来愈加快自己急促细碎的步子。从时间角度看，人就如同灿烂阳光中的金色斑点，一闪即逝。依恰常常蹙眉颦额，有时紧闭着嘴唇，用眼睛盯着女儿，就像赌徒盯着对方手中的纸牌一样。

一两年过去了，女儿出落得愈发像她的母亲了，而且超过了。大家看出，有些青年人已经分辨不出是母亲还是女儿更加妩媚了。女伴们是最会搔人痒处的，她们问道：

“怎么，依恰，女儿把你压倒了吗?”

她笑着答道：

“一颗大星星，即使在有月亮的时候，也会被人看得见的。”

作为一个母亲，她为自己女儿的美貌感到骄傲，但作为一个女人，依恰却不能不对青春充满妒忌。尼娜好像站在她与太阳之间——母亲处在阴影中，感到十分烦恼。

拉诺编了一首新歌，第一节是这样的：

我要是一个男子汉，
定叫女儿生出一个
漂漂亮亮的小姑娘，

就像当初我生她一样……

依恰不喜欢唱这首歌。有人说，尼娜不止一次地对母亲说：

“妈妈要是明智点儿，我们本可以过得更好。”

不久，女儿终于对母亲说出了这样的话：

“妈妈，你把我跟别人完全隔开了，我已经不小啦，我希望过自己的生活！你已经过过不少风流的日子，现在是不是也该让我来过一过啦？”

“这话是什么意思？”依恰心虚地垂下眼皮问道，其实她是明白女儿的意思的。

安里科·博尔博内从澳大利亚回来了，那是一个任何人都容易发大财的神奇国度，他在那边当伐木工，回到家乡来是为了多吸收一些阳光，暖暖身子，然后再回到那个自由的天地去。他三十六岁，长着一脸大胡子，身强力壮，性格活泼，津津有味地讲述自己的冒险故事和茂密森林中的生活。大家只当他吹牛，只有母女俩信以为真。

“我看得出来，安里科喜欢我，”尼娜说，“可是你却跟他打得火热，把他弄得三心二意的，阻挠我们交往。”

“我明白啦，”依恰说，“好吧，你用不着去向圣母告你妈的状……”

于是她毅然决然地抛开了那个男子。谁都看得出来，他比任何人都更中她的心意。

不过人所共知，轻易得来的胜利往往会使胜利者骄傲自满，如果这胜利者是个孩子，事情就会更糟。

尼娜跟母亲讲话的态度，已使依恰有点儿难以忍受了。有一次，在圣雅各节，那是我们区里的佳节，人人都满心欢喜。依恰刚刚出色地跳完了泰兰特拉舞，女儿便当着众人的面警告她说：

“你跳的时间是不是太长啦？这对于你这样年纪的人是不适宜的，你要当心你的心脏呀……”

大家听见这句用亲热态度说出来的冒失话，刹那间都不作声了。依恰两手托着苗条的腰肢，怒气冲冲地喊道：

“我的心脏？你为它担心吗？那好吧，小姑娘，多谢你！咱们看看，谁的心脏更坚强!”

她想了一下，提议道：

“你跟我赛跑好吗？从这儿跑到喷泉，来回三次，当然不准休息……”

许多人都认为女人赛跑是件荒唐可笑的事，也有人觉得这是一种有伤风化的丑事，但大多数人出于对依恰的尊重，怀着半开玩笑的严肃态度看了她一眼，鼓励尼娜接受母亲的挑战。

选出了裁判员，规定了跑步的最大速度，一切都按运动场上的办法做了精确的规定。许多女人和男人都一心希望母亲得胜，为她祝福，并向圣母许愿，求神把力量赐予依恰，使她获得胜利。

母女俩并肩站好，谁也不看谁，只听手鼓一响，她们很快地跑起来，宛如两只大白鸟，沿着街道向广场飞去——母亲头上裹一块红头巾，女儿裹一块蓝的。

在最初几分钟里就已经看出，女儿比不上母亲的敏捷和气力——依恰跑得从容自然，姿势优美，仿佛大地在驮着她奔跑，就像母亲怀抱着婴儿一样。人们从窗口，从人行道向她的脚边扔过鲜花来，呼喊着，为她拍手助威。两个来回之后，她已超过女儿四分钟以上的路程。尼娜受了失败的打击，眼中含泪，气喘吁吁，倒在教堂门口的台阶旁，再也没有力气跑完第三圈了。

依恰却像猫一样生气勃勃，一边跟大家一道狂笑着，一边俯在女儿身上去看。

“喂，小宝宝，”她伸出有力的手，抚摩着小姑娘散乱的头发说，“小宝宝，你应该知道，只有经受过生活磨炼的女人的心，只有善于娱乐、劳动和恋爱的心，才是最强的心。要认识生活，得过三十岁……孩子，你可不要悲伤呀……”

跑完后也没有休息，依恰又要跳泰兰特拉舞了：

“谁跟我一起跳?”

安里科走出来，摘下帽子，向这位光荣的女性深深鞠了一躬，有好长时间，他的头一直恭敬地低垂着。

手鼓咚咚地响起来，最后变成一片嗡嗡声，一场火焰似的舞蹈开始了，那舞蹈如同陈年老酒一样令人陶醉。依恰像金蛇飞舞似的扭动着腰肢，旋转着，——她是很理解这种充满激情的舞蹈的。看着她那优美好看、富有弹性的腰肢如何摇摆，如何扭动，简直是一种极大的享受。

她又跳了很长时间，跟许多人都跳过，男人们一个个都困乏了，她却仍不满足。当她喊出下面几句话时，已经是半夜了：

“来呀，再跳一次，安里科，最后一次了！”她又重新同他缓缓地跳起来，她眼睛瞪得大大的，流露出无限的深情与媚态，那里面有许多微妙的暗示。不料忽然，她急遽地叫了一声，两手一扬，像被砍了一刀似的，栽倒在地上。

医生说她是因心脏破裂而死。

这也许是确实的……

二十三

笼罩在严肃的静寂中，海岛正在沉睡，大海也睡着了，睡得像死去了一般，——好像有谁用一只强有力的手，把这块形状奇怪的黑色礁石从天空扔在大海的胸口上，谋害了它的生命。

要是从金弓似的银河与黑沉沉的海水相接的地方遥望这个海岛，它便像一匹巨额怪兽，弓着毛茸茸的脊梁，一张大嘴紧贴在海面上，默默地喝着油一般凝滞的海水。

每到十二月，经常会遇到这种死一般沉寂的黑夜，它是那么静寂，仿佛除了喁喁私语和小声谈话外，说任何话都是不适当和不必要的，仿佛大声说话会妨碍什么；在这天鹅绒一般的碧蓝夜空下，在这悄无声息的沉默中，好像有一种东西正在秘密地成长着。

有两个人坐在海岛岸边的乱石上小声谈话：一个是海关巡逻兵，身穿黄边黑地短褂，肩挂一支短枪，留神注视着是否有农民或渔夫去挖取岩石缝里凝结起来的盐；另一个是老渔夫，黑黝黝的脸刮得像西班牙人一样干净，从耳朵到鼻梁边有一道银须，他的鼻子很大，像鹦鹉嘴似的弯曲着。

岩石好像是用白银炼成的，但海水把这白色的金属酸化了。

巡逻兵还很年轻，他讲的无非是一些青年人所关心的事情，老人很不乐意听，有时气冲冲地反驳他：

“谁还在十二月里谈情说爱呢？那是养儿子的季节……”

“不，不！我们年轻人是等不及的……”

“等不及也得等……”

“你等过吗？”

“老弟，我不是当兵的，我是干活儿的，凡是人应当经历的一切磨炼，我年轻时候都经历过了……”

“我不明白……”

“你将来会明白的……”

离岸边不远，水中映出淡青色的天狼星；要是长时间凝视着这颗映在水里的朦胧的斑点，便会看见它旁边漂着一个软木浮标，圆圆的像人脑袋，而且凝然不动。

“你干吗还不去睡觉？”

老人敞开自己身上那件由于天长日久渐渐变成红褐色的破旧大氅，咳嗽一下，回答道：

“我们投了网——你没瞧见浮标吗？”

“嗯……”

“三天前，有一伙朋友的网给扯破了，弄得七零八碎……”

“是海豚干的？”

“冬天哪儿会有海豚？不，当然不是。可能是鲨鱼、冬鳍……谁知道呢！”

不知是什么野兽的脚爪在抓动，从山上滚下一块石头来，沙沙地滚过枯草，落到海里，扑通一声，打破了海水的静寂。静夜似乎很乐意听这短促的声响，殷勤地把它迎接到自己的深渊中，仿佛想要永远铭记住它。

巡逻兵小声哼着一支滑稽小调儿：

——老头儿为啥睡不好？
温倍尔托，你可猜得着？
——因为年轻那会儿
葡萄酒喝得太多了……

“反正说的不是我。”老人嘟哝着说。

——老头儿睡不好还有啥原因？
聪明的贝格托，你可知道吗？
——那是因为年轻那会儿

谈恋爱谈得不够多……

“这一首好吧，巴斯卡莱大叔?”

“你过了六十岁就明白啦……这用不着问!”

为了和万籁俱寂的深夜保持和谐的气氛，他们俩沉默了好半晌。后来，老人掏出烟斗，在石头上敲敲，侧耳谛听着短促干燥的声响，说：

“你们这些毛孩子就会取笑人，我不晓得你们会不会像老辈子那样正儿八经地谈恋爱……”

“咦，又是老生常谈……我认为谈恋爱任何时候都是一样……”

“你认为！你知道什么？山那边住着一户姓森查曼奈的人家，你去向他们打听一下卡尔洛奈老爷子的故事吧——这对于你老婆会有好处的。”

“既然你知道这个故事，你就自己讲吧，何必让我去问陌生人……”

夜鸟不知在哪里飞过——空中颤动着一阵别致的、奇怪的声音，好像有人在用一种丝织品匆忙地擦拭干燥的岩石。

地面上的黑暗变得更浓、更潮湿、更温暖了，天空愈来愈高，银河系里雾茫茫的繁星显得越发明亮了。

“从前，女人是很宝贵的……”

“是吗？我没听说过。”

“人们常常打仗……”

“那么，寡妇一定是很多……”

“常常闹海盗，兵荒马乱，差不多每隔五年，那不勒斯就要换一个统治者，——女人都锁在家里。”

“这办法现在行起来倒也不坏……”

“那时候偷女人，就跟偷母鸡一样……”

“我倒觉得她们更像狐狸……”

老人沉默了，给烟斗点上火——一缕清香的白烟悬挂在停滞不动的空气中。火花一亮，映出弯曲的黑鼻子和修短的唇髭。

“喂，后来呢?”巡逻兵懒洋洋地问。

“你要是想听，就别作声……”

天狼星不停地闪烁，这颗妄自尊大的星，仿佛想要把一切星体的光芒都给掩盖下去。海面上尽是金色的光点，这些天空的隐约的反光，似乎给那黑沉沉的无言的海面增添了几分生气，使它充满着变幻无定的光辉。好像有千万只磷火闪耀的眼睛，从海底仰望着天空……

“我听着呢。”巡逻兵急不可耐地打破渔夫那抱屈的鱼儿似的沉默，于是老人不慌不忙地开始小声讲述一个任何时候都会叫人洗耳恭听的故事。

“大约在一百年以前，那边，那个长满茂密的松树的山上，住着一户姓埃切拉尼的希腊人，他是一个驼背的老头子，是一个魔术师和走私贩子。这老头子有个儿子叫阿里斯蒂多，是打猎的——那时岛上还有野山羊。当时这地方上最有钱的一户人家姓加利亚迪，现在他们改用祖父的绰号‘森查曼奈’为姓，这一带的葡萄园，半数以上都是他们家的。他们家有八座地窖、一千多桶酒。当时我们的白葡萄酒在法国也很出名，听说那边的人除了葡萄酒，什么东西都不认。那些法国人都是些赌徒和酒鬼，他们总是赌博，把自己皇帝的脑袋都输给了魔鬼……”

巡逻兵轻轻地笑起来，随着他的笑声，附近海水里哗啦响了一下。他们探过头去望海，默默地仔细打量着：微微荡起的涟漪，一圈一圈地离开岸边，向外散去。

“这是‘切尔尼亚’鱼想吃钓饵呢……”

“继续讲呀……”

“是的……加利亚迪一家人。他们弟兄三个，事情发生在老二卡尔洛奈身上。他生着一张大嘴，嗓门大得惊人，所以人家都这样叫他。他看中了一个贫穷的姑娘，铁匠的女儿朱丽娅，她是个很聪明的女孩子，——要知道，力气大不一定都聪明。他们的婚事受到阻挠，他们心急火燎地等待着结婚。但希腊人的儿子也是一个不含糊的小伙子，他也很喜欢朱丽娅，煞费苦心地想呀想呀，如何才能博取她的欢心，但都没有成功。于是他决心使姑娘蒙受耻辱；他知道卡尔洛奈·加利亚迪是不会娶一个受过玷辱的女子的，那样他就容易把她弄到手了。那时候，对这一点要比现在严格……”

“哪儿的话，现在还不是一样……”

“放荡——是有钱人的娱乐，但我们都是些穷光蛋。”老人严肃地说，仿佛在回忆自己的过去。他接着讲下去：

“有一天，那姑娘正在收拾砍下来的葡萄藤，希腊人的儿子假装跌了一跤，从她家葡萄园围墙上面的小路上滚下来，正好滚到姑娘的脚边。她是一个虔诚的基督教徒，连忙弯下腰去，问他有没有跌伤。他假装疼得很厉害，请求她：

“‘朱丽娅，不要叫人来帮忙，我求求你！我心里很害怕——要是你那个爱吃醋的未婚夫看见我跟你在一起，他会杀死我的……让我休息一会儿吧，我马上就走……’

“说着，他把脑袋枕在她的膝盖上，假装昏迷过去的样子。她惊慌失措了，赶忙呼唤起人来。可是当人们跑来的时候，他却忽然好好地跳起来，故意装出害臊的样子，大声嚷着说他是爱她的，绝没有欺骗的意思，他虽然触犯了少女，但发誓要以结婚来报答她。经他这么一说，事情竟成了这样：他似乎为朱丽娅的妩媚动人所陶醉，便躺在她膝盖上睡着了。他的诡计成功了。那些脑筋简单的人，也不管姑娘正在发怒，便相信了他的话，他们忘记了，正是她自己首先招呼人来帮忙的。谁也没有想到希腊人的性格原来这样狡猾。为了给基督教徒的一切事情捣乱，恶魔是特地给希腊人施了洗礼的。姑娘发誓说希腊人是撒谎，但他却使人们相信，朱丽娅是因为害臊才不敢承认事实，怕遭卡尔洛奈的毒手。他终于胜利了。姑娘像发疯一样，拿石头向人群乱扔，人们把她捆起来带到镇上。卡尔洛奈听到她的喊声，迎着她跑来，但当他听了事情的经过以后，他忽然在人群中跪下，然后又跳起来，用左手打了未婚妻一个耳光，右手正要去扼希腊人的咽喉，人们好容易才把他拉开了。”

“一个傻小子。”巡逻兵埋怨道。

“好人的聪明才智是藏在心里的！我讲的这件事发生在冬天，正好在圣诞节前几天。在这个节日期间，我们那里的人都习惯把自己多余的葡萄酒、水果、鱼、家禽，互相赠送——大家都赠送，不用说，最穷的人得到的最多。我不知道卡尔洛奈后来是怎么弄明白真相的，但他终于明白了事情的真相。圣诞节的第一天，朱丽娅的爹妈都没有上教堂去，他们只得到一件礼物：一只用松枝编成的小篮子，里面放着卡尔洛奈·加利亚迪的一只左手——就是那只打过朱丽娅的手。她本人和她爹妈都吓了一跳，赶忙跑到他家里，卡尔洛奈跪在自己家门口迎接他们，他胳膊上包着血布，像孩子似的哭着。

“‘你这是干什么？’他们问他。

“他回答道：

‘我做了我应该做的事——那个侮辱了我爱人的人，他不能活在这世界上，我把他杀了……这只打过我无辜的爱人的手，它也侮辱了我，我把它砍掉了……我现在请求你，朱丽娅，原谅我，请求你和你们全家人……’

“他们当然原谅了他，可是那条连坏蛋也要保护的法律却不原谅人。由于希腊人的缘故，加利亚迪坐了两年牢，他的兄弟们花了许多钱，才把他从狱中保释出来……

“后来他同朱丽娅结了婚，一直白头到老，只是他们在岛上改了一个新姓——‘森查曼奈’，意思是没有手的人……”

老头儿使劲抽着烟，不作声了。

“我不喜欢这个故事，”巡逻兵小声说，“你讲的这个卡尔洛奈是个野人……大家都很蠢……”

“你今天的生活，再过一百年，看起来也就是愚蠢的了。”老头儿庄严地说，在黑暗中喷出一大口白烟，然后又补充道：

“要是有人能记得你曾活在这世界上，也就算不错了……”

静寂中，又响起海水的拍溅声，现在那声音是强烈而急促的。老头儿脱下大氅，赶忙站起来，消失在黑暗中，好像被黑沉沉的海水吞没了。岸边又泛起微带青光的明亮的涟漪，宛如银白色的鱼鳞。

二十四

夜披着天鹅绒般的衣服，悄悄地从原野向城市走来，城市点燃起万盏金光灿烂的灯火迎接它。两个女人和一个青年，也像迎接黑夜一般，向原野走去。在他们身后，隐约传来被白天的劳累弄得疲惫不堪的城市生活的喧嚣声。

三双脚轻轻地踏着由罗马各族奴隶所铺成的古道上幽暗的石板走着，发出沙沙声。在温暖的寂静中，可以听到女人和蔼而恳切的话声：

“你可不要对人粗暴啊……”

“妈，你看见我对人粗暴过吗？”青年沉思地问。

“你太爱和人斗嘴……”

“那是因为我热爱我的真理……”

青年左边走着一位姑娘，木屐踩得石板咔嗒咔嗒直响，她像盲人似的昂头仰望着天空——那颗很大的太白星在天上闪闪发光，星下边燃烧着一抹红通通的晚霞，两株白杨树好似没有点着的火炬，耸入火红的天空。

“信仰社会主义的人，常常得蹲监坐牢。”母亲叹着气说。

儿子平心静气地回答道：

“将来就不会这样了。要知道，这样做完全是枉费心机……”

“是呀，可是目前……”

“不，现在和将来，没有一种力量能够扼杀世界上年轻的心灵……”

“这是歌中的词儿，我的孩子……”

“千万个声音都在唱这首歌，全世界愈来愈认真地倾听着这首歌……妈，您想想看，您以前什么时候像现在这样，耐心、和蔼地听我和保罗唱这首歌呢?”

“是的!是的……不过由于这次罢工，你却不得不离开自己的家乡……”

“这地方对于我们两个人来说是太小了，让保罗留下吧!我们的罢工胜利了……”

“胜利了,”姑娘高声应和道,“你跟保罗……”

她不等说完便小声笑起来。以后有一分钟光景，三个人都默默地走着。在他们前面，矗立着一个黑色的土堆——一座建筑物的废墟，一棵散发着芬芳香味的油桉树的细嫩枝条，若有所思地低垂在土堆上。当他们三个人走到树旁时，树枝仿佛在轻轻地颤动。

“瞧，保罗来啦。”姑娘说。

一个高大的黑幢幢的身影，从废墟中走出来，站在道路当中。

“是你心里在想吧?”青年笑着问。

前面的那个人应声说道:

“是你吗?”

“是我。这是我的亲人。你们不要远送我，没有必要!我到罗马只有五个钟头的路程，我是特意步行去的，以便在路上集中精力思考一下……”

他们站下来……高个子摘下帽子，用压抑的声音说:

“你不要为你妈和妹子担心，——一切都会好起来的!”

“我知道。再见，妈妈!”

她小声啜泣着，悲叹着，然后是三声热烈的接吻和青年的悲壮的声音:

“妈，你回家安心休息去吧，在这些动荡的日子里，也够让你操心的了!回去吧，一切都会好起来的!保罗就跟我一样，也是你的儿子!喂，妹妹……”

又是接吻声和脚踏在石板地上的干巴巴的沙沙声——敏感的静夜像镜子一样反映着一切声响。

被黑暗所笼罩的四个黑幢幢的人影紧紧偎倚着，融为一个巨大的躯体，久久不能分离。后来他们终于默默分开了——三个人悄悄朝亮着灯光的城市走去，另一个急忙向前，向西走去;西方天空中的晚霞已经消失，碧蓝的夜空亮起许多灿烂的明星。

“再见！”低沉悲哀的声音在黑夜中回响着。

远远地，一个精力旺盛的声音在回答：

“再见！不要悲伤，我们很快就会见面的……”

姑娘的木屐干巴巴地踩响着石板，一个略微喑哑的声音在劝导说：

“他不会失败的，唐娜·菲洛缅娜，您可以相信这一点，就像相信您的圣母的慈悲一样。他头脑聪明，心地善良而坚强，他善于爱人，也善于使别人爱他……对人的爱，就好像长在身上的翅膀，有了这翅膀，人就可以飞得比什么都高……”

城市在黑暗中亮起更多怯生生的苍白的灯火；那高个子的话也跟火花一样闪闪发亮：

“一个人心里只要装着能把全世界团结起来的语言，他随时随地都会找到认清自己真实价值的人！”

紧靠城墙，有一座低矮的白色酒馆，亮着灯光的大门，瞪着正方形的眼睛，在那儿招呼行人。门口放着三张小桌子，一些黑幢幢的人影正坐在桌旁喧哗着，吉他的琴弦发出凄婉的声音，曼陀林琴的金属声音神经质地颤抖着。

当三个人走到门口时，乐声戛然而止，喧哗声也停息了，有几个人站起来……

“晚上好，同志们！”高个子说。

十来个声音愉快而友好地回答：

“晚上好，保罗同志！到我们这儿来啦？喝杯葡萄酒吧？”

“不喝了……谢谢。”

母亲赞赏地说：

“我们的人都很喜欢你……”

“我们的人，唐娜·菲洛缅娜？”

“嗨，别笑话我了……对于我们这儿的人来说，我也不是外人呀……大家都爱你们：你和他……”

高个子挽住姑娘的胳膊说：

“大家，还有这一位，……对吧？”

“对，”姑娘低声说，“当然啦……”

这时候，母亲低声笑了：

“啊，孩子们！……听着你们说话，看着你们，我就不能不相信：你们将来的生活一定比我们好……”

接着，三个人并排消失在城市的一条街道上，那条街道像破旧衣服的袖子一样，又狭窄，又脏乱……

二十五

从早晨起就哗哗地下着倾盆大雨，但到中午的时候，黑云消散了，阴暗的云幕稀薄起来，分裂成无数的云块，被风吹到海里去。在大海的上空，又聚成一团团灰蓝色的云雾，把浓厚的阴影投射在雨后平静的海面上。

东方漆黑的天空中不时有闪电掠过，但在海岛的上空，灿烂的太阳却照耀得令人眼花缭乱。

要是从海上遥望这个海岛，它一定像一座节日的富丽堂皇的教堂：全部洗刷一新，披满娇妍的鲜花，到处闪烁着大滴的水珠——那些水珠，在葡萄藤的嫩黄枝叶上像黄玉、在石菖蒲的须子上像紫晶、在天竺葵的红花瓣上像红宝石一般闪耀着；草丛上、茂密的灌木丛的绿茵上和树木的枝叶上，蒙着一层绿宝石似的翠幔。

万籁俱寂，每逢雨后都是如此。从岩石缝里，从大戟草、黑莓丛和散发着馥郁香味的铁线莲的藤蔓下，隐约传来一条看不见的小溪的潺潺流水声。下面，大海发出温柔的低语声。

黄尝木①的金黄色茎干像箭似的刺向天空，茎叶上沾满水珠，轻轻地摇曳着，悄然无声地把水珠从它奇异的花朵上抖落下来。

在一片浓绿的背景上，淡紫色的石菖蒲同鲜红的天竺葵和蔷薇，在斗姿争艳，大戟草的黄中带红的花缎，同黑天鹅绒般的鸢尾花和紫罗兰纵横交错，相互掩映——一切都显得十分艳丽而明朗，似乎鲜花也像小提琴、笛子和热情洋溢的大提琴一样在歌唱。

潮湿的空气里充满着浓郁的花香，如同陈年老酒一般令人陶醉。

---

① 一种豆科灌木。

在被炸药炸开、裂缝里撒满铁锈的灰色岩石下，在散发着火药味的黄色和灰色石块之间，有四个采石工人坐在那里吃午饭；他们都是庄稼汉，身上穿着湿淋淋的破衣服，脚上穿着皮凉鞋。

他们端着大碗，不慌不忙地、津津有味地嚼着用橄榄油炸过、跟土豆和西红柿炒在一起的坚硬的章鱼干，轮流从一只酒瓶里喝着红葡萄酒。

他们当中有两个人刚刮过脸，长得跟兄弟俩一样相像，简直就像孪生子；另一个身材矮小，独眼，瘸腿，他那干瘦的身子不停地抖动着，活像一只拔掉了毛的老鸟；第四个宽肩膀，大胡子，鹰钩鼻子，是个满头白发的中年人。

他撕开一大片面包，用面包片拨开被酒蘸湿的胡子，把一片面包送进黑洞洞的嘴里，有节奏地抽搐着多毛的下巴，说道：

“这全是胡说八道！我并没有干过什么可怕的事情……”

他那双褐色的眼睛，从浓眉下郁郁不乐地、带有嘲讽意味地圆睁着。他的嗓音沉重而嘶哑，说起话来慢慢吞吞，像是不乐意说似的。帽子上，毛毵毵的强盗脸上，一双大手上，整个藏青色呢衣服上，全是白色的石粉——一看便知，他是个打岩洞的火药手。

三个同伴不去打断他，都很注意地听着，不时地挨次望着他的脸，似乎在说：

“讲下去……”

他耸动着白眉毛，继续讲道：

“这个人，他叫安德雷阿·格拉索，有一天夜里，像小偷似的来到我们村上；他穿得破破烂烂，像个叫花子，帽子跟靴子一个颜色，上面尽是窟窿。他是一个贪得无厌、厚颜无耻和心狠手毒的家伙。七年以后，连我们那些当权的老年人，也对他摘帽行礼了，他却只是略微点点头。周围四十里的人，都欠着他的债。”

“真有这种人。”瘸子叹了一口气，摇着头说。

讲话的人瞧了他一眼，带着嘲弄的神气问：

“你见过吗？”

老人默默地摇摇手，那两个刮光脸的人齐声笑起来。鹰钩鼻子呷了一口葡萄酒，一边眺望着苍鹰在晴空中飞翔，一边继续讲道：

“那时候我十三岁，他造房子，雇了我和许多别的人去搬石头。他对待我们比对待牲口还残酷。有一次，我的同伴鲁基诺把这意思对他直说了，他却说：‘驴子——是我的，你又不是我的亲人，我干吗要怜悯你呢?’这句话刺痛了我的心，从此以后我就更留心着他。依我看，他对谁都同样粗暴和无礼——不论是老年人还是娘儿们都一样。有些德高望重的老年人对他说，这样不好，他却冷笑着说：‘我穷的时候，也没有人可怜过我呀。’他跟神父、宪兵、警察往来密切，别的人只是在手头拮据、万般无奈的时候才去找他，那时他就可以随便摆布他们了。”

“真有这样的人。”瘸子又低声说道，三个人都同情地看了他一眼；一个刮光脸的人默默地把葡萄酒瓶递给他，老人接在手里，对着阳光瞧了瞧，在喝酒以前说：

“为圣母圣洁的心灵干杯!”

“他常常说：‘穷人给富人干活儿，傻瓜给聪明人干活儿，历来如此，永远如此。’”

讲故事的人冷笑一声，伸手去拿酒瓶——瓶子已经空了。他漫不经心地把酒瓶随便丢在乱石堆上，那儿放着铁锤、十字镐，一根火药引线的黑线头像蛇似的伸展着。

“那时候我还年轻，我和伙伴们听了这话都特别生气——这些话扼杀了我们的希望，打消了我们追求更美好生活的愿望。有一天，我和我的朋友鲁基诺，在傍晚时分遇到他骑着马在野外闲逛，我们便客气而严肃地劝告他：‘我们请求您对人和善一些。”

两个光脸哈哈大笑，独眼龙也低声笑起来，讲故事的人喟然长叹了一声。

“嗯，当然啰，这很蠢！不过年轻时候心地单纯，相信语言的效力。我可以说：青年时代是一个人一生中最有良心的时期……”

“他怎么说呢?”老人问。

“他气势汹汹地对我们大声喝道：‘放开马，强盗!’说着，掏出手枪来，一会儿对准我的朋友，一会儿对准我。我们对他说：‘格拉索，您用不着害怕，也用不着生气，我们不过是劝劝您罢了!’”

“说得对!”刮光脸的人说，另一个同意地点点头。瘸子紧闭着嘴唇，注视着一块石头，并用弯曲的手指去抚摩它。

他们吃完了饭。一个人拿一根细树枝，打落草叶上像玻璃一样晶莹透亮的水珠，另一个望着他，摘一段干草梗去剔牙齿。四周渐渐变得更干燥、更闷热了。正午的短短的影子很快消失了。大海轻轻地拍溅着，严肃的故事继续缓慢地讲下去。

“这次会见，对鲁基诺的命运发生了不好的影响——因为他爹和叔叔都欠格拉索的债。可怜的鲁基诺消瘦了，咬着牙齿，目光也不再是姑娘所喜欢的那种样子了。有一次他对我说：‘唉，我们把事情弄糟了，把好话讲给狼听是不值得的！’我暗自揣想：鲁基诺可能要行凶杀人。我替这小伙子和他善良的一家人担心起来。我自己呢，孑然一身，又是个穷光蛋。那时候我妈刚死。”

长着鹰钩鼻子的采石工，用沾满白石灰的手捋捋唇髭和胡子——他的左手食指上戴着一只光亮的沉甸甸的银戒指。

“我的行动要是干得彻底，也许会对别人有些好处，可是我的心太软了。有一次，我在街上碰见格拉索，我和他并排走着，我尽量客气地对他说：‘您这个人太吝啬，心又太毒，人们很难跟您相处，您会逼得人家向您捅刀子的。我劝您还是赶快离开这儿吧，您走吧！’——‘你这个傻小子！’他说。但我坚持要他走。他笑着问：‘给你几个铜子儿，你才不来麻烦我呢？一个里拉够吗？’这当然是侮辱我，但我强忍住了。‘我再对您说一遍，您离开这儿吧！’我们并肩走着，我在他右边。他偷偷掏出刀向我刺过来。因为左手不好使，只划破我胸口一寸光景。不消说，我把他按倒在地，像踢猪一样用脚使劲地踢他。他在地上爬着，我对他说：‘我还是要劝你快快滚蛋！’”

两个光脸疑惑地望一望讲话的人，垂下眼皮。瘸子弯下腰，重新把鞋带束好。

“第二天早上我还睡在床上，宪兵就来了，把我带到他们长官那里，那长官是格拉索的教父。他说：‘契罗，你是个诚实的人，你大概不会否认昨天晚上你想谋杀格拉索吧。’我说这是鬼话，是他说谎。可是，他们对这种事有自己的看法。我在监狱里蹲了两个月，最后判了我一年零八个月。‘好吧，’我对法官说，‘不过，我认为这件事还没有完！’”

他从石头缝里拿出一瓶还没有喝过的酒，把瓶口放进自己的胡茬子里，喝了好半晌。他的毛毵毵的喉结贪馋地搐动着，胡茬子倒竖起来。三对眼睛静默而严肃地望着他。

“讲这种事没啥意思。”他一边把酒瓶递给同伴，抹去胡子上的酒沫，一边说。

“后来，当我回到村里，我明白村上已经没有我立足之地了：大家都怕我。鲁基诺告诉我，这一年，他的生活更坏了。他很苦闷，穷得像烧焦的木炭一样。‘原来是这样。’我心中暗想，便跑到格拉索那儿去。他一看见我，就吓坏了。‘对啦，我回来了，你现在就给我滚蛋！’我说。他抓起枪来向我打了一枪，但那是一支鸟枪，里面装的是沙子，所以只打伤我的一条腿，我甚至没有跌倒。‘你要是打死我，纵使到了坟墓里，我也要爬出来找你算账。我已向圣母发了誓，非把你从这个地方赶走不可！你脾气倔强，我也倔强。’我们扭打起来，不料我无意中扭断了他的胳臂。我本无心打架，是他先动的手。人们跑过来将我抓住。这一次，我坐了三年零九个月牢。刑期满的时候，有个看守对我很好，他明白我的案情，竭力劝我不要回家，叫我到阿普利亚他舅舅那边去做帮工——他的舅舅在那边有许多田地和葡萄园。但我是一不做二不休，既然已经开了头，就得干到底。我回家时，暗自下了这样的决心，以后绝不再多说废话；那时我已经明白，说十句往往有九句是废话。我心里只有一个念头：‘你给我滚！’我回到村上那一天，恰巧是礼拜日，我马上到教堂去做弥撒。格拉索也在那里，他立刻就瞧见我了，连忙站起身来，扯着嗓门喊起来，声音大得全教堂都能听见：‘这个人是来杀我的，诸位，魔鬼叫他来取我的灵魂来了！’我还没有碰着他，还没来得及对他说出我想要说的话，人们便把我围起来了。不过，结果都一样，他扑倒在石板地上——中风了，右半边身体和舌头都麻木了。过了七个星期，他就死了……这便是事情的全部。人们编造了我许多故事……说我十分可怕，那都是不真实的。”

他嘿嘿地笑了笑，望着太阳说：

“该动手干活儿啦……”

三个人静静地不慌不忙地站起来。鹰钩鼻子眼睛盯住落了厚厚一层红铁锈的石缝，又重复了一句：

“动手干活儿吧……”

烈日当头，所有的阴影都消失不见了。

水平线上的云朵低垂在海面上。海水变得更加平静，更加碧蓝了。

二十六

贝贝才十岁左右，他长得瘦小孱弱，但动作却像蜥蜴一样麻利；窄小的肩头上披着一件斑驳陆离的烂褂子，从无数的破洞里露出被阳光晒黑和沾满泥污的皮肤。

贝贝犹如一株枯草，任凭海风吹来吹去，到处飘荡。他在海岛的岩石上蹦来蹦去，随时都可以听到他那不知疲倦的歌声：

美丽的意大利，
我的意大利啊……

一切东西都能引起他的兴趣：像一股股溪水似的在肥沃土地上流布着的鲜花，紫色石缝里的蜥蜴，清晰可辨的橄榄树叶丛中和碧绿的葡萄藤蔓上的小鸟，幽暗的海底花园里的鱼儿，在市内纷乱的狭窄街道上行走着的外国人：脸上带着剑伤的肥胖的德国人，样子像演员、总是习惯于扮演厌世者角色的英国人，热心模仿英国人但又模仿得不像的美国人，总是像发响的玩具一样叫嚷个不停的无与伦比的法国人。

“瞧那张脸！”贝贝用锐利的大眼睛瞟着一个德国人对自己的小伙伴们说，那个德国人绷着脸，显得十分傲慢，连头上的头发都竖了起来。“那张脸比我的肚子还大呢！”

贝贝不喜欢德国人，他关心的是街头巷尾人们的议论和情绪——本地人常常坐在街道上、广场上和昏暗的小酒馆里，一边喝酒，打牌，一边看报，谈论政治。

“在我们看来，”他们说，“在我们这些穷苦的南方人看来，巴尔干的斯拉夫人，要比用非洲的沙漠来报答我们友谊的亲善同盟者更加亲切和可爱。”

这些平凡的南方人愈来愈频繁谈论这一点，他们的话贝贝全都听到并记住了。

一个英国人，百无聊赖地迈着剪刀似的两条腿走过来。贝贝走在他前面，嘴里哼着一首送葬弥撒曲或哀歌：

我的朋友新近死了，
我的妻子非常烦恼……
她为什么这样烦恼
我也感到莫名其妙。

贝贝的伙伴们跟在后面一边笑，一边翻筋斗。当那外国人用黯淡无神的眼睛平静地打量他们时，他们便像耗子似的往墙角和灌木丛中逃去。

关于贝贝，有许多有趣的故事可讲。

有一次，一位太太托他把一篮子从自己园子里摘来的苹果给她的一位朋友送去。

“你可以得到一个铜板！”她说，“这对你并没有坏处呀……”

他痛痛快快地答应了，把篮子顶在头上就走了。直到傍晚他才回来领铜币。

“你倒一点儿也不着急呀！”太太对他说。

“这一趟可真把我累坏啦，亲爱的太太！”贝贝气喘吁吁地回答。“他们有十来个呢！”

“怎么，满满一篮子苹果，只有十多个？”

“我是说那帮小家伙，太太。”

“那么，苹果呢？”

“先说那帮小孩，有米凯勒，乔万尼……”

她开始发火了，摇着他的肩头说：

“快说，你把苹果送到了没有？”

“我走到广场上，太太！您听听我干得多漂亮：一开头他们嘲笑我，我没有理他们，心想，就让他们把我比作驴子好了，太太，出于对您的尊敬，我一切都可以忍受的。可是后来他们又骂起我妈来啦，我想，嘿，这一回可不能轻饶你们了。我便把篮子放在地上，抓起苹果，对准那帮小强盗砍过去。亲爱的太太，您要是看见了，那才有趣呢，您一定会大笑一阵的！"

"他们把我的苹果都抢走了吗？"妇人叫嚷起来。

贝贝伤心地叹了一口气说：

"哦，没有。那些没有砍中的苹果，都在墙上碰碎了，其余的，等我打败他们，跟他们讲和以后，大家分着吃掉了……"

妇人劈头盖脸地对贝贝大骂起来，她骂了好半天，把所有能骂出口的脏话都骂出来了。贝贝老老实实地听着，不停地咂着舌头，还不时发出低声的赞叹：

"哦，骂得好！词儿真新鲜！"

等她骂累了，袖子一甩走开之后，贝贝在她背后说：

"说句实话，要是您亲眼看见我怎样把您那些红通通的苹果百发百中地砍在了那帮小坏蛋的脏脑袋上，您就不会这样生气了！嘿，您要是看见了那场面，您就会答应给我两个铜板了，而不是一个！"

那位愚蠢的太太不理解胜利者谦逊的自豪感，她只晓得挥着铁拳头吓唬他。

贝贝的姐姐比他大好几岁，但却不如他聪明。她在一家有钱的美国人的别墅里当女仆——收拾房间。她很快就变成了一个衣着整洁、面颊绯红的姑娘；由于吃得好，她的皮肤开始明显地灌满健康的汁液，像八月的梨一样鲜嫩。

有一次弟弟问她：

"你每天都有东西吃吗？"

"两次，三次，我想吃几次就吃几次。"她自豪地回答道。

"当心你的牙齿吧！"贝贝忠告她；后来想了一想，又问：

"你家主人很阔吗？"

"他？我想他比王子还阔呢！"

"喂，别说傻话了！我问你，你家主人有几条裤子？"

"说不清！"

“有十条吗?”

“恐怕还要多……”

“你去弄一条给我，不要太长，要厚实一点儿的。”贝贝说。

“为什么?”

“你看我这条裤子烂成什么样子了。”

的确叫人不忍细看——贝贝腿上的那条裤子，不露肉的地方已经不多了。

“好吧，”姐姐同意了，“你是得换一条啦，不过，主人会不会说我们偷东西?”

贝贝严肃地对她说：

“再没有比咱们更傻的了！从许多东西当中稍微拿一点儿，这不叫偷，这叫作分!”

“那不过是说说罢了!”姐姐反驳道。但贝贝很快又说服了她。等她拿着一条质地很好的浅灰色裤子回到厨房时，原来那裤子比贝贝全身还要长一点儿，但他立即又想出了对付的办法。

“拿剪刀来!”他说。

他们俩很快就把美国人的裤子改成一件十分便当的童装：样子像一只口袋，稍微有点儿肥大，穿起来一定很舒服，用绳子把它系在肩头，再在脖子上打一个结子，两只裤口袋，正好当袖子。

他们本来还可以改得更好更合适一点儿，不料那裤子的女主人没让他们这样做——她闯进厨房来了，开始用各种蹩脚的外国话骂出一大堆不堪入耳的话来，美国人一向就是这样。

贝贝怎么也阻止不住她那滔滔不绝的咒骂，只好蹙紧眉头，一只手放在心口，一只手拼命地抱住脑袋，累得直喘大气。而她呢，直等丈夫来到，才平静了下来。

“怎么回事?”他问。

贝贝马上说：

“先生，您这位太太忽然这样大叫大嚷，使我感到十分吃惊。我真有点儿替您害臊。我想，她大概以为我们把您的裤子糟蹋了，不过，我敢向您保证，我穿上这条裤子正合适！她也许以为我把您的最后一条裤子给拿来了，您再也买不起别的了……”

美国人不动声色地听完他的话，警告他说：

“你这个小坏蛋，我认为应当去叫警察。”

“是吗?”贝贝惊讶地说，“为什么呢?”

“为了把你关进监狱……”

这句话使贝贝很伤心，他几乎要哭起来，但又忍住了。然后，他颇有自尊心地说：

“先生，要是您高兴，要是您喜欢把人关进监狱的话，您当然可以这样做！不过，假如我有很多条裤子，而您一条也没有的话，我是不会这样办的！我会给您两条，甚至三条，虽然谁也不能同时穿三条裤子，特别是在大热天……”

美国人哈哈大笑起来；要知道，富人也有开心的时候。

后来，他请贝贝吃巧克力糖，又给了他一个法郎。贝贝接过硬币，用牙咬了咬，表示感谢道：

“谢谢您，先生！看来是一块真的硬币呢!”

贝贝最舒心的时候，是当他独自一人站在岩石上，若有所思地注视着岩石的裂缝，好像在细读岩石的朦胧的生活史。每逢这种时候，他那双灵活的眼睛便瞪得大大的，上面蒙着一层美丽的薄雾，细瘦的胳臂叠在身后，头微微垂下来，像花萼似的轻轻摇晃着。他嘴里小声哼着什么——他不论什么时候总是在唱歌。

当他观望墙头上像紫色溪流一样流淌着的紫藤花时，他的姿势也显得非常好看。这孩子笔直地站在满墙的紫藤花前，仿佛在谛听那丝绸般的花瓣在海风吹拂下所发出的轻微瑟瑟声。

他一边看，一边唱：

“花哟……花哟……”

远处传来海水低沉的叹息声，如同敲打着大铃鼓。蝴蝶在花丛中游戏——贝贝抬头凝视着它们，由于阳光强烈而眯起眼睛，脸上浮现出一丝微带嫉妒和哀愁但终归是大地上长者所应该具有的和善的微笑。

“喳!”他拍着手掌喊道，惊吓着那些碧绿的蜥蜴。

当海面波平如镜，海浪的白沫从岩石上消逝以后，贝贝便坐在岩石上，瞪着两只锐利的眼睛望着清澈透明的海水——在海水里，鱼儿在浅黄色的海藻中间轻快地游泳，小虾一闪而过，蟹儿横着身子爬行。在碧绿而静谧的海面上，轻轻飘荡着他那嘹亮、深沉的歌声：

“啊，大海……大海……”

大人们在谈到这孩子时，说：

“他将来准会变成一个无政府主义者！”

但是那些心地更加善良、对生活具有更深刻观察力的人，却有不同的看法：

“贝贝将会成为我们的诗人……”

有个叫巴斯克伐利诺的木匠，长着一颗银铸似的脑袋，面孔如同镌刻的古罗马硬币上的人头像，——这位头脑聪慧、德高望重的老人，也发表自己的意见说：

“孩子们将比我们强，他们的生活将会美好些！”

很多人都相信他的话。

二十七

在基督受难周的最后一个夜晚——礼拜六的无月黑夜里，有一个女人在城边狭窄的街道上缓慢地走着；她披着一件黑斗篷，面孔被风帽遮掩着，因而看不见；宽大斗篷上的无数皱褶，使她显得格外肥大。她默默地走着，好像是无限悲哀的沉默的化身。

她身后，一群乐师紧紧地挤在一起，如同一个人体，也以同样缓慢的速度向前移动着。铜乐器可怕地向前伸着大嘴，冲着黑暗的天空发出哀鸣般的吼叫和呻吟；黑管像睡眠不足的修道士一样低声哼着，巴松管如同狂风怒吼；铜号的复仇般的哀号和法国号绝望的悲鸣，前呼后应，巴里东号悲切地祈祷着；大鼓敲打着沉闷的进行曲拍子，发出震耳的咚咚声，小鼓发出细碎的干巴巴的颤音，同几百只脚踏在石板上的沙沙声融合在一起。

铜乐器像昏黄的灯火一样闪烁着朦胧的光芒，那些腰缠乐器的人们，模样儿显得十分古怪；木制的管乐器像大象鼻子一样高高地翘起——走在前头的那群乐师犹如一条大黑蟒的脑袋，他们黑魆魆的身子在狭窄街道的灰墙中间艰难地爬行。

在基督受难周的最后一个夜晚，这个奇怪的游行队伍，常常涌流到轮廓不规则的小广场上去（那些小广场像是城市的石头衣服上被时间磨蚀的破洞），然后，又重新流进狭窄的街道上，好像要把街道撑宽似的。这条每一环节都由活人身体组成的大黑蛇，在被沉默的天空笼罩着的城市里，跟在那个引起人们种种奇妙猜想的女人后面，已经爬行不止一个钟头了。

那个沉默不语、身穿黑衣服的女人，好像充满无限的悲哀，正在黑夜中寻觅着什么，她把人们的想象力引向古代宗教信仰的深渊，使人们回想起那位哥哥和丈夫被凶恶的战争与沙漠神赛特所杀害的伊底斯[1]；她那神秘的身影似乎发出一种幽暗的光辉，给过去曾经存在过、今晚即将复活的一切，披上一层恐怖的暗影，使人们永远想到：他们是同过去联系在一起的。

哀乐重重地叩击着沿街人家的窗子，玻璃微微颤动，人们低声谈论着什么；但是所有这些声音，都被几千只踏在石板路上的脚步声淹没了——脚下的石板虽然坚硬，地面却显得不大稳固，它是那么狭窄，充满着浓厚的人的气味，使人不由得翘首仰望天空，烟雾弥漫的天空中闪烁着朦胧的星光。

突然——远处高墙上和黑色方窗里，忽隐忽现地映出红色灯火的反光，于是人群中发出一片压抑的低语声，犹如春风吹荡着丛林：

"来了，来了……"

在前边，传来另一支游行队伍的更加清晰的喧闹声，那声音愈来愈大，火光也更加明亮。那个女人加快脚步向前走去，后面的人群更加生气勃勃地跟着她向前拥，连乐声也刹那间失去了节奏——变得低弱而混乱了，笛子慌慌张张地高叫起来，引起一片低沉的笑声。

忽然，犹如童话中的奇迹一样，前面出现了一片小广场，广场中间站着被火炬和孟加拉花炮的闪光所照亮的两个人影：一个穿着白色长袍，鹤发童颜，是人人都熟识的基督的身影，另一个穿着蓝色长袍，是耶稣最喜爱的门徒约翰。他们俩周围是手举火把的黑魆魆的人群，这些南方人的黝黑的脸上，流露出一种大致相同的无比欢乐的笑容，这种欢乐是他们用谶言咒语召唤到生活中来的，因而他们为它感到自豪。

基督也很高兴，他一手拿着缀满鲜花的刑具，另一只手很快地挥动着，在说着什么。跟狄俄尼索斯[2]一样年轻漂亮、不留须髯的约翰，仰起鬈发的头在笑。

人群像浓油似的流向广场，立刻围成一个圈子。那个像多云的夜空一般黝黑的女人，忽然身轻如燕地飞到基督的身边，紧贴着他站下来，

---

① 伊底斯（或伊西斯），埃及古代最受人尊敬的女神之一，太阳神拉的女儿，奥西里斯的妹妹和妻子。奥西里斯被凶恶的战争与沙漠神赛特所杀害。伊底斯找到了奥西里斯的尸体，并用咒语使他复活。

② 狄俄尼索斯，希腊神话中的酒神，系宙斯和塞墨勒所生。

从头上摘下风帽，黑斗篷像云朵一般落在她自己的脚边。

这时候，在灯火的欢快而骄傲的闪耀中，圣母那颗光辉灿烂的头从风帽下抬起来，满头松软好看的金发闪闪发光；从她的斗篷下，从靠近这位圣母的人们的手里，几十只白鸽，拍打着翅膀，向黑暗的天空飞去；刹那间，这位穿着银光闪闪的白衣服、佩戴花环的女人，还有全身洁白透亮的基督和身着蓝衣的约翰——这三位令人惊异的、非尘世所有的尊神，在白鸽翅膀的不停的扇动中，仿佛由一群天使簇拥着，向天空翩翩飞去。

“Gloria，madonna，gloria![1]”黑幢幢的人群挺起千百个胸膛叫喊着，于是周围发生了奇妙的变化：所有的窗口都亮起了灯光，无数擎着火炬的手向天空举起，到处飞起金色的火花，燃起绿色的、红色的、紫色的灯光，白鸽在人们头上飞翔，每个人的脸都向上仰着，兴高采烈地喊道：

“光荣啊，圣母，光荣啊!”

房屋的墙壁在灯光中摇晃，从每个窗口露出孩子、妇女和姑娘们的笑脸——色彩斑斓的节日服装，像一朵朵鲜花，竞相开放。身穿白衣的圣母，站在基督和约翰之间，好像在燃烧，在融化，——人们这时才看清楚，她有一张粉里透红、又白又大的脸庞，一双明亮的大眼睛，一头细碎的金色鬈发像王冠一般华美好看，如同两道溪流垂落在她的肩头。复活的基督大声畅快地笑着，碧眼金发的圣母面带微笑向人们频频颔首致意，约翰举着火炬在空中挥舞，火星向四面飞散——他还完全是一个小孩子，显出挺顽皮的样子，他身材瘦小，目光敏锐，动作像小鸟一样灵活。

他们三个人都在纵声大笑，只有生活在南方阳光下和欢乐的大海边的人，才会有这样爽朗的笑声；人们望着他们的脸，也在嘻嘻地发笑，——这是一些性格快活的人，他们善于从一切事物中创造出优美壮观的景象，他们本身就是一大奇观。

不消说，这儿也有孩子们，他们在那三个人周围跑来跑去，如同他们头顶上的鸽子一样，大声地、愉快地、兴高采烈地喊着：

---

① 拉丁语：“光荣啊，圣母，光荣啊!”

"Gloria，madonna，gloria！"

老婆子们在祈祷——她们望着这三个如同梦幻般美丽的人像，心里知道：基督是由皮沙卡内大街的一位木匠扮演的，扮约翰的是一个钟表匠，扮圣母的叫阿尼妲·勃拉加利娅，是一个刺绣女工。老婆子们很熟悉这些人，尽管如此，她们还是向他们祈祷，从干瘪的嘴唇中叨念着美好的祝词，感谢圣母的一切恩惠……特别是祝愿圣母永在。

从远处传来庄严的歌唱，使人不禁回想起那首熟悉的古老歌曲：《祝贺死神的灭亡……》。

天渐渐亮起来。教堂里响起快乐的钟声，钟声气喘吁吁地急忙宣告春之神基督的复活。广场上的乐师们围成一个小圈子，奏起了音乐，许多人踏着音乐的拍子向教堂走去。在教堂里，管风琴正弹奏着赞美歌，圆穹窿下，群鸟飞翔——这些鸟儿都是人们特地带来的，只有当管风琴为复活的春之神弹奏悦耳动听的赞美歌时，才放出来。

把一切生物中最纯洁的小鸟，作为人们佳节的伴侣，这是一个很好的风俗。当几百只羽毛颜色不同的小鸟在教堂中飞翔、鸣叫，飞上祭坛，停在圣像和天花板架子上时，人们的心也在无比欢畅地歌唱着。

广场上的人影渐渐稀少了，三个光辉的人像互相携着手，和睦而美好地唱着歌向街头走去，乐师们跟在他们身后走着，群众也跟上来。孩子们奔跑着，在灿烂灯火的照耀下，他们好像是撒在地上的一串串珊瑚。鸽子停在屋顶上、房檐下，咕咕地叫着。

人们不禁又回想起一首美妙的歌曲：《基督复活了……》①。

我们大家也将用死亡消灭死亡，从死亡者当中复活。

---

① 东正教教堂在耶稣复活节时唱的颂歌。

仇敌

〔苏〕高尔基

译　　序

《仇敌》作于1906年，与《母亲》同时，也跟《母亲》一样是高氏纯粹写叙产业工人斗争的重要作品。高氏作品中人物描写的对象，约可分为三个时期：

一、描写流浪人时期；

二、描写知识分子时期；

三、描写工人阶级时期。

他首先注目于自己所熟悉的流浪人，高扬他们的罗曼蒂克的英雄主义的一面，以反抗被卑劣庸俗的市侩主义所统治的旧俄罗斯的社会。但渐渐地他对现实的观察越加深邃进去，他感觉社会的卑污与黑暗，主要是由于人群的愚蠢所造成，必须有知识的阳光来照彻这阴沉的角落。他从知识分子中去找求自己的英雄，但是他的找求所得到的只是失望，知识分子的虚伪、软弱、动摇性，显然无力来担当走向新时代的航程的能手。于是最后，他发现了近代的产业工人，他带着满腔的欢悦投身到他们的队伍里，在他们当中，发现健康的体格和健康的灵魂，以无限坚决的信心和无限炽烈的热情，他成为这些新时代主人公的歌手。

《母亲》和《仇敌》都是他亲身参加1905年的革命斗争，带着神圣的信心和热情而歌唱出来的近代产业工人阶级的胜利的歌声。在后者中，他特别着重于两个大阶级的强烈的对照。像一幅色彩鲜明的两面画，写出一个在殆败崩溃下去的阶级，和一个在勃兴成长起来的阶级。

在戏剧的艺术的造就上，它不像《下层》一样富于哲理的诗的气氛，但是正和《母亲》跟他的其他小说作品不同一样，他在这里是特别着重于明快跃动的大众化的姿态。尤其是当《太阳的孩子们》《野人们》等戏剧博得一般的恶评以后，《仇敌》的出现，又是针对高氏戏剧才能衰弱的评语的一个有强烈的答复意义的作品。

《仇敌》中所出现的工人，当然还不是集团主义充分成熟了的工人，但这里已显然地透露了这个集团意识的萌芽。普列哈诺夫曾经为此剧的出现写过一篇郑重的批评——《工人运动者的心理》。现在摘译于后，做这个译本的代序：

《仇敌》正在社会心理学的意义上有着特殊的兴味，我愿意把这个戏剧推荐于对近代工人运动者的心理有研究兴味的人。

无产阶级的解放运动是一种大众运动，所以从事这运动者的心理，也即是大众的心理。无产阶级首先是“社会的动物”。工人运动者中从资产阶级环境出身的英雄们，喜欢把自己和大众对立起来，但是相反地，他们越是意识自己为大众的一分子，他们越是明白地感到自己和大众的密切的联系，他们也越是能感觉到自己。

工人运动者中，认为对未来幸福之斗争的最有力、最有效的战术，是团结和组织。《仇敌》中的工人柳夫辛，对于同伴耶基莫夫杀死残暴的厂长米哈尔，说了这样的话：“……完全没有意思的事情，杀了厂长有什么用处？什么用处也没有的。杀掉了一只狗，他们马上又买一只，真是没有意思。”恐怖手段不是无产阶级的斗争方法。恐怖手段在性格上及“个别的事件”上是一种个人主义。

无论在什么时候，知识分子的希望大多倾向于个人，但是意识工人总是大多把自己的希望寄托于大众的。高氏的《仇敌》，为着正确理解工人战术的心理基础，提供了丰富的资料。

有什么东西更崇高于《仇敌》中自我牺牲的青年略布错夫呢？他无疑是一位英雄，但这是特别种类的特别形式的英雄，是工人出身的英雄……略布错夫必须做自我的牺牲，并不是因为他比别人优秀，而是相反的，因为别人比他优秀。

“……没有一个人来承认，大伙儿就得受罪。许多比你能干的大伙儿就都得受罪。你是为了大伙儿……”……对于略布错夫，比自己的灭亡更可怕的，只有唯一的，他们贡献了自己的全心和全思维的事业的失败……于是为无产阶级解放而斗争的人们，他们害怕可怕的事——不害怕自己的灭亡。这正表示了他们的“坚强的决心”。而且即使他们想着望不到遥远的所希望的土地，而把自己交给死亡，也不能够动摇他们的决心……但是在女戏子泰却娜的心目中，对于略布错夫、雅歌廷、柳夫辛他们“几乎是本能的”迈进的道路——大众煽动和组织的道路，却常常不充分地认作是英雄气概的。她虽然在无产者之中找求新生活的建设者，但她却说：“他们是没有热情的，没有英雄气概的！”……这不过表明因为她从来只见过同他们完全不同环境中所燃烧的热情的缘故，只研究过同他们完全不同环境中所造就的性格的缘故。在她的生活和演剧中，她还不曾遇见逾过意识的工人……她所熟悉的，只是那些喜欢抱夸大的希望以欺骗自己的资产阶级环境中的英雄。

在工人柳夫辛的心目中，“金钱”是全部社会构造的象征，他的饱满着爱的心，见了资本主义社会中为“金钱”而发生的残酷的争吵，而感到痛苦……他的变成社会主义党，是由于切身的经验在其一切客观的——即社会的意识上觉悟到“金钱”的力量。正因为他觉悟这种力量，所以原来是极其和善和宽大的他，也不惜使用强迫的手段……他是完全充满着爱的。但社会生活的辩证法，变成反映在他的心里的感情的辩证法，于是爱就能够使他成为最峻烈最坚决的战士……意识无产者所站立的阶级观点是极其狭隘的，他们缺少对“全体人类”的爱——这样的议论是完全不能成立的。工人运动者社会改造的观点，是从他们用理性来学习理解以前，先得从本能来感觉的观点……他们的人类爱，首先是有实践的性质的。他们不是在自己身上驱除自己与罪恶的关系，而是痛感驱除罪恶的义务……“上层阶级”的道德家说“离恶为善”，无产阶级的道德却说：“你离开了恶，你还是维持着恶的存在，你要为善，你就得减恶。”

在《下层》常常上演的柏林，这个戏没有得到成功，这事实并不使我惊奇。描得很美的“赤脚人”可以拉住资产阶级的艺术爱好者，可是描得很美的意识工人，必然要在他们心里引起最不愉快的观念体系。至于柏林的无产阶级，他们在这样的冬天，是没工夫来看戏的。

这最后的一节，也同样可以解释为什么《下层》有那么多外国的翻译和公演，而《仇敌》却在国外一般不被人提起。但这样的情形显然已在变动了，不单十月革命后的俄国，这个剧本常常被苏联的演剧工作者所公演，同样，我也能在这样民族战争的苦难的时期，有机会把它介绍了过来。

适夷

登场人物

柴哈尔·巴尔廷：四十五岁

波里娜：柴哈尔·巴尔廷的妻子，四十岁左右

雅可夫·巴尔廷：三十七岁

泰却娜：雅可夫·巴尔廷的妻子，二十八岁

娜笳：波里娜的甥女，十八岁

彼乞内可夫：后备兵将军，巴尔廷兄弟的舅父

米哈尔·史克洛波多夫：四十岁

克绿派忒拉：米哈尔·史克洛波多夫的妻子，三十岁

尼古拉·史克洛波多夫：米哈尔之弟，三十五岁

辛错夫：事务所职员

波罗该伊：事务所职员

科尼：后备兵

葛莱可夫：工人

柳夫辛：工人

雅歌廷：工人

略布错夫：工人

耶基莫夫：工人

亚格拉斐娜：管家妇

薄波叶铎夫：宪兵上尉

克淮契：班长

陆军中尉

预审判事官

书记

警察所长

警察

宪兵、兵士、工人、仆人等

第一幕

花园。舞台背部，一株古老的大梧桐树。树下张有军用的营帐。右边：树林下是生有细草的石凳，前面放着一张桌子。左首，梧桐树荫下放着大餐桌子，桌上放着早餐，用罩子罩住。一只小的茶炊在沸。桌子四周，藤几，环臂椅。亚格拉斐娜在煎咖啡。科尼抽着烟斗，站在树下，他的面前是波罗该伊。

波罗该伊：（大模大样地说话）你说得不错，我是一个渺小的人物，过着没有意思的日子。可是，他们当着我的面，把那些黄瓜摘去了。我不能答应他们，不花一个钱来摘黄瓜。

科尼：（忧郁地）没有人来要你答应呀，他们都随便乱摘呢……

波罗该伊：（手放在胸口）我决不答应，比方是你的财产，被人侵占，你也有要求法律保护的权利吧？

科尼：什么法律呀，今天扭了黄瓜，明天彼此还要扭断头颈……这就叫作法律呀。

波罗该伊：什么……真新鲜，这样新鲜的话倒是第一次听到。你也算一个国家的军人，你为什么瞧不起法律？

科尼：我不知道法律不法律，我只知道命令。向左转——就向左，向前进——就向前，立停——就立停！我只知道这些。

亚格拉斐娜：喂，科尼，不要在这儿抽臭烟，把树叶子都熏坏了！

波罗该伊：我也明白，他们因为肚子饿，才来偷我的黄瓜。肚子饿可以解释一切的行为。人们一切下流的行为，可以说那为了要医好肚子的饥饿。一个人肚子饿了，不管是谁，都会不安分的……

科尼：天使是不吃东西的，所以违背上帝的行为，一定都是恶魔干出来的。

波罗该伊：（得意地）对啦，这就是我常常说的无赖坯子！

（雅可夫·巴尔廷进来，好像干了什么坏事，偷偷地笑着。动作缓慢，没有精神。目中显出阴沉的苦闷。小声说话，好似常常在倾听自己的声音。波罗该伊招呼他。）

雅可夫：啊，有什么事情吗？

波罗该伊：是，有一点儿事情想请求柴哈尔·伊凡诺维支……

亚格拉斐娜：又是诉苦啦，昨晚上厂里的那些孩子，偷了他种的黄瓜。

雅可夫：啊，岂有此理，应该告诉哥哥去。

波罗该伊：是，是的，我就为了这事情跑来。

科尼：（低低地）可是你不去见老板，却待在这儿发牢骚。

波罗该伊：可是我没有打扰你，你又没有在看报。

雅可夫：喂，科尼，到这边来……

科尼：（走过去）你是吝啬鬼，波罗该伊！你一张嘴又那么唠叨，真是……

波罗该伊：你说什么……人长了舌头，第一件事就为要吐诉不平呀！

亚格拉斐娜：知道呀，波罗该伊……你这个人，说你是人，倒不如说是一只蚊子……

雅可夫：（对科尼）你干吗？快到哥哥那里去，不好吗……

波罗该伊：（对亚格拉斐娜）我的话你们听起来只觉得讨厌，一点儿不动心——我还说什么呢。（向一旁走去，手擦着树干，沿小路走。）

雅可夫：（踌躇地）喂，科尼，昨天晚上，我又……骂了谁吗？

科尼：（微笑）是，是的。

雅可夫：（来回走着）嗯，实在要命，一喝醉了酒，我就乱骂……嗨，科尼？

科尼：您就是这样子……不过喝了酒的人总是比不喝酒的时候爽快得多……我认识一个班长，不喝酒的时候，嘴很凶，喜欢吵架，喝了酒就哭，对人说："喂，兄弟们，我也是一个平常的人，你们在我脸上吐口水好啦。"有几个人就吐了他。

雅可夫：昨天晚上我跟谁吵了？

科尼：跟检事老爷，您说检事老爷说话有乡下的土音……开头您是跟柴哈尔·伊凡诺维支吵。

雅可夫：（想了想）不错，开头总是跟哥哥……

科尼：之后跟检事老爷说，厂长太太有很多情夫。

雅可夫：是吗……这种事情同我有什么关系？

科尼：我也不知道。之后……

雅可夫：够了，科尼，够了……总而言之，我好似骂了大家……伏特加实在是顶坏的东西……亚格拉斐娜·伊凡诺夫娜，我有老毛病……（走到餐桌边，看看酒瓶，倒在大杯子里，偷偷地喝。亚格拉斐娜冷眼旁观着，叹一口气。）你觉得我这个人真可怜吗？

亚格拉斐娜：我真觉得你有点儿可怜……您对我们很和气……一点儿没有老爷架子……

雅可夫：不过，这个科尼，是对谁都不觉可怜的，他只会发挥奇妙的哲学。这证明了他永远是受人侮辱的。老话说得好——“你要谁动脑，就得把谁惹。”科尼？（营帐中将军的叫声：“科尼!”）你被大家引惹，所以你变了这样的哲学家啦。

科尼：（一边走去）不过我一见到我的长官，就会变成一只最笨的笨虫。

将军：（从营帐走出来）科尼，我要洗澡，快去打水（向园后面走去）。

雅可夫：（坐到石凳上，摇着身子）我的太太还睡着吗？

亚格拉斐娜：不，已经起来了，在洗澡。

雅可夫：你真可怜我吗？

亚格拉斐娜：这点儿毛病，马上可以好的。

雅可夫：倒一点儿可纳克酒给我，那边不是有吗，我知道的。

亚格拉斐娜：不过……你最好别喝吧？

雅可夫：干吗？少喝了一回，也没有什么用处。

（亚格拉斐娜叹了一口气，在一只大杯子里倒了可纳克酒。米哈尔·史克洛波多夫疾步进场，很兴奋的样子。他长着神经质的浓黑的胡子，手里拿着帽子，用手指头揉抹。）

米哈尔：柴哈尔·伊凡诺维支起来了没有？还没有吧……拿一杯冷

牛奶来。谢谢你！啊，早呀，雅可夫·伊凡诺维支，你知道吗，他们要我开除工头狄契可夫……他们说，我要是不答应，他们就罢工，混账东西！

雅可夫：您对那个工头说明白了，让他走不好吗？

米哈尔：这是很简单的，不过问题不在这儿。问题在于我们一让步，他们就得步进步了。今天要我开除工头，明天就说不定要爬到我的头上来啦……

雅可夫：（玩笑地）您以为那些厂里的人要到明天才爬到您头上吗？

米哈尔：别要开玩笑，总而言之，管理这么二千位下流的浑蛋绅士先生，可不是一件容易的事——可是您的老兄，他抱着奇怪的自由主义的脾气，发表了那么傻气的通告……（看看表）已经十点钟了……他们说十二点钟就罢工……雅可夫·伊凡诺维支，我走开了一下，您的老兄就把工厂搅乱了……他太懦弱，做事情优柔寡断，把工人们养大了！

雅可夫：这些话，请您对我哥哥当面去说吧……

米哈尔：我不知已经说过多少回……

亚格拉斐娜：波里娜·特米忒里芙娜来啦。

雅可夫：那么，等会儿，大家都要上这儿来了吧。

（辛错夫从右边上场，三十岁左右，老爱低着头抬眼看人，很会笑。他的姿势和脸色，有一种深刻沉着的样子。）

辛错夫：米哈尔·华西里维支！工人代表到事务所来了，要求会见厂长。

米哈尔："要求"，说得真好听！（波里娜从左首上场）对不起，波里娜·特米忒里芙娜！

波里娜：（柔和地）您老是在这么生气，干吗啦？

米哈尔：哼，这些工人阶级，近……近来动不动就是要求。从前他们只会期期艾艾说请求的……

波里娜：我觉得您对工人太苛刻了一点儿。

米哈尔：（把两手一摊）啊哟，这，这是什么话？

辛错夫：怎样回复代表呢？

米哈尔：等一会儿……你快去！

（辛错夫慢慢走去。）

波里娜：这家伙倒长得很漂亮的，在这儿好久了吗？

米哈尔：嗯，一年光景了……

波里娜：看那脸孔，很有丈夫气的样子，他是做什么的？

米哈尔：（耸耸肩头）在工厂事务所里做事的，很能干的家伙……每个月四十五卢布薪水。（掏出表来看，叹一口气，向四边望望，看见站在树下的波罗该伊。）您怎么啦，有什么事吗？

波罗该伊：是，米哈尔·华西里维支，我是来找柴哈尔·伊凡诺维支的……

米哈尔：什么事？

波罗该伊：发生了盗窃的事情……

米哈尔：（对波里娜）我替您介绍，夫人，他是新近进事务所办事的……人很懦弱，可是种菜蔬是一个好手。他还相信世界上一切的东西都是妨碍他的利益的。一切东西，在他看来，都是讨厌的，比方太阳、英国、新的机器、田蛙……

波罗该伊：（笑笑）说一句冒犯的话，田蛙叫的时候，谁都觉得讨厌的……

米哈尔：快到事务所去。你总是这样坏脾气，有一点儿小小的事情，就马上丢开公事，到处对人去诉苦……这种脾气，我是看不入眼的……快去！

（波罗该伊鞠躬而去。波里娜用手提眼镜送望他的背影。）

波里娜：您真厉害，不过，他也太滑稽了。俄罗斯这个国度，奇怪的人比外国多特别多。

米哈尔：我倒觉得不奇怪的人太多了。我雇用这班老百姓，整整有十五年了……我最明白，所谓良善的百姓是怎样东西。想起他们，我简直气得发疯了……柴哈尔·伊凡诺维支为什么这样迟？

波里娜：（对亚格拉斐娜）去请老爷来。您知道他在干什么，从昨天晚上起，他跟您弟弟下棋。

米哈尔：原来如此！他们那些人每天吃过中饭就不办公的……俄罗斯是什么理论都不能成立的，这是毫无可疑的事实。俄罗斯是一个无政府的国度，工作的组织完全散漫，没有守秩序的能力……对于一切法律，缺少尊敬……

波里娜：这是当然的道理，没有法律的国度，哪有什么对法律的尊敬，就是我们，对自己的国度，也一点儿都……

米哈尔：对啦，夫人，我觉得一切的人都有罪！国家是无政府的。比方安格罗萨克逊人，对于法律，就跟死人一样服从。（柴哈尔·巴尔廷同尼古拉·史克洛波多夫进场。）总之，俄罗斯并没有建造国家的材料。英国人在法律的面前，就好像马戏班训练过站起后脚走路的马一样顺从。法律这个东西，在英国人是浸透在骨髓里的……啊，来了，柴哈尔·伊凡诺维支，早呀！尼古拉，早呀！我马上把同工人谈判的结果告诉你们！他们要求立刻把工头狄契可夫开除，不答应这个条件，今天中午就开始罢工……您的意见怎么样？

柴哈尔：（抚着额面）我吗？嗯……他们要开除狄契可夫吗？就是发生过问题的那个工头吗？不错……我明白啦。开除了不好吗？这要求是不错的。

米哈尔：（兴奋）不错，我的尊敬的监察人，好朋友，请你认真地说吧。我是在说公事，并不是谈什么正义。正义是归尼古拉管的。我可以特别对您提一句，像您所想的那种正义，是常常破坏公事的。

柴哈尔：明白啦，您所说的是讽刺吧。

米哈尔：不！正义这个东西，在事业上是讽刺。

尼古拉：哥哥，您干吗这样大声……

波里娜：当着太太们的面，谈公事……太没规矩了……

米哈尔：对不起，对不起，夫人，不过，让我们再说一点儿……我认为他们这次的条件，是很坚决的。在我出门以前，我一向把工厂这样维持下来的。（捏紧拳头向人一晃）要是没有人在厂里讲婆婆妈妈的话。我不跟您一样，以为必须叫他们念书，告诉他们许多事情……可是，那个星期学校，往俄国人那种半生不熟的头脑里，放进了知识，也不会发出光来的。你把知识的光照进去，他也只会发霉……在我暂时离开这儿的时候……

尼古拉：哥哥，您平静点儿慢慢儿说吧。

米哈尔：（不能自制）谢谢您的忠告，你说话总是那么聪明，可是我听不进去。柴哈尔·伊凡诺维支，您跟工人们的关系，在这半年当中，完全把螺丝钉旋松了。我花了八年苦心，造成这么一个坚固的基础，完全弄坏了。以前大家对我都尊敬，至少主仆的关系是有的……可是现在，谁都觉得厂里有了两个主人，一个好主人，一个坏主人，好主人当然就是说你……

柴哈尔：（期期艾艾地）您……您为什么说这样的话？

波里娜：米哈尔·华西里维支，您说得真可笑。

米哈尔：我有充分的理由说这句话……我被人放在一个为难的地位上了。以前我对工人们说过，要开除狄契可夫，我就关厂……工人们知道我是说什么就做什么的人，可是礼拜五那一天，柴哈尔·伊凡诺维支，您对工人葛莱可夫说，狄契可夫是一个坏蛋，打算马上开除他。

柴哈尔：（口气和善地）不过，他打工人的耳光，有许多野蛮的行为，工人们不服他，也是难怪的。我们到底是欧洲人，是文明人种。

米哈尔：第一件事，我是工厂的厂长，工人要偷懒，就得吃耳光，这对我们有什么关系……对工人应该有礼貌……那是以后的问题。现在，他们的代表，在事务所等您。他要求立刻把狄契可夫开除，您打算怎样？

柴哈尔：可是，您以为狄契可夫是那么得力的人吗？我可不是这么想……

尼古拉：（淡然地）照我的理解，哥哥说的好像不是人的问题，是工厂秩序的问题。

米哈尔：对啦，问题谁是工厂的主人——是我们，还是工人？

柴哈尔：（苦恼地）啊……我明白了。

米哈尔：假使我们在这儿让步，他们就不知道要进步到什么田地，他们都是无赖坯子。什么星期学校啦，其他一切您的欧化主义啦，在这半年当中，完全把事情弄糟了。现在他们眼睛跟狼一样地看我，还发什么声明书……工厂里甚至有了社会主义的气味……

柴哈尔：嗯，是吗。

波里娜：这种乡下地方，也流行了社会主义，那才怪呢。

米哈尔：您觉得怪？您真觉得怪吗，波里娜·特米忒里芙娜？孩子小的时候只觉得可爱，可是渐渐大起来，留心到的时候，却已变成一个小坏蛋了。

柴哈尔：那么，您打算怎样呢？

米哈尔：关厂，让他们饿死几个，那他们就会明白了。（雅可夫站起来走到餐台边喝酒。然后，慢慢从左边下场。）关了厂，他们的女人就会吵闹，女人哭哭啼啼向丈夫恳求。女人的眼泪，对那些害空想病的昏了头脑的男子，有阿摩尼亚水的作用，他们就会清醒过来。

波里娜：您说话多么残忍呀。

米哈尔：对啦，残忍，如果事实必要的话……

柴哈尔：可是，还有什么必要呢？我可觉得一点儿也……

米哈尔：您有不同的意见吗？

柴哈尔：如果我跟工人代表去见面，您想会怎样呢？

米哈尔：您一定会让步的。那我就不得不完全失掉立场，我不能再待在工厂里。说一句老实话，您同工人们定的条件，便是对我最大的侮辱。

柴哈尔：（快嘴地）您这么说，我也不声辩，不过我想，您是知道的，我不是一个实业家，或是地主。实业对于我是太新鲜、太复杂啦……我想做一个正直的人，可是种田汉要比工人老实得多，良善得多。我跟种田汉搅得很不坏。我当然知道，工人当中也有好人，可是他们成了气候，那就不好对付了。

米哈尔：特别自从您跟他们订了那样的条约以来，更加厉害了。

柴哈尔：不过，当您出了门的时候，厂里发生一种骚动的空气……工人当中，涌起了一种兴奋的气象……也许是我太急躁了一点儿，我总觉得首先应该把他们的兴奋镇静下来。那时报纸上登出我们的事情……写得很凶的……

米哈尔：（耐不住的样子）已经十点四十三分了，问题要马上解决才行。关厂，或是让我滚蛋，除了这两个方法，再没有第三条路。现在关厂，咱们也绝不会受什么损失，只是把秩序恢复过来就是了。到期的订货已经完全出清，栈房还堆着不少的出货……

柴哈尔：对啦，问题要立刻解决……您说得是。您的意见怎样，尼古拉·华西里维支？

尼古拉：我只能照理论上来解决，觉得哥哥的意见是不错的。假如我们认为文明有重大的意义，那么，一切秩序，必须严格维持。一个工厂，是一个小小的国家……

米哈尔：（把手一挥）您又傻头傻脑地拿出这种比较论来，话只是愈说愈琐碎啦……

尼古拉：不用担心，哥哥，一切国家都得有巩固的权力。这个权力就用法律的强制，保护本身的利益……

米哈尔：这种话是写在什么教科书里的吗？

尼古拉：哥哥，您平静一点儿……像这种巩固的权力，只有能够在一定的限度内，严厉统治那些应该绝对服从的人，才能够存在……

柴哈尔：那么您也赞成……关厂？这真是没有办法。米哈尔·华西里维支，对不起，让我考虑十分钟……给您最后的答复……好吗？

米哈尔：真没有办法。

柴哈尔：（急忙向左下场）波里娜，跟我一起来吧！

波里娜：（随夫走去）唉，真是……干吗有这许多的顾虑。

米哈尔：（握拳一挥，自言自语）没用的东西！

尼古拉：哥哥，您安静点儿，干吗要这样兴奋？

米哈尔：我确有一点儿兴奋啦。我到厂里去一趟……啊，是了。（从衣袋中取出手枪）我不是瞎子，我也不是傻子，就为了这没用东西的缘故，大家把我恨死了！但我不能放弃我的责任，您开头就责备过我，不过我们的资本都是那个饭桶的……我要是离开这儿，那个秃子会把所有的东西都搅黄的。

尼古拉：（很镇静地）是啦……这是很讨厌的事情，不过您也许想得太过火了一点儿。

辛错夫：（进场）工人说要见您……

米哈尔：见我？什么事？

辛错夫：外面听到说，从今天正午开始要关厂啦。

米哈尔：（对尼古拉）您瞧，马上就知道了，是谁传出去的？

尼古拉：一定是雅可夫·伊凡诺维支。

米哈尔：啊，见鬼！（看见辛错夫，耐不住焦躁的神气）你干吗那样担心？跑来跑去叫人……

辛错夫：账房先生叫我来请厂长的。

米哈尔：怎么啦？你为什么这样低着头看人，魔鬼一般扯起了嘴角？有什么好笑的吗？

辛错夫：我只是照命令办事，厂长。

米哈尔：什么……你说话留心点儿，混账！

辛错夫：我可以去吗？

米哈尔：快去！

泰却娜：（从右首上场）啊，厂长……您忙吗？（对辛错夫）马特威·尼古拉维支，您好！

辛错夫：（恭敬地）您早呀，好吗？昨天晚上不太累吗？

泰却娜：不，谢谢您。我今天早晨精神很好……您到事务所去吗？一起走到那边小门口吧，我有话要问您。

辛错夫：什么话？

泰却娜：（和辛错夫并肩走去）您昨天对我说的话，我虽然觉得很好……不过觉得太容易引起有计划的仇视……您是没有感情的，说出话来声音也愈是响亮……（话声渐渐隐约不可闻）

米哈尔：你瞧，还成什么样子！这个不识规矩的职员，胆敢在咱们眼前同咱们监察人的弟夫人鬼鬼祟祟的……老弟是个酒鬼！太太是女戏子……真不明白，他们干吗要到这儿来。

尼古拉：那女人是有点儿奇怪的，长得挺漂亮，打扮得又合适，可是总有点儿荡妇的样子，好像同叫花子也可以谈起恋爱来。那么娇媚，却又那么傻气。

米哈尔：（讽刺地）那就是德谟克拉西呀，正所谓洗衣妇的女儿，坐了金轿，也不失平民的风度。

尼古拉：那女人倒是很会交际的……感情很丰富的样子……

米哈尔：说什么废话呀……真见鬼，那位自由主义者怎么样了，还在那儿打中觉吗……俄国人简直没有一点儿生命力……一个人道理说得太多，就会变成浑蛋的，谁也不明白自己所处的地位。大伙儿只会彷徨，幻想，饶舌……大伙儿都跌跌跄跄，歪来歪去地走路……有才干的人很少，偶然有几个，又都是无政府党。政府——是浑蛋的团体……一群狡猾的傻子，什么也不懂，什么也不会干……俄国的历史就是一连串俄国的丑史……顶顶不好的事情，便是谁都忘记在工作当中找寻快乐……

尼古拉：哥哥，这是很不合理的话。

米哈尔：为什么？

泰却娜：（回来）啊哟，好大的声音！为什么这儿的人，谁都大声说话……

亚格拉斐娜：（进来）米哈尔·华西里维支，柴哈尔·伊凡诺维支请您。

米哈尔：（不待对方说完，拔脚就走）好，最后的答复来了。

泰却娜：（在矮凳上坐下）他干吗那样兴奋？

尼古拉：这种事对您没有什么兴味的。

泰却娜：（镇静地）嘿，看见了他的样子，我就想起一个警察，当我在科思忒龙演戏的时候，那个值班的警察。高高的身干，大大的眼睛……最相像也没有。

尼古拉：没有像哥哥的人。

泰却娜：我不是说他的脾气……那个警察，也是一天忙到晚的，走路总是跟跑一样，抽烟也不是抽，尽是喷的……过活也不是过，好像在那里跳着，翻筋斗，想抢夺什么东西一样。而且，他本人自己是不觉得的。

尼古拉：您觉得哥哥也是这样的吗？

泰却娜：是啦，一个人要是抱着确定的目的，走路总是慢吞吞的，可是那个警察，总是走疾步……他好像强迫自己走得快，拉着自己拉着别人乱跑似的。那个警察倒不是贪心的人，他只是贪着把要干的事快点儿干完。他不愿意收受贿赂，可是心里想着另一件事，就糊糊涂涂把手伸出来连谢谢都忘记说了……后来，这警察就糊糊涂涂被马践死了……

尼古拉：您说我的哥哥是没有目的吗？

泰却娜：啊哟，我没有说呀，我只是说您的老兄很像那个警察……

尼古拉：总之，您把他同警察比较，对我哥哥一定没有好感吧？

泰却娜：我说了当然不是称赞他……

尼古拉：您倒很有一点儿特别的娇态。

泰却娜：是吗。

尼古拉：不过，缺乏一种痛快。

泰却娜：（平静地）一个女人跟您这种人说话，还能够痛快吗？

尼古拉：啊，这是您的礼貌吗？

波里娜：（进来）今天这个日子真不痛快，谁也不吃早餐，大家都焦躁得很……好像昨天晚上没有睡好觉。娜笳一早上就同克绿派忒拉·彼得洛芙娜到森林里去采香蕈去了……昨晚上还刚刚说过不好去的……真是……活得久了，也是苦事……

泰却娜：您觉得苦，大概是吃得太多了的缘故？

波里娜：怎么啦，您的嗓子……您的嗓子变啦……

泰却娜：您叫我说轻一点儿吗？

波里娜：清静过活当然是快乐的，要是平常无事的时候，当然可以照自己的心意做去。可是这儿现在发生和几千人生计有关的大问题……并不是开玩笑的时候。

泰却娜：啊哟，多无聊呀，生计有关的问题……他们要怎样就让他们怎样得啦。工厂也好，田地也好，一切都给了他们就得，那我们就可以没有烦恼了。

波里娜：你说什么呀？你去瞧瞧，柴哈尔正在怎样烦恼……已经决定关厂，等工人们屈服为止。你倒想一想，这是多么为难的事……许多人要没有工做……他们还有孩子……这是多么残忍的事情！

泰却娜：既然会有这样为难的事，那么不要关厂得啦，为什么要决定关厂呢？

波里娜：你真是什么也不懂。不关厂，工人要罢工，工人罢了工，不是很糟吗？

泰却娜：为什么？

波里娜：可是……咱们怎么能完全听从工人的话？往后，工人就不知会说出什么来呀……有社会主义党在里边捣乱呢……（兴奋）我也不懂，在外国有社会主义党还有理可说。在外国，世风变了，社会主义能够公开活动……可是在俄国，像这儿这样偏僻的地方，他们却也在偷偷儿煽动工人……像俄国这样有皇帝的国家，他们难道不知道社会主义是不合国情的吗……我们要的是宪法，不是社会主义……您的意见怎样，尼古拉·华西里维支？

尼古拉：（微笑）我的意见有点儿不同。社会主义是一种很危险的东西。只有在那种没有特别的民族哲学的国家，很容易受外来影响的国家，才能使社会主义找到自己的地盘……而且咱们俄国人是一种带有绝端性的人民……这是咱们的病根。

波里娜：这是不错的。咱们是有绝端性的人民。

泰却娜：（站起来）特别是你们夫妻两个……还有那位检事老爷……

波里娜：你也许还不知道，在这个县城里，柴哈尔是被人当作红色分子的。

泰却娜：（走去）可是他只有在害羞的时候，才发红呢……而且也不是老这样的……

波里娜：你说什么？

泰却娜：啊哟，发怒了？对不起。我看您的生活好像有味的戏剧，配角都有点儿怪，演技是不熟练的，也不知道定的是什么戏……

尼古拉：这是真的……而且登场的角色都只会诉苦……多么无聊的戏呀！

泰却娜：咱们完全把戏搅坏了，后台的人员已经开始瞧出来了，现在，咱们要被人赶落戏台了……

（将军和科尼进场）。

尼古拉：是的，那时候您……

将军：（走过去大声叫）波里娜，本将军要喝牛奶，嗯，冷牛奶。现在这时候，军规完全不正了！啊哟，我的美丽的外甥媳妇儿，握手握手！喂，科尼！上日课呀。军人是什么？快回答！

科尼：（没奈何地）是服从长官命令的，长官！

将军：你说军人跟鱼有什么不同？

科尼：第一，军人必须知道一切事……

泰却娜：舅舅，这种把戏我们昨天已经见过了……每天都要做吗？

波里娜：（叹气）每天都要呀，他洗过澡，就要开始了！这个老兵，每天要自己给自己出题目。

将军：对啦，每天。日课必得常常换题目！这个老兵必得每天自个儿做回答。

泰却娜：科尼，你喜欢上日课吗？

科尼：长官，他喜欢呀。

泰却娜：你自己呢？

将军：当然，他也一样。

科尼：我并不十分喜欢……叫我当小花脸，我太老了……可是要我做，我也没有办法。

将军：什么，你回答什么？混账王八蛋……向右……转！一、二！

泰却娜：舅舅，您把那样的老头儿闹着玩，不是太无聊吗？

将军：我自己也是老头儿，只有你才无聊……女戏子的眼里，有什么东西是有趣的，你才怪呢。

波里娜：舅舅，您知道吗？

将军：什么事？

波里娜：要关厂了……

将军：啊，真开心！往后可以不再听见汽笛了。一清早就呜呜呜的，真难受……关厂真好！

米哈尔：（快步入）尼古拉，你快来，要关厂了。可是一切的事，不能马马虎虎，给副县长打电报去，做一个简单的报告，要他派兵来，由我具名。

尼古拉：副县长我也很熟的。

米哈尔：我知道，我现在要跟工人代表去见面……见鬼！打电报的事不要跟谁说，叫他必要的时候就来。

尼古拉：知道了。

米哈尔：办起公事来，我心里就痛快，我还年轻。尼古拉，我是你的老兄，可是论起精神来，我比你年轻得多。

尼古拉：您并不是年轻，您是把精神振作起来罢了……

米哈尔：（讥刺地）也许是吧，好，再见，老公公……我马上把精神振作给你看……（笑着走去）

波里娜：决定了吗，尼古拉·华西里维支？

尼古拉：（走去）大概是这样吧。

波里娜：这是什么话！

将军：决定什么？

波里娜：关厂……

将军：什么？那刚才已经听到了……Tram ta ta tam！Ti ta tam！哼……真无聊。

泰却娜：实在是，舅舅。

波里娜：而且心里很不安，气闷得很……

将军：科尼！

科尼：有！

将军：艇子预备好了吗？

科尼：预备好了。

将军：还是同鱼儿去玩玩，同人也玩得腻了……（笑）我是一个漂亮朋友呀！（娜笳跑进来）啊哟……怎么啦，小蝶儿？

娜笳：（喜滋滋）不得了，不得了！（回头叫唤）进来呀，快点儿。克绿派忒拉·彼得洛芙娜，把他拉进来！嗨，姨母，我们从林子里走出来，碰到了三个喝醉的工人……

波里娜：你瞧！我不是对你说过吗……

克绿派忒拉：（带葛莱可夫入）请坐！真是什么坏蛋东西呀？

娜笳：啊，坏蛋——那个不是，他们不过闹着玩。姨母，真是……来了三个工人，笑着说："好漂亮的小姐啦。"

克绿派忒拉：我常常对米哈尔说的，把那种家伙，从厂里开除出去……

葛莱可夫：（笑着）为什么呀？

将军：（对娜笳）这肮脏的家伙是谁？

娜笳：他救了我们，您懂吗，公公？

将军：我不懂！

克绿派忒拉：（对娜笳）你对他们说明白吧……

娜笳：啊，我拣要紧的说……

波里娜：可是，我们还一点儿不明白是怎么回事，娜笳。

娜笳：那您不要打岔，姨母。工人们走过来说："漂亮的小姐，同我们一起唱歌好吗？"

波里娜：啊，真是岂有此理！

娜笳：不，姨母。他们说："我们唱得很好……我们喝醉了，唱起来却比不喝醉还好……"真的姨母，他们喝醉的时候，并不比平常更讨厌些……

克绿派忒拉：恰巧这时候，这个人跑过来了。

娜笳：都让我一个人说吧……于是克绿派忒拉·彼得洛芙娜就骂他

们……叫他们不许胡闹。真是……那时有一个工人，一个长条儿的说……

克绿派忒拉：（恫吓地）我还记得他的面孔！

娜笳：他就拉了克绿派忒拉的手，阴气地说："您是一个漂亮的文明的太太，看见了您，心里真是痛快……您为什么要骂我们？我们难道有什么冒犯了您吗？"他说得倒很诚恳的样子……可是另外一个工人说："你说什么呀，她们懂什么屁！她们是畜生呀……"他说我（指克绿派忒拉）和她都是畜生。（笑）

泰却娜：（笑着）啊哟，人家骂您畜生，为什么这样高兴？

波里娜：所以，我不是对你说过吗，娜笳……你太喜欢东跑西跑……

葛莱可夫：（对娜笳）我可以走吗？

娜笳：不，你再等一会儿，喝茶吗……还是牛奶，好吗？

（将军笑起来。克绿派忒拉耸了耸肩胛。泰却娜注视着葛莱可夫，嘴里喃喃着什么。波里娜低着头，用毛巾仔细地擦着调羹。）

葛莱可夫：（笑笑）谢谢您，我不想喝。

娜笳：（劝他）您不要太客气……这儿的人，都是挺和气的……真的……

波里娜：（反对似的）啊哟，娜笳！

娜笳：（对葛莱可夫）您再等一会儿，让我讲完吧……

克绿派忒拉：（不服似的）简单地说，这个人恰巧正当危急的时候跑过来，对那些酒鬼说，不许对我们无礼……所以他一直送我们回来，就是这么回事。

娜笳：事情就是这样的……不过光这么简单一说就完……我们就得腻死啦。

将军：为什么？

娜笳：（对葛莱可夫）您这边请坐，姨母，让他坐在这儿吧！为什么大家脸色这么难看？天气太热吗？

波里娜：（坐下来对葛莱可夫）真难为您了。

葛莱可夫：不，这是哪里的话……

波里娜：（更傲然地）像您这样的人，能够保护女人，真太难为您了。

葛莱可夫：（声音沉着地）并不是什么保护……谁也没有欺侮她们。

娜笳：啊哟，姨母，您为什么说这样的话？

波里娜：你不要作声。

娜笳：实在……也不是什么保护不保护！他不过对他们说：“同志，得啦，这也不是什么漂亮的事。”那些人就高兴兴兴地欢迎他：“葛莱可夫，一道来吧，你是一个有趣的家伙……”这个人实在有趣，也聪明……对不起，葛莱可夫，不过我说的是实话……

葛莱可夫：（笑着）小姐，您这样说叫人受不了……

娜笳：啊哟，是吗？我不是这个意思……把您当作怪物的，不是我……是这些人呀，葛莱可夫。

波里娜：娜笳！我不喜欢多嘴的姑娘……多么滑稽啦！您也说得够了……

娜笳：（兴奋地）啊哟，滑稽吗，姨母？这是干吗？您这么皱着眉头？既然滑稽，您就应该笑呀！

克绿派忒拉：娜笳是欢喜为一点点小事大吵大闹的，尤其是在别人面前……更高兴……你瞧，连这个人也笑了。

娜笳：（对葛莱可夫）您笑吗？您笑什么？

葛莱可夫：（老实地）我看了您很痛快，我没有笑。

波里娜：（吃惊）啊，他说什么！娜笳……

克绿派忒拉：（淡淡地笑着）啊哟，啊哟。

将军：好大胆的家伙！喂，年轻的，你可以回去啦！

葛莱可夫：（站起来打算走）回去就回去，你用不到那么大声……

娜笳：（两手掩脸）啊，公公……您为什么要这样……

将军：（阻止葛莱可夫）你等一等！好，这里十个卢布……

葛莱可夫：（低声地）什么，这是什么？（一霎间，全场沉默。）

将军：（窘苦）什么……你到底是谁？

葛莱可夫：工人。

将军：哼，熔铁工人吗？

葛莱可夫：打铁工人。

将军：（威风）那是一样的。干吗你不拿这个钱？

葛莱可夫：我不要。

将军：（发怒）你说什么？那你要什么呢？

葛莱可夫：什么也不要。

将军：哼，你当小姐的手比钱还好吗？（笑）

（大家为将军粗鲁的举动感到窘苦。）

娜笳：您说什么呀？

波里娜：舅舅，您得了吧……

葛莱可夫：（对将军镇静地）您老人家多大岁数啦？

将军：（吃惊）什么？问我……多大岁数？

葛莱可夫：（依然镇静地）是的，多大岁数？

将军：（向四边望望）你问得好怪！我今年六十一岁……你问了干吗？

葛莱可夫：（起身走去）一个人长得这么大了，应该稍微聪明点儿。

将军：什……什么？应该聪明点儿？

娜笳：（追上葛莱可夫）喂，求求您，不要生气！原谅他是老年人……这儿的人大家都是挺和气的……真的……

将军：疯子！

葛莱可夫：不用担心……我明白的。

娜笳：天气这样热，把人都热昏了……又加我说得不好。

葛莱可夫：（笑着）不管您怎样说，那些人都不会懂的。

（二人同下。）

将军：他嘲笑我。

泰却娜：您把钱拿出来，又不说给他。

波里娜：啊，娜笳呢！娜笳到哪里去啦？

克绿派忒拉：好无礼的家伙！我对米哈尔说，叫他快把这种家伙……

将军：小狗子！

波里娜：啊哟，娜笳真是！同那样的人一起出去了……这孩子，干吗那样兴奋？

克绿派忒拉：社会主义党真一天天多起来了……

波里娜：您怎么知道他是社会主义党？

克绿派忒拉：这是很明白的。现在这时候，服装整洁的工人，都是社会主义党……

将军：对柴哈尔说，赶快把这个毛头小伙子开除！

泰却娜：厂关了呀，舅舅。

将军：关了厂也可以开除的。

波里娜：泰却娜，对不起……请您叫娜笳来，您说我很不放心……

将军：混账王八蛋！问我多大年纪！

克绿派忒拉：刚才我们回来的时候，酒鬼他们还望着我们背后吹口哨……大家对那些人太客气了……难道看了一点儿书，就变成这样子吗？

波里娜：是啦，前星期四我到村子里去，也有人吹口哨！对着我吹口哨……真是岂有此理，好像他们故意要骇我的马。

克绿派忒拉：（教训的口气）柴哈尔·伊凡诺维支也有许多不是……米哈尔也说他，完全不想想自个儿跟工人们身份不同……

波里娜：他是太老实啦！他想大伙儿都对他抱好感……他以为只要好好儿待人家，一切事就都顺利……种田汉子真照他的意思做了，租了田地，解租……那倒是很顺利的，可是工人们就不同了……（泰却娜同娜笳入）娜笳！你怎么啦……同那样不懂道理的人……

娜笳：（发怒）我是傻蛋？你倒再说说看！

娜笳：您为什么说我的手，您不害羞吗？

将军：我不害羞吗？混账东西！我不知道！（走到一旁，大声叫唤）科尼！你见鬼啦，你这个木头！你在哪儿躲懒吗？

娜笳：还有姨母……您到过外国也会谈谈政治的……见了客人，也不知道请坐、请茶……那还算是男爵小姐吗？

波里娜：（把盒子投在草地上）啊，我真受不了！你在说什么话，不害羞的！

娜笳：（对克绿派忒拉）您呢，在林子里的时候，您对他说话多客气，一回到这儿，您就马上……

克绿派忒拉：您要我跟他接吻才满意吗？可惜，他是那么脏，我也不愿意听你讲道理。波里娜·特米忒里芙娜，您听见吗？这就是德谟克拉西，人道主义……您当只是米哈尔说得不对，我看您的颈子都会给人吊起来的，当心点儿吧。

波里娜：克绿派忒拉·彼得洛芙娜，对不起得很，到底娜笳还是个小孩子……

克绿派忒拉：（走去）不，也不是娜笳一个人不好，大家都有错处的。

波里娜：娜笳，好好儿记着，当你妈死的时候，她把你完全托了我的，你的教育，你的一切……

娜笳：不要提起过世的妈吧，您这嗓子都变了声啦。

波里娜：（吃惊）娜笳，你到底怎么啦？你妈是我的妹子，我总比你知道得多。

娜笳：（让眼泪流下来）姨母，你是不知道的！虽然是同胞的姊妹，穷人总不能跟有钱的当亲戚。我的妈穷，她却是一个好人……姨母，您是不明白穷人的！就是泰却娜叔母，也不明白的……

波里娜：娜笳，你说够啦！出去吧，出去！

娜笳：（走去）去就去，不过我没有错，错的是姨母！

波里娜：啊，说什么呀！活活泼泼的孩子，忽然变得歇斯底里起来……泰却娜，我不是当面说你，这实在是受了你的影响。你常常对这孩子，说一些对太太们讲的话……让她跟用人们搅在一起，特别是那些事务所里的男职员……工人出身的知识分子，真滑稽……末了，还跟他们一起去坐艇子……

泰却娜：您不用这样担心，实在您对那些工人和职员太没有理解……您请他坐坐，他也不会把您的椅子坐坏了。

波里娜：这是不对的……你说我对工人们态度不好吗？可是万事都得有一个分寸！

（雅可夫慢吞吞地走进来，他喝得酩酊大醉。）

泰却娜：对啦，所以我并没有带娜笳到他们那里去呀，是娜笳自个儿去的……我不过觉得不必去阻止她。

波里娜：你说娜笳自个儿去的吗？她什么都不懂，她才去呀。

雅可夫：（坐下来）厂里马上会出事情的。

波里娜：（担心地）啊，雅可夫·伊凡诺维支！

雅可夫：一定要出事情的，他们会暴动起来，把工厂烧掉，咱们大伙儿都烧死……跟兔子一样。

泰却娜：（悲苦地）您又喝酒了吗……

雅可夫：对啦，我总是喝酒，刚才我碰见克绿派忒拉了，她是一个傻蛋。我说她傻蛋，不是因为她有很多的情人……她的胸膛里边没有灵魂，那里边蹲着一条凶恶的老狗……

波里娜：（站起来）唉，真是怎么搅的……还当一切事都进行得顺利……忽然，变得这样的乱七八糟……（在园子里走来走去）。

雅可夫：那条狗不很大，是一条肮脏的秃毛狗，贪心得很……它露着牙齿蹲在那儿……刚刚把肚子吃饱，又在那儿想吃什么了……可是它想吃什么呢，连它自己也不知道，所以它焦躁得很。

泰却娜：安静点儿，雅可夫，您哥哥来啦。

雅可夫：哥哥管不了我，泰却娜，你并不爱我，我心里很明白。我一想到，我就生气……可是我仍旧爱你……

泰却娜：您要喝一点儿冷的东西吗？

柴哈尔：（走过来）怎么，关厂的事，已经公布了吗？

泰却娜：啊，我不知道呀？

雅可夫：并没有公布，不过工人已经知道了。

柴哈尔：为什么？谁告诉他们的？

雅可夫：是我，我告诉他们的。

波里娜：（走过去）您为什么告诉他们？

雅可夫：（耸耸肩头）可是……是很新鲜的事呀。只要工人们问我，我就会把什么都告诉他们的，他们对我挺好。他们似乎挺高兴，自己老板的兄弟是这么一个酒鬼。这一点，也证明了万人都一律平等。

柴哈尔：雅可夫，你似乎常常到厂里去……去去当然没有关系……可是听米哈尔·华西里维支说你常常破坏厂里的规则……

雅可夫：这是没有的事，我也不知道什么是厂里的规则。

柴哈尔：听说你还常常把伏特加酒带进厂里去……

雅可夫：这话也靠不住，不是常常，是每次。也不带进去，是特地拿了去的。我要是不拿伏特加酒去，工人们对我还有什么兴味呢。

柴哈尔：你应该想想，你是我的兄弟……

雅可夫：这个我想过的。我的缺点，不只是这一点……

柴哈尔：（生气）我不说了，我什么也不说了……你的周围有一种我所不知道的腐化空气……

波里娜：对啦，连娜笳都搅在一起了……你最好听听那孩子近来说一些什么话。

波罗该伊：（跑进来）不得了……那……那……刚刚，厂长被人暗杀了……手枪……手枪打的……

柴哈尔：你说什么？

波里娜：什么……你说什么？

波罗该伊：手枪打死了……当场跌倒……

柴哈尔：谁打的？

波罗该伊：是工人……

波里娜：凶手捉住了没有？

柴哈尔：有没有叫医生去？

波罗该伊：我不知道……

波里娜：雅可夫·伊凡诺维支，您快去！

雅可夫：（张开两手）去哪儿？

波里娜：啊啊……怎么会发生这样的事？

波罗该伊：厂长正在大声地说话……好像翻了一个跟头，向工人们的旁边倒下来……

雅可夫：来了来了……

（一阵嘈杂的声音。扛进米哈尔的身体来。一边是柳夫辛，一个秃头的老工人，另一边是尼古拉，后面跟着几个工人、仆人，接着是警察所长、克绿派忒拉、娜笳。）

米哈尔：（衰弱地）放下来……放下来……

尼古拉：您记得开枪的人吗，哥哥？

米哈尔：难过……我倦得很，我……

尼古拉：（固执地）记得开枪的人吗？

米哈尔：我难过……是一个淡黄头发的人……把我放下……淡黄的……（放在铺着绿草的石凳上）

尼古拉：（对警察）听到了吗？淡黄头发的……

警察：听到了。

米哈尔：别，别管他……碧眼的……

柳夫辛：（对尼古拉）不要净麻烦他吧……

尼古拉：你少开口！医生怎么样了？医生怎么样了，听见没有！

（大家不安地喧嚣着互相低语）

米哈尔：不要那么大声说话……我难过……快点儿让我静一静！

柳夫辛：您安心静养吧，米哈尔·华西里维支，没有什么事。天下的事情，都为了钱的缘故。为了钱，什么东西都可以出卖……活的，死的，一切都为了钱……

尼古拉：（对警察）把闲人赶开去！

警察：（轻声地）大家跑开吧，不要站在这儿……

柴哈尔：（轻轻地）医生还没有来吗？

尼古拉：哥哥，哥哥！（低下头张望他，别人也跟着张望）啊……好像断了气了……

柴哈尔：怎……怎么会有这种事？

尼古拉：（慢慢地，低声）他死了……您明白吗，柴哈尔·伊凡诺维支？

柴哈尔：总不至于……马上就死。

尼古拉：不，他死了，都是您的缘故，您的……

柴哈尔：（吃惊）我的？

泰却娜：啊哟，怎么您说这样的话……好没有意思。

尼古拉：（走到柴哈尔身边）是的，是您的缘故！

所长：（跑进来）厂长在哪儿，伤得重吗？

柳夫辛：已经死了，他忙碌了一世，忽然这样地……

尼古拉：（对所长）临死的时候，他说凶手是淡黄头发的人……

所长：淡黄的？嗯……

尼古拉：请您马上搜查吧。

所长：（对警察）淡黄头发的人都去抓了来！

警察：是，所长。

所长：不要漏了一个。

克绿派忒拉：（跑进来）米哈尔在哪儿……米哈尔？啊，昏过去了……尼古拉·华西里维支……是昏过去了吗？（尼古拉让开身子，一个老年的医生踉跄而入）还是死了……

柳夫辛：安静点儿……没有法子挽回的！

尼古拉：（低声含恨地）跑开！（对所长）把这个工人赶出去。

克绿派忒拉：（对医生）先生……怎么样？

所长：（对柳夫辛小声）跑开！

柳夫辛：（小声）我走就是，用不到这么推我。

医生：没有法子，已经用不到医治了……

克绿派忒拉：（小声）米哈尔死了吗？

波里娜：（对克绿派忒拉）啊，您吗！

克绿派忒拉：（小声含恨地）跑开吧！都为了您的缘故，您的！

柴哈尔：（受了打击似的）您太伤心了，我心里明白……可是您为什么说这样的话？

波里娜：（流泪）您……干吗……干吗说得这么怕人！

克绿派忒拉：怕人吗？

泰却娜：（对波里娜）您还是走开吧……

克绿派忒拉：米哈尔是被您杀死的！都为了您太懦弱的缘故！

尼古拉：（冷然地）克绿派忒拉，您安静一点儿！柴哈尔·伊凡诺维支在我们的面前，也一定知道自个儿的不是……

柴哈尔：（昏乱地）啊，我不明白！为什么你们要这样说？为什么要责备我？

波里娜：好怕人……你们太残忍了！

克绿派忒拉：我们残忍吗？你们煽动工人！把米哈尔辛苦立下的规则破坏了……工人们害怕米哈尔，在他面前不敢抬头，所以发生了这样的事……是你们不好，是的，米哈尔一定恨你们！

尼古拉：说得够了……您不要这样大声，克绿派忒拉。

克绿派忒拉：（对波里娜）您哭吗？在您眼里流出来的眼泪，马上会变成米哈尔的血……

警察：报告所长。

所长：轻声点儿！

警察：淡黄头发的人，全部都抓起来了！

（将军从园后面出来，推着科尼，快活地笑。）

尼古拉：嘘！

克绿派忒拉：您干吗啦？出了人命案子了呀！

——幕——

第二幕

月夜，地面阴暗，黑影幢幢。餐台上散放面包、黄瓜、鸡蛋等物，酒瓶、煤油灯点着。亚格拉斐娜在洗杯盘。雅歌廷拿着手杖，坐在矮凳上抽烟。左首，泰却娜、娜笳、柳夫辛站着，低声谈话，同时好像在留心听着什么，不安地、忧郁地在等待着什么的神气。

柳夫辛：（对娜笳）这个世界上的人，大伙儿都中了金钱的毒。所以像小姐这样的人，就得感到苦闷……别人都被金钱束缚住了，可是像小姐这样的人，却跟他们不同，因此就跟大伙儿合不来。大伙儿耳朵里只听见金钱的声音……大伙儿光想自个儿发财……可是您小姐却不懂得这一套。

雅歌廷：（对亚格拉斐娜）你听，那位老头儿又在讲道了……真好笑。

亚格拉斐娜：可是他说得并不错。她们做小姐的，对于世界上的事情，也得知道一些。

柳夫辛：简直除了金钱的声音，什么也听不到……

雅歌廷：这种话人家都知道的……没有金钱，咱们怎么能活在这个世界上？

娜笳：（对柳夫辛）你觉得过日子很苦吗？

柳夫辛：我吗？不，没有这样的事……我没有孩子。老婆子是有的……老婆……可是孩子都已经死光啦。

娜笳：泰却娜叔母，屋子里有着死人，干吗大伙儿都这样静？

泰却娜：这个，我怎么会知道……

柳夫辛：小姐，这是因为大伙儿对着尸首，觉得自己的罪过……大伙儿都有罪……

娜笳：可是，这种……杀人的事件，不是常常有的……但大伙儿在死人跟前，总是很静的。

柳夫辛：小姐，世界上大伙儿都在杀人的，不是用大炮的弹子，便是用口里的话语……一切所做的事，都是在那儿杀人。把别人赶出这个世界，到地底下去，自个儿却一点儿也不知道，不觉得……可是等到别人被杀了、被丢弃了的时候，他们才开始悟到自个儿的罪孽。他们感到抱歉，害怕，对不住死人……可是他们还一点儿不知道，什么时候，自个儿也一样会被人家赶到地底下去的……一个人，总得时时刻刻准备到坟墓里去！

娜笳：啊，你说得多怕人呀！

柳夫辛：并没有什么怕人。今天觉得怕人，明天就忘记了，又在那儿闹哄哄地嘈杂起来……可是，不多几时，又有谁死了，于是他们又安静一会儿，做出发呆的脸色，叹着气……可是，马上又忘记了，跟以前一样……黑暗！他们的路是一片的黑暗呀……不过像小姐这样的人，还不觉到自个儿的罪孽，所以走到死人跟前，也一点儿不在乎，能够大声儿说话……

泰却娜：可是大家如果要过一种不同的生活，有没有什么方法呢？你，知道吗？

柳夫辛：（低低地）第一件，得把金钱除掉……把它埋到什么地方去！只要没有了金钱，大伙儿就不会互相仇恨，互相陷害了。

泰却娜：这就行吗？

柳夫辛：开头的时候，这样就够了！

泰却娜：到下边去散步好吗，娜笳？

娜笳：（沉思着）好，去吧。

（两人向园里边走去。柳夫辛走到餐台边。将军、科尼、波罗该伊从营帐那边走出来。）

雅歌廷：你少说些这样没意思的话。

柳夫辛：干吗？

雅歌廷：说什么都没有用，她们不懂。工人的灵魂是健康的，可是有钱的人都害着病……

柳夫辛：可是灵魂必须用灵魂去打击……不能永远在一个地方打圈

子……

（沉默了一会儿，听见将军的低声说话。娜笳和泰却娜的白衣在后边闪过。）

将军：或是在路上绷一条绳子……躲在旁边，有人走过来，马上拉一把！

波罗该伊：瞧着别人跌下去，挺有趣的，将军。

雅歌廷：你听到吗？

柳夫辛：听到了……

科尼：可是，今天试不得，屋子里有死人呢。有死人的时候，是不能闹玩笑的。

将军：别假作聪明！等你死的时候，我们不要跳舞呢！

（泰却娜与娜笳向餐台走来。）

柳夫辛：贼老头儿！

亚格拉斐娜：（向屋子走去）这老头子就喜欢骂人……

泰却娜：（坐下来，对柳夫辛）你是社会主义党吗？

柳夫辛：（单纯地）我？不，不是，我同雅歌廷都是纺织工人。

泰却娜：有没有社会主义党的朋友？一定听到过许多话吧？

柳夫辛：朋友没有，话可是听到过很多。

泰却娜：你认识事务所里的辛错夫吗？

柳夫辛：认识的，在这个厂里做事的，我都认识。

泰却娜：也常常谈话吗？

雅歌廷：（不耐烦地）谈什么话呀，事务所的人都是上司，我们是下属。我们上事务所去，他们就传达厂长的命令……我们就只这样认识罢了。

娜笳：你有点儿害怕我们吗，柳夫辛？没有什么可怕的呀，只同你谈着玩玩罢了……

柳夫辛：我们怕什么？我们又没做过什么坏事……他们叫我们在这儿看守，我们就来看守。厂里那些发怒的人要放火烧厂……我们认为这是没有意思的，反对他们。把厂烧掉了，有什么好吗？为什么要放火？这个厂是我们造起来的，我们的老子，我们老子的老子……忽然要把它烧掉，那真是莫名其妙的话！

泰却娜：你们是不是当我们有什么不好的心思，故意问你们许多话？

雅歌廷：这是干吗呀？我们不爱存这种坏心思。

柳夫辛：我们对于一切用劳力所造的东西，都看得宝贵的。世界上的事业，什么都应该堂堂正正地做……可是他们却说要放火。他们都没有知识，所以他们喜欢火，喜欢气申申地发怒。死的厂长，压迫我们很凶，可是我们不能单单记他的恶。

娜笳：我的姨父比厂长好吗？

雅歌廷：柴哈尔·伊凡诺维支吗？

娜笳：哎，你们以为姨父是好人，还是一样是厉害的人？

柳夫辛：这种话有什么好说的……

雅歌廷：（忧郁地）在我们看来，厉害的人，好的人，谁都是一样……

柳夫辛：（口气和善地）好的人，厉害的人，老板总是老板。看病人，只看了骨骼，是不能够明白的。

雅歌廷：（厌烦地）当然，柴哈尔·伊凡诺维支，人是挺和气的……

娜笳：你说比死的厂长和气些吗？

雅歌廷：（平静地）他比厂长是……

柳夫辛：小姐，您的姨父是一个好人……不过我们也不是单看表面就会相信人的。

泰却娜：（伤心地）娜笳，我们走吧……不管说什么，他们都不会明白的。

娜笳：（轻声地）咳……

（两人默默走去，柳夫辛望着她们的背影，然后再望望雅歌廷，相对微笑。）

雅歌廷：她们要干吗呀……

柳夫辛：一半是为了醒醒瞌睡呀……

雅歌廷：不管你多么用心去对付，也马上会露出马脚来的。

柳夫辛：挺好的人……可怜生在有钱人家里！

雅歌廷：我们应该告诉辛错夫去，小姐她们向我们问许多话……

柳夫辛：对的。

雅歌廷：那边的情形不知道怎么样了，反正咱们总得让步了……

柳夫辛：把厂长弄死了，除了让步，还有什么法子。

雅歌廷：对啦。啊，真想睡觉。

柳夫辛：熬一下……将军来啦。

（将军走近餐台，波罗该伊恭敬地和他一起，后边跟着科尼。忽然波罗该伊握住将军的手。）

将军：什么事？

波罗该伊：这边有一个洞……

将军：啊啊，果然……这台子上怎么啦，脏极了，你们吃过饭吗？

雅歌廷：是……跟小姐她们一起吃的。

将军：什么……你们在这儿看守吗？

雅歌廷：是，是的。

将军：辛苦了。我要对县长说去，你们有几个人啦？

柳夫辛：两个。

将军：混账两个，我也知道……我问你另外还有多少人。

雅歌廷：三十个。

将军：大伙儿都带枪吗？

柳夫辛：（对雅歌廷）喂，手枪放哪儿去啦？

雅歌廷：在这儿。

将军：傻子！拿着枪口做什么！为什么滴着水？

雅歌廷：刚擦过油。

将军：怎么？这不是牛奶吗！你们把手枪浸在牛奶里吗？傻子！科尼，拿去擦一擦，你顺便教教这些木头，枪应该怎样用。（对柳夫辛）你没有带手枪吗？

柳夫辛：我放在袋子里。

将军：要是暴徒突然到来，你怎么来得及开枪呢？

柳夫辛：将军，暴徒不会来的……他们一时冲动了，过一会儿也就忘掉了。

将军：但他们来了你怎么办呢？

柳夫辛：决定关厂的时候……他们是很生气的……因为他们大部分都是有孩子的……

将军：你在唠叨什么啦？我问你能不能开枪。

柳夫辛：我们准备好了的……这手枪可以开的……不过我们不明

白……手枪到底是……

将军：科尼！你教教他们……到河边上教他们打枪去……

科尼：（忧郁地）报告官长，现在正是半夜里……工人们听到了枪声，一定会骚乱起来的，说不定，他们会带大伙儿涌进来。不过长官要是命令我，我当然去执行。

将军：那就到明天再说吧。

柳夫辛：不过到明天就没有事了，厂里就会开工……

将军：谁叫开工的？

柳夫辛：柴哈尔·伊凡诺维支。他现在正在跟工人谈判……

将军：这不行，我绝对主张关厂。一天亮汽笛呜呜呜的，我受不了！

雅歌廷：我们最好也迟点儿开工……

将军：总而言之……你们应该饿死，不准发生暴动！

柳夫辛：谁发生暴动呢？

将军：少说话！你们到底在这儿干吗？到墙边去巡逻，要是有人想爬进来，用手枪打好啦……明白没有？

柳夫辛：去吧，雅歌廷，带上家伙。

将军：（望着他们的后影）什么家伙，猪猡！连枪的名字都不会叫吗……

波罗该伊：报告将军，他们有许多地方还带着野蛮的兽性……常常把人家辛苦种大的菜蔬随便乱摘……

将军：哼，这倒很有勇气的！

波罗该伊：比方我办完公回来，辛辛苦苦劳碌……

将军：人都应该劳动的！

（泰却娜与娜第进来。）

泰却娜：（远远地）啊哟，多么大声呀！

将军：大伙儿都惹我发脾气。（对波罗该伊）那么，后来怎么样？

波罗该伊：……他们每天晚上跑来，偷我种的黄瓜……

将军：那就是小偷呀！

波罗该伊：是。可是想请求法律的保障呢，本地警察所长的脾气，对于用强力所造成的灾难，却一点儿也引不起兴趣……

泰却娜：（对波罗该伊）啊哟，您满口都是新字眼？

波罗该伊：（慌张地）我吗？我上过三年中学，每天读报纸……

泰却娜：（微笑）啊，这就对了……

娜笳：可是您有点儿滑稽，波罗该伊。

波罗该伊：只要小姐高兴，我也就很快活了。做人第一件要有好的印象……

将军：你喜欢做什么？喜欢钓鱼吗？

波罗该伊：我还没有试过，将军。

将军：（耸耸肩胛）回答得真妙。

泰却娜：没有试过什么？钓鱼吗？那么您喜欢什么呢？

波罗该伊：（慌张地）我喜欢的是前者。

泰却娜：后者是什么呢？

波罗该伊：后者……我试过了。

泰却娜：您结过婚吗？

波罗该伊：结婚只是空想……一个月四十四卢布的薪水，（克绿派忒拉和尼古拉急急走来）很难下一个决心。

尼古拉：（兴奋地）真可怕！可怕的混乱！

克绿派忒拉：他们有什么好笑的？在这样的时候，还要笑？

将军：什么事情？

克绿派忒拉：（叫喊）是您的外甥呀——真是一个好好先生！他完全接受了凶手们的……杀我丈夫的凶手们的要求！

娜笳：（沉静地）难道他们都是凶手吗？

克绿派忒拉：这是跟死开玩笑……这是侮辱我！开厂……为了关厂，被他们杀死的人还没有下葬，就开厂……

娜笳：姨父是恐怕工厂被人放火呀……

克绿派忒拉：你们是小孩子……不要作声！

尼古拉：而且这孩子讲的话……明明是社会主义党的宣传……

克绿派忒拉：事务所那个小伙子，是头脑，他出种种主意……这回的暗杀案，他说死的人自己不好！

尼古拉：（在手册里写着什么）那个家伙有点儿可疑。做了一个办事员，太聪明了……

泰却娜：你们是说辛错夫吗？

尼古拉：是他。

克绿派忒拉：我觉得好像被人吐了一脸的口水……

波罗该伊：（对尼古拉）报告，辛错夫天天读报纸，议论政治，骂政府……

泰却娜：（对尼古拉）怎么样，这不是很好吗？

尼古拉：（挑拨地）很好！您以为我会觉得意外吗？

泰却娜：我觉得波罗该伊还是不要在这儿的好……

波罗该伊：（混乱地）是……那我就告退。（疾步而去）

克绿派忒拉：啊，真要命呀……我不高兴跟那种人见面（从左首下场）。

娜笳：她在说什么呀！

将军：我太老了，犯不着管这种麻烦的事。暗杀……暴动……柴哈尔叫我到这儿来玩玩的，哪里知道是这样吵闹……我在这儿真太不方便……（柴哈尔兴奋地登场，很满意的样子，看见尼古拉，慌张站住，正一正眼镜）啊，柴哈尔来了。你到底知不知道自己所干的事情？

柴哈尔：舅舅，您等一下……喂，尼古拉·华西里维支……

尼古拉：什么？

柴哈尔：工人们兴奋得很，要是把工厂捣毁了，可不得了，所以决定开工了……还有工头狄契可夫的问题……要他们找出凶手来做条件……工人们已经在搜查了……

尼古拉：（冷淡地）我不愿意叫工人去搜查，我们自个儿可以查出来的。

柴哈尔：可是我以为叫工人们帮忙可以快一点儿……总之，厂里明天正午开工……

尼古拉：叫谁管理呢？

柴哈尔：我跟……

尼古拉：那是不错……我明白的。不过我觉得哥哥死了，当然由我跟克绿派忒拉代理。我要是没有记错，您好像不能不跟我们商量，就决定重大的问题……

柴哈尔：是的，所以我来请过您的……可是我叫辛错夫来请，您没有来……

尼古拉：哥哥刚刚惨死，当天就要谈公事，这是谁都难受的。

柴哈尔：可是您不是也在厂里吗？

尼古拉：是的，我听了大家的演说……这便怎么样？

柴哈尔：可是，您想想，您的老兄打了电报给城里……请城里派军队来。回电已经来了，明天中午军队就可以到……

将军：什么，军队？好呀！军队很好！

尼古拉：我们已经准备好了……

柴哈尔：我可一点儿不知道……军队一来……工人们一定更加兴奋……工厂再不开工，不知会闹出什么事来！我认为我做得没有错，我已避免了流血的危险……

尼古拉：我的意见完全不同……您绝对不应该向工人们让步……您也应该尊重死人的意见……

柴哈尔：可是您没有顾到，会发生大事情出来的。

尼古拉：那个我可不管。

柴哈尔：什么，你不管……可是我呢？我是要跟工人一同生活下去的。要是我流了自个儿同事的血……他们就一定会把工厂捣毁的。

尼古拉：这也不一定。

将军：这一点我也同意。

柴哈尔：（愤然地）那么，你……反对我的意见？

尼古拉：是的，我反对。

柴哈尔：（认真地）为什么……为什么你这样仇视我？我不过……尽可能避免可怕的祸祟……我不过避免流血，难道大家不能把日子过得和平一些，聪明一些吗？你是这样恨恨地看我，工人们对我也不大相信……可是我，我不过想把事情办得好些罢了！

将军：好事情？嘴里说说是便当的，可是，事实上怎么样呢？

娜笳：（含泪）姨父，够了，您安静一点儿。您对他说什么也说不明白。尼古拉·华西里维支，您为什么老弄不明白？您是很聪明的……为什么不相信姨父呢？

尼古拉：柴哈尔·伊凡诺维支，我失陪了。小孩子也掺进来谈正经公事，这个我可受不了。（下场）

柴哈尔：唉，娜笳……

娜笳：（握了柴哈尔的手）没有关系，姨父，没有关系……最重要的一点，就是使工人们满足，对不对，姨父？因为工人们是大多数，他们比我们多得多……

柴哈尔：你慢着说，娜笳……我要对你说，我不赞成你的意见。

将军：我也一样。

柴哈尔：你同情工人……这在你那样年纪的姑娘，是很自然的，可是，娜笳，应该有一个分寸。比方今天早晨，你带葛莱可夫来吃饭……我知道这个人，他是一个很好的青年……可是你不能因为他，同姨母吵嘴。

将军：对啦。

娜笳：啊，可是姨父，您不明白详细的情形……

柴哈尔：我比你明白得多。你应该相信我的话。老百姓是乱来的，他们没有受过教育……你伸出手指头去，他把你的胳臂都拉过去了……

泰却娜：（小声地）掉在水里的人，连稻草都会拉的……

柴哈尔：他们贪心得跟野兽一样，我们不是要给他们尝甜头，我们应该教育他们……娜笳，你把这一点去想一想吧。

将军：现在是我说了。娜笳，你对我的态度也不好！你要到我的年纪，还得再吃四十年的饭……到那时候，你再像现在这样，用朋友的口气跟我谈话吧。明白了没有，科尼？

科尼：（在树荫下）有。

将军：刚才那只爬虫，到哪儿去了？

科尼：爬虫，什么爬虫呀？

将军：那个……那个事务所里的……爬来爬去的家伙……

科尼：波罗该伊吗？我不知道。

将军：（向营帐走去）去找他来！

（柴哈尔低着头，用手帕拭眼镜，走来走去。娜笳深思地坐在石凳上。泰却娜向大家望望，站了起来。）

泰却娜：凶手找到了吗？

柴哈尔：现在还不知道。工人们说不知道……其实他们一定知道的……（向四周顾望，小声地）暗杀厂长的事情，是大家商量过的……有计划的行动！米哈尔实在是触怒了工人，又讥笑他们。他是有一点儿病态的……太爱弄权。可是工人……又太单纯，实在太单纯了！杀了人，好像也觉不到自己的罪过，不算一回事的……实在太单纯了！

娜�：姨父，您坐在这儿……

柴哈尔：米哈尔干吗要请军队来？工人们已经全知道了……什么都已经知道了！这又害得他早死。我一定要使厂开工……再不开工，跟工人搅得更加恶化了……在现在这种时代，对付工人一定要要小心、和善……可是以后还不知要变得怎么样。只有尽可能小心谨慎……在这种时代，有头脑的人应该在工人当中把关系搅好……（柳夫辛在舞台后边走过）这边是谁呀？

柳夫辛：嗨……在这儿守望的。

柴哈尔：啊，柳夫辛！你们把厂长都杀死了，干吗现在又变得这么温和老实？

柳夫辛：嗨……柴哈尔·伊凡诺维支，我们一向就是老实的。

柴哈尔：（威吓地）老实吗？老实干吗会杀人？柳夫辛，听说你常常对大伙儿……宣传新学问，说什么世界上用不到金钱，用不到老板……下次不许再胡说！你宣传这些话，对你们没有好处。（娜筠和泰却娜向右边下去。在那边听见雅可夫和辛错夫的话声。雅歌廷从树荫下走出来。）

柳夫辛：（平静地）我说的话算不得什么，活得久了，脑子想着许多事情，就跑来跑去随口说说罢了……

柴哈尔：在这个世界上，并不是所有的老板都是坏蛋……比方我吧，我也不是坏人，我总是想叫你们好，想做些好的事情。

柳夫辛：（叹气）谁也不会要自个儿坏的。

柴哈尔：我是要你们好。

柳夫辛：这个我明白。

柴哈尔：（注视柳夫辛）不，你不明白，你们是不明白的，你们实在都是一些怪人……有一点儿像野兽，也有点儿像小孩子……（去）

（柳夫辛把手杖拄在地上，望着他的后影。）

雅歌廷：喂，你又讲道吗？

柳夫辛：中国话，简直是中国话……说什么呀？一点儿也不明白……

雅歌廷：他不是说要做好的事情吗？

柳夫辛：是。

雅歌廷：好，走吧……他们又来啦。（向舞台后走去）

（泰却娜、娜笳、辛错夫从右边登场。）

娜笳：咱们干吗老这样跑来跑去……简直像做梦似的。

泰却娜：肚子饿吗，马特威·尼古拉维支？

辛错夫：给我一杯茶……今天话说多了，嘴里干得很。

娜笳：您不害怕吗？

辛错夫：（在椅上坐下）我？我害怕什么？

娜笳：我心里害怕！好像一切东西都搅得乱七八糟的，简直不明白……到底哪个是好人，哪个又是坏人？

辛错夫：（微笑）马上可以明白的，只是不要害怕用脑子……什么也不要害怕，用脑子去想……没有什么可害怕的事情。

泰却娜：您……您以为大伙儿已经镇静下来了吗？

辛错夫：是的，在眼前，工人难得有胜利，所以小小的胜利，也使他们非常欢喜。

娜笳：您喜欢工人吗？

辛错夫：并不是什么喜欢不喜欢，我是一直同工人一起生活过来的，我很知道他们，认识他们的力量，相信他们的头脑……

泰却娜：您也相信……未来是属于他们的吗？

辛错夫：我相信。

娜笳：未来的事情，我想总是难料的。

泰却娜：（微笑）可是您所说的普洛列塔利亚……是很狡猾的人呀。我跟娜笳刚才同他们谈话……叫人挺难受的……

娜笳：我简直生气啦。那个老头儿……好像把我们当作坏人……故意探他们的口气想侦察什么……可是，同样的工人……也有葛莱可夫那种人……他就不是那么看我们……刚才那老头儿一直在笑……好像不相信我们心里不快活。

泰却娜：（对雅可夫）您老这么喝酒不太行呀，叫人瞧着也难受。

雅可夫：我不知道要怎样才好，我正在向许多人问……

辛错夫：您没有事做吗？

雅可夫：我不想做什么……什么都觉得讨厌……对一切工作有一种说不出的厌恶。我是第三种人呀……

辛错夫：这是什么意思？

雅可夫：原来人可以分作三种：第一种是干一辈子活儿的人，第二种是积蓄钱财的人，第三种是不高兴为面包工作的人，他们觉得这种事情没有意思，他们又不能积蓄钱财，他们说这种事情是傻子做的。我就是这第三种人。一切流浪汉、懒惰人、叫花子、和尚等等，这世界上一切吃闲饭的，都是这一种人。

娜笳：叔叔，这种话多无聊呀，您也不是像您自个儿所说的那种人，您只是一个好人，脆弱的人。

雅可夫：我这个不是给自个儿吹牛，我在学校里的时候就留意到了。一个人在年轻的时候就可以明白区分这三个种类。

泰却娜：娜笳说得不错，这种话太无聊啦。

雅可夫：无聊就不说。可是马特威·尼古拉维支，你相信人生也有一种脸孔吗？

辛错夫：那是当然的……

雅可夫：有的，的确有的，那脸孔永远是年轻的。从来，这脸孔常常冷淡地望着我，可是到了近来，它的眼色变得凶险了，它说："你是谁？你要到哪儿去？"……（他想笑却好似吃了惊，嘴唇抖索着笑不出来，做了一个悲苦恐怖的苦脸。）

泰却娜：雅可夫，谢谢您，不要讲这种话！您看，那边检事老爷来了……不要在他跟前讲这种话！

雅可夫：好吧。

娜笳：（低低地）大伙儿都不快活，好像等着什么……好像害怕着什么！干吗我不能跟工人们做朋友？想起来真是没有意思。

尼古拉：（进来）给我一杯茶好吗！

泰却娜：好。

（一同默坐片刻，尼古拉用茶匙搅着茶站起来。）

娜笳：我不懂工人干吗不相信我的姨父……而且……

尼古拉：（忧伤地）他们只是相信"全世界的无产阶级团结起来"的人。他们只相信这个。

娜笳：（轻轻动了动肩胛，低声说）每次，我听了这个话，听了……全世界的无产阶级团结起来的时候……就觉得我们都好像是世界上无用的人……

尼古拉：（兴奋地）对啦，受过教育的人都会有这种感觉的……我相信不久有人会叫出“全世界的知识分子团结起来!”现在，正是这样叫喊的时候了，的确是时候了！野蛮人快要到来，蹂躏几千年来人类文化的果实，他们快要张着贪心的眼到来了……

雅可夫：可是他们的灵魂是在他们肚子里，在空了的肚子里……就是想想，喉头也要干死的……（倒着酒喝）

尼古拉：大伙的人被贪心驱迫，团结在想吃饭这个唯一的欲念底下，快要到来了！

泰却娜：（沉思地）大伙的人……到处都有大伙的人。戏院子里、礼拜堂里……我真不明白这个世界……可是戏院子礼拜堂里的人跟这里的人是完全不同的。

尼古拉：不错。厂里那些家伙到底有些什么本领？捣乱……对啦，不过是捣乱……可是在这儿，他们捣乱得比什么地方都厉害……

泰却娜：我从前听人家说，工人是最进步的人，我心里觉得奇怪。但这是什么意思呢，我一点儿也不明白……

尼古拉：不过，辛错夫，你当然反对我们的意见吧？

辛错夫：（镇定地）我反对。

娜笳：泰却娜叔母，刚才那老头儿讲到金钱，他不是讲得很明白吗？

尼古拉：你反对哪一点，辛错夫？

辛错夫：全部都反对。

尼古拉：既然如此，那你倒把你的意见详细说一说看。

辛错夫：我不想说。

尼古拉：那太可惜了。我希望下一次碰见你的时候，你的意见会改变过来，雅可夫·伊凡诺维支，如果你高兴……一起去散步好吗？我的神经躁动得很……

雅可夫：（吃力地站起来）好的，我挺高兴……（二人去）

泰却娜：我顶讨厌那位检事老爷。我不喜欢让别人牵着鼻子走……

娜笳：（站起来）那您为什么赞成他们的话？

辛错夫：（微笑着）干吗啦，泰却娜·伯芙洛芙娜？

泰却娜：因为我跟他有同样的感觉……

娜笳：（去）他刚才还那么凶地说我，一会儿好像又来讲和了。

辛错夫：（对泰却娜）您也许跟他有同样的意见，却不能有同样的感觉。第一，他对那些事情是不大注意的……而且也没有理解的必要。

泰却娜：我觉得他有点儿可怜，虽然他是很残酷的人。

辛错夫：对啦，因为他在城里当检事官，对人就残酷极了，特别是对政治犯，更加……

泰却娜：他把你的事情记在手册子里。

辛错夫：（微笑着）是吗，他跟波罗该伊说了什么，也记在簿子里的，因为这是他的职业……泰却娜·伯芙洛芙娜，有一点儿事情要请求您……

泰却娜：您说吧……只要我能够，我都高兴替您办……

辛错夫：谢谢您。听说这儿已经去叫了宪兵……

泰却娜：是的，怎么样？

辛错夫：我想他们会挨户搜查的，我有一点儿东西，想放在您这儿。

泰却娜：啊哟，那儿也要搜吗？

辛错夫：是的，一定要搜的。

泰却娜：您会被他们抓去吗？

辛错夫：那是不会的。为什么要抓我？因为我演说吗？可是我演说为的要工人们安静，这一点，柴哈尔·伊凡诺维支是很明白的……

泰却娜：可是，您从前不是做过什么吗？

辛错夫：没有什么……您替我放吗？我本来也不想麻烦您，因为我认识的人明天家里都得被搜。因为大家都太兴奋了，分辨不清谁聪明谁傻……（轻轻一笑）

泰却娜：（为难）我不能说不放……不过在这个地方，没有一间我自个儿的可以安心的屋子……

辛错夫：您不答应吗？那也没有关系……

泰却娜：啊，您生气吗？

辛错夫：不，我很明白您拒绝的理由……

泰却娜：不过，您等一等，我跟娜笳说去……（去）

（辛错夫手指敲着桌子，望着她背影。听见低低的脚声。）

辛错夫：（低低地）谁？

葛莱可夫：是我，你一个人吗？

辛错夫：啊，不过四边人很多……厂里的情形怎么样？

葛莱可夫：（微笑着）不行，很不得了。你知道，大伙儿决定找出暗杀厂长的家伙。可是发生了事了，不知是谁说："社会主义党打倒了。"还唱混账的歌。

辛错夫：你知道那件事是谁干的吗？

葛莱可夫：耶基莫夫。

辛错夫：是他？那可想不到……那样聪明懂事的人……真好笑。

葛莱可夫：他挺起劲……他说他自个儿去出头，不过他有老婆孩子……弄一个没用的家伙去顶替耶基莫夫吧……

辛错夫：啊，真怪……可是真要命。（停了一会儿）葛莱可夫，他一定得藏起来，没有地方可藏呀。

葛莱可夫：我找到好地方了，电报员答应接受了。马特威·尼古拉维支，你也走了吧。

辛错夫：我什么地方也不去。

葛莱可夫：你会被抓的。

辛错夫：没有关系。现在我走掉，给工人留一个不好的印象，尤其是……

葛莱可夫：可是……你太吃亏了。

辛错夫：那耶基莫夫比我更吃亏。

葛莱可夫：这是不错。不过，没有法子……他要自首……这就完蛋啦。你怎么啦，替厂长府上当守望……真好笑。

辛错夫：（笑着）没有法子。怎么，大伙儿……都睡觉了吗？

葛莱可夫：没有。他们在那边商议什么事，好，再见吧！

辛错夫：我跟你一起去……不，再在这儿待一会儿……明天你一定也被捕的。

葛莱可夫：又得暂时休息一下了！好，小心吧！（去）

辛错夫：嗯，您吗。（泰却娜进来）泰却娜·伯芙洛芙娜，您不用费心，我已经找到地方……好，安息吧。

泰却娜：我不知什么缘故，觉得很寂寞！

辛错夫：再见。（去）

（泰却娜轻轻地走来走去，点着头。雅可夫进场。）

雅可夫：您为什么还没有睡觉？

泰却娜：我不想睡。我想到别的什么地方去走走……

雅可夫：是吗？可是我……没有什么地方好去。大部分的大陆和岛屿我都跑过了。

泰却娜：可是在这儿太气闷了……总是觉得心里不安，眼睛好像发花似的。好像欺骗了人家……我受不了。

雅可夫：对吧……你这么说，心里一定不快活……你可怜……但我也可怜。

泰却娜：（独白似的）可是我……刚刚就骗了人，不知什么缘故。我刚刚到娜筘那儿去过……娜筘答应把托她的东西藏起来……可是我没有说出来。不过他们也太介意了……

雅可夫：你说谁呀？

泰却娜：我？说辛错夫呀……为什么一切都变得这样怪……生活这件事，现在渐渐明白起来了，自个儿想做的事，已经很明白了……

雅可夫：（低低地）有才能的酒鬼，美丽的骗子，这种人生中有特别本领的人，人们已经不重视了……当咱们生活过得不比大家无聊的时候，大家对咱们都挺客气的……可是世界上的生活，愈加变得跟做戏一样了……而且有人对咱们喊着说："小花脸，滚到台底下去……"不过，舞台是你的本行呀，泰却娜。

泰却娜：（焦灼地）我的本行？我相信我自个儿的才干，我可以成为一个有名的女戏子……（忧郁而使劲地）可是我站在看客跟前，看他们冷眼望着舞台，好像在那儿暗暗地说："这种戏大家都知道，是泄气的老调子呀。"我觉得很难受，心里不安……觉得自己好像是懦弱无能、没有一点儿本领的人：我拉不住这种看客，不能鼓动他们的情感，我喜欢得惊骇得想发抖，我想说出充满火一样热情和愤怒的话……像刀子一样锋利，火炬一样光耀的话，我想把这种话对看客叫喊出来，痛快地，挺痛快地！使看客兴奋、叫唤、奔跳……然后再叫他们静下来，说出花一样美，充满喜欢、希望和爱情的话……看客都哭起来……我自个儿也一样哭起来……大伙儿都拍手、掷花，掷得我透不过气来……举起我的身体……这一刹儿中，我变成人类的皇后……只有在这一刹儿中，做人才有意思……做人的一切，只有这一刹儿才有。

雅可夫：对啦，这个我也了解……咱们只能够生活在这一刹儿中。

泰却娜：美的东西，都只有一刹儿。世界上应该有更从容些、感情更细致些的生活，应该有比这儿更少些麻烦的、完全不同的生活……一种大伙儿永远需要艺术的生活……一种不把咱们当无用人的生活……（雅可夫睁大着眼注视暗处）您怎么啦，雅可夫？为什么老是喝酒？您会送命的……您是挺漂亮……您是挺漂亮的……

雅可夫：闲话少说吧……

泰却娜：您知道，我是多么痛苦吗？

雅可夫：（痛苦地）我虽然喝醉了——我也什么都知道的……唉，多么悲惨的生活！头脑也没有休息的时候，好像受了魔咒一样，老这么劳劳碌碌的……在我的眼前——一张脸……一张宽阔的肮脏的脸，睁着一对大眼睛，好像在那儿问："怎么啦？"永远问着这么一句话，你……"怎么样？"……

波里娜：（跑进来）泰却娜，快来快来……克绿派忒拉……发了神经病啦！对大伙儿毒骂……您快给她治一下子。

泰却娜：（忧郁地）你们那些无事吵闹，我也不高兴来劝架了！你们要怎样就怎样吧，可是不要烦人家。

波里娜：（吃惊地）泰却娜，您说什么？你怎么啦？

泰却娜：我对你们，愈来愈不明白了。到底要什么？干吗这样吵闹？

波里娜：闲话少说，您去一去，瞧瞧克绿派忒拉……啊，她来了！

柴哈尔：（在台内）请您安静一点儿。

克绿派忒拉：（在台内）您自个儿……先安静一点儿吧！

波里娜：她跑到这儿，一定又要嚷起来啦……啊，他们在向这儿望……好怕人。

泰却娜：对不起，请求您……

柴哈尔：（进场）我……我要发疯啦！

克绿派忒拉：（跟着进场）我可是受不住的。无论如何，我一定要您答应……你欺骗工人，现在您要向工人讨好，就送给他们一条命，好像把一块肉丢给野狗……您的人道主义，要牺牲别人的性命。

柴哈尔：您说什么？

克绿派忒拉：我说的是实话。

雅可夫：（对泰却娜）我再也受不住啦。（走去）

波里娜：夫人，我们都是有身份的人，被您这种名声不好的人这样大声叫骂，我们是受不住的……

柴哈尔：（惊骇）波里娜，我求求您……不要多说！

克绿派忒拉：为什么您是有身份的？因为你们常常谈政治，常常谈人们的痛苦、人道主义、大都市吗？

泰却娜：克绿派忒拉·彼得洛芙娜，您说得够了！

克绿派忒拉：我还没有说到您呢。您在这种地方，是没有用的人，可是您自个儿不知道……我的丈夫，是正直严肃的人……他比你们多懂得一些世故……不过他不像你们喜欢多说话……你们抱着卑鄙的没有意思的妄想，把他杀死了！

泰却娜：（对波里娜和柴哈尔）你们还是跑开吧。

克绿派忒拉：我走，我走……你们都是凶恶的人……我恨极了！（走去）

柴哈尔：简直发疯了……

波里娜：（含泪）这一切都得有一个结束。我们还是到什么地方去吧……这样受人家的侮辱……

柴哈尔：她为什么要这样说……既然那么爱她的丈夫，活着的时候应该和睦点儿……两年工夫就找了两个情人……一天到晚咒骂丈夫……

波里娜：把厂出盘了吧，柴哈尔。

柴哈尔：（悲苦地）离开这儿，把厂出盘……我得先来考虑考虑……仔细考虑考虑！我刚才正跟尼古拉·华西里维支说，她跑来打扰我……

波里娜：尼古拉·华西里维支恨咱们……他仇视咱们。

柴哈尔：（渐渐平静下来）他恨咱们，现在是什么都混乱啦，可是，他是很通气的，他是没有恨咱们的理由。米哈尔死了，他跟我的关系应该更加密切，从大家的利害来说……

波里娜：可是我不能相信他，我有点儿害怕……他会欺骗您。

柴哈尔：波里娜，不要说没有意思的话。他说得很有道理……他说，从一切高度上去瞭望，也有一个严密的界限……这句话完全是真理！比方我要瞭望比自个儿身高以上的东西，我就得硬把身子挺起来，这种我就得跌倒，叫大伙儿……这里就有着真理！问题是在于我跟工人们的关系，常常不抱定一个明确的立场……我必须意识到这一点……昨天晚上我跟工人们谈判的时候……波里娜，工人们对我是抱着很大仇视的，他们斜看着我，眼色很凶……

波里娜：我不是常常对您说吗……我常常说的……他们永远是咱们的仇敌！（泰却娜走到旁边去低低地笑，波里娜望着她故意大声说）对于咱们，大伙儿都是仇敌！大伙儿都嫉妒咱们……向咱们扑过来！

柴哈尔：（疾步来回地走）这也是对的……有一部分人是这样子的。尼古拉·华西里维支也说过："纵使没有阶级斗争，种族斗争还是存在的，黑人跟白人的斗争……"说到这个话，也许有一点儿鲁莽……可是想想，创造科学、艺术跟其他东西的，是咱们，有教养的人……平等……照生物学来讲平等，还可以说。可是首先得个个人都受教育……以后，才能够谈真正的平等！

波里娜：（听了之后）我不懂您的意思。这我还是第一次听到……

柴哈尔：现在我说的只是一个大意，还没有充分地想过……不过这中间，一定有着有价值的真理，总之，您必须明白才好……

波里娜：（握柴哈尔手）您这人太好了……所以您就得永远吃苦。

柴哈尔：我是什么都不知道的，而且是永远被人惊骇的……他好像是社会主义党，所以他能够有那种态度和理论！

波里娜：对啦……对啦。他跟咱们不同，被人们十分注意的。对吗……啊，您的脸色多难看……柴哈尔……您得去休息了。

柴哈尔：（跟着波里娜）至多也不过一个工人，可是……那个叫葛莱可夫的，实在有点儿丈夫气……我这会儿还记得尼古拉跟他两个的演说……他的态度真是大胆……（下场）

（舞台静寂，听见这处的歌声。接着，低低的谈话声。雅歌廷、柳夫辛、略布错夫登场。略布错夫是一个青年，良善的圆脸。三人站停在树荫下。）

柳夫辛：（轻声地）喂，这是弟兄们大伙儿的事情呀……

略布错夫：我有数的……

柳夫辛：这是全世界弟兄们大伙儿的事情……老弟，一个人的良善的灵魂，是比什么都宝贵的。大伙儿马上会聪明起来，听话，看书，用脑筋……从今以后，有智识的就是大阿哥……

雅歌廷：对啦……

略布错夫：我明白，那我这就去。

柳夫辛：胡乱跑去没有道理的，得要好好儿想明白……你年纪还轻，可是这事情是要到西伯利亚去的……

略布错夫：没有关系，我会逃走。

雅歌廷：不，不见得会去西伯利亚，你还没有成年……

柳夫辛：不，一定要去的！他们对于这种事，绝不肯放松的。不怕西伯利亚，那你就可以立下决心。

略布错夫：我已经下了决心。

雅歌廷：慢着，你再想一想……

略布错夫：还想什么？要找到凶手……总得有人承认……

柳夫辛：对，你有种，你的一切事情由咱们承认。没有一个人承认，大伙儿就都得受罪，许多比你能干的弟兄都得受罪，啊，你是为了大伙儿……

略布错夫：我绝不多说，我的年纪虽然还轻，可是什么事情我都懂得……咱们大家要团结起来……

柳夫辛：（叹气）对对，咱们大家要团结起来……

雅歌廷：（微笑）咱们团结，不管什么压迫来，咱们要斗争。

略布错夫：对啦。我已经没有什么话说。说了也没有用。我是团体中的一个，我就得做我该做的事，不过我不赞成叫那种人流血……

柳夫辛：不是为了血，是为了团体。

略布错夫：厂长这浑蛋，只知道恶狠狠地骂人……真是一个讨厌的家伙……

柳夫辛：被杀的总不是好人。好人是自个儿死的，不会麻烦人……

略布错夫：话说完了吗？

雅歌廷：完了，明天早上就去吧……

略布错夫：干吗？我现在就去。

柳夫辛：早上去的，黑夜是咱们的妈……她会教咱们好的思想……

略布错夫：现在去了不好吗？

柳夫辛：你这是……

雅歌廷：去就去，坚强点儿……

（略布错夫慢步走去。雅歌廷挥着手杖望他。柳夫辛眼望着天空。）

柳夫辛：（低低地）能干的家伙渐渐多起来啦。

雅歌廷：风把花香吹到这儿来了……

柳夫辛：照这个情形，咱们马上会好起来啦。

雅歌廷：（忧伤地）轻轻年纪，想起来真难受……

柳夫辛：（低声）对啦，我也一样。这样的好青年，为了这件事就得坐牢去。唯一的安慰……是为了大伙儿。

雅歌廷：实在……真是难受……

柳夫辛：唉，这个现在也别去说他了。可是……顶没有意思的，杀掉了厂长有什么用？杀掉了一只狗，一点儿用处也没有的，他们马上可以再买一只。真没有意思！

雅歌廷：（阴沉地）以后还不知道要丢失多少弟兄……

柳夫辛：好，走吧。给老板大人看家去！（走）呸。

柳夫辛：我，我真是受不了。希望早点儿跟大伙儿过好的日子。

——幕——

第三幕

巴尔廷家的大房间。正面的墙上有四扇窗和通到阳台去的门，隔门可见大群兵士、宪兵，工人。其中有柳夫辛和葛莱可夫。屋子里有一种久未住人的感觉，家具很少，陈旧而不调和。壁纸亦有剥落。靠右壁放一只大台子。科尼正在急急忙忙放椅子。亚格拉斐娜在扫地。左壁一扇双合门，右边也有同样的一扇。

亚格拉斐娜：这种事，真叫人生气……

科尼：你生什么气呀，我是对什么都不管的……谢谢老天，我快要死了，我的心不再跳动了。

亚格拉斐娜：大伙儿马上都要死了……你也用不到得意……

科尼：我实在……已经厌了！整整六十五年，挤在人堆里过来了……我想咬，我的牙齿也不再受我的指挥……到底干吗呀，抓了那么多工人，让他们淋在雨里……

（宪兵上尉薄波叶铎夫和尼古拉从左门入。）

薄波叶铎夫：（快活地）这是会议室吗……挺好……对啦，您也干过军队的？

尼古拉：是的。科尼，去叫班长来。

薄波叶铎夫：索性把他们都抓起来。他们的头儿……叫什么名字呀？

尼古拉：辛错夫。

薄波叶铎夫：对啦，辛错夫……好。原来由他当中心……团结全世界的无产阶级吗？哼，真痛快……不过这里的老板倒是一个挺漂亮的先生。我还当是一个凶恶的人呢……还有那位二老板的太太，我是很熟悉的。我在华洛内什戏院里见过她，是一个很出色的女戏子。（克淮契从阳台上进来）嗯，怎么样？

克淮契：报告上尉，挨户搜查已经全部完毕。

薄波叶铎夫：嗯，还有呢？

克淮契：有些地方找到一点儿违禁品，也有些地方一点儿也搜不出来……他们藏过了。再报告，那个警察所长疏忽得很，做事情马马虎虎的。

薄波叶铎夫：嗯，警察总是这个样子。被捕的人家里抄出什么吗？

克淮契：在柳夫辛那儿抄出一点儿东西。

薄波叶铎夫：都搬到我屋子里来。

克淮契：是。报告：以前从龙骑兵那儿来的年轻宪兵……

薄波叶铎夫：怎么样？

克淮契：他做事也马马虎虎的。

薄波叶铎夫：你得好好训练他呀，好，去吧！（克淮契出去）浑蛋！瞧模样儿就是个浑蛋，那些兵……还有一股狗臊气。

尼古拉：上尉，那个职员，也得好好儿侦察一下……

薄波叶铎夫：当然啦，要严密侦察的。

尼古拉：我说的不是辛错夫，是波罗该伊。如果事情顺利，也许从他身上可以找出重要的关系。

薄波叶铎夫：好吧……谢谢您提醒。咱们得替他们根本换一个性格……

（尼古拉走到台子边，把上边的文件整理好。）

克绿派忒拉：（在右边门口）上尉，请喝茶！

薄波叶铎夫：谢谢，谢谢……你们的款待。我认识这里的太太……她好像在华洛内什登过台吧？

克绿派忒拉：是，也许是吧……挨户抄查的结果怎么样？抄出什么？

薄波叶铎夫：（声气和善地）抄出了，事情都明白啦，您放心吧。我们在没有东西的地方也一样能够抄出东西来的……

克绿派忒拉：我很高兴。死去的丈夫对于写在纸上的东西一切都瞧不起的……他说："纸头儿怎么能够革命……"

薄波叶铎夫：哼……不过，这话不对。

克绿派忒拉：他还说他们发的许多宣言……都是那些秘密团体里的浑蛋，送给别的浑蛋的通知书。

薄波叶铎夫：（大笑）这是一句妙话……不过也不对。

克绿派忒拉：可是那些人就因为这种纸头儿成了犯罪的证据。

薄波叶铎夫：您放心……他们这回要大吃苦头了。

克绿派忒拉：我是很安心的。见了您的面，我马上觉得好像卸下了一副重担子。

薄波叶铎夫：我们的义务就是要保守社会的尊严……

克绿派忒拉：看见您这样健康快活的人，心里真是高兴……像您这样的人近来很难得见到了。

薄波叶铎夫：宪兵队里的人都是经过严格挑选的。

克绿派忒拉：请坐到台子边来吧！

薄波叶铎夫：（走过去）谢谢！那位年轻化的夫人，这一季打算在哪个戏院里上台？

（泰却娜与娜笳从阳台进来。）

娜笳：（兴奋地）啊哟，那个老头儿望着我们，眼睛多怕人呀……

泰却娜：柳夫辛吗，真的……

娜笳：一切都是错误的……真是耻辱。尼古拉·华西里维支为什么一定要干出这种事情来？为什么要捕那么多工人？

尼古拉：（冷淡地）逮捕的原因，是数不清的……您放心好啦。不过，没有审问完的时候，请您不要到阳台上去……

娜笳：嗯，我不去了……

泰却娜：（望着尼古拉）辛错夫也捉起来吗？

尼古拉：当然啦。

娜笳：（在屋子里来回地走）已经捕了十七个，大门口许多女人在那儿哭……可是那些兵却只是望着她们笑，请您对兵士说，不要这样凶恶吧！

尼古拉：这个跟我没有关系。对兵士发布命令的是史忒雷派忒里中尉。

娜笳：我对中尉说去……（从右门出）

（泰却娜轻轻笑着走到台子边。）

泰却娜：尼古拉·彼乞内可夫舅舅说过，您是法律的坟墓……

尼古拉：这也算不得漂亮的俏皮话，我不想在这儿练习老将军的呆俏皮话。

泰却娜：不不……舅舅说的是法律的墓碑……您，您生气了吗？

尼古拉：我这会儿没有心思开玩笑。

泰却娜：啊，您好认真啦。

尼古拉：我告诉您，我的哥哥昨晚上叫人暗杀了。

泰却娜：这跟您有什么关系？

尼古拉：你说什么？

泰却娜：（微笑）你脸色何必这样难看。您的老兄死了，您哪里放在心上呀……手伸过来，咱们一块儿走走……您……跟我一样，完全不放在心上。死，特别是意外的死，虽然叫人心里难过……可是您是连一分钟也没有真正伤心过您的老兄……对啦，一定没有，我明白的。

尼古拉：（用劲地）这真有趣，到底您要我怎么样？

泰却娜：尼古拉，您自己不明白，您是跟咱们一样性气的，您真不明白吗……我是一个女戏子，永远只是冷静的……想演一个好角色的人，您也一个样子，光想演一个好角色，您是冷静的人。尼古拉，您打算一辈子当检事吗？

尼古拉：（低声地）你不要说这种没有意思的话……

泰却娜：（沉默了一下，笑出声来）是的，我不会来客套的……我是有目的来找您的……我原打算说得殷勤点儿，可是看见了您的脸孔，就这么不客气起来了……每次我一看见您，我就想对您说粗鲁的话……不管您在笑，在走路，在讲话，在沉默……总是像在那儿责备人的样子……所以尼古拉，我求求您……

尼古拉：（微笑）我已经明白了。

泰却娜：是吗？可是现在已经来不及吧？

尼古拉：现在还是跟从前一样。辛错夫的嫌疑很大。

泰却娜：您说这种话，大概感到小小的得意吧？对不对？

尼古拉：对，我也用不到隐瞒……

泰却娜：（叹气）咱们真有点儿相像。我跟您一样，是小气、坏脾气的人……尼古拉，您替辛错夫说一句话，总可有点儿用处吧……嗨，对吗？

尼古拉：当然啦！

泰却娜：要是我请您给他留个情面呢？

尼古拉：那不行。

泰却娜：不管我怎么样求您吗？

尼古拉：没有用……可是你这个女子也真奇怪。

泰却娜：为什么！

尼古拉：你很美……而且无疑是很聪明的……你的感情敏锐。你很可以把自个儿的生活弄得舒服漂亮……可是为了这点儿小事，却这样起劲……这实在有点儿病态。您老是把斯文人弄得昏头昏脑……一个尊重女性爱好美丽的人，绝不会高兴您刚才那种无礼的态度。

泰却娜：（好奇地望着尼古拉的脸）您又责备我了？您也不喜欢辛错夫吧？

尼古拉：他今天晚上要进看守所去。

泰却娜：决定了吗？

尼古拉：决定了。

泰却娜：您对女子太不客气。我不能相信，我要强求您，您一定把辛错夫放了。

尼古拉：（无情地）您就强求吧……不要客气。

泰却娜：我不能够……我不想……可是您说一句真话……只要一句……这并不是什么难事——您放辛错夫吗？

尼古拉：（停了一下）我不知道……

泰却娜：我倒知道呢！（停一下，兴奋地）咱们真是没有意思的人呀……

尼古拉：泰却娜，不要因为您是一个女人，女人也有不准许的事情呢！

泰却娜：（慢慢地）什么事情呢？咱们说的话，谁也没有听到……您跟我都一样。我有权这样对您说，对我自个儿说，我们大家……

尼古拉：求求您……不要说这个话……

泰却娜：（低低地，但是固执地）总之，您应该知道您这种主张绝及不上女人的红唇。

尼古拉：我跟您说了几次啦，请您不要说这个话。

泰却娜：（沉静地）那么，请您出去吧，我不拉住您。

（尼古拉疾步走去。泰却娜把脸埋在围巾中，站在屋子中，向阳台望。娜笳和中尉从右门进来。）

中尉：弟兄们绝对不会侮辱女人。在咱们看来，女人是神圣不可侵犯的……

娜笳：可是……

中尉：绝对不会有这种事情，军队跟骑士一样，还保守对女性的尊敬……

（走向左门去。波里娜、柴哈尔、雅可夫进来。）

柴哈尔：雅可夫，你……

波里娜：柴哈尔，干吗要做出这种事情？

柴哈尔：这一切都是为了必要……所谓……此外也没有办法。

泰却娜：你们发生了什么事啦？

雅可夫：哥哥为什么要生我这么大的气……

波里娜：真是多么残酷！大伙儿那么望着咱们，好像在那儿责备咱们。（对柴哈尔）平常您是那么脆弱的人……干吗要去叫了兵来？况且，谁也没有叫过宪兵……那些人老是任意胡闹。

柴哈尔：你们以为逮捕工人是我主张的吗……

雅可夫：那可没有。

柴哈尔：你们自然没有明白说出来，但我是十分明白的……

雅可夫：（对泰却娜）是这么一回事，我正坐在那儿，哥哥跑来，对我说："您干吗？"我就回答："心里难过……"

柴哈尔：可是只这一件事，大伙儿应该深深明白的……社会主义的宣传弄得那么庞大，在别的地方是没有可能的……

波里娜：大家谈谈政治，当然也必要，可是干吗要变成社会主义党？您的话实在没有错。

雅可夫：（忧伤地）比方那个柳夫辛老头儿，算什么社会主义党？他只是做工做累了，多说些废话罢了……

柴哈尔：他们说的都是废话！

波里娜：总之，应该原谅他们，就是我们自个儿，也累死了！

柴哈尔：波里娜，咱们自个儿家里在开法庭，我怎么能不管一管这个事情？这都是尼古拉·华西里维支的计划。可是发生过上次的事，再跟他去争论……我可办不到。

克绿派忒拉：（疾步而入）你们听到了吗？凶手已经自首了……马上要带到这儿来。

雅可夫：（呻吟似的）嗯……

泰却娜：是谁？

克绿派忒拉：好像是一个小伙子……啊，我真高兴……喜欢人道主义的先生也许要骂我，我真是说不出的高兴！一个很年轻的小伙子……我要在法庭里天天用鞭子打他……尼古拉·华西里维支到哪儿去啦？不知道吗？（向左门出去，遇到进来的将军。）

将军：（忧郁地）喂，那到底是怎么一回事，大伙儿都淋得落汤鸡似的站在那儿。

柴哈尔：您瞧了也不痛快吗，舅父？

将军：是宪兵干的吗？对不对……那个上尉是模范的傻蛋。我一定要开他一下玩笑……我们今天晚上宿在这儿吗？

波里娜：不会吧……您干吗？

将军：那真可惜……要不然趁他睡着了，我浇他一桶冷水。咱们在随军幼年学校的时候，对那些小胆家伙老这么好……望着一个光身汉子，像水老鼠一般跳起来，嘴里说着梦话，那才有趣呢。

克绿派忒拉：（站在门口）啊，您说什么呀！您干吗这样说？那位上尉是挺有礼貌的上等人……他一来，就把大伙儿抓起来，是一个很能干的家伙呢！（出）

将军：哼……她只当长大胡子的都是有礼貌的！大伙儿都知道——真正的秩序从这儿开始！（向左门走去）大伙儿应该明白知道……科尼，我把你找到了……营帐又在漏水了……

波里娜：（低声）她还以为自个儿是这屋子里的女主人呢……看那副样子！真是一个没有受过教育的笨女人……

柴哈尔：唉，一切都快点儿完结吧……我希望过点儿安静的日子，和平的日子……

娜笳：（跑进来）泰却娜叔母，那个中尉是个浑蛋，大浑蛋！他打兵士……那声气好难听……大嗓子叫骂……姨父，请您允许那些女人会见她们的丈夫……被捕的人有五个是有女人的！请您对宪兵说……姨父！没有他的命令不成功呀。

柴哈尔：喂，娜笳……

娜笳：好，姨父，快点儿吧，您快点儿去说！大伙儿都在那儿哭……快一点儿呀！

柴哈尔：（出去）我说恐怕也没有用……

波里娜：娜笳，你总是骇我们……

娜笳：不，是你们自己骇人家呀……

波里娜：我们骇人家？你这是什么意思？

娜笳：（兴奋地）是，是咱们……姨母，姨父，我自己……咱们都是坏人！虽然咱们没有做什么坏事，但原因是在咱们……同时也在兵士和宪兵！抓了那么多的人……就是咱们的缘故！女人们都在那儿哭呀……

泰却娜：到这儿来，娜笳。

娜笳：（过去）我来了……什么事？

泰却娜：坐在这儿，安静点儿……您是什么都不懂……您又什么都不会！

娜笳：您也不能说什么呀！我不能够安静，我真受不了！

波里娜：你妈说过你的性气太坏……你果然。

娜笳：是，我的妈妈是好人……她自个儿做工，吃自个儿的面包。可是您……您到底做了什么？您吃的是谁的面包？

波里娜：啊，你又来了！娜笳，我求你不要做出这副下流相……你对着长辈，怎么能够气鼓鼓地说话！

娜笳：长辈……你们是了不起的人吗，你们不过比我大几岁罢了！

波里娜：泰却娜，这孩子竟敢说出这种话，一半也是你的缘故！你对她说，她是一个傻蛋……

泰却娜：娜笳，你是一个傻蛋呀……

娜笳：这便怎么样？你们什么也不能说呀！实在什么也不……自个儿也管不住自个儿……你们是没用的人，你们是蠢东西！就是在这儿，在这个屋子里，你们也是没有用处的人！

波里娜：（厉声）你在说什么，你自个儿明白吗？

娜笳：你们这儿，来了许多兵士、宪兵、长胡子的傻蛋……好吧？你们发命令，喝茶，指挥刀锵锵儿地响着，马刺儿作着声，笑着……抓工人，骂人，恐吓，女人们在哭呀……可是你们……你们做些什么呢？好像被人丢在角落里似的……

波里娜：不许胡说，娜笳！兵士是来保护我们的。

娜笳：（激烈地）姨母，对于你们这些傻蛋，兵士也没有办法的呀！

波里娜：（热狂地）你胡说些什么？

娜笳：（向波里娜伸手）姨母，不要发怒。我不是说姨母一个人……（波里娜疾步出）啊，走掉啦！又去告诉姨父，说我是倔强的野姑娘……姨父又要来一顿长长的教训……连苍蝇也给闷死啦。

泰却娜：（沉思地）你这个人越看越不明白了！到底将来要变成怎样的女人呢？

娜笳：为什么？这种事管它做什么，我自个儿也不明白呢……不过我绝不做你们那样的事！刚才我跟那些军官走过阳台旁边，看见葛莱可夫也在那儿……他抽着烟望我们……好像在那儿笑……可是他知不知道自个儿马上要坐牢了？当然，他知道的！他们照自个儿的信仰活下去，什么也不害怕……永远是快快乐乐的！我见了柳夫辛、葛莱可夫他们，我总是觉得害羞……我虽然不认识别人，我相信他们大伙儿都是一样的。我绝不会忘记他们，绝……啊，长胡子的浑蛋来啦！傻蛋！

薄波叶铎夫：（进来）啊，骇了一跳！是谁，骇了我一跳！

娜笳：是我……您让那些女子见了男人吗？

薄波叶铎夫：不，不给她们见面，我是恶人。

娜笳：对啦，您当宪兵，你做不了好人。可是，你为什么不让她们见面？

薄波叶铎夫：（和气）暂时还办不到！等审问过了准许她们好啦。

娜笳：为什么现在不可以？只要您说可以不就可以了吗？

薄波叶铎夫：不，不是我……是军法不准许。

娜笳：在这样的时候，还讲什么军法？我求求您，让她们见面吧。

薄波叶铎夫：不讲军法讲什么？您不承认军法？这真奇怪。

娜笳：请您不要这么说！我已经不是小孩子啦……

薄波叶铎夫：不，不是这个意思，不承认军法的只有孩子和社会主义党……

娜笳：那么，我就是社会主义党……

薄波叶铎夫：（笑着）好……那您也得到牢里去……我要逮捕您！

娜笳：（忧郁地）别开玩笑！让她们见面吧，认真……

薄波叶铎夫：军法不能破坏！

薄波叶铎夫：（严肃地）这一点请您不要再提，您自个儿说既然不是小孩子，您就得明白，一切的法律，是从权力建立起来的，没有法律，国家就不能存在。

娜笳：（激烈地）法律，权力，国家……唉……这种东西，对人有什么用处？

薄波叶铎夫：……为了维持秩序，这些是必要的。

娜笳：那边女人们在哭……这种东西，什么用处也没有。大伙儿的人都在哭，什么权力，什么国家，你说有什么用处！国家……没有意思的东西。它对我算什么？（走向门去）国家国家，大伙儿都没有明白，只是口头说说罢了！（出去）

（薄波叶铎夫茫然地站着。）

薄波叶铎夫：（对泰却娜）好厉害的姑娘！可是……她的思想有点儿危险……她的姨父，也好像有点儿自由主义的倾向吧？

泰却娜：这个您很明白。自由主义是什么东西，我也不大明白。

薄波叶铎夫：为什么？这是谁都知道的，一种不尊重权力的倾向——那就是自由主义……不过，夫人，咱们别去说这些话啦。我在华洛内什见过夫人！您的戏演得真好，真细腻。我每晚上都坐在副县长隔壁的位置上，您还记得吗？那时候我在参谋本部当副官……

泰却娜：我不记得啦。宪兵是到处都有的……

薄波叶铎夫：当然，每个城里都得有！我们是维持治安的，同时……也是艺术爱好者！比方捧坤角儿的国体里……总得有我们宪兵军官党发起人！这是宪兵的传统。下节您在哪儿上台？

泰却娜：还没有决定……我希望我能到有艺术爱好者的都会上去。不过，到处都有艺术爱好者吗？

薄波叶铎夫：（不明白她的真意）当然，到处都有！人们虽然慢，也都渐渐变得有教养起来了。

克淮契：（从阳台上）报告上尉，凶手带来了，带到哪儿？

薄波叶铎夫：带到这儿来！都带来……去请检事官来！（对泰却娜）对不起，我要办一点儿公事。

泰却娜：审问吗？

薄波叶铎夫：（柔和地）那就是……简单点一下名，认认他们的面孔！

泰却娜：我可以旁听吗？

薄波叶铎夫：不过……凡是这种政治上的案子……听了都没有什么趣味的……不过刑事部分，自然必须要尽可能公平，也许可以使你听了有味……

泰却娜：让我不给人看见，躲起来旁听吧。

薄波叶铎夫：可以，在戏台上看过您那么好的戏，现在可以报答您，我挺高兴。我去拿一拿案卷。（走去）

（两个老工人抓着略布错夫的胳臂，从阳台进来。后边跟着柳夫辛、雅歌廷、葛莱可夫和其他四五个工人、宪兵。）

略布错夫：（发怒地）干吗绑住我的胳臂？解开来！

柳夫辛：弟兄们，把他的绳子解了吧，不要侮辱人呀。

雅歌廷：他不会跑掉的。

工人一：照规矩是要绑绳子的，法律上这样规定……

略布错夫：我不要！解开！

工人二：（对克淮契）宪兵老总，绳子可以解开吗？这是一个挺老实的人……连我们也想不到……解开他好不好？

克淮契：好，解吧。

科尼：（急忙地）凶手不是他！发生案子的时候，我在河里……他的确也在那儿，我的长官也这么说。（对略布错夫）喂，你怎么不响？你没有暗杀厂长吧？你怎么不响？

略布错夫：（明白地）厂长是我杀的。

柳夫辛：宪兵老总，他自个儿确实……

略布错夫：确实是我。

科尼：你说谎，你这个坏蛋……（薄波叶铎夫同尼古拉进来）那时你在艇子上唱歌，对不对？

略布错夫：（平静地）那是杀了厂长之后。

薄波叶铎夫：凶手是哪个？是这个吗？

克淮契：是。

科尼：不是，不是这个人！

薄波叶铎夫：什么？克淮契，把这老头儿赶出去，他是谁呀？

克淮契：报告上尉，他是将军的勤务兵。

尼古拉：（一边望略布错夫）您让他好啦。

科尼：我也是一个军人，您可不能赶我出去！

薄波叶铎夫：那就听他去，克淮契。

尼古拉：（对略布错夫）我哥哥是你杀的吗？

略布错夫：是我。

尼古拉：你干吗杀他？

略布错夫：他压迫我们。

尼古拉：你叫什么名字？

略布错夫：派卫尔·略布错夫。

尼古拉：好，科尼！你刚才说什么？

科尼：（兴奋地）这个人不是凶手，那时候他在河里！不管怎样我都要说……我的长官也见到他的……长官还听他说："这种艇子翻了也得最好另外去买一只新的……"喂，你为什么要说这个谎？

尼古拉：科尼，你有什么证据可以证明，那案子发生的时候，这人是在河里？

科尼：他那地方离工厂很远，走起来得两个钟头……他坐在艇子里唱歌。杀人的凶手，怎么还能够唱歌？

尼古拉：（对略布错夫）你知不知道，冒名顶替、隐藏真凶是要被重办的？

略布错夫：我知道。

尼古拉：那就好，厂长是你杀的吗？

略布错夫：是我。

薄波叶铎夫：混账王八蛋！

科尼：你胡说。

柳夫辛：你哪里知道。

尼古拉：什么？

柳夫辛：我说那位老总并不知道……

尼古拉：那么你知道？你是帮凶？

柳夫辛：我？有一次我打杀过一只兔子，我还难过了好多天……

尼古拉：那你别作声！（对略布错夫）手枪呢？

略布错夫：丢到河里去了。

尼古拉：你说，是怎样的手枪？

略布错夫：（窘迫）怎样的……当然是铁的……

科尼：（大喜）瞧吧！他连手枪都没有见过！

尼古拉：怎样大小？（用手装出七八英寸长度）这么大小？

略布错夫：不……还要小点儿……

尼古拉：上尉，请您到这边来。（带上尉走到一旁，低声说着什么）这里一定有阴谋，请您要仔细审问他……等预审判事官来。

薄波叶铎夫：但是，他不是自首了吗？

尼古拉：（激烈地）这个人不是凶手，有十足的嫌疑……他一定是假凶手，你明白吗？

（雅可夫从泰却娜躲身的门口轻轻走出来，默默地望这场面，张大着眼，时时地像打瞌睡似的低下头去。忽然又抬起来，向四周吃惊地望。）

薄波叶铎夫：（还是不明白尼古拉的意思）啊，啊……不错，不错。

尼古拉：这是阴谋……是大伙儿计划好了的……他给我们一个重要的暗示。

薄波叶铎夫：真是十足的坏蛋。

尼古拉：请对班长说，暂时把他带下去，不许跟别的犯人在一起。我等会儿就来……科尼，跟我一块儿去，将军在哪儿？

科尼：他在那儿掘蚯蚓……（两人出去）

薄波叶铎夫：克淮契，把他带下去。好好儿看住！明白没有？

克淮契：是。喂，跟我来！

柳夫辛：（柔和地）去吧！

雅歌廷：（忧郁地）再见。

略布错夫：再见……叫大伙儿放心……

薄波叶铎夫：（对柳夫辛）你认识他吗？

柳夫辛：当然认识，咱们一块儿做工的。

薄波叶铎夫：你叫什么名字？

柳夫辛：叶斐姆·叶斐摩夫·柳夫辛。

薄波叶铎夫：（低声对泰却娜）您知道以后怎么样……很有味呢！柳夫辛，你是一个老人家，人也挺明白，你对本官必须说实话。

柳夫辛：我为什么要说谎……

薄波叶铎夫：（得意地）这就对啦，你要凭良心说话。你家里镜框后面藏着的是什么东西？快说！

柳夫辛：（沉着地）没有藏什么东西。

薄波叶铎夫：真的？

柳夫辛：真的。

薄波叶铎夫：柳夫辛，不许无耻！你已经是秃顶的老头子……不能跟小孩子一样说谎！本官不单知道你干的事，就是你脑子里想的事情也知道。不许说谎，柳夫辛，这是什么？

柳夫辛：我瞧不清楚……我的眼睛不行了……

薄波叶铎夫：这是禁书，里边写人民对政府举动的事情，从你家里镜框后面抄出来的……怎么啦？

柳夫辛：（沉着地）这个……

薄波叶铎夫：你承认这是你的书吗？

柳夫辛：嗨……也许是的……它有点儿相像……

薄波叶铎夫：啊，你不要支吾啦。

柳夫辛：上尉，我说的是实话。你们既然问我镜框后面藏着什么，你们当然已经抄出了，那现在已经没有了……所以我那么回答，不要无耻，是什么意思呢？我根本不知道什么无耻不无耻。

薄波叶铎夫：（发窘）什么，什么？不许胡说八道！现在我问你……这些书你从哪儿来的？

柳夫辛：这种话，问我也回答不上来，我说不出……忘记了……这种事情又何必费心呢……

薄波叶铎夫：好，不必说了，记着吧！亚历克舍·葛莱可夫……谁是葛莱可夫？

葛莱可夫：有。

薄波叶铎夫：你过去在史摩连斯克曾犯有向工人宣传过激思想的嫌疑，对吗？

葛莱可夫：是……是的。

薄波叶铎夫：年纪轻轻的，真了不起。见见你这种人，心里真高兴。宪兵，把他们带到阳台上去。这屋子气味让人难受。布普拉派叶夫·雅可夫，是你吗……缓士托夫·安特莱，是你吗？

（宪兵把工人带到阳台去。薄波叶铎夫手执案卷跟着出去。）

雅可夫：（低声地）我挺高兴看见这班人。

泰却娜：真的，为什么他们那样单纯……讲话单纯，样子也单纯……连吃苦也单纯……为什么缘故呢？他们难道没有热情……没有一点儿英雄气概的吗？

雅可夫：他们只是默默地信仰着自己的真理……

泰却娜：他们应该有热情，应该也有英雄……可是他们瞧不起自个儿以外的人。

雅可夫：那个柳夫辛特别感动人，他的眼睛带着忧伤而且和气，好像万事都知道似的……好像在那儿说："干吗要这样呢？你们站到旁边去，让咱们自由不好吗……好，站开去呀。"

柴哈尔：（从门外探进头来）那些法律的代办人全是莫名其妙的大傻蛋……在我屋子里开法庭倒也不妨，为什么要尼古拉来当庭长？

雅可夫：哥哥，您眼前这出把戏，您看了不高兴吗？

柴哈尔：岂止不高兴……简直受不了……娜笳好像是发了疯……对我跟波里娜肆无忌惮。她骂克绿派忒拉是恶党……躺在我屋子的长沙发上大嚷大叫……简直吵得我昏头昏脑！

雅可夫：（沉思地）哥哥，我对于咱们的根本思想，近来越想越觉得不愉快了。

柴哈尔：我很明白你的意思……可是，现在还有什么办法呢？受了攻击，就只有抵抗。我待在这屋子里……却找不到自个儿安身的地方……好像屋顶马上会塌下来把我压死！今天潮湿得很，又冷……雨下得真讨厌……今年的秋天来得好快！

（尼古拉和克绿派忒拉进来，两人都很兴奋的样子。）

尼古拉：他确实是受了收买的。

克绿派忒拉：军人们是不注意的……必须托聪明些的人才好。

尼古拉：那么，您想凶手是谁呢？是辛错夫吗？

克绿派忒拉：一定还有别人，上尉！

薄波叶铎夫：（从阳台上）叫我吗？

尼古拉：我断定那个家伙一定是被人收买了的……（低声说话）

薄波叶铎夫：（小声地）原来如此……

克绿派忒拉：（对薄波叶铎夫）您明白吗？

薄波叶铎夫：果然不错……简直都是坏蛋。

（尼古拉和上尉兴奋地说着走出去。克绿派忒拉向四周望望，发现了泰却娜。）

克绿派忒拉：你在这儿吗？

泰却娜：又发生了什么事？

克绿派忒拉：我想你听了不会高兴……你听到辛错夫的事吗！

泰却娜：听到了。

克绿派忒拉：（挑衅地）他也被逮捕了。我真高兴，从此厂里的毒草都割掉了。你怎么想呢？

泰却娜：我想的对你也不会有兴味……

克绿派忒拉：（恶狠狠地）你是对辛错夫有好感的。（注视着泰却娜，克绿派忒拉的表情渐渐和缓）你的脸色为什么这样难看……你不舒服……为什么？

泰却娜：是天气的缘故吧。

克绿派忒拉：（走近泰却娜）我……也许是一个傻蛋，可是我想当一个正直的人。我已经活了好久了……感到种种的事情，生过种种的气。我想，女子总还是找女子做朋友的好……

泰却娜：那您叫我做什么呢？

克绿派忒拉：做什么……我不叫你做什么，我很喜欢你……你的态度很自由，又会打扮……会同男子交际，谁也比不上您……我很羡慕您……您的走路的姿势、说话的声调……可是我常常又讨厌您……恨您！

泰却娜：啊，您讲得真有趣！这是为什么呢？

克绿派忒拉：（怪腔怪调）您到底是怎样一种人？

泰却娜：怎样一种人？

克绿派忒拉：我不了解您，我很想了解一切人。我想知道，这个人想做什么，我觉得一种不明白他的目的的人，是危险的，不能信任的人。

泰却娜：你就爱说这种怪话，而且为什么我一定要研究你的人生观？

克绿派忒拉：（兴奋不安地）要大伙儿互相亲爱，互相信赖地过日子，就必得互相了解各人的思想。我们现在不是已经开头被人杀、被人抢夺了吗？这回被捕的那些人全是强盗一样的脸孔。他们都互相明白自个儿要做的事情。大伙儿团结起力量，互相信任……我恨他们，害怕他们，简直没有办法，可是咱们自个儿呢，互相仇恨，互相猜忌，像一盘散沙，各人管自个儿过活……咱们要依靠宪兵，依靠军队，可是他们只依靠自个儿……他们比咱们强得多了！

泰却娜：那我也有一句话问您……你跟死了的米哈尔过得很幸福吗？

克绿派忒拉：您为什么要问这个？

泰却娜：我一定要问您。

克绿派忒拉：（沉思地）说不上什么幸福。他一天忙到晚，同时又太漂亮了。您喜欢他吗？

泰却娜：嘘……不不。

克绿派忒拉：奇怪，什么女子见他都爱的，只有妻子不高兴他。

波里娜：（进来）你们听到吗？听说事务所里的辛错夫是一个社会主义党。柴哈尔很相信这个人，他还说过要他当会计的助手，简直没有话可以说了。可是……为什么做人越做越难了……身边有可怕的仇敌，你们倒没有留心呀。

泰却娜：我很幸福，我不是一个有钱人。

波里娜：啊，泰却娜，早就应该留心些才好！（对克绿派忒拉柔声地）克绿派忒拉·彼得洛芙娜我想再把尺寸量一量……这回我把绉绸拿来了……

克绿派忒拉：那就去吧……我的心跳得厉害……好像害病似的！

波里娜：我给您一服好药……很有效的……

克绿派忒拉：（走去）谢谢您……

波里娜：我马上就来。（对泰却娜）对她说话，要说得和善才好，这才可以安心。您说话总是说得非常和气的……我羡慕您。泰却娜……您不管在什么时候，总是站在重要、便利的立场……我去拿药给她。

（泰却娜独自一人望着阳台上，看见八个被捕的人由兵士看守着。雅可夫从门口探进头来。）

雅可夫：（微笑着）我躲在这儿，你们的话都听到了。

泰却娜：（狼狈地）偷听人家的话……坏蛋。

雅可夫：说起来当然不好，对不起说话的人……而且听着也只是无聊，泰却娜，我要出门去了。

泰却娜：到哪儿去？

雅可夫：什么地方，还没有决定……再会！

泰却娜：（和善地）去吧，再会！

雅可夫：在这儿简直不快活。

泰却娜：您几时走？

雅可夫：（神秘地微笑着）今天……你不到什么地方去吗？

泰却娜：嗨，我想出去的，你为什么笑？

雅可夫：不……说不定以后不会再见面了……

泰却娜；那不会的！

雅可夫：啊，（泰却娜在雅可夫的额上亲吻，雅可夫轻轻地笑着把她推开）您好像跟死人接吻一样……（慢步走去）

（泰却娜望着他的背影之后，自己也打算出去，却只做了一个懒懒的姿势，站定。娜笳拿着伞走进来。）

娜笳：请您一起到园子里去走走好吗？我头痛……我痛得哭了，简直像发了傻一样……我一个人去，等会儿又会哭起来……

泰却娜：到底你哭什么啦？

娜笳：我很难过。我什么也不明白，到底是谁对？姨父说他自个儿对……可是我觉得不对。姨父是一个好人……我一直这么相信的，可是现在我不明白了！我对姨父说话，他认我是傻蛋，是坏姑娘……我想着许多事情，对自个儿问，我一点儿也回答不出来。

泰却娜：（忧郁地）老这么自个儿苦苦地想，会变成社会主义党的……在这么特殊的时候，不知不觉地会把自个儿毁灭的，娜笳。

娜笳：可是我不能不想，不能……（泰却娜微微地笑）您笑什么？我不能不想，我一点儿也不明白，光睁着眼睛是活不下去的。

泰却娜：现在大伙儿说着跟您一样的话，而且都是冒冒失失的……所以我觉得好笑。什么缘故呢？（她们走出去，遇到将军和中尉，恭恭敬敬让路。）

将军：中尉，动员令是绝对必要的！动员令有两个目的……（对娜笳和泰却娜）到哪儿去？

泰却娜：出去散步……

将军：要是碰到那个事务所里的人……您怎么说？中尉，刚才我见到的那人叫什么名字？

中尉：将军，他叫辛错夫。

将军：（对泰却娜）嗯，把他带到我这儿来。我跟中尉在餐堂里喝掺科涅克酒的茶……啊，啊，啊！（向四周扫望，手掩着口）中尉，你的记忆力真好。当军官的必得记住自个儿手下兵士的脸孔和名字。新兵刚刚入伍的时候，每个都是狡猾的傻蛋、懒鬼。当军官的必得把他们的灵魂训练过，把畜生一样的家伙造成聪明、有义务观念的坚强兵士……

（柴哈尔进来，很昏乱的样子。）

柴哈尔：舅舅，您没有看见雅可夫吗？

将军：我不知道……那边有茶吗？

柴哈尔：有的，有的！（将军和中尉去。科尼从阳台进来，很愤怒的样子）科尼，你没有看见雅可夫吗？

科尼：（很难听的声调）没有看见。现在我什么话也不想说了。见了谁也不说……我不出声啦……我已经说得太多了。

波里娜：（进来）柴哈尔，又是一大伙涌进来了，说是要求延期地租。

柴哈尔：又是这一套。只消有一点儿事，他们马上就……

波里娜：他们说今年收成不好呢……

柴哈尔：他们总是这么说的，你见到雅可夫吗？

波里娜：没有。咱们怎样答复那些种田人呢？

柴哈尔：叫他们到事务所去……我不高兴跟他们见面！

波里娜：事务所里一个人也没有，一切都乱得一团糟。刚刚吃过午饭，那个上尉又要茶点了……食堂一早上就没有装好茶炊……一切都闹得昏头昏脑了，柴哈尔！

柴哈尔：波里娜，雅可夫好像忽然跑掉了。谁都是这种没有办法的家伙。

波里娜：你听了也许发怒，我觉得实在也难怪他……

柴哈尔：这是对的，他简直泄了气，老说着没有意思的话……刚才还纠缠着我，问我的手枪能不能打鸟……忽然，又骂人……一定是带着手枪跑到什么地方去了……他总是那么喝得昏天黑地的。

（两个宪兵和克淮契带着辛错夫从阳台口进来。波里娜默默地用有柄眼镜望着辛错夫，然后出去。柴哈尔愣愣地正了正眼镜，又把它脱下来。）

柴哈尔：（责备地）啊，辛错夫……真没有办法。我替你难过……你！

辛错夫：（微笑着）请你放心……你替我难过吗？

柴哈尔：那当然，人总是应该互相同情……就是我所信任的人，违背了我的信托，我也是一样的……见到这个人在不幸的情状中，我还是要同情的……辛错夫，你好吧……

辛错夫：你好！

柴哈尔：你对我……没有什么不舒服吗？

辛错夫：不，没有什么。

柴哈尔：（昏乱地）是吗，谢谢你。那么，再见！薪水我仍旧每个月送给你，一定不少！（一边出去）可是我真受不了，我的家完全变成宪兵司令部了。

（辛错夫微微地笑。这时候克淮契注视着辛错夫，特别注视他的手。辛错夫觉察了，回看了一下克淮契的眼。克淮契笑笑。）

辛错夫：怎么样？

克淮契：（得意地）啊，没有什么……没有什么！

薄波叶铎夫：（进来）辛错夫，你要马上解到城里去……

克淮契：（得意地）报告上尉，他不叫辛错夫，他是另外一个人！

薄波叶铎夫：什么？你再说详细一些！

克淮契：我认识他。他在布梁斯克工厂里做过工，那时候他的名字是马克辛·马尔可夫。两年以前，我逮捕过他。上尉，那时候他不是这个绅士模样，他是一个铸器工人。他的左手大拇指没有指甲就是一个凭证！他后来逃跑了，一定用了别人的身份证。

薄波叶铎夫：（惊喜）辛错夫，这是真的吗？

克淮契：报告上尉，这的确是事实！

薄波叶铎夫：辛错夫，你怎么不说话？把左手给我看……克淮契，他没有指甲吗？

克淮契：确实没有！

薄波叶铎夫：你叫什么名字，辛错夫？

辛错夫：（镇定地）随便你叫什么吧……

薄波叶铎夫：那么，你不是辛错夫，混账王八蛋！

辛错夫：我是谁，你得好好儿研究研究……不要忘了。

薄波叶铎夫：什么，你马上倔强起来。克淮契，你亲自解他去！

克淮契：是！

薄波叶铎夫：（快活地）好，辛错夫，不不，化名的，马上把你送到城里去！克淮契，你照实报告城里的长官，说你认识这个家伙。你就马上可以升级……当然我也可以……哎，等一等。（疾步出去。）

克淮契：（和善地）想不到又碰见了。

辛错夫：（微笑着）你高兴吗？

克淮契：当然高兴，见到了老朋友。

辛错夫：（现出憎恶的神色）哎，老兄，你也可以别再干这种差事啦，头上的毛都花白了呢，你已经不是跟狗子一样嗅来嗅去的年纪了……你这家伙，到底知不知道害羞呢？

克淮契：（和善地）我不想这种事，我干惯啦，已经干了二十年。你说我像狗子，长官却说我是得力的干员呢。这回我可以得到奖章。

辛错夫：因为找到了我吗？

克淮契：哼……你到底从什么地方逃来的？

辛错夫：你以后会明白的。

克淮契：那是当然。你还记得布梁斯克那个戴黑眼镜的家伙吗？叫作什么沙维茨基先生的，那家伙最近也逮住了……在牢里死掉……病得挺厉害的！光逮住你一个，当然还得不到奖章的。

辛错夫：（沉思）你还可以逮到很多……你等着吧。

克淮契：是吗？那很好。政治犯愈多对我们愈有好处。

辛错夫：可以得到很多赏赐吗？

（薄波叶铎夫、将军、中尉、克绿派忒拉、尼古拉在门口出现。）

尼古拉：我老早就感到的了……（去）

将军：嗯，这就好了！

克绿派忒拉：现在可以明白了，一切的原因是在什么地方……

辛错夫：（讥讽地）宪兵老总，你不觉得很麻烦吗？

薄波叶铎夫：不许胡说！

辛错夫：（倔强地）我怎么胡说，你自个儿还是不要玩这种没有意思的把戏！

将军：你说什么？

薄波叶铎夫：（叫喊）克淮契，把他带出去！

克淮契：是。（带辛错夫出去。）

将军：简直是畜生，他要什么呀？

克绿派忒拉：他是一切事情的发头人。

薄波叶铎夫：对啦，的确是他！

中尉：这种人非重办不可。

薄波叶铎夫：（笑着）这种人……不加酱油也可以吃……一定很美味的。

将军：这话说得真妙，跟吃牡蛎一样……见鬼！

科尼：（从阳台上）预审判事官来啦。

薄波叶铎夫：好，将军。马上可以把野蛮人烧煮起来啦，把这出戏演完给您看吧。尼古拉·华西里维支！在哪儿？预审判事官来啦。

（一同出去。警察所长从阳台走进来。）

所长：（对科尼）在这儿审问吗？

科尼：（忧郁地）不知道，我什么也不知道。

所长：台子上还有案卷……一定是这儿了。（向阳台叫）把那伙人带到这儿来！（对科尼）厂长为什么说错，说开枪的是淡黄头发的人……那个凶手不是黑头发的吗？

科尼：（叽咕着）活的人都会弄错呢……

（被捕者重由阳台押进来。）

所长：在这儿挨次序站好。那个老头儿站在第一个，你被人逮住了，害羞不害羞，老浑蛋！

葛莱可夫：干吗这样哗啦哗啦的？

柳夫辛：别管他，葛莱可夫……

所长：（威吓地）我在对你说话。

柳夫辛：是，我明白骂人是你们的买卖。

（尼古拉、薄波叶铎夫、判事官进来。判事官是一个红脸胖大汉子，大家在台子边坐下，旁边是一个白头发戴眼镜的小老头儿书记。将军坐在中尉后边的长沙发上，门边是克绿派忒拉和波里娜，她们后面是泰却娜和娜茄。最后面，柴哈尔愤愤不平地张望着。波罗该伊悄悄从旁边走进来，他向台子边的人们招呼过后，巍镇镇地站在房子当中。将军向他招招手，叫他过去。波罗该伊点起长筒靴子走过去，站在将军的长沙发边。略布错夫被人带进来。）

尼古拉：好，开始吧，派卫尔·略布错夫……

略布错夫：做什么？

薄波叶铎夫：啊，这样回答不可以，应该恭敬些！

尼古拉：你说你杀了厂长吗？

略布错夫：（不平地）我早就说过啦……叫我再说一次吗？

尼古拉：你认识亚历克舍·葛莱可夫吗？

略布错夫：这又怎么样？

尼古拉：站在你旁边的那个人呢？

略布错夫：他跟我一块儿做工的。

尼古拉：那么你也认识他的？

略布错夫：咱们大伙儿都是朋友。

尼古拉：听说你常常到他家里去，常常跟他一块儿散步……你们是非常要好的。总之，你们是同志。

略布错夫：我跟大伙儿都散步，跟大伙儿都是同志。

尼古拉：确实这样吗？没有胡说吧？波罗该伊，略布错夫跟葛莱可夫的关系，照你所知道的说来。

波罗该伊：我知道他们两个非常要好……厂里有两派，年轻人的一派，葛莱可夫是头儿……葛莱可夫对自己一派的人有极大的权力。还有年老的一派，头儿是柳夫辛……他最会讲空话，调皮得很……

娜笳：啊哟，多么讨厌的家伙！

（波罗该伊望望娜笳，又向尼古拉投着发问似的眼色。尼古拉也向娜笳望了一眼。）

尼古拉：说下去！

波罗该伊：（吁一口气）这两派都受辛错夫的统束……他同一切人都保持良好的关系。他完全不是一个马马虎虎的人，常常看很多的书，对每件事情都有他自个儿的意见。他的寓所在我屋子的斜对面，他有三间屋子……

尼古拉：不要说废话。

波罗该伊：对不起……要明白真相必得知道详细的事实。

尼古拉：可是现在不需要。

波罗该伊：他的住所里有各色各种人进出。这儿这班人当然也在内，其中第一个是葛莱可夫……

尼古拉：葛莱可夫，这是真的吗？

葛莱可夫：（低低地）不要问我……我什么话也不高兴回答。

尼古拉：说什么？

娜笳：（大声）他说他不高兴回答，你问不是也白问吗？

克绿派忒拉：啊哟，怎么啦？

柴哈尔：啊，娜笳……请你……

薄波叶铎夫：静些静些！（阳台上发生喧闹。）

尼古拉：我想这屋子里闲人太多了……

将军：哼……你说谁？

薄波叶铎夫：克淮契，谁在那儿闹？

克淮契：报告上尉，有一个人打破了门闯进来，在那儿吵闹。

尼古拉：这人是谁，他有什么事？

薄波叶铎夫：去查问了来！

波罗该伊：我再说下去吗？还是停一停？

娜笳：好个不要脸的家伙！

尼古拉：等一等……没有用处的人最好请到外边去！

将军：好！岂有此理……这是什么意思？

娜笳：（怒叫）您自个儿才是没有用处的人！您不是我，您在哪儿都没有用……这是我的家，我正要叫你走出去……

柴哈尔：（兴奋地对娜笳）娜笳，你出去……你立刻出去！

娜笳：姨父您也这样说吗？是吗……我没有事，我自然要出去，可是我有几句话要说。

波里娜：把这孩子的口掩住……她会说出无法无天的话的。

尼古拉：（对薄波叶铎夫）请您命令宪兵，把这屋子里的门全部关上！

娜笳：你们都是丧尽天良的人……残酷……可怜的人。

克淮契：（喜冲冲进来）报告上尉，又逮到了一个。

薄波叶铎夫：什么？

克淮契：又逮住了一个凶手。

（耶基莫夫缓步走到台子边来，是密胡子、淡黄发的青年。）

尼古拉：（骤然站起来）你做什么？

耶基莫夫：厂长是我杀的。

尼古拉：是你！

耶基莫夫：是我。

克绿派忒拉：（低声地）啊……坏蛋也有良心呀！

波里娜：实在尽是……多么可怕的人呀！

泰却娜：（沉着地）可是……最后胜利的还是这些人呀……

耶基莫夫：（忧郁地）略布错夫，怎么啦？请你吃这个。

（大伙儿都骚动起来。尼古拉对判事官低语着。薄波叶铎夫窘苦地微笑。工人们沉默着，不动地站在那儿。在门边，娜笳望着耶基莫夫流泪。波里娜和柴哈尔低声谈话。沉静中听见泰却娜轻轻地说话。）

泰却娜：（对娜笳）不要哭，最后胜利是他们的！

尼古拉：略布错夫你说呀！

略布错夫：（为难地）可是，我……

耶基莫夫：你别作声！

柳夫辛：（喜滋滋地）你们倒是一对难兄难弟！

尼古拉：（用拳敲台子）静些静些！

耶基莫夫：（沉着地）老爷，请不要用这么大的嗓子说话，我们都是静静的。

娜笳：（对耶基莫夫大声地说）您……杀人的是您吗？不……杀人的是他们……他们贪心、卑鄙，杀死大伙儿的人！（对尼古拉）是你们，凶手是你们！

柳夫辛：（热情奋发）对啦，小姐，杀人的不是拿手枪的人，是叫他们怀仇恨的人，是他们，不错。（全场惊愕，喧嘈。）

——幕——

图书在版编目(CIP)数据

面包房里 / (苏) 高尔基著 ; 楼适夷译. — 北京 : 中国文史出版社, 2021.1

(楼适夷译文集)

ISBN 978-7-5205-1571-9

Ⅰ. ①面… Ⅱ. ①高… ②楼… Ⅲ. ①中篇小说-小说集-苏联②短篇小说-小说集-苏联 Ⅳ. ①I512.45

中国版本图书馆 CIP 数据核字(2019)第 251673 号

责任编辑：薛媛媛

出版发行：中国文史出版社
社　　址：北京市海淀区西八里庄路 69 号院　邮编：100142
电　　话：010-81136606　81136602　81136603（发行部）
传　　真：010-81136655
印　　装：北京新华印刷有限公司
经　　销：全国新华书店
开　　本：720×1020　1/16
印　　张：22　　　　字数：323 千字
版　　次：2021 年 1 月第 1 版
印　　次：2021 年 1 月第 1 次印刷
定　　价：68.00 元